Sevmek Zorunda Değilsin Beni

SİNAN AKYÜZ

1972'de Iğdır'da dünyaya geldi. Gazeteci, fotoğraf sanatçısı ve köşe yazarı da olan Akyüz çok satan romanlarıyla tanınmaktadır.

Yayınevimizden çıkan diğer kitapları da şunlardır:
Bana Sırtını Dönme (cep boyu da basılmıştır.)
Etekli İktidar
Yatağımdaki Yabancı (cep boyu da basılmıştır.)
Piruze (cep boyu da basılmıştır.)
İki Kişilik Yalnızlık (cep boyu da basılmıştır.)
Aşk Meclisi
İncir Kuşları

Sevmek Zorunda Değilsin Beni
© 2009, ALFA Basım Yayım Dağıtım San. ve Tic. Ltd. Şti.

Kitabın tüm yayın hakları Alfa Basım Yayım Dağıtım Ltd. Şti.'ne aittir. Tanıtım amacıyla, kaynak göstermek şartıyla yapılacak kısa alıntılar dışında, yayıncının yazılı izni olmaksızın hiçbir elektronik veya mekanik araçla çoğaltılamaz. Eser sahiplerinin manevi ve mali hakları saklıdır.

Yayıncı ve Genel Yayın Yönetmeni M. Faruk Bayrak
Genel Müdür Vedat Bayrak
Yayın Yönetmeni Mustafa Küpüşoğlu
Kapak Tasarımı Gökhan Burhan
Grafik Uygulama Kâmuran Ok

ISBN 978-605-106-134-4
1. Basım: Ağustos 2009 (Cep Boy)
13. Basım: Nisan 2015

Baskı ve Cilt
Melisa Matbaacılık
Çiftehavuzlar Yolu Acar Sanayi Sitesi No: 8, Bayrampaşa–İstanbul
Tel: (0212) 674 97 23 (pbx) Faks: (0212) 674 97 29
Sertifika no: 12088

Alfa Basım Yayım Dağıtım San. ve Tic. Ltd. Şti.
Alemdar Mahallesi Ticarethane Sokak No: 15 34110 Fatih–İstanbul
Tel: (0212) 511 53 03 (pbx) Faks: (0212) 519 33 00
www.alfakitap.com - info@alfakitap.com
Sertifika no: 10905

Sinan Akyüz

Sevmek Zorunda Değilsin Beni

ALFA

*İkiz oğullarım Kaan ile Kerem'e ve onların anneannesi
Naife Aydoğan'a...*

*Canım karıcığım Ayşen'e
teşekkürlerimle...*

Bu kitap, gerçek bir hayat hikâyesinden yola çıkılarak yazılmıştır. Kitapta geçen kahramanların isimleri değiştirilerek kullanılmıştır...

Yaşadığımız hayatlar bizim,
Bizim sandığımız hayatlar ise başkalarınındır.

ADLİYE KORİDORU

←

O sabah duruşma salonunun önü mahşer yeri gibiydi. Kalabalığın arasında yirmiye yakın fahişe, ellerinde fotoğraf makineleriyle gazete muhabirleri, kameralarıyla televizyoncular, maktulün yakınları, sanık yakınları ve ben vardım.

Mübaşir, açık kapının önünde durmuş, keskin gözlerle kalabalığı süzüyordu. Ne yalan söyleyeyim, mübaşirin biraz yalaka bir tipi vardı. Esmer tenli, pala bıyıklı ve diken gibi dimdik saçlıydı. Arada bir fahişelere çapkın bakışlar gönderip parmaklarıyla bıyığını ovuşturuyordu.

Mübaşirin bu hareketi adliye koridorundaki fahişelerden birinin dikkatini çekti. Kadın, mübaşiri gözleriyle süzdü. Mübaşir, kadının bakışını hemen fark etti. Parmak uçlarını dudağına götürüp ıslattıktan sonra, pala bıyıklarını iyice burdu. Hınzırca bir bakış gönderdi genç ve alımlı kadına.

O anda kadının sert ve gür sesi adliyenin bütün koridorlarında yankılandı: "Ulan arkadaş! Koyun can derdinde. Bu şerefsiz mübaşir de et peşinde!"

Mübaşir, o an kapının önünde cansız bir manken gibi kalakaldı. Kadının söylediklerini idrak edince de tabana kuvvet deyip, boş duruşma salonuna kaçtı. Arkasından hemen kapıyı kapattı. Kendi aralarında koyu bir muhabbete dalan gazeteciler sesin geldiği yöne doğru koşuştu. Fahişelerden biri arkadaşına sordu: "N'oldu canım?"

O anda fotoğraf makinelerinin flaşları patladı. Kadın eliyle yüzünü kapatıp gazetecilere sırtını döndü. Arkasından da söylendi: "Çekmeyin be kardeşim! Çekmeyin..."

Kadının arkadaşları öfkeyle gazetecilerin üzerine yürümeye başladılar. Yaşanan arbedede gazetecilerden birinin fotoğraf makinesi yere düşüp kırıldı. Bunun üzerine kendini kaybeden gazeteci, kadınlardan birinin üzerine saldırdı. Üç kadın, gazetecinin atkuyruğu saçından tutup çekiştirmeye başladılar. Gazeteci, avazı çıktığı kadar bağırdı: "Saçımı bırakın ulan orospular! Size gününüzü göstereceğim..."

Fahişe kadınlardan en yaşlısı, gazetecinin yüzüne yumruk atarken söylendi: "Kızlar! Bırakın da çocukcağız bamya kadar olan şeyini göstersin!"

Bu sözün üzerine gazeteci bozuldu. Kızardı, bozardı. Kireç gibi olan yüzü, kısa bir süre sonra elma gibi kıpkırmızı oldu. Koridorda bulunan herkes kıs kıs gülmeye başladı. Genç gazeteci tam da ağzını açıp kadına cevap vermek üzereydi ki, arbedenin arasına aşağıdan koşarak gelen birkaç polis girdi. Kadınları alıp koridorun bir köşesine, gazeteci oğlanı da başka bir köşeye götürdüler.

"Bana tokat atan o fahişenin tekinden şikâyetçiyim," dedi gazeteci oğlan, polise. Arkasından da ekledi: "Fotoğraf makinemi kırdı."

"Arkadaş," dedi polis memurlarından biri. "Bu adliyede bir gün olsun huzurlu bir günümüz olmayacak mı?"

Fahişe kadınlardan biri koridorun diğer ucundaki uzun saçlı gazeteciye bağırdı: "Fahişe senin anandır! Eğer bu dünyada fahişe olmaktan daha kötü bir şey varsa, o da gazeteci olmaktır. Sen kendi yaptığın mesleğe bak!"

Gazeteci, polise döndü. "Gördünüz mü memur bey? Bu kadın mesleğime de hakaret etti! O kadından, mesleğimi aşağıladığı için de şikâyetçiyim!"

Polis, gazeteciye alaylı gözlerle baktı: "Başka şikâyetçi olduğun bir şey var mı?"

"Hayır," dedi gazeteci.

Polis, gazetecinin fotoğraf makinesini kıran kadının yanına gitti. "Gel kadın," dedi. "Hakkında şikâyet var."

Kadın, polise baktı. "Ben de ondan şikâyetçiyim memur bey. Bana fahişe dedi."

Polis, bu sefer de kadına alaylı gözlerle baktı. "Öyle değil misin?"

"Olsun," dedi kadın. "Kişiliğime hakaret etti!"

O sırada gazetecinin sesi duyuldu: "Sen fahişenin tekisin. Fotoğraf makinemi kırdın."

Kadın, karşısında duran gazetecinin üzerine yırtıcı bir kaplan gibi atıldı. Uzun tırnaklarını genç adamın yanaklarına geçirerek kanattı. Kan, adamın çenesine doğru aktı. Diğer gazeteciler kadını geriye doğru itti. O sırada kadının ağlamaklı sesi koridorda yankılandı: "Aşağılık herifler! Hepiniz erkek değil misiniz? Unutmayın ki benim bu küçük deliğim, sizin gibi zavallıların hayat kaynağı!"

Şişman bir adamın eli, ağlayan kadının omzundan tuttu. "Hadi bacı," dedi. "Daha fazla konuşma. Aşağıda ifadenizi alacağız."

Mübaşir tekrar kapının önünde belirdi. Parmaklarını pala bıyığına götürüp ovuşturdu. Özellikle de koridorun bir köşesinde bekleyen fahişe kadınlara doğru bakıp seslendi: "Duruşma başlıyor. Herkes sessizce içeri girsin. Unutmayın ki burası mahkeme. Sakın ola burayı geneleve çevirmeyin."

Kalabalığın arasından bir kadının tiz sesi duyuldu: "Sen işini yap. Üzerine vazife olmayan işlere karışma, kirpi saçlı erkeğim benim!"

Mübaşir pis pis sırıttı. Arkasından da ekledi: "Kim dedi o lafı?"

Kalabalığın arasından ince sesli kadın, elini havaya kaldırıp bağırdı: "Ben dedim lan! N'olmuş?"

Mübaşir kalabalığın arasından bir çınar ağacı gibi yükselen kadına baktı. O tiz sesin böyle bir kadından çıktığına ihtimal bile veremedi. Doğrusu, kadının iri cüssesinden gözü korktu. "Bir şey olduğu yok hanımefendi. Mahkemede sessiz olmanızı rica ediyorum sizden. Bir de cep telefonlarınızı kapatın lütfen. Yoksa hâkim bey hepinizi dışarı atar."

Kalabalık bir anda kapının önüne yığıldı. Uzun boylu avukat, ağır ceza mahkemesinin boş salonuna ilk önce girdi. Diğerleri de adamı takip etti. Duruşma salonu tıka basa doluydu. Çok az insan oturacak yer bulabilmişti. Hepimiz ayakta bekliyorduk. Mübaşir, en son gazetecileri içeri aldıktan sonra salonun kapısını kapattı. Beş dakika geçti... On dakika geçti... Mahkeme heyeti hâlâ ortalıkta gözükmüyordu. Mahkeme heyetini sessizce bekleyen kalabalık yeniden fokur fokur kaynamaya başladı. Her kafadan bir ses çıkmaya başlayınca kalabalığı yararak kendimi zor da olsa dışarı attım. Bu yaşta kalbim havasız ortamlara gelmiyordu artık. Dışarıda beklemeye koyuldum. Bu arada adliye koridoru bir sonraki dava yüzünden ağır ağır dolmaya başlamıştı. Yaşlı ama yaşına göre pek de dinç görünen bir kadın yanıma yanaştı. "Beyefendi," dedi. "İçeride görülmekte olan dava kimin acaba?"

Kadını kısa bir süre inceledim. "Neden soruyorsunuz hanımefendi?" dedim.

"Ben bir roman yazarıyım. Bazen ilginç bulduğum davaları takip eder, farklı hikâyeleri kaleme alırım."

Kadının gözlerinin içine bakarak, "Hanımefendi," dedim. "Hani, genç ve güzel bir hayat kadını vardı. Güya sevgilisiyle bir olup patronunu öldürmüştü. Gazeteler bu olayı aylar önce çarşaf çarşaf yazdı. Hatırladınız mı?"

Yaşlı kadın, "Evet, evet," dedi. "Ben de o güzel kızcağızın fotoğrafını ilk kez o gün gazetede görmüştüm. Hatta o gün davanın tarihini bile ajandama not almışım. Bugün de o dava için buradayım işte."

O sırada merdivenlerin başında itiş kakış sesleri duyuldu. Yumrukların biri havaya kalkıp diğeri iniyordu. Jandarma, sanıkları çembere almış, onları maktulün yakınlarından korumaya çalışıyordu.

Kalabalığın arasında önce Tamer'i gördüm. Hayatımda ilk kez görmeme rağmen, onu tanıdım. İnce yapılı, uzun boyluydu. Teni esmerden de öte koyuydu. Yanımdan koşar adım geçip mahkeme salonuna jandarmaların arasında girerken bir anda yüzüne tükürmek istedim; ama bunu yapamayıp kendimi frenledim. O anda gözüm beş tutuklunun en arkasından gelen güzel ama bahtsız kadına çevrildi. Sanki cezaevinden değil de podyumdan geliyordu. Uzun boyu, iri göğüsleri, kiraz dudakları, yemyeşil gözleri ve güneş gibi yakıcı sarı teni hemen fark ediliyordu. Böyle bir kadını sokakta görseniz genelevde çalışan bir fahişe değil de, sosyetik kadınlardan biri zannederdiniz.

Mahkeme salonunun kapısına doğru jandarma askerlerinin arasında gelirken başını kaldırıp o yemyeşil gözleriyle adliye koridorundaki herkesi hızla taradı. Kısa bir süre sonra da onunla göz göze geldik. O anda yorgun ve yaşlı olan kalbim kanat çırpan bir kuş gibi hızlı hızlı atıyordu. Asık ve endişeli olan yüzüne bir tebessüm gelip yerleşti. Tam mahkeme salonuna adım atarken kelepçeli ellerini havaya kaldırıp boynuma sarıldı. Kulağıma şu sözleri fısıldadı: "Seni seviyorum ihtiyar delikanlım. Demek beni kırmayıp geldin ha? Ne olur beni buradan kurtar..."

Ne yalan söyleyeyim, o an oracıkta donup kalmıştım. Kısa kalan ömrüme her zamanki gibi yine ömür katmıştı. Aylar sonra boynuma sarılmasından dolayı heyecanlıydım. Ayrıca şaşkındım da. Jandarmalar onun kolunu boynumdan çekip alırken, ürkek bir çocuğun sesiyle, "Geldim sarı kanaryam," dedim.

Kısa bir süre sonra kendime geldiğimde, yazar olan yaşlı kadın şaşkın gözlerle bana bakıyordu. O sırada bir panik atak geçiriyor gibi kalbimi boğazımda atıyor hissettim. Betim benzim atmıştı. Yazar kadın, bu heyecanlı halimi fark ettiği için, "Siz iyi misiniz beyefendi?" diye sordu.

Kadına baktım. "O kız suçsuz," dedim. "Ben bütün gerçeği biliyorum. Tamer ona tuzak kurdu. Aslında o hiç kimseyi öldürmedi. Kimsenin malını da gasp etmedi. Tamer olacak şerefsiz adam işlediği suçu onun üzerine yıktı."

"Ama," dedi yaşlı kadın. "Kanun böyle lafları dinlemez. Delil gerekiyor."

"Delil mi?" dedim gayri ihtiyari gülerek. "Benden daha büyük delil mi var? Onu, üstüne atılan bu suçtan kurtaracağım bugün."

Yaşlı kadın şaşkın gözlerle bana baktı. "Siz bu kadının neyi oluyorsunuz beyefendi?" dedi.

O anda düşündüm. Sevgimi inkâr etmek ona haksızlık olurdu. Bu sevgi değil miydi beni bu mahkeme salonuna getiren? Hayatımda çok uzun bir aradan sonra beni tekrar bir kadına esir kılan? Benliğimi alıp benden götüren? Kısa bir süre sonra bu düşüncelerimden sıyrıldım. Yazar kadına kendimden emin bir şekilde baktım. "Onun her şeyi olurum," dedim.

Yaşlı kadın, feleğin çemberinden geçmiş birisine benziyordu. Belli ki gençliğinde son derece güzel ve alımlı bir kadındı. Masmavi gözleri vardı. Kır düşen saçlarını kumral renge boyatmıştı. Beyaz tenliydi. Tahminim altmış beş yaşlarındaydı. O anda kendi yaşım aklıma geldi. İçimden kıs kıs güldüm. Yetmiş bir yaşındaydım. Yaşlı dediğim kadından daha yaşlı. Allah'a şükür bu yaşıma kadar ciddi bir hastalığım olmamıştı. Arada bir yüksek tansiyon problemim oluyordu. Bir de erkeklerin baş belası olan prostatım. Yazar kadına baktım. "Adınız ne?" diye sordum.

Kadın bozuldu. Neden bozulduğunu daha sonra anladım. Meğerse çok ünlü bir yazarmış. Fazla kitap okumadığım için kadının kim olduğunu nereden bilebilirdim ki?

"Her şeyi anlıyorum," dedi kadın, derin bakışlarının arasından o ince sesiyle.

Bir an için kadının neyi anladığını anlamadım. O da anlamadığımı anlamış olacak ki, konuşmasına devam etti: "Az önce size sormuştum. Siz kadının neyi oluyorsunuz beyefendi diye. Siz de bana onun her şeyi olduğunuzu söylemiştiniz. İşte o, her şeyi olurumun, her şey olduğunu anladığımı söylüyorum size."

Kadın âdeta tekerleme söyler gibi konuşuyordu. Ama ne söylemek istediğini çoktan anlamıştım. Kolumdaki saate baktım. "İçeri girsek mi artık?" dedim kadına.

"İyi olur," dedi kadın büyük bir heyecanla.

Kadın elinde tuttuğu Vakko çantanın ağzını açtı. Çantanın içinden para cüzdanını çıkardı. Cüzdanın içinden bir kartvizit çekip bana uzattı. Arkasından da ekledi: "İstediğiniz zaman beni bu numaradan arayabilirsiniz."

Kartvizite bir göz attım. Kartvizitte Adalet Sağıroğlu yazıyordu. Ben de kadına tam adımı söylemek üzereydim ki, mahkeme salonunun kapısı açıldı. Pala bıyıklı mübaşir bağırarak adımı okudu. "Şahit Cemil Duran... Burada mı?"

Mübaşire baktım. "Evet, buradayım," dedim.

ŞÖHRET OLMAK

←

O sabah kapının zili çaldı. Zil çalar çalmaz yataktan hemen fırladım. Başucumda duran saate baktım. Daha sabahın yedi buçuğunu gösteriyordu.

"Kim ki bu saatte?" diye söylenerek yataktan doğruldum. Terliğimin bir tekini ancak bulabilmiştim. Diğer teki yine yatağın altına kaçmıştı. Gece sık sık tuvalete kalktığım için o karanlıkta terliği göremeyip mutlaka ayakucumla yatağın altına doğru itiyordum. O sırada kapının zili yine çaldı. Bu sefer ciddi ciddi sinirlenmiştim. "Patlama be kardeşim. Açıyorum kapıyı," diye kendi kendime yüksek bir sesle söylendim. Kapıyı açtığımda karşımda apartmanın kapıcısı Ekrem Efendi vardı. "Sabah sabah beni rüyanda mı gördün Ekrem Efendi?" diye çıkıştım.

Ekrem Efendi yüzüne yayılan o hınzır gülümsemeyle bana baktı. "Hayır," dedi. "Sizi rüyamda görmedim. Bu sabah gazetede gördüm."

"Ne gazetesi?" dedim meraklı meraklı.

Ekrem Efendi, elinde tuttuğu gazete ve ekmeği bana uzattı. "Aha bu gazete," dedi. "Hem de üçüncü sayfaya manşet olmuşsunuz."

Ekrem Efendi'nin eline ekmeği tutuşturdum. Arkasından da söylendim: "Ekmeği elime ne tutuşturuyorsunuz Ekrem Efendi? Önce gazeteye bir bakayım."

"Bakın, bakın," dedi manalı bir şekilde bana. "Vallahi bu yaşta meşhur oldunuz Cemil Bey!"

Gazetenin üçüncü sayfasını açtığımda kocaman bir fotoğrafımla karşılaştım. Fotoğrafımın üstünde de şöyle bir başlık vardı: "İhtiyar, güzel fahişeyi cezaevinden kurtardı!"

Âdeta şok olmuştum. Haberin spotunu heyecanla okumaya başladım: "Genç ve güzel fahişenin yaşlı sevgilisi, mahkemede şahitlik yaparak kadını ömür boyu hapisten kurtardı..."

Haberin devamını daha fazla okuyamadım. O anda gözlerim karardı. Ekrem Efendi yerden göğe kadar haklıydı. Bu yaştan sonra gazetelere manşet olup meşhur olmuştum. Ekrem Efendi'nin sesi kulaklarımda yankılandı: "Vallahi Cemil Bey! O kızdan şüphelenmedim desem yalan olur.

Gerçekten de akrabanız gibi değil sevgiliniz gibi duruyordu."

Kararan gözlerimle Ekrem Efendi'ye baktım. "Başka bir şey var mı?" dedim.

Ekrem Efendi ona kızdığımı anlamıştı. "Hayır," dedi. "Bu ekmeğiniz, aha bu da diğer gazeteleriniz."

"Diğer gazeteleri okumadığımı bilirsiniz, Ekrem Efendi."

"Ama," dedi dingin bir sesle. "Bu gazetelerde de manşet olmuşsunuz."

Kendimi daha fazla tutamayıp ağzımı bozdum. "Hay anasını s.keyim," dedim. "Ver bakalım bütün gazeteleri."

Kapıyı kapatıp içeri girdiğimde sarı kanaryam hâlâ yatakta uyuyordu. Aylar sonra ilk kez temiz bir yatakta deliksiz bir uyku çekebilmişti. Elimde tuttuğum gazetelere baktım. Bir de onun masum yüzüne. "Bu kadın için bütün bu rezilliğe değer miydi?" diye sordum kendi kendime.

Hiç tereddüt etmeden yüreğim o anda cevap verdi bana: "Akılsız olma yaşlı bunak! Bu dünyada onurundan başka kaybedecek neyin var ki? Bu fani dünyadan yakında göçüp giderken belki de körpe bir bedenin yanında öleceksin. Allah'tan daha ne istersin?"

O anda kalbimi sıcak bir huzur kapladı. Yatağımdaki taze bedenin sıcaklığından biraz olsun uzaklaşmak istedim. Elimde tutuğum gazeteleri yatak odasındaki komodinin üzerine bırakıp banyoya girdim. Elimi, yüzümü yıkadıktan sonra giyindim. Kendimi sokağa attım. Geceden beri yağan yağmur dinmişti. Bağdat Caddesi'nin ıslak yüzünde, günün ilk ışıklarıyla birlikte parıldayan güneş âdeta gülücükler dağıtıyordu. Her sabah kahve içtiğim çınar altındaki kahveye gittim. Ortalıkta daha kimsecikler yoktu. Beni görür görmez kahveci şaşırdı. "Bu sabah erkencisiniz bey amca," dedi.

"Uyku tutmadı," dedim.

"Hayrola. Bir sıkıntınız mı var?"

"Yok, yok. Gayet iyiyim evladım. Şöyle her zamanki gibi bol köpüklü bir kahve yap da ağız tadıyla içeyim. Ondan sonra da kaçayım."

"Sabah sabah nereye kaçıyorsunuz?" dedi kahveci.

O anda düşündüm. Kahveci doğru bir soru sormuştu. Sabah sabah nereye ve kime gidecektim? Bir anda aklıma dün mahkemede tanıştığım yazar kadın geldi. Hemen cüzdanımdan kartvizitini çıkardım. Adresine baktım. Beyoğlu tarafında, Cihangir'de oturuyordu. Kahveci, kahvemi masaya koyarken ona Beyoğlu'na gideceğimi söyledim. Kahvemi içtim. Hemen oracıktan kalktım, dolmuş durağına çıktım. Vapurla karşıya geçmek için Kadıköy'e giden sarı dolmuşlardan birine bindim.

İLK BULUŞMA

←

Kapıyı evin hizmetçisi açtı. Yüzüme dik dik baktı. "Buyurun," dedi. "Kimi aramıştınız?"

"Adım Cemil Duran. Sabah sizinle telefonda görüşmüştük. Yazar Adalet Hanım'la görüşmeye gelmiştim," dedim soluk soluğa.

Apartmanda asansör yoktu. Üstelik merdivenler de bayağı bir dikti. Yedi katı yürüyerek çıktım. Benim yaşımdaki bir adam için oturulacak bir ev değildi burası. Adalet Hanım'ı düşündüm. Evin hizmetçisine şaşkın gözlerle baktım. "Adalet Hanım bu merdivenleri nasıl çıkıyor her gün?" diye sordum.

Kadın gülümsedi. "Hanımefendi çok mecbur kalmadıkça dışarıya çıkmıyor."

"Haklı," dedim. "Her gün çıkılacak gibi değil. Hele bizim yaştaki insanlar için hiç değil."

Hizmetçi kadın parmağını dudaklarına götürüp sus işareti yaptı bana. Sonra da kulağıma kadar eğilerek beni şöyle uyardı: "Hanımefendi yaş konusunda çok hassastır. Sakın ola ki onun yanında yaşlılıktan ve yaştan bahsetmeyin."

Hizmetçiye bakıp güldüm. "Ah siz kadınlar," dedim. "En büyük korkunuz yaşınız."

Hizmetçi kadın da bana güldü. "Buyurun," dedi. "Ben sadece sizi uyarmak istedim."

İçeri girdiğimde kendime gelmeye başlamıştım. Kalbim az önceki gibi hızlı hızlı çarpmıyordu artık. "Bugün hava gayet güzel," dedi kadın. "Terasta oturmak ister misiniz?"

"Olur," dedim. "Benim için fark etmez."

Salonun içinden geçip terasa çıktık. Gördüğüm manzara karşısında ağzım bir karış açık kaldı. O anda Adalet Hanım'ın oturduğu bu evden neden vazgeçmediğini anlayabildim. Böyle bir manzara için insan yedi kat değil, on dört kat çıkmayı bile göze alabilirdi. Nasıl anlatsam size! İstanbul âdeta ayaklarınızın altındaydı. Hizmetçi kadın gördüğüm manzaradan etkilendiğimi anlamış olacaktı ki, "Manzarayı beğendiniz mi?" diye sordu.

"Muhteşem! Tek kelimeyle muhteşem bir manzaranız var," dedim.

"Beğendiğinize sevindim," dedi. "İstediğiniz koltuklardan birine oturabilirsiniz. Hanımefendi birazdan size eşlik edecek."

Kırmızı koltuklardan birine geçip oturdum. Yüzüm, manzaraya dönüktü. Hizmetçi kadın tekrar yanıma sokuldu. "Pardon! Bu arada beklerken içecek olarak ne alırsınız?"

"Ne içebilirim?"

"İstediğiniz her şeyi," dedi. Arkasından da hiç zaman kaybetmeden ekledi: "Taze filtre kahvemiz var. İsterseniz bir fincan getirebilirim."

"Olur. Filtre kahvenin kokusuna bayılırım."

"Süt ister misiniz?"

"Hayır. Teşekkürler."

"Bugün kendinizi nasıl hissediyorsunuz?" diye sordu bir çırpıda hizmetçi kadın.

Kadına baktım. Sorduğu soruya şaşırmıştım. O şaşkınlıkla cevap verdim: "Sizce nasıl hissetmeliyim?"

"Bilmem," dedi biraz utangaç bir tavırla. "Siz gelmeden önce gazetede resminizi gördüm. İnsanın kendi fotoğrafını gazetede görmesinin nasıl bir duygu olduğunu merak etmiştim sadece. Kusura bakmayın!"

O an içimden gazetecilere ana-avrat küfrettim. Kapıcı Ekrem Efendi'ye hak verdim. Sabah sabah bana söylediği şu sözü hatırladım: Bu yaşta meşhur oldun Cemil Bey! Bilmiyorum; artık bu yaşta meşhur mu olmuştum, yoksa el âleme rezil mi? Hizmetçi kadının yüzüne tebessüm ederek baktım. "Bu gazeteciler olmasa hayat daha kolay olacak kızım," dedim.

O sırada arkamdan bir kadın sesi duydum: "O gazeteciler olmasaydı dün sizinle tanışmış olmazdık beyefendi."

Ayağa kalktım. Başımı sesin geldiği yöne doğru çevirdim. "Haklısınız Adalet Hanım," dedim, elini sıkmak için elimi uzatırken ona. Sonra da ekledim: "İnanın ki bu sabah buraya neden geldiğimi bilmiyorum."

"Ben biliyorum," dedi biraz da bilmişlik taslayarak.

"Gerçekten biliyor musunuz?"

"Evet. İnsan bazen kendi yaşındakilerle sohbet etmek ister. Dertleşmek ister."

Başımı evet anlamında salladım.

"Ama," dedi. "Sizin gibi yaşını başını almış bütün erkeklerin en büyük sorununun ne olduğunu biliyor musunuz peki?"

"Hayır," dedim şaşkınlıkla. "Bilmiyorum."

"Dertleşmek için kendi yaşınızdaki bir kadına ihtiyaç duyarsınız. Sevişmek için de genç kızları tercih edersiniz."

Kırışmış yüzümün alev alev yandığını hissettim. Utancımdan âdeta yerin dibine geçmiştim. Söyleyecek tek bir söz bulamadım. Düşüncesizce konuşmaya çalıştım; ama çok geçmeden kekelediğimi fark ettim. Kadın bana baktı. Güldü. Arkasından da ekledi: "Sizi utandırmak için söylemedim bu sözleri. Sözüm meclisten dışarı."

Ama ben utanmıştım. Bu yaşıma kadar böyle utandığımı hatırlamıyordum. Allah'tan hizmetçi kadının sesi ortamın havasını biraz olsun değiştirdi. "Size de kahvenizi getiriyorum hanımefendi."

"İyi olur," dedi Adalet Hanım. "Dikkat et! Süt soğuk olmasın."

Hizmetçi arkasını dönüp giderken ev sahibi kadın eliyle bana işaret etti. "Oturmaz mısınız?"

"Çok affedersiniz," dedim mahcup bir oğlan çocuğu gibi.

"Ne için?" dedi yumuşacık bir ses tonuyla.

"Sabah sabah sizi rahatsız ettim. Beni kabul ettiğiniz için teşekkür ederim."

"Size açıkça bir şey sorabilir miyim?" dedi Adalet Hanım.

Gözlerinin içine dikkatli dikkatli baktım. "Tabii ki," dedim.

"Benimle gerçekten neden görüşmek istediniz?"

Düşündüm. Gerçekten de bu kadınla neden görüşmek istemiştim? Aklımı zorladım. Ama geçerli bir sebep bulamadım. "Doğrusunu söylemek gerekiyorsa ben de bilmiyorum," dedim.

"Bilmiyor musunuz?" dedi şaşkın şaşkın.

"Evet. Neden burada olduğumu bilmiyorum."

"İlginç," dedi dudağını büzerken. "Gerçekten bilmiyor musunuz? Hem de sabahın köründe beni telefonla arayıp evime kadar geliyorsunuz."

Kadının son söylediği söze biraz içerledim. Yerimde doğruldum. "İsterseniz gidebilirim. Kusura bakmayın. Sizi rahatsız ettim."

Kadın oturduğu yerden sert sert baktı. "Allah aşkına oturun canım. Çocuk değilsiniz ki küsüp gidesiniz. Daha kahvenizi bile içmediniz. Üstelik ben Selanikli bir ailenin kızıyım. Bizde eve gelen misafire kahve ikram edilmeden gönderilmez."

Kadın haklıydı. Çocuk değildim ya. Küsmenin âlemi yoktu. Ama bildiğim bir gerçek vardı, o da tanımadığım bir kadının evine sabahın köründe gelmenin çocukça bir davranış olduğuydu. Kırmızı koltuğa tekrar oturdum. "Kusura bakmayın," dedim. "İnsan bazen her yaşta çocukça davranabiliyor."

Suratı asılan kadın güldü. "Haklısınız," dedi. "Mesela benim de yaş sorunum var. Gerçi hangi kadın ilerleyen yaşıyla barışıktır ki? Biri bana yaşımı sorduğunda ben de bir çocuk gibi alınganlık gösteriyorum."

Bu sefer ben güldüm. Arkasından da ekledim: "Bütün kadınlar aynısınız!"

"Nasıl aynı olmayalım ki? Sizin gibi erkekler olduğu sürece biz de yaşımızla barışık olmayacağız.

Kocam da beni yıllar önce genç bir kız için terk etti. Taze bir bedeni, kurumuş bir bedene tercih etti. Hem de arkada bir sürü güzel anıya sırt dönerek. Bütün yaşanmışlıkları hiçe sayarak. Bir günde karar verdi. Beni on yıl önce terk etti. On yıldır da o genç kızı mutlu etmeye çalışıyor. Onunla ilgili en son duyduğum dedikodu şuydu: Cinsel organına mutluluk çubuğu taktırmış. Umarım çubuğu ona mutluluk getirir. Ama genç kız başka erkeklerle de kırıştırıyormuş. Benim eski kocam da bu duruma ister istemez göz yumuyormuş. Nasıl göz yummasın ki? Adamcağız şu anda tam yetmiş beş yaşında."

Kadının söyledikleri kafama bir balyoz gibi indi. Doğrusu, bu kadar açık sözlü olacağını hiç ummuyordum. Gerçi neden ummadığıma da bir anlam veremedim. Çünkü kadın bir yazardı. Böyle entelektüel ve feminist kadınların sözleri bir bıçak gibi keskin olurdu.

"Kahveniz," dedi evin hizmetçisi.

Uzanıp kahveyi aldım. "Teşekkür ederim," dedim.

"Şeker alır mısınız?"

"Lütfen! Bir tane alabilirim."

Kadın önüne konan fincanı alıp ağzına götürdü.

"Kızım! Sana kaç defa söyleyeceğim. Ben kahveyi sıcak içmeyi severim. Sütü yine iyice ısıtmamışsın."

Hizmetçi kadının yüzü o anda kireç gibi oldu. "Isıttım hanımefendi," dedi korkudan kekeleyerek.

Adalet Hanım elinde tuttuğu fincanı hizmetçi kadına uzattı. "Al, iç bakalım. Isıtmış mısın, yoksa ısıtmamış mısın?"

Hizmetçi aynı şeyi tekrarladı: "Vallahi ısıttım hanımefendi."

Adalet Hanım'ın sesi bu sefer daha gür çıktı. "İç dedim sana."

Hizmetçi kadın mecbur kalıp kahveden bir yudum aldı. Arkasından da ekledi: "Ama ısıtmıştım," dedi.

"Hadi," dedi Adalet Hanım sinirli sinirli. "Eski kocamın yıllar önce bana attığı kazığın hıncını senden çıkarmayayım şimdi. Sabah sabah o adam aklıma gelince asabım bozuldu."

Hizmetçi namludan çıkan bir kurşun gibi fırladı. Sütü ısıtmaya gitti.

"Kusura bakmayın," dedi Adalet Hanım, bana doğru dönüp. "Bu kadına bir şeyin nasıl yapılmasını gerektiğini bir türlü öğretemedim."

"Olur," dedim sakin bir tavırla. "Bunun için sinirlenmenize gerek yok."

"Haklısınız; ama her defasında aynı hatayı yapınca insan ister istemez sinirleniyor. Neyse! Siz boş verin bu olayı şimdi. Nerede kalmıştık?"

"Nerede mi kalmıştık?"

"Evet. Bugün sizi buraya getiren şey neydi? Benimle bugün ne paylaşmak istediniz?"

Ne yalan söyleyeyim, kadın çetin cevizdi. Sert duruşuyla bu yaşımda beni bile biraz olsun korkutmuştu. Aslında onunla dışarıda buluşsaydık o kadar korkmazdım. Ama ansızın evine gelince kendimi süt dökmüş bir kedi yavrusu gibi suçlu hissettim. Sonra da hiç inanmadığım şu sözleri ona söyledim: "Hayatımın tamamını bilmenizi istedim."

Kadın, alaycı alaycı baktı bana. "Pardon! Allah aşkına tam olarak ne dediniz?"

Dilim damağım kurudu o anda. Boğazımı ıslatmak için kahvemden bir yudum aldım. İnanmadığım o cümleyi papağan gibi tekrarladım: "Hayatımın tamamını bilmenizi istedim."

"Ne varmış hayatınızın tamamında?" diye sordu ince bir zekâyla.

İçim içimi yedi. "Hay dilini eşek arısı soksun," diye kendi kendime söylenmeye başladım.

"Bir şey mi söylediniz? Sizi tam olarak duyamadım," dedi Adalet Hanım, minderde rakibini köşeye sıkıştırmış bir boksör gibi.

"Aklıma nereden geldiğini bilmiyorum," dedim yüzüm alev alev yanarken.

"Gerçekten böyle bir düşünce aklınıza nereden geldi?"

"Bilmem. Öylesine geldi işte."

Kadın, evin hizmetçisine seslendi: "Nerede kaldı kahvem?"

İçeriden hizmetçinin sesi duyuldu: "Geldim hanımefendi."

"Çabuk ol. Sabah sabah kahve keyfimi kaçırma."

"Geliyorum," dedi hizmetçi kadın.

O sırada Adalet Hanım dikkatini tekrar bana yöneltti. "Aslında bu teklifi ben yapacaktım size," dedi bir çırpıda.

"Teklif mi?"

"Evet."

"Şimdi siz bana hayatımı yazmayı mı teklif ediyorsunuz?" diye sordum, nedenini bilmediğim bir gururla.

"Hayır. Hayatınızı yazmayı teklif etmiyorum size. Çünkü hayatınızın roman olup olmayacağını bilmiyorum. Ben size hayatınızın tamamını dinlemeyi teklif ediyorum. Özellikle de Yeşim'le ilgili olan kısmı merak ediyorum."

"Yeşim'le mi?"

"Evet. Yoksa o genç kadının adı Yeşim değil miydi?"

"Adı Yeşim; ama ben ona sarı kanaryam diyorum."

Adalet Hanım, katıla katıla gülmeye başladı. "Affedersiniz. Kendimi bir anda tutamadım. Ona ne diyorsunuz?" dedi ve tekrar kıkır kıkır gülmeye başladı.

Utanmıştım. Başımı yere doğru eğdim. "Sarı kanaryam," dedim cılız bir sesle.

Gülmekten kadının gözlerinden yaşlar boşaldı. "Kusura bakmayın," dedi. "Kabalık ettim. Ama sizi bu yaşta böyle duygusal görmek komik gelmedi desem yalan olur."

Kadın sinirime dokunmaya başlamıştı. Ona hak ettiği bir cevap vermek istedim. Sonra da ekledim: "İnsan her yaşta duygusaldır. Özellikle de biz erkekler."

"Haklısınız," dedi kadın hâlâ kıkır kıkır gülerken. "Özellikle genç kızlara karşı pek bir duygusalsınız. Ama şimdi siz boş verin bu konuştuğumuz şeyleri. Anlattıklarınızdan özgün ve gerçekçi bir şeyler çıkarsa, söz size hayat hikâyenizi kaleme alıp romanlaştıracağım."

Şaşkın gözlerle ona baktım. "Ama," dedim. "Büyük bir sorunumuz var."

"Neymiş o sorun?"

"Yeşim," dedim. "O, hayatının deşifre olmasını istemeyebilir. Onun iznini almamız gerekiyor. Yoksa bu iş yatar."

"Biliyorsunuz; bu iş için sizi zorlayan ben değilim."

"Biliyorum. Ben de bu işe neden kalkıştığıma pek bir anlam veremiyorum şu anda."

"Telefon numaramı biliyorsunuz."

"Evet. Sizden şimdilik müsaade istiyorum."

"Bir dakika," dedi kadın ayağa kalkarak. "Siz birkaç dakika oturun. Ben hemen geliyorum."

Kadın birkaç dakika sonra elinde kitaplarla geri döndü. "Kitap okumayı sever misiniz?" dedi.

"Doğrusu, Türk yazarlarla pek aram yok."

"O zaman bundan sonra aranız olsun. Bunlar benim yazdığım kitaplar. Sizin ve Yeşim'in adına birer tane imzalayacağım. Umarım zevkle okursunuz..."

ÜÇ EL ATEŞ

←

Aynı günün öğle vakti...

Cep telefonumdan ev numaramı aradım. Telefon uzun uzun çaldı. Tam kapatmak üzereydim ki, sarı kanaryam telefonun ahizesini kaldırdı. "Alo," dedim.

"Efendim," dedi mahmur bir şekilde.

"Hâlâ uyuyor musun aşkım?"

"Bir dakika bekle," dedi.

O sırada Cihangir'den İstiklal Caddesi'ne doğru soluk soluğa yürüyordum. Alman Hastanesi'nin önüne geldiğimde durdum, derin bir nefes aldım.

"Alo," dedi.

"Efendim kanaryam," dedim.

"Allah aşkına söyler misin? Neredesin sen?"

"Beyoğlu'ndayım."

"Sabah sabah ne işin var orada?"

"Hiç," dedim. "Küçük bir işim vardı."

"Peki," dedi. "Civcivimi yatağıma bekliyorum."

"Komodinin üzerinde duran gazeteleri gördün mü?" diye sordum endişeli bir şekilde.

"Görmedim. Görmek de istemiyorum."

"Nedenmiş o?"

"Neden olduğunu bal gibi biliyorsun. Artık kendimi gazetelerde görmekten sıkıldım. O şerefsiz gazeteciler gidip yazacak başka bir haber bulsun."

"Sinirlenme. Hayatın içinde bunlar da var."

"Hayat mı dedin sen? Hayatımın ta içine ettiler. Bir fahişe olduğumu dünya âleme duyurdular. Bundan sonraki hayatıma dair tüm umutlarımı öldürdüler. Bu sabah güzel bir güne değil, korku dolu bir güne uyandım. Birazdan bakkala gideceğim. Eğer bakkal bugünkü gazeteyi okuyup beni tanırsa, bana ne diyecek bilmiyor musun?"

Yeşim'in söylediği bu sözler keskin bir bıçak gibi içimi parçalıyordu. Hastanenin önünde durmuş kısa bir süre soluklanırken acı gerçek bir tokat gibi patladı suratımda. Yetmiş bir yaşında olan ben, yıllar sonra bir fahişeye kör kütük âşık olmuştum. Onu geç bulmuştum; ama bu yorgun kalbim onun için var gücüyle atıyordu. Daha ne kadar böyle atacaktı bilmiyordum. Bu düşüncelerimden bir an için sıyrıldım. Yeşim'in az önce bana sorduğu soruya cevap verdim: "Bakkalın ne diyeceğini bilmek istemiyorum," dedim.

"Abla diyecek. Sen o gazetedeki kadın değil misin? İstediğin zaman buyur gel buraya. Dükkân senin. Paranın lafı mı olur hiç? Ben de kendimi daha fazla tutamayıp, o it herife küfredeceğim. Oradan çekip giderken de arkamdan şöyle bağıracak: Sen orospu değil misin? Herkese şapır şupur, bize gelince Yarabbi şükür ha! "

Daha fazla konuşamadı. Hıçkırık sesleri kulaklarımı tırmalamaya başladı. O an söyleyecek bir söz bulamadım. Kendimi hemen toparladım. "Alo," dedim.

"Beni seviyor musun?" diye sordu ansızın.

"O ne biçim söz kanaryam? Tabii ki seviyorum."

"Benim misin? Hadi, yemin et. Benim erkeğim olarak hep yanımda kalacak mısın? Bana söz vermeni istiyorum."

"Söz," dedim ağlamaklı bir sesle. "Sana söz veriyorum. Senin erkeğin olarak hep yanında olacağım."

"Hadi öyleyse," dedi burnunu çekerken. "Hemen yanıma gelmeni istiyorum. Seni özledim. Bir daha da benden habersiz evden uzaklaşma."

"Tamam," dedim içimdeki kara bulutları dağıtırken. "Hacı Bekir'e uğrayıp o çok sevdiğin şekerlerden alıp geliyorum."

O anda telefon kesildi. Gerek yok diye düşünüp tekrar aramadım. İstiklal Caddesi'ndeki Hacı Bekir'e uğradım. Şeker, çikolata ve biraz da lokum aldıktan sonra Atatürk Kültür Merkezi'nin yanındaki dolmuş durağına kadar yürüdüm. Boş olan dolmuşa ilk binen bendim. Dolmuşun yolcuyla dolması için bir süre beklemeye koyuldum. Radyodan bangır bangır müzik yayılıyordu içeriye. O sırada cep telefonum çaldı. Dolmuş şoförüne oturduğum koltuktan seslendim: "Evladım. Şu radyonun sesini biraz kısar mısın?"

Dolmuş şoförü elini radyonun düğmesine götürürken bana bakıp seslendi: "Emrin olun bey baba. Sen yeter ki doya doya yengeyle konuş."

Kısa bir süre dikkatlice dolmuşçuya baktım. Gazetede beni görüp tanımış olmasından korktum. Ama Allah'tan dolmuşçu milleti gazete okumadığı için beni tanımamıştı. Telefonu açtım. "Alo," dedim.

"Şimdi aynada kendime baktım," dedi telefondaki o tanıdığım ses. "Üç aydır cezaevinde yatmaktan dolayı kadın şeklinden çıkmışım. Eve geldiğin zaman beni bulamazsan merak etme. Yakındaki bir kuaföre gidip saçımı kestirmek istiyorum."

"Tamam," dememe fırsat vermeden çat diye telefonu yüzüme kapattı. Dolmuşçu arkasına dönüp bana baktı. Sonra da ekledi: "Telefon görüşmeniz bittiyse radyonun sesini açabilir miyim bey baba?"

"Aç," dedim. "İstediğin kadar aç."

Taksim'den Göztepe'ye doğru yola koyulduğumuzda arabanın içi sıcaktan kavruluyordu. Bir ara kendimi tutamayıp dolmuşçuya sordum: "Evladım! Bu arabanın kliması yok mu?"

"Bu arabanın yeni modellerinde var. Bu modelde yok," dedi.

"Peki," dedim. "Hiç olmazsa biraz camı açsan. Sıcaktan piştik vallahi."

"Bütün camlar açık bey amca, görmüyor musun? Hava sıcak. Baksanıza yaprak bile kıpırdamıyor. Dışarıdan gelen sıcak hava da insanı yakıyor. Bu durumda camları açmasak belki de daha iyi olacak."

Dolmuş şoförü benimle dalga geçiyor gibiydi. "Sen bilirsin evladım," dedim. "İster camı kapa, ister aç. Bu sıcak havada keyfin ne yapmak istiyorsa, onu yap! İstersen radyonun sesini daha da aç."

O sırada dolmuştaki diğer yolcular kıkır kıkır gülüşmeye başladı. Dolmuş, Kadıköy Kızıltoprak'a geldiğinde radyodan şarkıları anons eden kızcağız yayını kesti. Reklâmların ardından haber merkezine bağlanacaklarını söyledi. Kolumdaki saate baktım. Saat bire dört dakika vardı. Yolculardan birinin sesi dolmuşun içinde yankılandı: "Şoför bey. Fenerbahçe'de indirir misiniz?"

Dolmuşçu aynadan kadını kesti. "İndirelim güzel ablam," dedi.

Yolcu kadın, yanında oturan diğer kadına dönüp kısık sesle söylendi: "Manyak mıdır nedir? Nereden onun güzel ablası oluyorum ben?"

Şişman kadın, boş gözlerle kendisine söylenen kadına baktı. Hafiften gülümsedi. "Bu dolmuşçular böyle vallahi," dedi. "Ne konuştuklarını hiç bilmezler."

Dolmuşçu birazdan sağa çekip durdu. Dikiz aynasından kadına baktı. "Geldik güzel ablam. İnebilirsiniz."

Orta yaşlı güzel kadın söylene söylene dolmuştan indi. Dolmuşçu kapıyı kapatıp yoluna devam etti. O sırada radyodan haberleri okuyan kadının sesi, dolmuşun içinde yankılandı. Şoför, elini cihazın düğmesine götürüp radyonun sesini biraz daha açtı.

"Flaş bir haberle karşınızdayız sevgili dinleyicilerimiz," dedi haberleri sunan kız. Arkasından da haberi okumaya devam etti: "Şimdi aldığımız bir habere göre öğlen on iki buçuk sıralarında Yeşim Erçetin isimli hayat kadını Göztepe'de silahlı saldırıya uğradı. Vücuduna üç kurşun isabet eden Erçetin, Göztepe SSK Hastanesi'nin acil bölümüne kaldırıldı. Yeşim Erçetin dün cinayet ve gasptan yargılandığı davadan tahliye olmuştu. Saldırgan ya da saldırganlar Erçetin'e üç el ateş ettikten sonra olay yerinden yaya olarak kaçtılar. Olayla ilgili çok yönlü soruşturmanın sürdürüldüğü belirtildi..."

Duyduğum haber karşısında âdeta şok olmuştum. Başım, hızla dönmeye başladı. Yüreğim sıkıştı. Sonra da gözlerim karardı. Başım yanımda oturan kadının omzuna düşerken hatırladığım tek şey, kadının bağırmasıydı: "Adamcağıza bir şeyler oldu..."

HASTANE

←

Gözümü ilk açtığımda, beyaz bir tavandan üzerime düşen ışığı gördüm. Her tarafım ağrıyordu. Üzerimde beyaz bir örtü vardı. Başımı sol tarafa yavaşça çevirip başucumda asılı duran serum şişesine baktım. O anda anladım ki nalları dikmemiştim ve hâlâ hayattaydım. Ağrılarım o kadar fazlaydı ki, inim inim inlemeye başladım. İnlemeye başlamamla birlikte içeri genç bir hemşire girdi. Elinde tuttuğu iğneyi masanın üzerine bıraktı. Yanıma gelip elimi sıkıca tuttu. "Bizi çok korkuttunuz amca!" dedi sıcak bir ses tonuyla. "Vallahi verilmiş sadakanız varmış. Sizi tam zamanında hastaneye yetiştirmişler."

Hemşireyle konuşmak istedim; ama sesimi kendim bile duymakta zorluk çektim. Ağzımı küçük daireler çizerek oynatmaya çalıştım. Hemşire yüzüme baktı. "Konuşmaya çalışarak kendinizi boş yere yormayın. Şu anda yoğun bakımdasınız. Kalp krizi geçirmişsiniz. Acil anjiyoya alınmışsınız. İki damarınızda ciddi derecede tıkanıklık tespit edilmiş. Dün size by-pass yapıldı. Tıkalı olan iki damarınız yenisiyle değiştirildi. Şimdi durumunuz gayet iyi. Sadece yatıp dinlenmeye ihtiyacınız var."

Acizliğim karşısında gözümden iki damla yaş yanağıma aktı. Hemşire, eliyle yanağıma düşen yaşı sildi. "Ağlamayın amca," dedi. "Gayet iyi olacaksınız."

O anda gücümü toparlayıp konuşabilseydim, hemşireye şu sözleri söyleyecektim: "Kendim için ağlamıyorum güzel kızım. Ben, bu dünyada iyikötü yaşayacağım kadar yaşadım. Ona, sarı kanaryama ağlıyorum. Öldü mü, yoksa hâlâ yaşıyor mu? Bundan bile haberim yok..."

Gözlerimi tekrar açtığımda hemşire yanımda yoktu. Saatin kaçı gösterdiğini bile bilmiyordum. Gece miydi, yoksa gündüz müydü farkında bile değildim. Epey bir zaman sonra içeri genç bir doktorla, iki hemşire girdi. "Nasılsınız? Vallahi bizi çok korkuttunuz. Ama Allah'a şükür şimdi turp gibisiniz. Yarın sizi yoğun bakım ünitesinden çıkarıp normal odaya alacağız."

Dudaklarımı belli belirsiz oynattım. "O nasıl?" dedim ağrılar içinde.

Doktor, hemşirelerin yüzüne baktı. Sonra da bana meraklı bir bakış attı. "Kimden bahsediyorsunuz?"

"Ondan bahsediyorum," dedim kısık bir sesle.

"Adalet Hanım gayet iyi," dedi genç doktor gülerken. "Az önce evine gitti. Yarın tekrar gelecek. Sizinle ilgilenmemizi özellikle rica etti. Biliyor musunuz? Çocukluğumdan beri onun hayranıyım. Bütün kitaplarını alıp okudum. Hatta yarın tekrar buraya geldiğinde benim adıma kitaplarını imzalayacak."

Doğrusu şaşırmıştım. O şaşkınlıkla da doktora bütün gücümü toplayıp sordum: "Adalet Hanım mı?"

"Evet. Sizi hastaneye getirdikleri zaman cebinizden onun kartviziti çıkmış. Bunun üzerine de görevli arkadaşlar onu aramış. O da hemen kalkıp gelmiş. Adalet Hanım sizin neyiniz olur? Akraba mısınız?"

Hemşireye baktım. "Saat kaç kızım?" diye sordum.

Hemşire, doktora baktı. Doktor ise hâlâ sorduğu sorunun cevabını bekliyordu. Hemşire, "Karanlık az önce çöktü. Saat dokuza yirmi beş var," dedi.

Doktora yorgun ve bitkin gözlerimle baktım. "Kendisini tanırım ama kesinlikle akrabam değil. Benim bu dünyada hiç akrabam yok."

Doktor gelip elimi tuttu. "Pekâlâ," dedi. "Yarın sizi bu odadan çıkarıyoruz. Şimdi yatıp biraz dinlenin lütfen."

"Yatıp dinlenmek mi?" diye sordum.

"Evet."

"Zaten yatıp dinlenmekten başka ne yapılır ki bu odada?" dedim hafiften gülümseyerek.

O sırada doktorun yüzü ekşidi. Hemşireler kıs kıs gülmeye başladı. Doktor tekrar elimden tutup başını salladı. Arkasından da ekledi: "Haklısınız. Bari yatmışken sırt üstü yatın. Tavana da bakmayı unutmayın!"

Güldüm. Doktor, hemşirelere talimatlar yağdırdıktan sonra odadan son sürat çıktı. Hemşirelerden biri doktorun arkasından çıkarken, diğeri elinde tuttuğu şırıngayı serum şişesine enjekte etti. Sonra da ayakucumda duran dosyaya bir şeyler yazdı.

"Bakar mısınız?" dedim yattığım yerden hemşireye.

"Buyurun."

"Sizden bir ricam olabilir mi?"

"Elbette."

"Biri hakkında bilgi almak istiyorum."

"Kim hakkında?"

"Bir yakınım."

"Yakınınız mı?"

"Evet."

"Hani sizin yakınınız yoktu?"

"Yok. Bu kadın öyle bildiğiniz bir yakınım değil."

"Nerede kendisi?"

"Adı Yeşim Erçetin. Dün silahlı bir saldırıya uğradı. Göztepe SSK Hastanesi'nde yatıyor olabilir."

O anda hemşirenin gözü çakmak gibi yanmaya başladı. "Ne dediniz siz? Silahlı saldırı mı?"

"Evet."

"Emin misiniz silahlı saldırıya uğradığından?"

"Eminim. Dün radyodan duydum."

"Ama," dedi hemşire. "Yoğun bakımda yatan bir hastaya bu tür bir bilgi vermemiz yasaktır."

"Tahmin ediyorum," dedim bütün şirinliğimle. "Bu aramızda küçük bir sır olarak kalabilir."

"Kadının adı ne demiştiniz?"

"Yeşim Erçetin."

"Peki," dedi hemşire. "Hangimizin küçük sırları yok ki? Ama kadın ölmüşse size kesinlikle söylemem. Tekrar bir kalp krizi geçirmenize neden olamam."

Hemşire arkasını dönüp odayı terk ederken, içimden Allah'a dua ettim. "N'olur Allah'ım," dedim. "N'olur? Onun ölmesine izin verme. Onu bana bağışla, onu bana bağışla..."

HAYATİ TEHLİKE

←

Gece yarısı hemşire odama girdi. Elini getirip alnıma koydu. O sırada gözümü açtım. "Pardon!" dedi. "Yoksa uyandırdım mı sizi?"

"Hayır," dedim kısık bir sesle. "Ama diğer hemşire hanım nerede?"

Hemşire, soğuk bir yüz ifadesiyle bana baktı. Âdeta burnundan soludu. "O yok," dedi tıslayarak. "Sabaha kadar ben nöbetçiyim."

"Acaba onu tekrar nasıl görebilirim?"

Hemşire, bu sefer de meraklı gözlerle bana baktı. "Söyleyin bakalım. Onunla ne işiniz var?"

"Hiç. Oradan buradan laflıyorduk," dedim durumu kurtarmaya çalışırken.

Sert sert bana baktı. "Ama burası yoğun bakım ünitesi. Sizin konuşmamanız gerekiyor."

"Elde mi ki konuşmamak?" dedim sesimi yükselterek hemşireye. "Bütün gün can sıkıntısından patladım bu odanın içinde."

Hemşire, bana bu sefer cevap vermedi. İşiyle meşgul olmayı yeğledi. Sıtmaya yakalanmış bir insan gibi o anda titremeye başladım. Üşüyordum. Alt çenem, üst çenemi âdeta dövüyor gibiydi. Çenemden tak tak ses çıkıyordu. Bu durum hemen hemşirenin dikkatini çekti. "Siz iyi misiniz?" dedi.

Öyle bir titriyordum ki, hemşireye cevap bile veremedim. Cebinden hemen bir derece çıkardı. Dereceyi yukarıya, aşağıya doğru salladı. Sonra da getirip koltuğumun altına yerleştirdi. "Şimdi anlarız," dedi. "Siz hiç merak etmeyin."

Birkaç dakika sonra koltuk altıma konan derece guguklu bir saatin kuşu gibi ötmeye başladı. Hemşire dereceyi koltuk altımdan çekip çıkardı. Işığa tuttu. Dikkatli gözlerle baktı. "Allah, Allah," dedi. "Otuz yedi derece. Neden titrediğinizi anlamış değilim. En iyisi nöbetçi doktoru çağırayım."

Hemşire koşar adım odayı terk ederken, içimi kaplayan korku bütün vücuduma dalga dalga yayılmaya başladı. Sarı kanaryam aklıma geldikçe üzüntüden âdeta kahroluyordum. Üstelik o anda kendi durumumun vahameti de beni içten içe bir kurt gibi yiyip bitiriyordu. Elimden ne yazık ki hiçbir şey gelmiyordu. Nöbetçi doktor odadan içeri girdiğinde bedenim hâlâ zangır zangır titriyordu. Doktor, hemşirelerden birtakım tahliller isterken, doktorun elini tuttum.

"Bütün bu istediğiniz tahlillere hiç gerek yok," dedim.

Doktor şaşırmıştı. Şaşkın gözlerle gözlerime baktı. "Gerek yok mu?"

"Evet," dedim kendimden emin bir şekilde. "İstediğiniz tahlillere gerek yok. Bu üşütme kalbimle ilgili. Kanayan kalbimle ilgili olacak."

Doktor, doğal olarak ne söylediğimi anlamamıştı. Hemen üzerime örtülen ince beyaz pikeyi kaldırıp kalbime baktı. "Kalbiniz mi kanıyor? Nasıl?" diye sordu.

O anda gülsem mi, yoksa ağlasam mı karar veremedim. Doktora baktım. "Hayır," dedim derin bir iç çekerken. "Bir tanıdığımdan haber alamadığım için çok üzgünüm. Bu yüzden de bu aşırı üzüntü bedenimde titremeye yol açtı."

Doktor bana baktı. "Siz ne yapmaya çalışıyorsunuz?" dedi kızgın bir şekilde. "Çok zor bir ameliyat geçirdiniz. Şu anda kendinizden başka kimseyi düşünmemelisiniz. Kendinizi bir an önce toparlayın. Bu tür şeyleri düşünmemeye çalışın."

"Bir tek şartla," dedim doktora.

Doktor, şaşkın gözlerle bana baktı. "Şunu bilesiniz ki hiçbir hastayla pazarlık yapmam," dedi.

"O zaman," dedim. "Sabaha kadar sizi uğraştırırım."

Doktor tekrar yüzüme baktı. "Neymiş o şartınız?"

"Akşamki hemşireyi görmek istiyorum."

Odadakilerle birlikte doktor da gülmeye başladı.

"Ooo," dedi. "Yoksa hemşiremize âşık mı oldunuz?"

Öne sürdüğüm tek şartımı kabul ettirebilmek için yalandan da olsa gülümsedim. Arkasından da ekledim: "Evet."

"Peki," dedi doktor katıla katıla gülerken. "O hemşireyi beş dakika sonra sizin yanınıza gönderiyorum."

Doktor ve diğer hemşireler odadan çıkıp giderken beklemeye koyuldum. Yaklaşık on dakika sonra hemşire odaya adımını atar atmaz bana söylenmeye başladı: "Ne yaptığınızı sanıyorsunuz siz?"

Hemşireye baktım. "Bana duymak istediğim haberi veriniz," dedim tehditkâr bir şekilde.

"Haber maber yok," dedi sinirli sinirli.

"Yoksa ölmüş mü?"

"Bilmiyorum," dedi tıslayarak.

"Bak güzel kızım. Senin deden yaşında sayılırım. Hadi söyle. Yoksa sabaha kadar bu odanın içinde meraktan öleceğim."

"O kadın sevgilinizmiş, doğru mu?"

Gözlerimi hemşireden kaçırdım. Başımı evet anlamında salladım. "Hem de kızınız yaşındaymış, öyle mi?"

Cevap vermedim. "Üstelik de fahişeymiş! Peki, bu doğru mu?"

Hemşirenin söylediği fahişe lafı bana çok dokundu. İçimi parçaladı. Bu sefer gözlerimi hemşireden kaçırmadım. Kendimden emin bir şekilde gözlerinin içine baktım. "Unutma kızım," dedim. "Fahişenin bile namuslusu vardır. Sen esas dışarıda namuslu geçinen fahişe ruhlulara bak."

Bu sefer hemşire gözlerini gözlerimden kaçırdı. Birkaç adım geriye gitti. Kapıya doğru yönelirken ağzındaki baklayı çıkarıverdi. "Size sadece şunu söyleyebilirim: Halen yoğum bakımda yatıyormuş. Hayati tehlikeyi henüz atlatamamış."

Hemşire bir kurşun gibi odadan fırlayıp çıkarken, yanağıma iki damla yaş düştü. Kaşımı oynattım. Gözlerimi tavana diktim. Dudağımı ısırdım. "Sana şükürler olsun Allah'ım... Sana şükürler olsun Allah'ım... Demek ki ölmemiş. Hâlâ yaşıyor," dedim hıçkıra hıçkıra ağlarken.

İLK ZİYARETÇİ

←

Saat sabahın dokuz buçuğunu gösteriyordu.

Erken saatlerde yoğun bakım ünitesinden çıkarılmış, tek kişilik yeni odama taşınmıştım. Ansızın kapı çaldı. Karşımda uzun boylu, bıyık ve saçları kömür siyahı, kahverengi keten ceketli, belinde tabancasının kabzası gözüken bir adam duruyordu.

Bana bakıp, "İyi günler beyefendi," dedi. "Öncelikle çok büyük geçmiş olsun."

"Sağ olun," dedim ürkek bir tavırla.

Adam, genç yaşına rağmen anasının gözüne benziyordu. Konuşmamdan ürktüğümü anlamıştı. "Benden korkmanıza gerek yok," dedi usulca. "Adım Çetin Polat. Bir cinayet vakasını araştırıyorum. Bilginize başvurmak için buradayım."

"O nasıl?" dedim ansızın. "Yaşayabilecek mi?"

Cinayet masasından olan memur, yüzüme anlamlı anlamlı baktı. "Yaşadığını nereden biliyorsunuz?" diye sordu.

"Biliyorum. Eski sağlığına kavuşabilecek mi?"

Polis memuru, "Sağlık durumunuzdan dolayı böyle bir bilgiyi size vermem şu an için doğru olmaz," dedi.

Kendime güvenim gelmişti. Ürkekliğim ağır ağır bedenimi terk etmeye başlamıştı. Az önceki heyecanlı sesimi kontrol etmeye başlamıştım. "Beni boş verin memur bey. Benim yaşıma geldiğinizde hayatın değeri bazı açılardan anlamını yitirebiliyor. Kendinizden daha değerli olan şeyleri düşünüyorsunuz. O, yaşayacak mı?"

Polis memuru tekrar yüzüme baktı. Sonra da, "Kendinizi ona karşı suçlu mu hissediyorsunuz?" diye sordu.

Duyduğum bu söz karşısında şaşırmıştım. "Suçlu mu?"

"Evet."

"Söyler misiniz neden kendimi suçlu hissedecekmişim? Benim hiçbir suçum yok ki. Olsa olsa bu yaşta duygularımın tutsağı olmak suçunu yüklenebilirim ki, onun da zararı sadece bana dokunur."

Bu düşüncelerim, anlaşılan memur beyin pek hoşuna gitmemişti. Bu yüzden olmuş olacak, bana sinirli sinirli baktı. "Ama," dedi. "Çok kimseye dokundu."

"Yanılıyorsunuz," dedim kendime olan anlamsız bir güvenle. "Onu bu yola iten ben değildim. Kimsenin hayatıyla da oynamadım. Hatta bu dünyada kimsenin hayatıyla oynamamak için bu yaşıma kadar yalnızlığı tercih ettim. Bu yüzden de benim hayatta kimsem olmadı."

Olayı soruşturan memur sesini çıkarmadı. "Size birkaç soru sormak istiyorum," dedi sadece.

"Buyurun. İstediğiniz soruyu sorabilirsiniz."

Cebinden bir not defteriyle kalem çıkardı. Sonra da başını kaldırıp bana dikkatli dikkatli baktı. Arkasından da ilk sorusunu sordu: "İsminiz?"

"Cemil Duran."

"Kaç yaşındasınız?"

"Yetmiş bir."

"Mesleğiniz?"

"Emekli."

"Nereden emeklisiniz?"

"Yurtdışında, uzakyol gemi kaptanlığı yaptım."

"Evli misiniz?"

"Hayır."

"Çocuğunuz var mı?"

O anda gözlerim buğulandı. Hemen kendimi toparladım. "Hayır," dedim.

"Yeşim Erçetin neyiniz olur?"

Kısa bir süre düşündüm. O, hakikaten neyim olurdu? Sevgilim desem tam manasıyla sevgilim değildi. Karım desem karım değildi. Düzüştüğüm kadın desem bu ona saygısızlık olurdu. Kısa bir süre için dalıp gittim. Memur beyin sorusu tekrar kulaklarımda çınladı: "Size sordum. Yeşim Erçetin neyiniz olur?"

O anda tekrar düşündüm. Geçmiş zamanlarda birlikte olduğum fahişe kadınları hatırladım. Onların hayat hikâyeleri gözümün önünden bir film şeridi gibi geçti. Sonra başımı kaldırıp memur beye baktım. "Yeşim benim hüzünlü kadınım olur," dedim.

O anda memuru görmeliydiniz. Gözleri âdeta yuvasından fırlamış gibiydi. "Pardon!" dedi. "Anlamadım. Yeşim neyiniz olurmuş?"

"Benim hüzünlü kadınım."

Memur bey, bu sözlerim üzerine gülmeye başladı. Ağzını anlamsız bir şekilde oynattı. Sonra da dudaklarını büzdü. "İlginç," dedi. "Ama şimdi şunu merak ettim: Bu fahişelerin hüzünsüzü nasıl olur acaba?"

Dilimin ucuna gelen düşüncelerimi karşımda duran bu kaba adama söylemek istememe rağmen söyleyemedim o anda. Eğer bütün cesaretimi toparlayıp aklımdan geçeni onun yüzüne karşı söyleyebilseydim, aynen şu sözü sarf edecektim: "Anan gibi olur!"

Memur bey, kendi kendine söylenerek şöyle bir not aldı: "Cinsel ilişki kurduğum fahişe olur."

Sesimi çıkarmadım. Zaten kendimi çok yorgun hissediyordum. Allah'ın sevgili kulu olacağım ki o anda odaya doktor girdi. "Sorularınız bitmedi mi memur bey? Unutmayın ki hastamız yoğun bakımdan çıkalı çok az bir zaman geçti."

Memur beyin keyfi kaçtı. Ağzının içinde bir şeyler geveleyerek doktora ters ters baktı. "Birazdan bitiyor," dedi.

"Peki," dedi doktor. "Sizi kısa bir süreliğine yalnız bırakıyorum. Hastayı muayene etmek için dışarıda bekliyor olacağım."

Doktor, yanındaki hemşireyle birlikte dışarı çıktı. Yine angut memurla baş başa kalmıştım. "Yeşim'in düşmanı var mıydı?" diye sordu.

Bu soruyu çok saçma bulmuştum. Daha dün cezaevinden çıkan bir hayat kadınının düşmanı olmaz mıydı? Buruk bir gülümseme gelip yüzüme oturdu. "Neden güldünüz?"

"Açık söylemek gerekirse sorduğunuz soruya güldüm. Siz de tahmin edersiniz ki mesleği hayat kadınlığı olan bir insanın düşmanı çok olur. Ama ben bu düşmanların kim olduğunu inanın ki bilmiyorum."

"Ailesinden biri olabilir mi?"

"Bilmem. Kimsenin günahını almak istemem; ama olabilir."

"Cinayete kurban giden Selim Bozkır'ın yakınları olabilir mi?"

"Bilmem. Belki onlar da olabilir."

Memur bey somurtarak yüzüme baktı. "Bildiğiniz başka bir şey varsa onlardan konuşalım isterseniz?"

"Bilmem," dedim. "Bildiğim bir şey inanın ki yok."

"Yeşim'le en son ne zaman görüştünüz?"

"Olayın olduğu gün görüştüm."

"Nerede?"

"Cezaevinden çıktığı akşam bana geldi. Onun vurulduğu yer benim evin iki sokak altında."

Polis memuru yeni bir şey öğrenmiş gibi heyecanlandı. Parmaklarıyla başını kaşıdı. Sonra da elinde tuttuğu kalemi havada döndürerek çevirmeye başladı.

"Peki," dedi. "Sizi gerekirse tekrar rahatsız edeceğim. Şimdilik daha fazla zamanınızı almak istemiyorum."

"Ortada delil var mı?" diye sordum meraklı gözlerle.

"Yok. Ama Yeşim'i vuranı ya da vuranları en kısa zamanda yakalayacağız. Bundan hiç kuşkunuz olmasın."

"Ondan şüphem yok," dedim memura. "Benim bütün şüphem onun yaşayıp yaşamayacağıyla ilgili."

Memur, not defterini keten ceketinin iç cebine koyarken, "Onu Allah bilir," dedi.

Memur bey odadan çıkıp giderken odanın içini sessizlik sarmıştı. Odanın duvarına asılı saatin çıkardığı tik tak seslerini duyabiliyordum sadece. Yeşim'in hayatta kalması için tekrar Allah'a dua ettim. Allah'tan benim geri kalan ömrümü ona vermesini istedim. Sonra ansızın bir şey oldu. Her yanımı saran sessizlik bir anda kayboldu. Kulağımda onun bana ilişkimizin ilk zamanlarında söylediği şu söz yankılandı: "Fahişe olduğum için beni hoyrat sevme. Fahişenin de bir kadın olduğunu sakın unutma. Bana kadın olduğumu hissettir..." Gözlerimden iki damla yaş akarken kapı çaldı. Aceleyle yanağıma düşen yaşları sildim. Bir kadın kapının aralığından bana seslendi: "Girebilir miyim?"

Kapıdan içeri giren Adalet Hanım'dan başkası değildi. Yerimde doğrulmak istedim. Hızlı adımlarla yanıma yaklaştı ve elimden tuttu. Beni geriye doğru hafifçe itti. "Aman," dedi. "Yerinizden kalkmayın sakın. Sırt üstü uzanıp dinlenin. Ben şu koltuğa geçip otururum şimdi."

"Hakkınızı ödeyemem," dedim utanarak.

"Ne hakkıymış ki?" dedi bana gülerek.

"Siz olmasaydınız benimle bu kadar ilgilenmezlerdi. Sahipsiz, yaşlı bir adamla kim ilgilenir, bana söyler misiniz? Eminim ki bu özel odada da sizin sayenizde kalıyorum."

"Olanlara çok üzüldüm," dedi Adalet Hanım, bir anda konuyu değiştirerek.

Güneş ışığı tam uzandığım yatağın üzerine düşmüştü. Kırmızı ile sarı arası bir renkteydi. Sırt üstü yattığım yerden Adalet Hanım'a baktım. "Ben de," dedim cılız bir sesle.

"Siz nasılsınız? Nasıl oldunuz?"

"Nasıl olabilirim ki Adalet Hanım? Ölüme şimdilik bir çalım attım; ama Yeşim benim kadar şanslı değil galiba."

"O, gerçekten sizin için bu kadar önemli birisi mi?"

"Bilmenizde yarar var," dedim Adalet Hanım'a. "Yıllar önce çok sevdiğin karımı ve iki kızımı bir deniz kazasında kaybettim. O gün kendime şu sözü verdim: Bir daha başkasına âşık olmayacağım! Kendime bu sözü verdiğimde henüz otuz altı yaşındaydım. Sözümü bu zamana kadar tuttum; ama Yeşim'i tanıdıktan sonra yeminime ihanet ettim. Peki, yeminime ihanet ettiğim için pişman mıyım? Artık neyin doğru neyin yanlış olduğunu ben de bilmiyorum. Kendimi sorgulamak ve suçlamak da istemiyorum. Çünkü bazen uğruna ölünesi şeyler, uğruna yaşanılası şeyler oluyor. Artık bu saatten sonra kendimi suçlamak için önümde pek de bir zamanım kalmadı. Yakında bu fani dünyadan göçüp gideceğimi biliyorum. Bunu hissediyorum. Bunu size anlatıyorum; çünkü yıllar önce yurtdışında gittiğim bir psikiyatr bana şu sözü söylemişti: Bozulan ruh halini ancak içindeki sıkıntılarını bir başkasıyla paylaşarak tedavi edebilirsin... O günden sonra anladım ki aklından geçen düşünceleri paylaşmak insanın kurtuluş yollarından meğerse birisiymiş. Ama ben aileme verdiğim yeminimden asla geri dönmedim. Yıllardır hayatıma hiç kimseyi sokmadığım için, içimdekileri anlatacak kimsecikleri de bulamadım. Ta ki sarı kanaryam dediğim Yeşim'in karşıma çıktığı o ana dek."

Adalet Hanım, söylediklerim karşısında derin düşüncelere dalmıştı. Bir süre konuşmadı. Sonra gözlerini gözlerime dikti. "Sizi çok iyi anlıyorum," dedi. "Herhalde bir şeyleri anlatmak, hiç olmazsa insanın yüreğini sıkan bu mengeneyi az da olsa gevşetiyor. Böylece boşalıyorsun, ferahlıyorsun. Sırtındaki yükü üzerinden atıyorsun. Göğsüne baskı yapan karanlık ruhu çekip bunalımdan kurtarıyorsun. Bence insan derdini açık seçik söylemeli. Nefesi içinde tutmak gibi bir şey acıyı, derdi içinde saklamak. İnsan aldığı nefesi verince nasıl rahatlıyorsa, içine dolan tasayı da ancak anlatınca rahatlar bence."

Kadının bu sözleri dalganın kıyıyı dövdüğü gibi beni dövdü. Söylediği o güzel sözlerin üzerine söyleyecek tek bir söz bulamadım. Sadece gayri ihtiyari olarak başımı salladım. O sırada Adalet Hanım oturduğu yerden doğruldu. Kalkıp pencereye doğru yürüdü. "Kusura bakmayın," dedi büyük bir nezaketle. "Güneş neredeyse gözümün içine girecek. Perdeyi biraz çekmek istiyorum."

"Nasıl isterseniz," dedim aynı incelikle. Sonra da tekrar gelip aynı yere oturdu. Meraklı gözlerle bana bakıp şu soruyu sordu: "Nasıl öğrendiniz onun vurulduğunu?"

"Dolmuştayken," dedim.

"Dolmuştayken mi?"

"Evet. Kahrolası radyo açıktı. Radyodan öğrendim. Daha sonrasını da inanın hiç hatırlamıyorum. Kendime geldiğimde gözümü bu hastanede açtım."

"Olacak şey değil," dedi başını sallayarak.

"Evet," dedim. "Ama oldu işte. Sonra da size haber vermişler. Kartvizitinizi cebimde bulmuşlar."

"Evet. Duyar duymaz hemen geldim."

"Keşke zahmet edip gelmeseydiniz. Size de iş çıkardım."

"Hiç olur mu canım? Bana anlatacağınız hikâyenizi dinlemeden sizi hiçbir yere bırakmam," dedi gülerek.

Ben de güldüm. "Gerçekten hâlâ dinlemek istiyor musunuz?"

"Siz anlatırsanız seve seve dinlerim."

Neden bilmem, o anda içimi bir hüzün kapladı. Sustum. "N'oldu?" dedi Adalet Hanım. "Neden birden bire sustunuz?"

"Yeşim," dedim çatallaşan bir sesle. "Ne yazık ki artık onun izni olmadan hikâyeyi anlatacağım size."

Kadın, boş gözlerle bana baktı. "İsterseniz onun iyileşmesini bekleyebiliriz," dedi.

"Hayır," dedim. "Artık onun da, benim de bekleyecek zamanımız kalmadı. İnanın ki bunu hissedebiliyorum. Onun fahişe olmasını nasıl değerlendireceğinizi doğrusu bilemem; ama benim için bir melek kadar saf olan o kadının bütün hayat hikâyesini size anlatacağım."

"Ya kendi hikâyeniz?" dedi Adalet Hanım. "Sizin kendinizle ilgili anlatacak hayat hikâyeniz yok mu?"

Bir kez daha Adalet Hanım'a baktım. Arkasından da ekledim: "Bu zaten benim hayat hikâyem..."

NAZİRE

←

Hastaneden taburcu olalı bir hafta olmuştu. Eski sağlığıma yavaş yavaş kavuşmaya başlamıştım. Ama hâlâ sırtımda kalp krizi öncesinin ağrıları vardı. Keyfim yoktu. Keyfimin olmayışı da sağlıksızlığımdan ötürü değildi. Yeşim'den dolayı ağzımın tadı tuzu yoktu. Her Allah'ın günü onun yattığı hastaneyi telefonla aradım. Sık sık durumu hakkında bilgi edindim. Hâlâ yoğun bakım ünitesinde, solunum cihazına bağlı yaşıyordu. O gencecik bedenine tam üç kurşun isabet etmişti. Kurşunlardan biri beynine girip oracıkta kalmıştı. Diğer iki kurşun ise, bacak kemiğini parçalamıştı.

Bu olayın üzerinden tam bir hafta geçmesine rağmen, Yeşim'i vuranlar hâlâ gün yüzüne çıkmamıştı. Saldırganlar âdeta sırra kadem basmıştı. Her geçen gün Allah'a sitem ettim. İçime düşen karamsarlıktan dolayı olsa gerek kendime sorup duruyordum. İşlenen suç cezasız mı kalacaktı? İlahi adalet ne zaman tecelli edecekti?

O gece yine sabaha kadar uyumadım. Kafamın içinde bir tilki gibi dolaşan bu kötü düşünceleri kovamadım. Yatak odamdan salona geçtim. Televizyonu açtım. Sabah haberlerini bir süre izledim. Haberleri sunan spiker oğlan, avazı çıktığı kadar bağırarak elinde tuttuğu haber metinlerini okuyordu. Bir cinayet haberinden diğer bir soygun haberine geçiyordu. O anda anladım ki, bu ülkenin değişmez haberleri bunlardı. Ya bir cinayet, ya bir kaçırılma, ya bir tecavüz, ya da bir soygun... İnsanları bunalıma sürükleyecek haberler... Elimdeki kumandayla televizyonu kapattım. Oturduğum yerden kalktım. Balkon kapısını açıp dışarı çıktım. Derin bir nefes aldım. Bir tabure çekip oturdum. Gözlerimi sokağa diktim. Şehir çoktan uyanmıştı. İnsanlar, işlerine gidiyor; arabalar, motor gürültülerini sokağa salıyordu. O sırada kapının zili çaldı. Kendimi bildim bileli kolumdan bir an bile çıkarmadığım Citizen saatime baktım. Saat dokuzu gösteriyordu. Kapıyı açtım. "Günaydın Cemil Bey," dedi Nazire.

"İçeri gir kızım," dedim hafif tebessüm ederken. "Sana da günaydın."

"Bugün hava çok sıcak. Sakın dışarı çıkmayın Cemil Bey. Havanın sıcaklığı şimdiden böyleyse herhalde öğle üzeri cayır cayır yanacağız."

"Haklısın kızım," dedim. "Gazetemi getirdin mi?"

"Getirmez olur muyum hiç? Tabii ki getirdim."

"Sağ ol be kızım. Vallahi kapıcı Ekrem Efendi'yi bir haftadır aratmadın bana. Sordun mu? İzinden ne zaman dönüyormuş?"

"Daha bir haftası varmış. Memleketi Sivas'a gitmiş."

"Başka bir yere gitse şaşırırdım zaten. Tam kırk beş yıldır hep memleketine gidermiş."

"Kırk beş yıl mı?"

"Evet. Ayrıca şu gerçeği biliyor musun?"

"Hangi gerçeği?"

"Ben de ilk duyduğumda inanamamıştım. Bu apartmanın en eski sakini Ekrem Efendi'ymiş. Apartman yapıldığı günden beri bu binada kapıcılık yapıyormuş. Biz ona göre bu apartmanda yeni sayılıyoruz. Aslına bakarsan o da yaşlandı kızım; ama eskinin yüzü hürmetine kimse çık git diyemiyormuş ona."

"Vay be," dedi şaşkınlıkla Nazire.

Ona bakıp güldüm. "Darısı kocanın başına," dedim.

"Aman istemem Cemil Bey," dedi. "Kırk beş yıl kapıcı karısı olarak kalmak istemem. Benim herif vallahi beni çalışmaktan öldürür. Gözünü para bürümüş mendebur adamın. Kendine bir gün ağlamaz. Kazandığımız bütün parayı memleketindeki ailesine gönderiyor. Biz burada eşek gibi çalışıyoruz. Memlekette yan gelip yatan ailesi de bizim kazandığımız paraları yiyor."

"Hadi kızım," dedim. "Bırak şimdi zevzekliği. Bir çay suyu koy da kahvaltı yapalım. Daha ilaçlarımı içmedim."

"Tamam," dedi Nazire. Sonra da mutfağa gidip ocağın altını yaktı.

Nazire, iki sokak yukarıdaki kapıcının karısıydı. Hastaneden çıkmadan iki gün önce bizim kapıcı Ekrem Efendi'yi aradım. O da beni merak etmiş. Hatta gidip karakola kaybolduğuma dair ihbarda bulunmuş. Telefonda sesimi duyunca çok heyecanlanmıştı. O gün ondan evde çalışacak bir hizmetçi kadın bulmasını istedim. Sağ olsun beni kırmamış, memleketlisi olan kapıcının karısını bulup göndermişti. O sırada elimde tuttuğum gazeteye göz atarken, mutfaktan bana seslendi Nazire: "Kahvaltı masanız hazır Cemil Bey."

"Geliyorum," dedim. Sonra da mutfağa gitmeden önce pantolonumun cebinden cüzdanımı çıkardım. "Bir dakika yanıma gelir misin kızım?" diye yüksek sesle Nazire'ye seslendim.

"Hemen geliyorum Cemil Bey."

Nazire, birkaç saniye sonra yanımda belirdi. "Bak kızım," dedim. "Bugün önemli bir misafirimiz var. Al şu parayı. Caddenin karşısındaki pastaneden pasta almanı istiyorum. Bir de bak bakalım, buzdolabında süt var mı?"

Nazire, koşar adımlarla tekrar mutfağa gitti. Mutfaktan seslendi: "Buzdolabında süt yokmuş Cemil Bey."

"Tamam, öyleyse," dedim. "Unutma! Süt de al." Nazire tekrar yanıma geldi. "Bak kızım," dedim. "Şimdi şu söyleyeceğim şeyi asla unutma."

Nazire, gerçekten de çok önemli bir şey söyleyeceğimi sanmış olacaktı ki, meraklı gözlerle bana baktı. "Asla unutmam," dedi.

"Bugün bu eve gelecek olan kadın, senin bildiğin kadınlardan değil."

O anda Nazire'de dikkatimi çeken bir şey oldu. Yüzü bir anda asıldı. "N'oldu kızım? Yüzün niye asıldı?" diye sordum meraktan.

"Yok. Bir şey yok," dedi.

Ama Nazire'nin yanakları elma gibi kıpkırmızı kesilmişti. Yüzü âdeta alev alev yanıyordu. "Bana yalan söyleme kızım. Bir şey mi oldu?"

"Nasıl söylesem," dedi utana sıkıla. "O kadın mı gelecek?"

"O kadın da kim kızım?"

"Hani o gazetelere çıkan kadın vardı ya? O kadın mı gelecek buraya?"

Kimden bahsettiğini anlamıştım. Sinirlenmemek için kendimi zor tuttum. "Hayır," dedim. "Bu kadın bir yazar. Benim gibi yaşlı ve biraz da huysuz. Sana söyleyeceğim önemli şey şuydu: Kahvenin yanında süt getirirken mutlaka sütü iyice ısıt. Sakın ola ki kahvenin yanında soğuk süt getirme. Yoksa ikimiz de yanarız."

"Kadın yazar mı?" dedi şaşkınlıkla. Sonra da ekledi: "Ne yazıyormuş ki Cemil Bey?"

"Şimdi bırak gevezeliği Nazire," dedim. "Aklının ermediği şeyleri sorma."

"Tamam," dedi boynunu bükerek. "Ben de bir daha sormam size Cemil Bey. En iyisi ben şimdi gidip alacaklarımı alıp geleyim."

Vakit gün ortasına doğru yaklaşıyordu. Balkonda oturmuş Adalet Hanım'ı bekliyordum. Nazire, ortalığı toparlamış, evi süpürmüştü. Adalet Hanım'a ikram edeceğimiz şeyleri de çoktan hazır etmişti. Bir ara yanıma geldi. "Bu yazar kadın ne zaman gelecek Cemil Bey?" diye sordu.

"Ne yapacaksın kızım? Kadını çok mu merak ettin?"

"Merak etmesine ettim ama benim derdim o değil. Sigara böreği sardım. Şimdi kızartsam mı, yoksa kızartmasam mı diye kararsız kaldım."

Tam da ağzımı açıp Nazire'ye laf söyleyecektim ki, kapının zili çaldı. "Kapıyı aç," dedim anlam veremediğim bir heyecanla.

Nazire fırladı. Kapıyı açtı. Kapının önünde kimsecikler yoktu. O anda kapı zili tekrar çaldı. Nazire, bu sefer megafonun düğmesine bastı. Arkasından da dış kapıyı açan düğmeye. Sonra da megafondan aşağıya seslendi: "Asansörle üçüncü kata çıkın lütfen."

"Kız Nazire," dedim.

"Efendim Cemil Bey," dedi arkasına dönüp bana.

"Adalet Hanım'ın olduğunu nereden anladın? Ya gelen bir satıcıysa?"

"Yok, yok," dedi. "Şimdi bakın görün, gelen o yazar kadından başkası değildir."

Asansörün kapısı açıldı. Gerçekten de asansörün içinden Adalet Hanım çıktı. "Buyurun," dedi Adalet Hanım'a, Nazire.

"Sağ ol kızım," dedi Adalet Hanım.

"Buyurun," dedim Adalet Hanım'a bu sefer de ben.

Adalet Hanım elinde tuttuğu paketi Nazire'ye uzattı. Arkasından da ekledi: "Al bunu kızım. Bana da hemen bir bardak ılık su getir lütfen."

İçeri salona geçtik. Adalet Hanım göz ucuyla yaşadığım evi süzdü. "Hoş geldiniz! İstediğiniz gibi oturabilirsiniz Adalet Hanım," dedim.

"Güzel bir eviniz varmış," dedi gülerek. "Doğrusu, bu kadar güzel bir ev beklemiyordum."

Yüzüm kızardı. "Sağ olun. Eşyaların birçoğunu kaptanlık yaptığım dönemde yurtdışından getirmiştim. Biraz eskidiler ama ne yapayım klasik olan her şeyi seviyorum."

Adalet Hanım katıla katıla gülmeye başladı. "Neden gülüyorsunuz?" diye sordum şaşkın şaşkın.

"Hiç," dedi muzip bir şekilde. "Eşyanın klasik olanını seviyorsunuz. Kadınların ise genç olanını. Ne tezat şey öyle değil mi?"

"Allah aşkına. Yine beni utandırmaya mı çalışıyorsunuz?" diye sordum gülerken.

"Ne münasebet?" dedi ciddi bir yüz ifadesi takınarak. "Biraz ortamın havasına neşe katmak istedim. Sizi karşımda sapasağlam görünce mutlu oldum. İyi görünmenize gerçekten çok sevindim."

"Sağ olun," dedim ince bir nezaketle. "Ben de sizi evimde görünce mutlu oldum."

"Bir haftadır nasılsınız?"

"Nasıl olabilirim? Her günüm onu düşünmekle geçiyor."

"Sağlık durumunda bir gelişme var mı?"

"Yok. İşin gerçeği doktorlar pek umutlu değil."

"Biliyorsunuz; çıkmayan candan umut kesilmez."

"Doğru. Ama doktorların söylediğini de yabana atmamak lazım."

"Hiç mi gözünü açmamış?"

"Hayır."

"Bari kızcağızı vuranlar yakalanmış mı?"

"Henüz değil. Her gün adaletin tecelli etmesini bekliyorum."

"Merak etmeyin. Adalet, er ya da geç tecelli edecek. Şimdilik önemli olan onun sağlık durumu."

Tam bu sırada kapı çalındı. Konuşmamız bir anda kesildi. "Nazire kızım," dedim. "Kapıya bakar mısın? Gelen kimmiş?"

"Hemen bakıyorum Cemil Bey."

Nazire kapıyı açtı. "Kimmiş gelen kızım?" diye seslendim.

"Postacı. Sizi görmek istiyor."

Postacı, mektubu elime tutuştururken önümde saygıyla eğildi. "İyi günler beyefendi," dedi.

"Size de."

"Cezaevinde bir yakınınız mı var?"

Şaşırmıştım. "Hayır," dedim.

"Adınız Cemil Duran değil mi?"

"Evet."

"Allah, Allah," dedi postacı. "Mektup size gelmiş."

Zarfın üzerine baktığımda gönderen kısmında herhangi bir isim yazmıyordu. "Bir dakika," dedim postacıya. Sonra da mektubu açtım. Kalbim yerinden fırlayacak gibi oldu. Mektup gerçekten de bana yazılmıştı. Mektubu yazan da Tamer'di. Postacı kireç gibi olan yüzüme baktı. "İyi misiniz?" dedi.

Nefesim daralmıştı. "İyiyim evladım," dedim titrek bir sesle. "Mektup gerçekten de bana gelmiş. Mektubu gönderen ise çok uzaktan bir tanıdığım."

Postacı, çantasının ağzını kapattı. "Size tekrar iyi günler dilerim beyefendi," dedi ve sonra da arkasını dönüp gitti.

Nazire, postacının arkasından kapıyı kapattı. "Tansiyon aletini getir bana," dedim Nazire'ye elim ayağım titrerken.

Nazire, tansiyon aletini getirmeye giderken Adalet Hanım yanıma geldi. "Bir şey mi oldu Cemil Bey? Renginiz kül gibi olmuş."

"Kolunuzdan saatinizi çıkarın Cemil Bey," dedi Nazire.

Hep birlikte salona geçtik. Nazire, tansiyon aletini koluma bağladı. Elinde tuttuğu siyah pompaya üst üste basmaya başladı. Kısa bir süre geçtikten sonra, "Büyük on dokuz, küçük on dört," dedi sesi titreyerek.

"Bayağı yüksekmiş," dedi Adalet Hanım. "Tansiyon ilacınızdan bir tane alsanız iyi olur."

Nazire, tansiyon ilacımı getirdi. Yarım bardak suyla hapı yuttum. Sonra da koltuğa geçip biraz uzandım. Adalet Hanım'ın karşısında mahcup bir duruma düşmüştüm. "Olanlar için kusura bakmayın Adalet Hanım," dedim.

Başıma bir elektrik direği gibi dikilen Adalet Hanım gülerek bana baktı. "Kusur mu? Ne kusuruymuş canım? Sağlığın kusuru mu olur hiç?" dedi.

"İt herif," dedim sinirli sinirli. "Acaba ev adresimi nereden bulmuş? Adresimi bildiğine göre Yeşim'i de Allah bilir o vurdurdu."

"Kim?" dedi Adalet Hanım.

"Kim olacak?" dedim. "Tamer."

"Tamer mi?"

"Evet."

Adalet Hanım endişeli gözlerle bana baktı. "Sizden özür dilerim Cemil Bey. Ama söylediklerinizden en ufak bir şey anlamadım."

Elimde tuttuğum mektuba âdeta soğuk terler dökerek baktım. Sonra mektubu Adalet Hanım'a uzattım. "Şu mektubu sesli okur musunuz lütfen?" dedim.

Adalet Hanım, mektubu aldı. Sonra da yüksek sesle okumaya başladı: *"Senin sonun da Yeşim gibi olacak. Onu benden çalmayacaktın. Mahpus damlarından dışarıya salmayacaktın. Tamer!"*

Adalet Hanım, tehdit dolu bu kısa mektubu bitirdiği zaman zangır zangır titriyordu. O titrek sesiyle sordu: "Allah aşkına ne bu mektup?"

"Yerinize oturun lütfen," dedim Adalet Hanım'a. "Şimdi size en başından başlayarak her şeyi tek tek anlatacağım. Vakit çoktan geldi de geçiyor bence..."

ELIANA

←

"Bin dokuz yüz altmış beş yılı yazında, tam otuz bir yaşındayken evlendim. O zamana kadar sadece bir kez âşık olmuştum. Zaten kısa sürede tanışıp âşık olduğum, delicesine tutulduğum o kadınla da hiç vakit kaybetmeden evlendim.

Karım evlendiğimizde yirmi dokuz yaşındaydı. İtalyan'dı. Adı Eliana'ydı. Evliliğimizin üzerinden tam iki sene geçtikten sonra, ikiz bebeklerimiz dünyaya geldi."

"Pardon," dedi Adalet Hanım lafımı kesip, "Karınızla nasıl tanışmıştınız?"

Adalet Hanım'ın sorduğu soruya tam da cevap verecektim ki, o sırada salonun kapısı açıldı. İçeri Nazire girdi. "Pardon Cemil Bey," dedi. Sonra da Adalet Hanım'a dönüp sordu: "Ne içersiniz efendim?"

"Kahve," dedi Adalet Hanım. "Yanında da süt istiyorum; ama süt sıcak olsun. Soğuk getirmeyin lütfen."

Nazire, Adalet Hanım hakkında daha önce söylediğim sözleri hatırlamış olacaktı ki, yüzüne hınzır bir tebessüm yayıldı. Sonra da belli belirsiz başını salladı. "Sıcak süt," dedi. "Size sıcak süt getiriyorum efendim."

"Evet," dedi Adalet Hanım. "Sıcak süt getiriyorsunuz."

Nazire daha sonra başını bana çevirdi. "Siz ne içersiniz Cemil Bey?"

"Her zamankinden," dedim. "Sade kahve istiyorum."

Nazire kahveleri getirmek için odadan çıkarken, Adalet Hanım'a baktım. "Postanede," dedim. "Rahmetli karımla postanede tanışmıştım."

"Nasıl tanıştınız?"

"Kaptanlık yaptığımı söylemiştim. Noel'den iki gün önce İtalya'nın Napoli kentine geldim. İspanya'dan getirdiğimiz yükü limana boşalttık. Gemiye yeni yükleme yapılması için de Noel sonrasını beklemeye koyulduk. İstanbul'da yaşayan aileme yılbaşı kartı atmak için postaneye gittim. Eliana'yı ilk kez orada gördüm. Postanede memur olarak çalışıyordu. Tip olarak âdeta bizim Türk kızlarına benziyordu. Simsiyah saçları ve iri bir zeytin büyüklüğünde kapkara gözleri vardı. O anda ondan çok etkilenmiştim. Yılbaşı kartını İstanbul'da yaşayan aileme postaladıktan sonra oradan ayrıldım. Kaldığım otele döndüm. O gece, bir an bile olsun aklımdan çıkmadı. Ertesi gün postaneye tekrar onu görmeye gittim. Beni karşısında görünce güldü. Ayaküstü biraz lafladıktan sonra onu öğle yemeğine davet ettim. Kibar bir kadındı. Teklifimi geri çevirmedi. Öğle arası birlikte yemek yedik. İşte o gün ikimizin ilişkisi başladı. Bu ilişkiden tam yedi ay sonra da ona evlenme teklif ettim."

"Sizinki yıldırım aşkıymış desenize," dedi Adalet Hanım.

"Evet," dedim içim burkularak. "Her şey bir anda olup bitti."

O sırada Nazire elinde tuttuğu tepsiyle odaya girdi. "Kahveleriniz," dedi.

"Şöyle bırak," dedim Nazire'ye.

Nazire kahveleri sehpanın üzerine bırakırken, Adalet Hanım da içi süt dolu fincanı eliyle tuttu. Sıcaklığına baktı. "Aferin," dedi Nazire'ye. "Benim evimde çalışan kadına, yıllarca sıcak süt getirmesini bir türlü öğretemedim."

Nazire, hınzır hınzır bana bakıp güldü; ama bu gülüşün arkasından da kendisini övmekten geri kalmadı. "Bizim işimiz bu Adalet Hanım. Kulağını dört açacaksın ki söyleneni anlayacaksın."

"Nazire," dedim. "Şu kurabiyeleri de getir. Ondan sonra da kapıyı kapat. Ben sana seslendiğim zaman gelirsin. Bundan sonra konuşmamızın arasına ikide bir girmeni istemiyorum."

"Olur, Cemil Bey. Benim zaten mutfakta işim var. Siz rahat rahat konuşun. Ben konuşmanızı bölmem."

"Maşallah! Ne kadar akıllı bir kız," dedi Adalet Hanım.

Bu söz üzerine kendimi tutamayıp gülmeye başladım. "İsterseniz sizin evdeki kadınla değiş tokuş yapabiliriz," dedim.

Nazire hemen söze atıldı. "Sizi bırakıp hiçbir yere gitmem ben."

"Sen sus kızım," dedim. "Daha bir haftadır bende çalışıyorsun."

Omzunu silkti. "Olsun," dedi. "Ha bir hafta, ha bin hafta. Benim için fark etmez."

"Yok, yok istemem," dedi Adalet Hanım bir yandan da bana göz kırparak. "Nazire gibi birine sizin daha çok ihtiyacınız var. Şu anda bakıma ihtiyacı olan sizsiniz."

Nazire odadan çıkıp giderken Adalet Hanım önüme koyduğu minik teybin düğmesine bastı. "Sonra n'oldu?" diye sordu.

Kahvemden bir yudum aldım. "Bin dokuz yüz yetmiş yılının o 4 Temmuz günü," dedim sesim çatallaşırken. "Hayatım kökten değişti."

Adalet Hanım bana baktı. "İyi misiniz?" dedi.

Buğulu gözlerle Adalet Hanım'a baktım. "O uğursuz güne tekrar dönmek beni incitiyor," dedim.

"Şayet kendinizi kötü hissediyorsanız..."

Adalet Hanım'ın sözünü kestim. "Kendimi kötü hissetsem de anlatacağım. Teybiniz kayıtta mı?"

Oturduğu yerden uzandı. Teybe baktı. "Evet."

"Eliana'yla yaklaşık altı yıl, ikiz kızlarımla da doya doya üç yıl birlikte yaşadım. Birlikte geçirdiğimiz o günleri bugün hâlâ hatırlarım. O günleri nasıl unutabilirim ki! Âşık olduğum bir kadın ve canımdan çok sevdiğim küçük iki kızım vardı. Kızlarımız Eliana'nın âdeta kopyası gibiydi. Eliana'ya baktıkça kızlarımı, kızlarıma baktıkça da Eliana'yı görüyordum. Kızlarımız dünyaya geldikten sonra Eliana postanedeki işini bıraktı. Kendisini kızlarımızın bakımına adadı."

"Pardon," dedi Adalet Hanım. "İtalya'da hangi şehirde yaşıyordunuz?"

"Roma'da."

"Güzel bir şehir."

"Roma'ya evlendikten sonra taşındık. Keşke oraya hiç taşınmasaydık. Oraya taşınmamızı Eliana çok istemişti."

"Neden? Daha önce nerede yaşıyordunuz ki?"

"Eliana Napoli'de yaşıyordu. Postanedeki işinden ayrıldıktan sonra Roma'ya taşınalım diye tutturdu. Tam bir Roma hayranıydı."

"Anlamadım," dedi Adalet Hanım. "Roma'ya taşınmanızın kötü tarafı neydi?"

Kahvemden bir yudum aldım. "Size belki komik gelebilir ama ben şöyle düşünüyorum," dedim. "Roma'ya taşınmasaydık belki de o gün o feribotta onlar olmayacaktı."

"Kim?"

Sustum. Kısa bir süre dalıp uzaklara gittim. Gözlerim yaşardı. Sesim boğuldu. "Ailem," dedim. "Onları o gün feribot kazasında kaybettim."

Adalet Hanım âdeta oturduğu yerde donup kaldı. "Üzüldüm," dedi kısık bir sesle.

"Bir de beni düşünün," dedim ağlamaklı bir sesle. "O gün ben de onlarla birlikte öldüm. Bin dokuz yüz yetmiş yılının o 4 Temmuz günü benim karalar bağladığım gündü."

Adalet Hanım şaşkın gözlerle bana baktı. "Nasıl olur?" dedi.

"Oluyor işte. Eliana iki hafta da bir kızlarımızı alıp mutlaka Napoli'de yaşayan annesine giderdi. Napoli'ye giderken de her zaman feribotu kullanırdı."

"Kaza nasıl olmuş peki?"

"Ben o sıralar yine seferdeydim. Acı haberi Yunanistan'dayken aldım. 4 Temmuz sabahı bindikleri feribota bir gemi çarpmış. Çarpmanın şiddetiyle feribot bir ağacın dalı gibi âdeta orta yerinden kırılmış. Kazada tam kırk iki kişi hayatını kaybetti. Ben de o kazada Eliana'yı ve iki kızımı kaybettim. O gün bu acı olayı haberi alır almaz apar topar uçakla İtalya'ya döndüm. Karımı ve iki kızımı toprağa verirken, o gün ben de onlarla birlikte öldüm. Onların cansız bedenlerinin üzerine kara toprak atılırken ben de kendi kendime şu sözü verdim: Bir daha başkasına âşık olmayacağım!"

"Korkunç bir şey bu," dedi Adalet Hanım.

"Korkunçtan da öte bir şey bu," dedim. "Düşünebiliyor musunuz Adalet Hanım? O gün kendime bu sözü verdiğimde henüz otuz altı yaşındaydım. O günden sonra her gece bir şişe viski ve iki paket sigara tükettim. Sabah olduğunda çoğu zaman koltuğun üzerinde sızıp kalıyordum. Sızdığım yerden akşamüzeri kalktığımda mutlaka kusar, o kusmuğun üzerine oturup tekrar sabaha kadar içerdim. Bu tam bir yıl boyunca böyle devam etti. Sonra bir gün rüyamda Eliana'yı gördüm. Benimle konuşup, kulağıma şu sözleri fısıldadı: 'Bu dünyanın cennetinde bana cehennem hayatı yaşatıyorsun. Arkamızdan döktüğün gözyaşlarınla beni boğma. Seni sonsuza kadar da olsa burada bekleyeceğim...'

O gün gördüğüm bu rüyayı gerçek sandım. Bir anda gözlerimi açtım. Soğuktan donmak üzere olan bir kuş gibi tir tir titredim. Bacaklarımı karnıma doğru çektim. Saatlerce ağladım. Kendime geldiğimde masanın üzerinde duran viski şişesini aldım. Banyoya koşup lavabonun içine döktüm. O gün, ölmüş karıma bir daha böyle içmeyeceğime dair söz verdim. Çok iyi bir gemi kaptanı olduğum için bir ay sonra hemen yeni bir iş buldum. O dönem gemi kaptanlığından çok iyi paralar kazandım. Zaten denizde harcamamız da yoktu. Şimdi iyi bir hayat sürüyorsam, o dönem kazandığım paralar sayesindedir. Emekli olduğum gün İstanbul'a yerleşmeye karar verdim. Ömrüm hep yurtdışında geçmişti. O yıllarda İngilizceyi, Fransızcayı, İtalyancayı ve İspanyolcayı ana dilim gibi öğrendim. Ailenin tek çocuğuydum, hiç kardeşim olmadı benim. Yıllar önce annem de, babam da bu evde öldüler. Uzaktan akrabalarım var; ama nerede olduklarını hiç bilmiyorum. Doğrusu bilmek de istemedim."

Adalet Hanım kahvesinden bir yudum aldı. "Merakımı bağışlayın," dedi. "Eşiniz öldükten sonra gerçekten hiçbir kadınla birlikte olmadınız mı?"

"Bir yıl boyunca hiçbir kadınla cinsel ilişkiye girmedim. Cinsel ihtiyacın dışında da gönlümü hiç kimselere açmadım. Eliana'dan başkasını sevmedim."

"Ama Yeşim'i sevdiniz, doğru mu?" diye sordu Adalet Hanım.

"Yalan yok. Bir tek onu sevdim; ama onu sevme hikâyem bile bir başka."

Adalet Hanım'ın yüzünü derin bir hüzün sardı. "Erkekleri kendine âşık eden birçok kadın tanıyorum," dedi. "Yeşim de sizi kendisine bilerek âşık etmiş olabilir mi? Sonuçta unutmayın ki, o bu işleri yapan profesyonel bir fahişe."

Fahişe sözcüğünü duyduğum an tüylerim diken diken olmuştu. Bunun üzerine sert bir çıkış yaptım: "Allah aşkına bana söyler misiniz? Bu hayattaki vesikasız fahişelere sizce ne demeli?"

"Ne mi demeli?"

"Evet. Ne demeli?"

"Bu sorunuzun muhatabı ben değilim ki. Şu gerçeği unutmayın ki, insanlar bu hayatta tecrübe kazandıkça, işledikleri günahlarda da ustalaşırlar. Hepimiz bir süre sonra şehvet düşkünü oluruz. Keder günahları işleriz."

"Yaşını başını almış bir insan olarak bu sözlerinize katılmamam imkânsız," dedim. "Ama ben size diyorum ki, vesikalı fahişeler alın yazıları yüzünden basitlikle suçlanamazlar."

"Galiba siz beni yanlış anladınız," dedi Adalet Hanım hararetli bir şekilde. "Ben onları basit fahişe kadınlar olmakla suçlamıyorum."

"Ama az önce fahişe kelimesini kullandınız."

"Evet. Bilerek kullandım. Ne olmuş? Her kadın biraz fahişe ruhlu değil midir? Hele bir de bu işi profesyonelce yapan ve mesleği fahişelik olan bir kadından bahsediyoruz."

"Onu gerçekten tanısaydınız fahişe demezdiniz."

"Ben ona fahişe demiyorum. Sadece mesleğinin fahişelik olduğunu söylüyorum. Siz galiba bu gerçeği gözden kaçırıyorsunuz."

"Siz de bir kadınsınız. Onlara karşı biraz daha saygılı olabilirsiniz."

"Saygılı mı? Bana söyler misiniz? Fahişelik yapan bir kadına ne isim vermeliyim? Erkek öğütücü mü, yoksa penis indirici mi demeliyim sizce?"

"Öyle bir konuşuyorsunuz ki Adalet Hanım sanki sekse karşısınız."

Kahvesinden bir yudum aldı. Sonra da acı acı güldü. "Bu söylediğiniz şeyin konumuzla ne alakası var? Ben ne söylüyorum; siz ne söylüyorsunuz? Ama mademki bana bu tür bir soru sordunuz, ben de size bütün içtenliğimle cevap vereyim. Hayatımda seksin yerini yazının aldığı bir yaştayım. Gerçekten de, çalışma masamın üzerinde sadece bilgisayarım var."

Kendimi daha fazla tutamayıp katıla katıla gülmeye başladım. Benim güldüğümü gören Adalet Hanım da gülmeye başladı. Arkasından da ekledi: "Vay be! Tam bir yazara yakışan söz oldu bu."

"Evet," dedim hâlâ katıla katıla gülerken. "Herhalde yazarlık dediğiniz böyle bir şey olmalı."

"Pardon," dedi Adalet Hanım. "Bir şey daha sormak istiyorum? Onunla nasıl tanıştınız?"

O sırada öğle ezanı okundu. Müezzinin sesi evin içinde yankılandı. Oturduğum yerden hafifçe doğruldum. "Sizi biraz yalnız bırakabilir miyim?" dedim Adalet Hanım'a.

"Tabii ki," dedi. "Bir şey mi oldu?"

"Hayır," dedim, "Sadece abdest alıp namaz kılacağım."

O anda Adalet Hanım'ın gözlerinde bir şimşek çaktı sanki. Bakışlarından bunu hemen yakaladım. Namaz kılmama şaşırmıştı. O bakışlarda bir acıma duygusu sezdim. Bana mı acıyordu, yoksa içinde bulunduğum garip duruma mı, çözemedim. Yetmiş bir yaşında, mesleği fahişelik olan bir kadına âşık olmuş dindar bir adam gibi görünüyordum. Bu zor bir durumdu. Aynı zamanda işin içinde büyük bir çelişki vardı sanki. Adalet Hanım'ın içinde bulunduğum ruh halimi o anda tahlil etmesi gerçekten de büyük bir ustalık gerektiriyordu. İnsan ruhunun derinliklerine inip, orada aradığını bulduktan sonra tekrar günlük hayata dönmek gibi ustalık isteyen bir işti bu.

Daha fazla bozuntuya vermedi. "Burada sizi bekliyorum," dedi cılız bir sesle. Sonra da balkondaki çiçeklere gözünü kaydırdı. Ani bir hareketle yerinden doğruldu. Balkona çıkıp çiçeklerle oyalandı. Öğle namazını bitirip içeri döndüğümde Adalet Hanım hâlâ balkondaydı. Arkası bana dönüktü. Seslendim ona: "Kahvenizi tazelememizi ister misiniz?"

Yüzünü bana doğru çevirdi. "Size zahmet olacak. Bu arada Allah kabul etsin mi denir?" diye sordu ciddi bir yüz ifadesiyle.

"Bilmem ki," dedim hafif tebessüm ederken. "Daha bir haftadır namaz kılıyorum. Daha önce hiç namaz kılmamıştım."

Bu sözlerim onda bir şaşkınlık yaratmıştı. O bana kocaman gözlerle bakarken, "Yeşim için namaza başladım," dedim. "Onun tekrar bana dönmesi için her gün Allah'a dua ediyorum."

"Biliyor musunuz Cemil Bey?" dedi Adalet Hanım.

"Neyi biliyor muyum?"

"Ben ateistim. Allah'a inanmam."

"Olabilir," dedim söylediği bu sözlere hiçbir tepki göstermeden. "Nihayetinde inanmamak da bir inanç değil mi?" dedim ona.

"İnanç mı?"

"İnanç ya? Kimi Allah'a inanarak inancını ortaya koyuyor, kimi de ona inanmayarak inançsızlığa inandığını."

O sırada içeri Nazire girdi. Söylediğim son sözleri duymuştu. "Aman Cemil Bey," dedi. "Hâşâ! Allah'a inanmayan taş olur. Öteki dünyada cayır cayır yanar."

Adalet Hanım güldü. Nazire'ye baktı. "Şimdi sen Allah'a inandığın için öteki dünyada yanmayacak mısın?" diye sordu hınzırca.

Nazire kendisine sorulan bu soru karşısında şaşırmıştı. "Ne bileyim Adalet Hanım," dedi. "Allah bu dünyadaki günahlarımı affetsin. Beni kötü yola düşmekten korusun."

"Senin için kötü yol nedir?" dedi Adalet Hanım, Nazire'ye.

"Kötü yol mu? Bir sürü erkeklerle düşüp kalkmaktır."

Nazire'nin Adalet Hanım'a verdiği cevap üzerine derin düşüncelere daldım. O anda kendimi çok kötü hissettim. Âşık olduğum kadın bu toplumun gözünde kötü yola düşmüş günahkâr bir kadındı. Ve bu toplumda onun gibilerinin yeri cehennemde cayır cayır yanmaktı. Adalet Hanım içine düştüğüm çıkmazı çoktan sezmiş olacaktı ki, "Teşekkürler kızım," dedi Nazire'ye. "Bizi yine yalnız bırakır mısın?"

Nazire kırdığı potun farkında bile değildi. "Peki efendim," dedi arkasını dönüp giderken.

"Cahil kız," dedi Adalet Hanım. "Bu insanlar lafın nereye gideceğini hiç bilmeden konuşurlar. Ne yazık ki toplumumuz ne konuştuğunu bilmeyen insanlarla dolu."

"Toplumun köküne kibrit suyu," dedim. "Böyle düşünen herkesin canı cehenneme... Lânet olsun hepsine..."

"Boş verin. Sinirlenmeyin. Biz yine kaldığımız yerden konuşmamıza devam edelim. Yeşim'i ilk kez nerede görmüştünüz?"

Kısa bir süre düşünüp, "Haklısınız," dedim. "Bu benim gerçeğimse artık bununla yaşamasını öğrenmeliyim. İnsanların ağzı torba değil ki büzesin. Şimdi sizden bir ricam olacak."

"Neymiş o ricanız?" dedi Adalet Hanım meraklı bir şekilde.

"Bundan sonra bana hiçbir soru sormayın lütfen. Sadece anlatacaklarımı dinleyin. Çünkü bundan sonra anlatacaklarım hepimizin içler acısı hikâyesi."

"Hepimizin mi?"

Elimi dudağımın üzerine koydum. "Şşşt," dedim. "Sadece beni sessizce dinleyin lütfen!"

EKREM EFENDİ

←

Bir sene önce...

İstanbul'a henüz yeni yerleşmiştim. Doğrusu, bir daha yurtdışında yaşamak gibi bir niyetim yoktu. Çok özlediğim memleketime yıllar sonra yetmiş yaşındayken geri dönmüş ve ölümü burada karşılamak istemiştim. Eliana'yı kaybettiğimden beri birçok kadınla birlikte olmama rağmen, bir kadınla yatağa girmeyeli neredeyse beş yıl olmuştu. Bazen bu durumun garipliğini oturup düşündüğümde kendimce bir cevap veremiyorum. Neden beş yıl bir kadınla sevişmediğimin cevabı âdeta hafızamdan silinmiş. Bilmem; belki de o dönem hiçbir kadını canım çekmemişti. Bana inanın ki o dönem ne olduğunu tam olarak bilemiyorum. Yoksa böyle bir adam değilim ben. Her neyse...

O sabah uyurken âdeta kulağımın içinde bir gürültü patladı. Bir anda yataktan sıçradım. Korkudan Bismillah deyiverdim. Kendimi hemen salona attım. Duvardaki saate baktım. Saat sabahın sekizini gösteriyordu. İlk dikkatimi çeken şey mevsimlerden ilkbahar olmasına rağmen içerisinin karanlığıydı. Hemen perdeyi araladım. Perdeyi aralamamla birlikte kulağımı sağır edercesine bir gürültü daha koptu. Gökyüzü bir anda bembeyaz kesildi. Şimşekler ardı ardına patlıyordu. Şehri gök gürültüsü esir almıştı. Kimi insan perdenin aralığından, kimi insan da balkona çıkmış havayı seyrediyordu. O anda birden bire dışarıda yağmur başladı. Sanki yağmur yağmıyor, tepemize kocaman bir bidondan su dökülüyordu. Bir süre yağan yağmuru seyrettim. Sonra perdeyi iyice açtım. Uykum iyiden iyiye kaçmıştı. Daha sonra mutfağa geçtim. Ocağın düğmesini çevirip gazı ateşledim. Çaydanlığa su koydum. Onu da getirip ocağın üzerine koydum. O sırada kapıcı Ekrem Efendi'nin sesini duydum. Apartmanda birisiyle konuşuyordu. Hemen kapıyı açtım. Elinde tuttuğu sepette ekmek ve günlük gazeteler vardı. "Günaydın Ekrem Efendi," dedim.

"Günaydın Cemil Bey," dedi. "Şimdi ben de ekmek ve gazetenizi sepetinizin içine koyacaktım. Bugün erkencisiniz. Yoksa uyku tutmadı mı?"

Güldüm. "Dışarıdan haberin yok galiba senin," dedim alaycı bir ses tonuyla.

"Hiç olmaz mı Cemil Bey?" dedi. "Vallahi sormayın. Gökyüzü ikiye ayrılmış gibi sanki. Dışarıda sanki kıyamet kopuyor. Vallahi ekmekler ıslanacak diye korktum. Kendimi zar zor apartmanın kapısından içeri attım. Dışarıda sular seller akıyor."

"Boş ver aksın Ekrem Efendi. Gökten bereket yağıyor. Bunlar bahar yağmuru."

"Onu bunu bilmem de Cemil Bey. Allah'tan ekmeği bugün geç almaya gitmedim. Yoksa her pazar taze ekmek yiyesiniz diye ekmeği bakkaldan geç alıyordum."

Ekrem Efendi geveze birisiydi. Akşama kadar konuşsam beni kapının önünde alıkoyacaktı. Bir an önce ekmeğimi ve gazetemi aldım. Sonra da iyi günler dileyip kapıyı yüzüne kapattım.

Mutfağa geçtim. Ocağın üstüne koyduğum çaydanlık çoktan fokur fokur kaynamaya başlamıştı. Hemen çayı demledim. Buzdolabından kahvaltılık birkaç parça bir şey çıkardım. Salondaki masaya geçip yerleştim. Uzun uzadıya kahvaltı yaptım. Sonra gazeteyi alıp koltuğa yayıldım. Gazetenin sayfalarını tek tek çevirirken yaşıtım olan bir yazarın, yazısına attığı başlık dikkatimi çekti. Yazının başlığı aynen şöyleydi: Ben azgın teke Öcal...

Hemen yazının içeriğini okudum. Yazar, Viagra denen ilaç sayesinde genç bir kadınla nasıl seviştiğini yazıyordu. Hem de genç erkeklere nazire yaparcasına tam dört kez seviştiğini söylüyordu. Köşe yazarının yazdığı yazıya şaşırmıştım. Çünkü Türkiye'de bu tür şeylerin açık seçik yazıldığını doğrusu pek bilmiyordum. Ayrıca köşe yazarının bu tür bir yazıyı kaleme aldığına da sevinmiştim; çünkü o yazı bana kendimi sorgulattı. Beş yıldır unuttuğum şeyi bana hatırlattı. Evet. Bir kadınla sevişmeyeli neredeyse beş yıl olmuştu. O anda içimi bir heyecan kapladı. Okuduğum gazeteyi koltuğun üzerine fırlattım. Ayağa kalktım. Megafonun düğmesine bastım. Ekrem Efendi'yi çağırdım. Ekrem Efendi kısa bir süre sonra geldi. "Bir isteğiniz mi var?" diye sordu.

"Evet," dedim. "Şu parayla eczaneden bana bir kutu Viagra alın lütfen."

Ekrem Efendi Viagra'nın adını duyunca bir anda gözleri fal taşı gibi açıldı. "Anlamadım," dedi hınzır dolu bakışlarla. "Size ne alayım Cemil Bey?"

O anda katıla katıla gülmeye başladım. Kapının önünde duran Ekrem Efendi'ye seslendim: "Hele beş dakika içeri girin. Size soracaklarım var."

Ayakkabısını çıkarıp içeri girerken meraklı meraklı sordu:

"Viagra'yı ne yapacaksınız Cemil Bey?"

"Yoksa sende mi kullanıyorsun?" diye sordum gülerek.

Eliyle açık olan kapıyı hemen kapattı. "Aman haaa Cemil Bey," dedi. "Bu apartmanda yerin kulağı var. Biri bu yaşta Viagra kullandığımı duysa vallahi bütün apartmana rezil olurum. Çoluk çocuğun ağzında sakız olurum. Apartmandaki kadınların beş çayında meze olurum."

"Tamam," dedim. "Panik yapma. Hele içeri geç bir otur. Sana bir bardak çay getireyim."

Elimde çayla salona geri döndüğümde Ekrem Efendi açık olan gazetenin sayfasına bakıyordu. "Cemil Bey," dedi. "Yoksa bu gazetecinin yazısını mı okudunuz?"

"Evet," dedim çayı sehpanın üzerine koyarken. "N'olmuş?"

"Siz bakmayın bu yazarın yazdıklarına," dedi içli içli. "Adamın yediği önünde, yemediği arkasında. Ama bana sorarsan olayı biraz abartmış."

Güldüm. "Hangi anlamda?" diye sordum muzip bir şekilde.

Çayından bir yudum aldı. "Vallahi güzel çay demlemişsiniz Cemil Bey. Elinize sağlık."

"Afiyet olsun," dedim. Sonra da ekledim: "Sen benim esas soruma cevap ver Ekrem Efendi. Sizce hangi anlamda olayı abartmış?"

"Sayısal anlamında."

Tekrar güldüm. Ekrem Efendi'yi bilerek köşeye sıkıştırmaya başladım. Ne yalan söyleyeyim, kendi yaşımdaki bir adamla seks mevzularını konuşunca eğlenmeye başlamıştım. Çünkü eskiden genç iken bir kadınla nasıl seviştiğimizi birbirimize anlatır dururduk. O kadının sabaha kadar zevkten bağırarak çarşaf çekiştirmesinden dem vururduk. Ama ya şimdi? Şimdi her şey çok farklıydı benim yaşımdaki erkekler için. Şimdi o işi yapıp yapamadığımızı konuşuyorduk. Hayat bu kadar acımasızdı işte. Gençliğin kıymetini hiç bilmeden bir de baktık ki yaşlanmışız. Elden ayaktan düşmüşüz. "Peki, siz bu yaşta seks yapıyor musunuz Ekrem Efendi?" dedim gülerek.

Erkeklik buydu işte. Hangi yaşta olursanız olun erkekliğinize söz getirmezsiniz. Ekrem Efendi de o anda âdeta bir kaplan kesildi. Sorduğum sorunun altında hiç kalmadan, bana hemen cevap verdi: "Allah'ıma bin şükür ki hâlâ dimdik ayaktayım. Bu yaşta beni hiç utandırmadı."

"Peki, takviye var mı?" diye sordum hınzırca.

Zavallı adam başını aşağıya eğdi. Gözlerini gözlerimden kaçırdı. "Yalan konuşmak günahtır Cemil Bey. Arada bir de olsa o mavi haplardan kullanıyorum," dedi. Sonra da ekledi: "Allah o hapları bulandan razı olsun. Yoksa işimiz haraptı."

Ekrem Efendi çayını bitirmişti. Elimde tuttuğum parayı tekrar ona uzattım. "Bir kutu Viagra alın bana," dedim.

"Bir şey sorabilir miyim Cemil Bey?" dedi gözleri anlamsız bakışlarla yüklü.

"Tabii ki sorabilirsin," dedim.

"Sorması ayıp," dedi. "Nasıl olacak bu iş?"

"Hangi iş?"

"O iş işte," dedi dudağını büküp, yüzünü buruşturarak.

"Daha açık konuşsanıza Ekrem Efendi. Söylediğinden hiçbir şey anlamadım."

Ekrem Efendi lafı daha fazla uzatmadı. Ve ağzındaki baklayı o anda çıkarıverdi. "Kadın var mı?"

"Kadın mı?"

"Kadın ya? Viagra'yı ne için alıyorsunuz?" dedi benimle dalga geçer gibi.

Ekrem Efendi benimle dalga geçmekte haklıydı. Viagra'yı aldırdığıma göre bir kadınla birlikte olmam gerekiyordu. Doğrusu bunu hiç düşünmemiştim. Ekrem Efendi benden bir cevap alamayınca tekrar sordu: "Kadın var mı Cemil Bey?"

"Yok," dedim. "Bir kadını nerede ve nasıl bulacağımı da bilmiyorum. İstanbul'un henüz yabancısıyım. Daha bu şehre yerleşeli birkaç ay oldu. Şayet yurtdışında olsaydım bir kadını nerede bulacağımı çok iyi bilirdim."

Ekrem Efendi parayı bana uzattı. "O zaman bu parayı geri alın. Viagra kadınsız kullanılmaz."

"Bildiğim kadarıyla sizin de bir karınız yok değil mi?" diye sordum manalı manalı. "Siz de benim gibi bekar bir adamsınız."

Ekrem Efendi başını evet anlamında salladı. "O zaman," dedim. "Siz cinsel ilişki yaşayacağınız kadını nereden buluyorsunuz?"

Başını gururlu bir şekilde kaldırdı. "Benim karım var."

"Var mı?" dedim şaşkınlıkla. "Ben hiç görmedim ama."

"Genelevde," dedi utana sıkıla.

"Genelevde mi?"

"Evet. Karım öleli on iki yıl oldu. Genelevdeki o kadına on yıldır hep giderim."

"Beni de götür müsünüz oraya?"

"Siz bu konuda ciddi misiniz Cemil Bey? Yoksa benimle dalga mı geçiyorsunuz?"

"Bu konuda neden ciddi olmayayım ki? Bir kadınla cinsel ilişki yaşamak için şayet başka bir yer biliyorsanız sizinle oraya gidelim. Yoksa geneleve gideceğiz."

Ekrem Efendi dikkatli dikkatli bana baktı. Dudağını büzdü. Başını salladı. "Pekâlâ," dedi. "Sizi götürürüm oraya. Ama tek bir şartım var."

"Neymiş o şart?"

"Benim kadınla ilişki yaşamayacaksınız."

O anda kendimi tutamayıp katıla katıla gülmeye başladım. Çünkü genelevde yıllarca aynı kadınla sevişen aptal erkeklerden birisi çıkmıştı Ekrem Efendi de. "Peki," dedim. "Nasıl olsa orada başka kadınlar da var, öyle değil mi?"

"Var," dedi bana bakarak.

"Pekâlâ. Size söz veriyorum. Sizin kadından uzak duracağım. Öyleyse ne zaman gidiyoruz?"

"Pazartesi haftalık izin günüm. Her izin günümde koşarak oraya giderim. Yarın işiniz yoksa siz de benimle gelin. Yoksa bir hafta beklemek zorunda kalacaksınız."

"Tamam," dedim. "Yarın geliyorum sizinle. Şu parayı alın lütfen. Bir kutu bana, bir kutu da kendinize o mavi haplardan alın. Yarın o kadınla güle oynaşa kullanırsınız..."

GENELEV

←

Ertesi gün...

Öğle yarısı sularında kapı çaldı. Kapıyı açtığımda Ekrem Efendi karşımda duruyordu. "Hazır mısınız Cemil Bey?" diye sordu.

"Hazırım," dedim içimde kopan bir heyecan fırtınasıyla birlikte. "İstediğiniz zaman çıkabiliriz."

"O zaman şimdi çıkalım."

"Pekâlâ. Kapıyı kilitleyip hemen geliyorum sizinle."

Kapıyı kilitleyip anahtarı cebime koyarken, elinde tuttuğu küçük paketi bana doğru uzattı Ekrem Efendi. "Bu sizin dün benden istediğiniz emanet," dedi.

Bir kutu Viagra'yı aldım cebime attım. "Bu hapı ne zaman içeceğiz Ekrem Efendi?" diye sordum, asansörle aşağıya inerken.

"Ben," dedi. "İlişkiye girmeden yarım saat önce alıyorum. Vapurla karşıya geçtikten sonra bir bardak suyla içersiniz. Zaten gideceğimiz yer de vapur iskelesine çok yakın."

Kadıköy'den vapurla Karaköy'e geçtik. Yolda Ekrem Efendi'yle tek kelime bile konuşmadık. Galiba benim varlığımdan dolayı biraz utanıp sıkılıyordu. Bu işleri gizli kapaklı yapmasını seviyordu. Koca vapur Karaköy iskelesine yanaştı. Vapurdan indiğimizde Ekrem Efendi en yakındaki bakkala gidip iki şişe su aldı. Cebimdeki kutuyu açıp haplardan birini almama bile müsaade etmeden, elinde tuttuğu fazladan hapı uzattı bana. "Bu hapı içebilirsiniz," dedi.

Mavi hapı suyla birlikte yuttum. Sonra da Ekrem Efendi'ye bakıp, "Şimdi ne yapacağız?" diye sordum.

Ekrem Efendi'nin gergin olduğu her halinden belliydi. "Biraz bekleyeceğiz," dedi sinirli sinirli. "Vaktin geçmesini beklerken de şu kahvede bir çay içelim sizinle."

"Olur," dedim. Arkasından da peşine takılıp onu gittiği yere kadar takip ettim. Bir kahveye oturduk. Adam başı ikişer bardak çay içtik. Ekrem Efendi heyecandan yerinde duramıyordu. Âdeta olduğu yerde zıp zıp zıplıyordu. Sanki hayatında bir kadınla ilk kez seks yapacakmış gibi bir izlenim veriyordu bana. "Genelev tam olarak nerede? Buraya çok mu yakın?" diye sordum.

O sırada ayağa fırladı. Garsondan hesabı istedi. "Yakın, yakın," dedi sessizce. "Galiba hap bende etkisini göstermeye başladı Cemil Bey. Hemen gidelim."

Kaşla göz arasında hesabı ödedi. Birlikte hemen yola koyulduk. Bir taraftan yürüyorduk, bir taraftan da bana, "Bakın," dedi. "Sakın ola ki vizite parasının dışında fazladan para ödemeyin. Bu kadınların nasıl üçkâğıtçı olduklarını bilmezsiniz siz. Adamı iki dakikada söğüşlerler. Buradaki kadınlar âdeta bir erkekten para söğüşlemek için yaratılmışlar. Bu yüzden de çok genç kızları tercih etmemeye bakın. Onlar adamın iliğini kuruttukları gibi, cüzdanını da boşaltıyorlar."

O sırada trafik ışıklarında durduk. Nefes nefese kalmıştım. "Daha gelmedik mi Ekrem Efendi?" diye sordum.

Başını kaldırıp karşımızda duran sokağı gösterdi. "Aha bu sokak Cemil Bey. Neredeyse geldik. Biraz daha sabredin."

Işıkları geçip sokağın başına geldik. Sokak, daracık ve oldukça dikti. Küçük küçük parke taşlar döşenmişti. Genelev ise yokuşun hemen başındaydı. Genelevin çevresinde ise birkaç küçük hamam vardı. Giriş kapısının önüne geldiğimizde durduk. Turnikeden geçerken kapıda duran resmi üniformalı bekçi bize baktı. "Buyurun bey amcalar," dedi dalga geçer gibi. "Herhalde buraya girme yaşınız tutuyordur!"

Bekçinin yanında duran pala bıyıklı bir adam bu sözler üzerine güldü. Bekçi, elinde tuttuğu çayı ıslık çalar gibi yaparak yudumladı. Kulübenin içindeki adam hemen dışarı çıktı. "Bey baba," dedi bana bakarak. "Karı lazım mı?"

Ekrem Efendi adamla benim arama girdi. "Sana ne lan?" dedi. "Yoksa ananı mı getireceksin?"

Adam, Ekrem Efendi'ye bakıp güldü. "Bey baba," dedi. "Sana anamı değil ancak ninemi getirebilirim. Anam senin yanında biraz genç kalır."

O sırada çevrede bulunan birkaç insan kahkaha atarak gülmeye başladı. Ekrem Efendi âdeta burnundan soluyordu. Adama karşı olan kızgınlığı her halinden belliydi. "Hadi lan," dedi. "Git nineni getir, dedeme götüreyim de adamcağız..."

Adam bu sözler üzerine olduğu yerde kalakaldı. Ekrem Efendi kolumdan tutup çekti. "Hadi gidelim Cemil Bey," dedi. "Burası böyle adamlarla kaynıyor. En iyisi bu tip adamlarla hiç muhatap olmamak."

İçeri adım attığımızda gözüme ilk takılan şey fahişelik yapan kadınların çok kötü bir ortamda çalıştıklarıydı. Daha önceleri yurtdışında da genelevlere gitmiştim. Ama oradaki genelevler burada gördüğüm genelevden bin kat daha iyi durumdaydılar. Küçük küçük odaların merdivenlerinde kadınlar boncuk taşı gibi sıralanmıştı. Kimi dışarıda kapının önünde duran erkekleri yanına çağırıyor, kimi de bakışlarıyla erkekleri azdırmaya çalışıyordu. Bir evin önüne geldiğimizde Ekrem Efendi durdu. "Cemil Bey," dedi. "Sizinle yolumuz burada ayrılıyor. İşimiz bittiğinde isterseniz birbirimizi cep telefonlarımızdan arayalım."

"Olur," dedim. "Benim için hiçbir sakıncası yok."

"Tamam," dedi Cemil Efendi. "Siz buranın yabancısı sayılırsınız. İsterseniz benim birlikte olduğum kadına söyleyeyim size bir arkadaşını ayarlasın."

"Hayır," dedim. "Siz gidin keyfinize bakın. Ben biraz dolaşacağım. Zaten aldığım ilaç henüz etkisini göstermiş değil."

Ekrem Efendi arkasını dönüp koşar adımlarla giderken, ben de çevreyi ve kadınları incelemek için küçük bir gezintiye koyuldum. Hafta başı iş saati olduğu için çok fazla insan yoktu. Bir evin önüne geldiğimde durdum. Elli yaşlarında bir kadın bana baktı. Oturduğu merdivenden kalkıp kapının önüne doğru geldi. O sırada kapıda duran adamın gür sesi kulaklarımda yankılandı: "Gel geç bey baba. Kapı ücreti yirmi milyon lira. Daha fazlası pazarlığa tabidir."

Kadın iyice yanıma sokuldu. Elimden tutup içeri doğru çekti. "Sen gel bakalım," dedi.

Kadına hayır diyemedim. Suyun akışı gibi kendimi onun kollarına bırakıverdim. Viagra etkisini göstermeye başlamıştı. O sırada kadın ellerimden tutup merdivenlere doğru yöneldi. Arkasından giderken seslendim: "Benimle pazarlık yapmayacak mısınız?"

Güldü. "Buralarda yeni misiniz?" diye sordu.

"Evet," dedim heyecanlı heyecanlı.

"Belli," dedi. "Ürkek bakışlarınızdan anladım. Doğrusu, şimdi merak etmiyorum da değil."

"Neyi merak ettiniz?"

"En son ne zaman bir kadınla seviştiniz?" diye sordu kadın kahkaha atarken.

"Beş yıl oldu," dedim utana sıkıla. Arkasından da ekledim: "Bu soruyu neden sordunuz?"

Kadın, elimi bırakıp bana şaşkın şaşkın baktı. "Beş yıl mı? Şimdi siz benden beş yılın acısını çıkarırsınız. Bunca zaman seks yapmayıp da ne yaptınız?"

Kendimi gerdeğe giren taze damatlar gibi hissettim. Elim ayağım boşalmıştı. Kadın, bu heyecanımı sezmiş olacak ki tekrar elimden tuttu.

"Baştan söyleyeyim. Size biraz pahalıya mal olurum," dedi. "Yüz elli milyon Türk lirası karşılığında beş yılın acısını doya doya çıkarabilirsiniz."

"Ne? Yüz elli milyon lira mı?" diye sordum şaşkınlıkla. "Kapıda duran adam yirmi milyon demişti."

"O kapı fiyatı," dedi kadın sinirli sinirli. "Her şeyin bir bedeli var beyefendi. Buraya düzüşmeye gelen bir insan bedelini de ödemeli, öyle değil mi? Vermeden almak prensibim değildir. Size sanatımı göstereyim. Sonra da sizden layık olduğum maddi değeri alayım. Yoksa hiç kimseden sadaka istemiyorum ben."

"Yüz milyon," dedim pazarlığın kapısını aralarken.

"Yüz otuz olsun."

"Yüz yirmi."

Kadın, kısa bir süre düşündü. "Hadi gel," dedi. "Bu seferlik böyle olsun. Bir dahaki sefere indirim yapmam bunu bilesiniz."

Yukarı kata çıktığımızda sıra sıra odalar vardı. Odanın birine erkek giriyor, diğer odanın birinden başka bir erkek çıkıyordu. Koridorun en sonundaki odanın önüne geldiğimizde durduk. "İsminiz ne?" dedi kadın, zafer kazanmış komutan edasıyla.

"Cemil," dedim heyecanlı bir sesle.

"İyi," dedi. "Benim ki de Ceylan. Şu odaya geçip hazırlanın. Ben de şimdi geliyorum."

Kapıyı açıp odaya girdiğimde loş ışık cılız ışıltısıyla yüzüme yansıdı. Dikkatimi çeken ilk şey odanın penceresinin olmayışıydı. Sadece bir yatak, bir de sandalye vardı. Üzerimdekileri yavaş yavaş çıkarıp sandalyeye koydum. Sonra da yatağın kenarına geçip oturdum. Aşağı yukarı on dakika sonra kadın geldi. "Hazır mısınız?" diye sordu.

Oturduğum yerden ayağa kalktım. "Evet," dedim.

Kadın, bacak aramdaki şişkinliği görünce katıla katıla gülmeye başladı. "Allah'ın işine bak," dedi alaycı bir ses tonuyla. "Ben de kime hazır mısın diye soruyorum. Adam meğerse buraya gelmeden tüfeği doldurmuş."

Kadına bakıp güldüm. "Pardon," dedi kadın. "Sorması ayıp beş yıl bu şekilde mi dolaştınız beyefendi?" dedi.

Ne yalan söyleyeyim, kadının benimle dalga geçen bu alaycı sorusuna sinirlenmiştim. Oraya bir kadınla sevişmeye mi, yoksa bir fahişenin maskarası olmaya mı gitmiştim doğrusu anlamamıştım. Bu yüzden kadına, "Siz sevişecek misiniz, yoksa benimle dalga mı geçeceksiniz?" diye sert bir ses tonuyla sordum.

Kadın gerekli mesajı hemen almıştı. İç çamaşırının altını çıkardığı gibi yatağa girdi. Hadi öyleyse bir an evvel başlayın," dedi soğuk bir tavırla.

"Peki," dedim. "Sizin sanatınız bu kadar mı? Üst kısmınızdakini çıkarmayacak mısınız?"

"Bu istediğiniz şey pazarlığa dâhil değil. Şayet üst tarafımı da çıkarmamı istiyorsanız bunun için ayrıyeten yirmi milyon daha vermeniz gerekecek. Eğer bu parayı kabul edip, memelerime dokunmak isterseniz de bir yirmi milyon daha isteyeceğim sizden."

O anda anladım ki kadın bu işin tam profesyoneliydi. Öyle bir anda kadınla pazarlık yapmaya hiç niyetim yoktu. "Tamam," dedim. "Kabul ediyorum. Size kırk milyon fazladan vereceğim. Hemen çıkar şu üzerindekileri de bir kadınla seviştiğimin farkına varabileyim."

Kadın üzerindekileri tek tek çıkarırken gülmeye başladı. "Bu sefer neden gülüyorsunuz?" diye sordum yüzüm asık bir şekilde.

"Hiç," dedi. "Siz benim güldüğüme bakmayın. Kalkmış bir penisin sahibine yaptığı vicdansızlığına gülüyorum. Az önce dışarıda bu parayı sizden isteseydim bana hayatta vermezdiniz."

"Susun," dedim kadına. "Daha fazla gülmeyin. Şimdi sizden sadece paramın hakkını vermenizi istiyorum."

Az sonra pantolonumu giyinirken kadın baygın bir şekilde bana bakıyordu. "Seni ihtiyar kurt," dedi yorgun bir ses tonuyla. "Sen bir şey mi içtin? Neredeyse canımı çıkarıyordun. Bundan sonra bir kadınla böyle sevişeceksen gidip daha genç birini bul."

Kadının bu sözleri keyfimi yerine getirmişti. Cüzdanımı çıkarıp kadına parasını öderken bir yirmilik de fazladan verdim. O sırada kapıya doğru yönelirken dışarıda bir gürültü koptu. Kadın yataktan zıpladığı gibi beni kenara itti. Koridora fırladı. O anda bir kadının çığlığı koridorun boşluğunda yankılandı. Tam da o sırada telefonum çaldı. Arayan Ekrem Efendi'den başkası değildi. "Alo," dedim.

"İşiniz bitti mi Cemil Bey?" diye sordu, şen şakrak bir kahkahayla.

"Bitti," dedim. "Beş dakika sonra ayrıldığımız yerde buluşalım sizinle."

Telefon görüşmem bitince koridora çıktım. Koridor panayır yeri gibiydi. Neredeyse bir tek giyinik olan bendim. Bütün kadınlar ve erkekler don katınaydı. Başımı kaldırıp sesin geldiği yöne bakınca onu gördüm. Diğer kadınlar tam bir fahişenin aldırmazlığına yakışır donuklukta hüngür hüngür ağlayan arkadaşlarına bakıyorlardı. O sırada yaşlı bir erkeğin şu sözlerini duydum: "Ben gördüğünüz gibi yaşlı bir erkeğim. Bu kadına hiçbir zararım dokunmadı. Sadece ondan başka bir kadınla sevişmesini istedim. Hepsi o kadar. Üstelik parasını da verecektim..."

Fahişe kadınlardan biri yaşlı adama laf attı: "Yaşından başından utanmaz mısın sen?"

Yaşını başını almış başka bir fahişe kadın söze girdi: "Utanma benim genç delikanlım," dedi yaşlı adama. "Demek kuşun ötmüyor ha! Gel, bana gel. Senin için başka bir kadınla doya doya sevişirim."

Koridorda bulunan herkes yaşlı kadının bu sözleri üzerine kahkaha atmaya başladı. Genç kadın son bir hamle yapıp adamın kel kafasına bir şaplak yapıştırdı. Aşağıdan koşup gelen adamlar, genç kadını kolundan tuttukları gibi apar topar götürdüler. Kadının o andaki masumluğu ve güzelliği başımı döndürdü. Önümde duran kadınlardan birine, "Bu genç kadının ismi ne?" diye sordum.

Memeleri açıkta olan kadın bana tuhaf tuhaf baktı. "Ne o?" dedi. "Sende mi dayak yemek istiyorsun ihtiyar?"

"O kadının ismi ne?" diye tekrar sordum umursamaz bir tavırla.

"Onun adı kanarya," dedi kadın. "Henüz yeni düştü buralara. Bir haftaya kalmaz burasının havasını solur. Soluduğu gibi de yırtıcı bir fahişe olur."

AŞKIN BAŞLANGICI

←

Aynı günün gecesi...

O esrarlı kadının sesi kulaklarımı okşadı. "Bugün o kart horozla kavga ettiğimi gördüğünde çok mu etkilendin benden?" diye sordu.

O anda içimde tarifsiz bir fırtına koptu. Koca yatağın kenarına geçip oturdum. Bir-iki saniye daha ayakta dursaydım yıkılacaktım sanki. Kadın gelip yanıma ilişti. Kalçasının yarısı yatakta, yarısı boşlukta idi. "Evet," dedim yüreğim ağzımda.

"Şşşt," dedi elleriyle çıplak vücudumu okşarken. "Şimdi sus. Bunu biraz sonra konuşacağım seninle."

Kadın oturduğu yerden ayağa kalktı. Tam gözlerimin önünde soyundu. Önce kısa eteğini çıkardı. Sonra kırmızı bluzunu. Daha sonra da sutyenle külotunu... Tamamen çırılçıplak kalınca vücudundaki sarı tüyleri diken diken oldu. Beni göğsümden bastırıp yatağa doğru itti. "Ürperdim," dedi koynuma sokulurken. "Beni ısıt biraz."

Yatak odasındaki sarı ışığın loş aydınlığı altında birbirimize sarıldık. "Nasıl oldu?" dedi.

"Ne, nasıl oldu?" dedim, gözlerim tavandaki sarı lambanın ışığına bakarken.

"Bir anda nasıl oldu da benden etkilendin?" dedi.

"Bilmem," dedim çıplak tenini çıplak tenime bastırırken.

"Gerçekten neden etkilendiğini bilmiyor musun?"

"Hayır," dedim umutsuz bir şekilde.

"O zaman boş ver," dedi. "Sana gerçekten inanmaya başladım ben."

Bana sıkı sıkı sarıldı. Kurumuş dudaklarımı ıslak dudaklarının üzerine getirip koydum. Öpüşmeye başladık. Dudaklarını dudaklarımdan çekti. "Bak," dedi. "Sen iyi bir adama benziyorsun. Seni baştan uyarmak istiyorum. Senin gibi yaşlı adamlar benim gibi genç kadınlara âşık olur. Ama şunu bil ki ben hiçbir erkeği sevmem! Özellikle de fahişe olduktan sonra tüm erkeklerden nefret ettim."

"Olabilir, sevmek zorunda değilsin beni," dedim içimden bir şeylerin koptuğunu hissederek.

"Ama," dedi olgun bir kadın edasıyla. "Kalbin bana karşı aşkla dolmaya başlıyor. Bunu bu gece hissedebiliyorum."

Bu sözler üzerine acı acı güldüm. "Neden gülüyorsun?" dedi sağ dirseğiyle sol boşluğuma vururken.

"Senin ismini aşkın başlangıcı koyuyorum," dedim.

Sağ dirseğinin üzerine ağırlık verip dikleşen memelerini göğsüme bastırdı. "Göğüslerimi öpsene," dedi.

Serçe parmağım kadar olan göğüs uçlarını öpmeye başladım. Az sonra tüm odanın içini tarifi imkânsız olan ten kokusu sardı. Güzel bir parfüm gibiydi. Yakıcı, insanı baştan çıkarıcıydı. Belinden tuttuğum gibi altıma aldım. Bütün gücümle üstüne çullandım. Göğüs uçlarını dişlerimle tutup hafifçe çekince inledi. Sonra bir yay gibi gerildi ve bacaklarını açıp belime doladı. İniltiler arasında birden bire zevkten bağırmaya başladı...

O anda yatağımın ortasına gökten bir şey düştü sanki. Sarsıntının etkisiyle gözlerimi açtım. Kedim Tekir yatağıma sıçramış uyumak için kendisine yer yapıyordu. Kan ter içinde kalmıştım. O sinirle Tekir'e bir tekme attım. Tekir, tekmeyi yediği gibi miyavlayarak yataktan aşağıya sıçradı. Kapısı açık yatak odamı terk ederken de arkasından bakıp hâlâ söyleniyordum: "Hay senin gibi kedinin sülalesini..."

Az önce yaşadığım güzel şeyin rüya olduğunu anlayınca da içimi bir kasvet duygusu sardı. Gece lambasını yaktım. Kolumdaki saate baktım. Saat gecenin on iki buçuğunu gösteriyordu. Bir süre yatağın içinde öylece kalakaldım. Ağır ağır kendime geldiğimde Tekir'e küfrederek yataktan kalktım. Beni rüyamın en güzel yerinde uyandırdığı için ona içten içe kızdım. Daha sonra mutfağa gittim. Bir bardak soğuk su içtim. Sonra yatak odasına tekrar geri döndüm. Terden sırılsıklam olan pijamamı değiştirdim. Salona geçtim. Televizyonu açtım. Uykum iyice kaçmıştı. Sabaha kadar rüyama giren o genç kadını düşündüm. O gece bir karar aldım. Sabah olduğunda da ilk işim aldığım bu kararı uygulamak olacaktı...

***

Kapı zili çaldı. Oturduğum yerden Nazire'ye seslendim: "Nazire kızım, kapıya bak!" Sonra da dönüp Adalet Hanım'a baktım: "Pardon," dedim. "Birazdan kaldığımız yerden devam ederiz."

Adalet Hanım kolundaki saate baktı. "Önemi yok. Biraz daha zamanım var," dedi.

Nazire'nin sesi salonun içinde yankılandı: "Cemil Bey, bir beyefendi sizinle görüşmek istiyor."

Yerimden kalktım. Salonun kapısını açtım. Kapının önünde ceketli bir adam duruyordu. Adamın kim olduğunu kahverengi keten ceketinden dolayı hemen çıkarmıştım. "Hoş geldiniz Çetin Bey," dedim.

"Kusura bakmayın Cemil Bey. Sizi evinizde rahatsız ediyorum. Ama işimiz bu."

"İçeri girin lütfen."

Sivri burunlu kahverengi ayakkabısını çıkarırken yüzüme baktı. "Maşallah sizi iyi gördüm. Yüzünüze renk gelmiş."

"Zaman her şeyin ilacıdır," dedim, beni hastanede ilk kez sorgulayan memur beye. Arkasından da ekledim: "Zanlıları yakalayabildiniz mi bari?"

"Henüz değil," dedi.

Salona geçtik. Bizi gören Adalet Hanım oturduğu yerden ayağa kalktı. "Sizi Çetin Polat'la tanıştırayım Adalet Hanım. Beyefendi, Yeşim'in uğradığı silahlı saldırıyı araştıran polis memuru."

"Memnun oldum," dedi Adalet Hanım.

Çetin Bey, Adalet Hanım'ın elini sıktı. "Ben de memnun oldum," dedi.

"Adalet Hanım da bir yazar Çetin Bey," dedim.

Çetin Bey bu son sözüm üzerine Adalet Hanım'ı daha dikkatlice incelemeye başladı. "Demek gazetede yazıyorsunuz?" diye sordu.

Adalet Hanım güldü. "Gazeteci değilim," dedi.

Çetin Bey şaşırmıştı. "Gazeteci değil misiniz?"
"Değilim."

"Cemil Bey yazar deyince ben de sizi gazeteci sandım," dedi yüzü utançtan hafif pembeye çalarken.

"Yok evladım. Ben kitap yazarıyım."

Çetin Bey de benim gibi Adalet Hanım'ı tanımamış olacaktı ki sordu: "Ne yazıyorsunuz?"

Adalet Hanım bu soru üzerine katıla katıla gülmeye başladı. "Allah ne verirse onu yazıyorum," dedi alaycı bir ses tonuyla.

Çetin Bey kırdığı potu çok geçmeden anlamıştı. "Öyle demek istememiştim efendim. Ne tür kitaplar yazıyorsunuz demek istemiştim."

"Daha çok polisiye yazıyorum," dedi Adalet Hanım. "Bir de bana ilginç gelen bazı insanların hayatlarını kaleme almayı seviyorum."

Bu sefer de Çetin Bey gülmeye başladı. Adalet Hanım ona baktı: "Siz neden gülüyorsunuz?"

"Ooooo," dedi Çetin Bey. "Ben de size göre ne hikâyeler var. Her biri roman olur vallahi."

"Eminim," dedi Adalet Hanım. "Her gün bir sürü olayla karşılaşıyorsunuz."

"He vallah," dedi Çetin Bey. "Denizde kum, İstanbul'da cinayet vakaları bitmez."

"İnşallah bir gün bazılarını dinleme fırsatım olur."

"İnşallah," dedi adam, cüzdanından çıkardığı kartviziti Adalet Hanım'a uzatırken. Adalet Hanım da çantasından bir kartvizitini çıkarıp ona uzattı. "Ne içersiniz?" diye sordum Çetin Bey'e.

"Bir bardak soğuk su lütfen," dedi. "Çok fazla bir zamanım yok. Müsaitseniz sizinle biraz baş başa görüşmek istiyorum Cemil Bey."

"Sizin için sakıncası yoksa Adalet Hanım da görüşmemizde bulunabilir mi?" diye sordum kendimden emin bir şekilde.

Başını hayır anlamında salladı. "Üzgünüm," dedi. "Soruşturmanın gizliliği açısından sizinle yalnız görüşmek istiyorum. Eminim ki Adalet Hanım bu durumu büyük bir anlayışla karşılayacaktır."

Adalet Hanım hemen söze atıldı: "Cemil Bey," dedi. "Bence bugünlük bu kadar yeterli. Yarın müsaitseniz tekrar gelmek istiyorum. Böylece kaldığımız yerden devam ederiz. Siz de biraz dinlenmiş olursunuz."

"Peki," dedim. "Dediğiniz gibi olsun. O zaman yarın sizi öğle üzeri bekliyorum. Kusura bakmayın sizi buraya kadar yoruyorum. Kendimi biraz iyi hissetsem ben size geleceğim."

Adalet Hanım elimi dostane bir şekilde sıktı. "Siz dinlenmenize bakın. Yarın öğle üzeri görüşürüz."

"Görüşürüz," dedim ben de nazikçe onun elini sıkarken. Adalet Hanım daha sonra yüzünü Çetin Bey'e doğru çevirip seslendi: "Size de güle güle Çetin Bey. Tanıştığımıza çok memnun oldum."

"Ben de," dedi adam.

"Sizden bir ricam olacak."

"Buyurun."

"Cemil Bey'i soracağınız sorularla çok fazla yormayınız. Biraz dinlenmeye ihtiyacı var."

"Yormam," dedi gülerek. "En fazla beş dakikalık bir işimiz var."

Nazire, Adalet Hanım'ı yolcu ederken, ben de Çetin Bey'in karşısına geçip oturdum. "Size nasıl yardımcı olabilirim?"

"Merakımı bağışlayın. Adalet Hanım akrabanız mı olur?"

"Hayır."

"O zaman neyiniz olur?"

"Arkadaşım."

"Ne güzel. Kaç yıldır arkadaşsınız?"

"Henüz yeni tanıştık," dedim umursamaz bir tavırla. "Yoksa bir şey mi oldu?"

"Hayır," dedi Çetin Bey ayağını diğer ayağının üzerine atarken. "Sadece merak ettim. Ayrıca sizinle ilgili her şeyi bilmek istiyorum."

Son söylediği sözler beni âdeta çılgına çevirmişti. Kalkıp suratının ortasına bütün gücümle bir yumruk sallamak istedim; ama kendimi zor zaptedebildim. "Benimle ilgili neyi merak ediyorsunuz ki?" diye sordum sinirli sinirli. "Yeşim'i vuran ben değilim. Şunu bilin ki katiller hâlâ dışarıda geziyor. Sizin de göreviniz o katili ya da katilleri bir an önce yakalamak."

Çetin Bey bana bakıp pis pis sırıttı. Bu sırıtması o iğrenç suratını daha da çirkinleştirdi. Çantasından kalemi kâğıdı çıkardı. Kâğıda bir şeyler karalamaya başladı. Başını kaldırıp bana baktı. "Biliyorum," dedi sert yüz ifadesiyle. "Şimdilik katiller ellerini kollarını sallayarak dışarıda gönül rahatlığıyla dolaşıyor olabilirler. Ama benim işim onları bulup içeri tıkmak. Katilleri bulacağımdan hiç şüpheniz olmasın. Şimdi size ilk sorum şu olacak: Olay günü Yeşim bu evde mi kalıyordu?"

"Evet. Size daha önce de bu evde kaldığını söylemiştim."

"Söylediniz mi?" dedi ilk kez duyuyormuş gibi yaparak. "Hiç hatırlamıyorum."

"Hastanede. Beni ilk ziyaret ettiğiniz gün söylemiştim. Notlarınıza bakın. Belki not defterine yazmışsınızdır."

İkişer-üçer sayfa atlayarak not defterini karıştırmaya başladı. "Hayır," dedi. "Yazmamışım. Bu yüzden herhalde söylediğinizi hatırlamıyorum."

"O zaman şimdi yazın," dedim, öğrencisine not aldıran öğretmen edasıyla. "Yeşim Hanım o gece benimle birlikte bu evde kaldı."

"Pekâlâ. O gece birlikte ne yaptınız?"

Çetin Bey'in sormuş olduğu bu soru bana tamamen saçma sapan geldiği için kendimi daha fazla tutamayıp gülmeye başladım. "Komik olan ne?" dedi Çetin Bey, suratı asık bir şekilde.

"Hiç," dedim hâlâ gülerken. "O gece ne yaptığımıza gülüyorum."

"Ne yaptınız?"

"Birbirimizin kulağına şiirler okuyup sabaha kadar seviştik," dedim dalga geçer gibi.

Yüzüme baktı. "Bu yaşta sabaha kadar seviştiniz, öyle mi?"

"Evet. Aynen öyle. Sabaha kadar seviştik."

"Helal olsun," dedi alaycı bir tavırla. "Ben bile bu genç yaşımda sabaha kadar sevişemiyorum."

O anda içimden kıs kıs güldüm. Nedense kapıcı Ekrem Efendi aklıma geldi. Burada olsaydı o da çok eğlenirdi diye geçirdim aklımdan. "Size bir sorum daha olacak?" dedi Çetin Bey.

"Buyurun sorun," dedim umursamaz bir tavırla.

"Kaç yıldır ilişkiniz var?"

"Yeşim'le mi?"

"Evet. Yoksa başka fahişeler de mi var?"

"Hayır, yok. Bir tek o var hayatımda."

"Nasıl tanıştınız onunla?"

"Genelevde."

"Sık sık gider misiniz oraya?"

"Hayır. Yeşim'i tanıdıktan sonra gitmiyorum artık."

"Daha önce gidiyordunuz, öyle mi?"

"Birkaç kez gittim."

"Merakımı tekrar bağışlayın. Yeşim gibi bir fahişede ne bulmuş olabilirsiniz?"

"Bence o bir fahişe değil," dedim sert tonla.

"Fahişe değilse nedir öyleyse? O kadının vesikası bile var."

"O, insan adını verdiğimiz yaratıkların hayvani arzularını gidermek için onların önüne kendi gönül rızası olmadan atılan taze bir et," dedim sesim çatallaşarak. "Bu yüzden de yüreği acı dolu bir kadın o."

Çetin Bey gayet sakin ve soğukkanlıydı. Kolundaki saate baktı. Sonra da ekledi: "Sizinle de para karşılığı mı sevişirdi?"

"Hayır," dedim.

"Öyleyse size tekrar soruyorum Cemil Bey, onu kim vurmuş olabilir?"

"Bir saniye," dedim.

Oturduğum yerden kalktım. Postacının getirdiği mektubu yemek masasının üzerinden aldım.

Sonra da elimde tuttuğum mektubu Çetin Bey'e uzattım. "Ne bu?" dedi katlanmış mektubu büyük bir sabırsızlıkla açarken.

"Bu sabah postacı getirdi. İsterseniz bir göz atın."

"Atalım," dedi donuk bir ifadeyle. Sonra da mektubu sesli bir şekilde okumaya başladı: "*Senin sonun da Yeşim gibi olacak. Onu benden çalmayacaktın. Mahpus damlarından dışarıya salmayacaktın. Tamer.*"

"Tamer de kim?" diye sordu mektubu katlayıp not defterinin arasına koyarken.

"Zavağı," dedim.

Çetin Bey suratını ekşitip bana baktı. "Neyi dediniz?"

"Zavağı."

"Zavak da ne?" diye sordu meraklı bir şekilde. Sonra da hemen defterine duyduğu şeyi not aldı.

"Zavak," dedim, sonra da öylece kalakaldım.

"N'oldu Cemil Bey? Neden bir anda uzaklara dalıp gittiniz?"

O anda gözlerimin buğulandığını hissedebiliyordum. "Bir şey yok," dedim. "Yeşim'in başına gelen her şeyden zavak Tamer sorumlu."

"Nasıl yani? Zavak, Tamer'in adı mı?"

Acı acı güldüm. "Hayır," dedim. "Bir kadını erkeklere para karşılığı satana ve o kadına o âlemde sahiplik yapan adama zavak denir. Tamer de Yeşim'in zavağıydı. O âlemde zavaksız bir kadın sahipsiz bir kadındır. Ama gelin görün ki bu kader kurbanı kadınların kazandıkları bütün parayı da bu pezevenk adamlar yiyor."

"Yedirmesinler," dedi çokbilmiş bir şekilde.

"Yedirmesinler mi?"

"Evet. Yedirmesinler."

"Siz," dedim sesimi yükselterek. "Siz o âlemin nasıl iğrenç olduğunu biliyor musunuz? Şayet çıplak teninizi satan savunmasız bir kadınsanız, o çıplak teni savunan bir erkeğe ihtiyacınız var. Zaten o savunmasız kadınları çırılçıplak soyup fahişeliğe zorlayan da bu şerefsiz adamlar."

"Anlıyorum," dedi tekrar yüzünü ekşiterek. "Size yazılmış bu mektuba el koyuyorum. Tamer'i araştırmamız gerekiyor. Dışarıdaki bir adamına ya da adamlarına Yeşim'i vurdurtmuş olabilir. Siz de savcılığa bir dilekçe ile şikâyette bulunun. Adam sizi resmen tehdit etmiş."

"Gerek yok," dedim. "Savcılığa şikâyette bulunmayacağım. O itle muhatap olmak bile istemiyorum."

"Bu mektup," dedi Çetin Bey. "Belki de size yazılan bu mektup bu olayı tez zamanda aydınlatacak. Üç gün sonra olay yerinde kullanılan silahın balistik sonucu elime ulaşacak. Eminim ki yapmış olduğumuz bu soruşturmada daha hızlı bir yol alacağız."

"Peki, Yeşim'in ailesiyle hiç görüştünüz mü?"

"Evet," dedi. "Cinayet masasından başka arkadaşlar görüşmüş; ama onlar konuşmamış. Öyle bir kızımız yok demişler. Yarın aileyle konuşmak için Ankara'ya gidiyorum."

"Şerefsizler," diye kendi kendime söylendim.

"Bir şey mi dediniz Cemil Bey?"

"Hayır," dedim yorgun bir şekilde.

"Siz Yeşim'in ailesini tanıyor musunuz?"

"Gıyaplarında tanırım. Onlarla bugüne kadar hiç karşılaşmadım," dedim.

"Peki," dedi. "Şimdilik sizden müsaadenizi istiyorum. Sizinle en yakın zamanda tekrar görüşeceğiz. Ha! Bu arada aklınıza bir şey gelirse mutlaka beni cep telefonumdan arayın."

"Ararım," dedim. Sonra da Nazire'ye yüksek bir sesle seslendim: "Nazire kızım! Bir dakika yanımıza gelir misin?"

Nazire sesimi duyar duymaz bir av köpeği gibi içeri atladı. Belli ki salonun kapısına kulağını dayamış bizi dinliyordu. "Buyurun Cemil Bey," dedi.

"Çetin Bey'i kapıya kadar geçiriver kızım. Bugün kendimi çok yorgun hissediyorum. Şayet telefonla beni arayan biri olursa da evde yok de. Biraz uyuyacağım. Sen de işin bittiği zaman sessizce kapıyı çekip evine gidersin..."

Daha sonra Çetin Bey'e doğru dönüp elimi uzattım. "Size güle güle. Umarım bir faydam dokunmuştur."

"Bilmem," dedi Çetin Bey, arkasını bana doğru dönüp kapıya doğru giderken. "Çok yakın bir zamanda faydanızın dokunup dokunmadığını hep birlikte göreceğiz."

YOĞUN BAKIM

←

Ertesi gün ilk işim Yeşim'in yattığı hastaneye gitmek oldu. Yoğun bakım hemşiresini buldum. Hemşire oldukça genç birisiydi. Beni görür görmez ayağa kalktı. "Buyurun amca," dedi.

"Kızım," dedim. "Bir hastanız hakkında bilgi almak istiyorum."

"Tabii ki," dedi hemşire, gamzelerini ortaya çıkaran bir tebessüm yüzüne yayılırken. "Hastanızın ismi ne?"

"Yeşim Erçetin."

Hemşire masanın üzerinde duran mavi renkli dosyaları kısa bir süre karıştırdı. "İşte," dedi. "Yeşim Hanım'ın dosyası burada."

Bir süre dosyada yazılanlara göz attı. Sonra da gözlerini dosyadan kaldırıp bana, "Siz Yeşim Hanım'ın nesi oluyorsunuz?" dedi.

"Akrabasıyım güzel kızım."

"Babası mısınız?"

"Hayır."

"Peki, amcası mısınız?"

"Hayır."

"O zaman nesi oluyorsunuz?"

Birbiri ardına gelen bu sorulardan sıkılmıştım. İşin doğrusu biraz da kıllanmıştım. Hemşireye sordum: "Bu soruları neden soruyorsunuz?"

"Bir saniye," dedi ve hızlı adımlarla bir odanın kapısını çalıp içeri girdi. Yaklaşık üç dakika oracıkta onu bekledim. Sonra odadan çıktı. Yanıma geldi. Fakat az önce elinde tuttuğu mavi dosya yoktu. "Kusura bakmayın amca," dedi. "Hastanın durumu özel olduğu için sizinle doktor bey görüşecek."

Şaşırmıştım. "Doktor bey mi?" diye sordum.

"Evet. Kendisi şu yandaki odada sizi bekliyor."

"Peki," dedim, sonra da odaya doğru yöneldim. Odanın kapısını çaldım. İçeriden doktorun sesini duydum: "İçeri girin."

İçeri girdiğimde doktor bana bakıyordu. "Benim adım Cemil Duran," dedim.

"Benim ki de Doktor Erhan Çakmak," dedi. "Size nasıl yardımcı olabilirim?"

"Belki hemşire hanım size söylemiştir. Bu serviste yatan bir hasta hakkında bilgi almak istiyorum."

"Yeşim Hanım hakkında mı bilgi almak istiyorsunuz?"

"Evet. Onun hakkında bilgi almak istiyorum."

"Onun nesi olursunuz?"

"Sizce nesi olmalıyım?"

"Bilmem," dedi doktor umursamaz bir tavırla. "Siz karar verin. Akrabası olmadığınızı tahmin edebiliyorum."

"Tahmin mi?"

"Evet. Çünkü hastanın özel durumuyla ilgili polisler bizi uyardı."

"Özel durumu mu?"

"Özel durumu. Yeşim Hanım'ın bir hayat kadını olduğunu biliyoruz."

"İyi," dedim. "O zaman benim kim olduğumu da aşağı yukarı tahmin edebiliyorsunuzdur."

"Dostu musunuz?"

"Dost mu?"

"Evet."

"Dosttan ne anladığınıza bağlı."

"Bir kadınla cinsel anlamda birlikte olana dost denir," dedi doktor ukala bir tavırla.

"Doğru. Onunla cinsel anlamda birlikte oldum ama o anlamda öyle bir dostluğumuz yok. Benim için özel bir insan o," dedim sinirli sinirli.

"Onun hakkında ne öğrenmek istiyorsunuz?" dedi bir anda kestirip atarak.

"Ne mi öğrenmek istiyorum? Tabii ki sağlık durumunu öğrenmek istiyorum."

"Açık konuşmamı ister misiniz?"

"Buyurun konuşun," dedim.

"Durumu oldukça kritik. Hayati tehlikeyi henüz atlatabilmiş değil. Beynine giren kurşunu ne yazık ki çıkaramadık."

Duyduklarım beni derinden sarsmıştı. O sarsıntının etkisiyle doktora sordum: "Neden çıkaramadınız?"

"Beyinde ödem oluşması riski vardı. Biz de bu riski almaktan korktuk. Beyinde bir ödem oluşması beyne giren bir kurşundan daha tehlikelidir."

Bütün gücümü kaybetmiştim. "Peki, yaşayacak mı?" diye sordum çaresizce.

"Allah bilir," dedi doktor önündeki dosyanın kapağını kapatırken.

Ayağa kalktım. Ayaklarım, ağır ve yorgun bedenimi zar zor taşıyordu. Doktora bir hoşça kal bile demeden kapıya doğru yöneldim. Kapıyı açıp çıkmak üzereyken doktorun sesini duydum:

"Onu çok kısa bir süre görmek ister misiniz?"

Arkamı döndüm. "Gerçekten bu teklifinizde ciddi misiniz?" diye sordum şaşkınlıkla.

"Sadece bir dakika," dedi.

"Sadece bir dakika," dedim.

Yoğun bakım ünitesinin kapısına geldiğimizde elinde tuttuğu yeşil renkli önlüğü ve boneyi bana uzattı doktor. "Şimdi bunları giyin lütfen," dedi.

Bana söyleneni hemen yaptım. Doktor elinde tuttuğu son şeyi de uzattı bana. "Ayağınıza da şu galoşları giyinin," dedi.

Mavi renkli galoşları ayağıma geçirdim. Birkaç odanın önünden geçtikten sonra doktor, eliyle beyaz renkli bir perdeyi araladı. O anda karşımda sarı kanaryamı gördüm. Ameliyattan yeni çıkan kalbim küt küt atmaya başladı. Hasta kalbime direndim. Ayakta kalmaya çalıştım. Yanına yaklaştım. Solunum cihazına bağlı yaşıyordu. Burnundan giren o koca alet neredeyse yüzünü kaplamıştı. Hafifçe elinden tuttum. Yastığın yanına düşen sarı saçlarını okşadım. Buğulu gözlerimle onun tatlı yüzüne baktım. O sırada bir el arkadan omzuma dokundu. "Hadi," dedi doktor. "Sadece bir dakika demiştim."

Elimi elinden, gözlerimi yüzünden zor da olsa ayırdım. Çaresiz bir şekilde odayı terk ettim. Kendimi koridorda buldum. "İyi misiniz?" diye sordu doktor.

"İyiyim," dedim hüzünlü bir şekilde. "Bana yaptığınız bu iyiliği hayatım boyunca unutamayacağım. Sağ olun!"

"Bugünkü olay aramızda bir sır olarak kalsın," dedi doktor elimi sıkarken.

"Olur," dedim ben de doktorun elini sıkarken.

"Dün bir genç adam geldi," dedi doktor tam da arkamı dönüp giderken.

Tekrar doktora döndüm. "Genç bir adam mı?"

"Evet. Genç bir adamdı. Fakat kim olduğunu söylemedi. Sadece akrabası olduğunu söyledi."

"Nasıl birisine benziyordu?"

"İnce, uzun boylu ve esmer birisiydi. Adamın tipini çok beğenmedim. Bana hiç güven vermedi."

O anda kendi kendime söylendim. Genç adamın kim olduğunu çıkarmaya çalıştım. Ama Yeşim'in çevresinde o kadar çok erkek vardı ki, bu adamın kim olduğunu düşünmek bile saçmaydı.

"Peki," dedim doktora. "Tekrar hoşça kalın."

Hastaneden ayrılıp eve geldiğimde içimi sıkıntı basmıştı. Yeşim'in görüntüsü bir an bile olsun gözlerimin önünden gitmiyordu. Onu tanıdığımdan beri ilk kez bu kadar çaresiz görüyordum. Hiçbir şeyden habersiz öylece yatıyor; ölüm kalım savaşı veriyordu. Biraz dinlenmek için salondaki koltuğa uzanmıştım ki, kapı zili çaldı. Saate baktım. Saat öğle ortasını gösteriyordu. Nazire'nin sesi odanın içinde yankılandı: "Cemil Bey, Adalet Hanım geldi."

Hafifçe yattığım yerden doğruldum. "İçeri buyursun," diye Nazire'ye seslendim.

Adalet Hanım içeri girdiğinde dikkatlice yüzüme baktı. "Bu ne hal böyle Cemil Bey?" diye sordu.

O an ayağa kalkacak gücü kendimde bulamadım. Başım dönüyordu. Oturduğum yerden elimi uzattım. "Kusura bakmayın," dedim cılız bir sesle. "Bugün biraz başım dönüyor. Galiba yine tansiyonum yükseldi."

"Nazire kızım," dedi Adalet Hanım.

Nazire hemen bir kedi gibi öne atıldı. "Buyurun Adalet Hanım," dedi.

"Şu tansiyon aletini bir getir bakalım. Tansiyon yükselmiş mi, yükselmemiş mi ona bir bakalım."

"Hemen," dedi Nazire ve yatak odasına doğru fırladı.

"Siz bugün bir şeyi kafanıza mı taktınız Cemil Bey? Yüzünüz kireç gibi bembeyaz olmuş."

Tam ağzımı açıp cevap vermek üzereyken salona girdi Nazire. "Kolunuzu açın Cemil Bey. Tansiyonunuza bir bakalım," dedi.

Çaresizce kolumu açtım. Nazire tansiyon aletini koluma taktı. Siyah pompayı avuçlarının içinde sıkarak alete hava bastı. Kısa bir süre bekledi. "Büyük on dokuz, küçük on dört," dedi.

"Hemen ilacını getir Nazire," dedi Adalet Hanım. Sonra da bana dönüp seslendi: "Siz de biraz şöyle uzanıverin. Ben artık bu evin yabancısı sayılmam. Dinlenmeniz gerekiyor."

Nazire tansiyon ilacını getirirken kendi kendine söyleniyordu: "Size o kadar söyledim Cemil Bey. Sabah hastaneye gitmeyin diye."

Adalet Hanım, Nazire'nin yüzüne baktı. "Ağzında ne geveliyorsun sen öyle?" dedi.

"Gitmeyecekti o kadına Adalet Hanım," dedi Nazire.

"Hangi kadın kızım?"

"O kadın işte."

Tansiyon ilacımı yarım bardak suyla yuttum. "Hele oturun Adalet Hanım," dedim. "Bakmayın siz bu Nazire'ye. Olayları büyütmekte üstüne yoktur."

Nazire hemen söze atıldı: "Yalan mı söylüyorum Cemil Bey? Bakın yine üzüntüden tansiyonunuz yükseldi."

Adalet Hanım kızgın gözlerle bana baktı. Âdeta burnundan soluyor gibiydi. "İnanmıyorum size Cemil Bey. Yoksa Yeşim'in yattığı hastaneye mi gittiniz?"

Süt dökmüş kedi gibiydim. Gözlerimi yerdeki halının çizgili deseninden ayırmadım. "Haksız mıyım?" diye sordu Nazire, Adalet Hanım'a. "Sizce olayları büyütüyor muyum?"

131

"Hayır kızım. Sen söylediklerinde haklısın."
Sonra da bana dönüp kızgın bir şekilde söylendi:
"Bunu nasıl yaparsınız Cemil Bey? Heyecandan ve üzüntüden uzak durmanız gereken bir dönemde, bu kötülüğü kendinize nasıl yaparsınız?"

"Gördüm onu," dedim ansızın gözlerimden iki damla yaş süzülürken. Nazire ve Adalet Hanım sözleşmişçesine aynı anda çığlık attılar: "Ne yaptınız?"

Nazire'ye baktım. "Hadi Nazire kızım," dedim. "Sen bizi Adalet Hanım'la baş başa bırak."

Sonra dönüp elimle Adalet Hanım'a işaret ettim. "Oturun lütfen," dedim.

Adalet Hanım karşıma geçip oturdu. "Her şey Allah'a kalmış," dedim içim cız ederken. "Tıp, beyine giren küçük bir kurşun parçası karşısında çaresiz kalmış vaziyette. Allah'a dua etmekten başka çare kalmamış Adalet Hanım."

"Bu sabah o hastaneye kesinlikle gitmemeliydiniz Cemil Bey."

"Gitmeyip de ne yapacaktım söyler misiniz bana? Belki bir saat sonra ölecek. Belki de bir gün sonra ölecek. Hiç olmazsa onu bir kez daha gözlerimle gördüm. Elinden tuttum. Sarı saçlarını okşadım. Yoksa bu dört duvarın arasında aklım hep onda kalacaktı."

Adalet Hanım, bu sözlerim karşısında sustu. Bir cevap vermedi. Oturduğum yerden hafifçe doğruldum. Baş dönmem neredeyse geçmişti. "Bugün anlatacaklarımı dinlemek için hazır mısınız?" diye sordum.

"Hazırım," dedi sakin bir şekilde. "Ama ondan önce size bir şey sormak istiyorum: Dün Çetin Bey'le ne konuştunuz?"

"Bence kendisini köşeye sıkışmış hissediyor. Yeşim'i vuran katilleri hâlâ yakalayamadığı için biraz gergin. İnanır mısınız bir ara benden bile şüphelendi."

"Yok, daha neler."

"Öyle demeyin Adalet Hanım. Adam, görev gereği herkesten şüphelenmek zorunda. Ben de bir ara ona çok kızdım; ama sonra düşününce adamın haklı olduğuna karar verdim. Bugün Ankara'ya Yeşim'in ailesinin ifadesini almaya gideceğini söyledi bana."

"Yeşim'in ailesi Ankara'da mı yaşıyor? Kızlarını görmeye hiç gelmediler mi?"

"Bizim öyle bir kızımız yok demişler. Ölse, ölüsüne bile sahip çıkmayız demişler."

"Belki de haklılar," dedi Adalet Hanım. "Kim, kızının fahişe olmasını ister ki?"

Bu sözler karşısında yüzüm kederlendi. Adalet Hanım'a acı acı baktım. "Haksızsınız," dedim.

"Haksız mıyım?"

"Evet. Ön yargılı bir düşünce içindesiniz. Oysaki sizin gibi bir yazar sıradan düşünceler içinde olmamalı. Gerçeği bilmek istiyor musunuz?"

"Evet."

"O zaman şimdi anlatacaklarımı dinleyin."

Daha sonra salonun kapısına doğru başımı çevirdim. Nazire'ye seslendim: "Nazire kızım, bizim içecekleri şimdi getirebilirsin."

Ve tekrar geçmişe dönerek hikâyeme devam ettim...

İLK KARŞILAŞMA

←

Rüyamda adını aşk başlangıcı koyduğum kadını düşünmekten, o gece gözüme uyku girmedi. Bir ara tan vakti balkona çıktım. Dışarıda şiddetli bir yağmur yağıyordu. Bağdat Caddesi neredeyse bomboştu. Çöp bidonlarının başında birkaç kediden başka hiç kimsecikler yoktu. İnsanların hepsi sanki ölüm sessizliğine yatmıştı. Balkonun kapısını kapattım. Tekrar salona geçtim. O anda kedim Tekir'i gördüm. Koltuğun üzerinde kıvrılmış öylece yatıyordu. Bir süre onun tatlı tatlı uyuyuşunu seyrettim. Sonra aklıma gördüğüm o güzel rüyadan beni uyandırışı geldi. İçimden ona küfrettim. Yatak odama saatler sonra geri döndüğümde gözkapaklarım uykusuzluktan kapanmak üzereydi. Koca yatağa uzandım. Bir süre cama vuran yağmur damlalarını dinledim.

Gözümü açtığımda çoktan öğle vakti olmuştu. Cama vuran yağmur damlalarının yerini müezzinin sesi almıştı. Öğle ezanı okunuyordu. Zorlukla yataktan kalktım. Banyoya girdim. Aynada kendime baktım. Korktum. İnsanlıktan çıkmış bir halim vardı. Yüzüm, benim değil de bir başkasınındı sanki. Gözlerim pörtlek pörtlekti. Dudaklarım şişti. Düşüncelerim de aynen yüzüm gibiydi. Saçla sakalın birbirine karıştığı gibi düşüncelerim de birbirine karışmıştı. O anda ölüm korkusu içimi sardı. Bir gün bu evde yalnız başıma öleceğimi düşündüm. Bir anda ellerim dikkatimi çekti. Yıllarca dümen tutan ellerime baktım. Kırış kırıştı. O anda anladım ki bedenim bana çoktan ihanet etmişti. Zamana karşı koyamamıştı. O gün yaşlandığımı anladım. Nedense kendimi işe yaramaz bir pislik gibi hissettim. O andaki düşüncelerim bunlardı. Hiç kimseye seslendiremediğim düşüncelerim. Seslendirsem de kimsenin anlamayacağı düşüncelerim...

Aynaya bakmaya daha fazla katlanamadım. Derhal evden ayrıldım. Aklım başıma gelmeye başladığında kendimi Kadıköy iskelesinin önünde buldum. Bir jeton alıp kalkmak üzere olan Karaköy vapuruna bindim. Vapurdan indiğimde ayaklarım beni gideceğim yere çoktan götürmüştü. Genelevin kapısından içeri girdiğimde kapıda duran bekçi, genç bir oğlanı yakasından tutmuş sürüklüyordu. Genç oğlan bekçiye bağırıyordu: "Ağabey ölümü gör! Vallahi bir şey yapmadım. Kadın bütün paramın üstüne yattı..."

Bekçi oralı bile olmadı. Yakasından tuttuğu gibi dışarı attı genci. Arkasından da küfretti: "S.ktir git lan! Bir daha da buraya gelme."

Bekçi, iki eliyle yakasını düzelttikten sonra geçip kulübesine tekrar oturdu. Ben de o sırada küçük göz evlerde sıralanmış çıplak kadınlara baka baka yürümeye başladım. Arada göz göze geldiğim kadınlar, kapının önüne doğru bir hamle yapıp beni çağırıyorlardı. Oralı bile olmadan belirlediğim hedefe doğru yol aldım. O küçük odanın önüne geldiğimde kalbim güm güm atmaya başladı. İçeriye dikkatlice bakmama rağmen, dün kavga eden o genç ve güzel kadını göremedim. Birkaç adım geriye doğru gittim. Kapı numarasına baktım. Kapının üzerinde kırk dört numara yazıyordu. Numara doğruydu. Tekrar içeriye göz attım. Tam da o sırada dün birlikte olduğum kadın merdivenlerden aşağıya iniyordu. Beni görür görmez başını öte yana çevirdi. Hemen yanına gittim. "Yine mi geldiniz?" dedi.

"Evet," dedim gülerek.

"Sizinle sevişmek istemiyorum. Dün canımı çıkardınız."

"O burada mı?" diye sordum.

"O da kim?"

"Dün koridorda kavga eden sarışın genç kadından bahsediyorum."

"Bilmiyorum," dedi kayıtsız bir şekilde.

Kadının peşini bırakmaya niyetim yoktu. "Burada mı?" diye tekrar sordum.

"Bilmiyorum," dedi kadın. Arkasından da sordu: "Ne yapacaksınız onu?"

Güldüm. Kadın gülmeme bozuldu. "Neden gülüyorsunuz? Komik bir şey mi söyledim?"

"Pardon," dedim. "Sizce burada bir kadınla ne yapılabilir?"

Bu sefer kadın katıla katıla gülmeye başladı. "Henüz gelmedi," dedi.

"Ne zaman gelir?"

"Gelmesi yarım saati bulur."

Kolumdaki saate baktım. Tekrar dışarı çıkmayı göze alamadım. Alamadığım için de kadına şöyle bir teklifte bulundum: "Yarım saatlik oda ücretiniz nedir?"

"Yarım saat mi?" dedi kadın hayret dolu bir yüz ifadesiyle. "Olmaz. En azından bugün olmaz. Sizinle seks yapmak istemiyorum. Şuradaki genç kızlardan biriyle gidin sevişin."

Başımı hayır anlamında salladım. "Sizi istiyorum," dedim.

"İyi de ben sizi istemiyorum."

"Sevişmeyeceğiz."

"Ne?" dedi kadın şaşkınlıkla.

"Sizinle seks yapmayacağım. Sadece onun gelmesini bekleyeceğim yukarıda."

Kadın başını kaldırıp çevresindeki kadınlara baktı. "Neden o? Bakın çevrenizde bir sürü kadın var."

"Hayır," dedim. "Onu istiyorum. Teklifimi kabul ediyor musunuz?"

Kadın gözlerimin içine baktı. "Peki," dedi. "Yarım saat için iki yüz milyonunuzu alırım. Seks yok. Pazarlık da yok."

Kadın sözünü kestirip attığı için pazarlık şansımın olmadığını anlamıştım. "Tamam. Kabul ediyorum," dedim.

"Siz yukarı kata çıkın. Odayı biliyorsunuz. Ben de birazdan geliyorum."

Kadının dediği gibi yaptım. Yukarı kata çıkıp sekiz numaralı odanın kapısını açıp içeri girdim. Kısa bir süre sonra kadın, yanında kara kuru bir oğlanla kapının önünde belirdi. Bir anda telaşlandım. Telaşlandığımı gören kadın içeri bir adım atıp beni sakinleştiren sözü söyledi: "Telaşlanmayın lütfen. Arkadaş buranın çaycısı olur. Beklerken bir bardak çay içmek ister misiniz?"

"Olur," dedim heyecanımı bastırtarak.

"Koş," dedi kadın çaycı oğlana. "Şöyle iki tane tavşankanı çayından getir."

Çaycı oğlan ok gibi fırladı. Kadın yatağa geçip uzandı. "Sandalyede rahat mısınız?" diye sordu.

Odanın içine baktım. Bir yatak ve bir sandalyeden başka bir şey yoktu. Kadına bakıp güldüm. "Başka oturacak yer olmadığına göre burada rahatım."

"Aslında," dedi kadın. "Siz bakmayın bu odaların böyle olduğuna. Daha lüks odalarımız var. O odaların fiyatı bunlara göre daha pahalı."

O sırada kapı çaldı. "Kim o?" dedi kadın.

"Benim abla," dedi dışarıdaki adam.

"Gel oğlum."

Çaycı, çayı elimize tutuştururken kadın seslendi: "Oğlum."

"Buyur abla."

"Şu yeni gelen sarışın kız var ya."

"Evet abla."

"O geldiğinde bana hemen haber ver. Sakın müşteri almasın. Müşterisi burada hazır bekliyor."

Çaycı başını çevirip bana baktı. "Bu amca mı?" diye sordu.

"Ne lan? Yoksa beğenmedin mi?" dedi kadın kahkahasını atarken.

Çaycı, hayat kadınlarının içinde kala kala onlar gibi arsızlaşmıştı. Yüzü kızaracağı yerde benimle âdeta dalga geçti. "Yok abla. Amca, kızcağızın üstünde kalmasın da!"

Kadın uzandığı yerden fırladı. "Hadi lan! Kes gevezeliği. Hemen dışarı çık."

"Kızma abla," dedi çaycı oğlan. "Kızma hemen çıkıyorum."

"O şırfıntı karı geldiği zaman bana haber vermeyi sakın unutma."

"Unutmam abla, unutmam," dedi çaycı gözden kaybolurken.

"Kusura bakmayın," dedi kadın dönüp bana. "Gördüğünüz gibi bunlara yüz vermeye gelmiyor. Hemen kendilerini bir bok sanıyorlar."

"Boş verin," dedim. "Benim için önemi yok."

"Sorması ayıp nerelisiniz?" dedi kadın ansızın.

"Ailem Yugoslav göçmeniydi. Bense İstanbulluyum."

"Belli," dedi kadın. "Ten renginiz açık. Gözleriniz mavi. Pek Türklere benzemiyorsunuz."

Türkler lafına güldüm. "Ama Türk'üm," dedim.

"Öyle demek istemedim. Yani esmer değilsiniz."

"Hıım," dedim muzip bir yüz ifadesi takınarak. "Demek esmer olanlara bu memlekette Türk deniyor ha?"

O sırada kapı, acı acı çalmaya başladı. "Kim o?" diye sordu kadın.

"Benim abla."

"İçeri gir."

"Geldi abla."

"Geldi mi?"

"Geldi abla."

"Haber verdin mi?"

"Verdim abla. Sizi bekliyor."

Kadın bana döndü. "Siz bir dakika burada bekleyin. Ben kendisiyle görüşüp hemen geliyorum."

Yaklaşık on dakika kadını bekledim. Kapı açılıp içeri girdiğinde yüzüme baktı. "Tamam," dedi. "Sizi bekliyor. Ama ondan önce iki yüz milyonumu alayım."

Kadına iki yüz milyonu ödedim. Tam kapıdan çıkacaktım ki o sırada çaycı, kadının önünde belirdi. Kadın arkamdan seslendi: "Yirmi milyon da çocuğa bir harçlık verin. Sevaptır. Sizi kadına o götürecek."

Elimi tekrar cebime götürdüm. Yirmi milyon çıkarıp çocuğun avucuna sıkıştırdım. Parayı alan çaycı sevinçten kudurmuş it gibiydi. Eliyle yolu işaret etti. "Buyurun bey amca. Odaya kadar size eşlik edeyim. Bir bardak daha çay ister misiniz?"

O anda içim kıpır kıpırdı. "Hayır," dedim çaycı oğlana. On iki numaralı kapının önüne geldiğimizde durduk. Çaycı oğlan kapıya birkaç kez vurdu. İçeriden bir ses duyuldu: "Girin."

Çaycı oğlan hemen içeri atıldı. "Abla," dedi. "Müşteriniz geldi."

"Gelsin," dedi heyecanlı bir ses içeriden.

Çaycı dışarı çıktı. "Bey amca sizi bekliyor. Çay istemediğinizden emin misiniz?" diye sordu tekrar.

Omzundan tuttum. "Sen artık gidebilirsin," dedim.

İçeri girip kapıyı kapattım. Yatağın kenarında oturmuş bana bakıyordu. Gözlerimi gözlerinden alamadım. Bir içim su gibiydi. Yemyeşil gözleri, uzun sapsarı saçları vardı. Teni güneşin altında parıldayan başak sarısı gibiydi. Ayrıca o sarı teninin üzerinde kırmızı bir elbise vardı. "Ne istiyorsunuz?" dedi ürkek bir kuş gibi.

Bu işlerde acemi olduğu her halinden belliydi. Oturduğu yerden gözleriyle beni dikkatli dikkatli süzüyordu. Üstelik kalkıp kaçacak gibi bir hali de vardı. "Kaç para istiyorsunuz?" diye sordum.

"Kaç para mı?"

"Evet. Kaç para?"

"Bilmiyorum," dedi, bu dünyanın insanı olmadığını belli edercesine.

"Bilmiyor musunuz?"

"Bilmiyorum. Bu parayı ne için vereceksiniz bana?"

İlk önce benimle dalga geçtiğini sandım. Hatta biraz sinirlendim. Sesimi kalınlaştırarak sordum: "Bu parayı ne için aldığınızı bilmiyor musunuz?"

Bir anda hüngür hüngür ağlamaya başladı. Ne olduğunu daha anlamaya çalışırken elinde bir jilet gördüm. "Yaklaşmayın bana," dedi. "Yoksa bileğimi keserim." Sonra da jileti getirip sol bileğinin üstüne koydu. O anda korkudan ve heyecandan altımı ıslatacaktım. Dilim damağım âdeta kurumuştu. Ne yapacağımı hızlıca düşünmeye çalıştım. "Durun," dedim. "Size bir şey yapmayacağıma dair söz veriyorum. O jileti ortadan kaldırın lütfen."

"Beni kirletmeyin," dedi vücuduna titreme inerken. "Ne olur beni kirletmeyin. Hamileyim. Karnımda bir can taşıyorum."

Elim ayağım buz kesmişti. Bir an için kontrolü ele almaya çalıştım. "Tamam," dedim. "Size kesinlikle elimi sürmeyeceğim. Şimdi alın şu parayı. Eğer benimle konuşmak isterseniz biraz konuşalım. Ölen çocuklarım üzerine yemin ederim ki size hiçbir şey yapmayacağım."

Kadın elindeki jileti yere attı. Kendini yatağın üstüne atıp hüngür hüngür ağlamaya devam etti. Bulduğum sandalyeye oturdum. Şaşkınlıktan küçük dilimi yutacak gibiydim. "Gerçekten hamile misiniz?" diye sordum.

Bir süre bana cevap vermedi. Hıçkırıkları biraz kesildiğinde başını evet anlamında salladı.

"Nasıl olur?" dedim inanmaz gözlerle ona. "Sizin kocanız yok mu?"

Uzandığı yerden doğrulup bana baktı. "Bana söz verdiniz," dedi. "Beni kirletmeyeceksiniz."

"Sözüm sözdür," dedim kararlı bir ses tonuyla.

"Beni buraya kocam getirdi. Beni kandırıp buralara kadar sürükledi."

"Anlamıyorum," dedim. "Polise neden gitmediniz?"

"Gidemem. Polise gidemem. Yoksa öldürür beni. Karnımda taşıdığım bebeğe zarar vereceğini söyledi."

İyice şaşırmıştım. O şaşkınlıkla sordum: "Çocuk onun değil mi?"

"Onun."

"Bir insan kendi çocuğuna nasıl kıyabilir?"

"Siz onun tanımıyorsunuz. Ondan her şey beklenir."

"Ailen yok mu peki?"

"Var da yok."

Elim ayağım iyice boşalmıştı. O sırada odanın her tarafının aynalarla kaplı olduğunu gördüm. Dört duvar ve tavan aynalarla kaplıydı. Aynada kendime baktım. Betim benzim atmıştı. Alnım ter içinde kalmıştı. Ama sakin görünmeye çalıştım. Aklıma gelen ilk soruyu sordum ama keşke sormaz olsaydım. "Peki," dedim. "Ben birazdan bu kapıdan çıkıp gittikten sonra ne yapacaksın? Buraya gelen erkekler seks yapmak için geliyor. Bu adamlar oturup senin hikâyeni dinlemek için sana para ödemezler."

Bir anda göz bebekleri büyüdü. Bir heykel gibi öylece kalakaldı. Ona sormuş olduğum soruyu tam olarak idrak edince de yerde duran jileti sağ eline aldı. Bir anda sol bileğini kesmeye başladı. Ortalık bir anda kan revan içinde kalmıştı. Kızcağız âdeta çıldırmıştı. Ne yaptığını kesinlikle bilmiyordu. Duvardaki aynaya tekme savurdu. Ayna, tuzla buz oldu. Cam kırıkları odanın her tarafındaydı şimdi. Kadın köşeye sıkışmış vahşi bir hayvan gibiydi. Duvardaki aynaya tekme attıkça bağırıyor, bağırdıkça da hüngür hüngür ağlıyordu. O sırada girdiğim şokun etkisiyle kapıyı açıp var gücümle çığlık attım: "Yardım edin. Yardım edin... Kadın kendini öldürüyor..."

KARAKOL

←

Beş gün sonra...

Sabah dokuz buçuk sularında telefonum çaldı. Ahizeyi kaldırdım. "Alo," dedim.

"Cemil Duran'la mı görüşüyorum?" dedi yabancı olduğum bir ses.

"Evet. Cemil Duran benim."

"Beyefendi! Kusura bakmayın sabah sabah sizi rahatsız ediyorum. Ben polis memuru Ali Balcı. Beyoğlu Polis Karakolu'ndan arıyorum. Bugün saat on iki gibi karakolumuza kadar gelmeniz mümkün mü? Birkaç gün önce mıntıkamızda olan bir olaydan ötürü ifadenize başvuracağız."

"Ne olayı?" dedim yüreğim ağzımda.

"İntihara teşebbüs olayı için sizi karakola çağırıyoruz. Karaköy'deki genelevde yaşanan olayı hatırlıyorsunuzdur herhalde?"

Başıma gelen bu talihsiz olayı unutmam elbette ki imkânsızdı. "Evet. Gayet iyi hatırlıyorum," dedim.

"O zaman," dedi. "Bir zahmet öğle üzeri karakola kadar gelin."

"Peki," dedim ve arkasından telefonu kapattım. Öğlene doğru karakol binasının önüne geldiğimde kapıda nöbet tutan polis memuru bana baktı. Ne için geldiğimi sordu.

"Bir şey yok," dedim. "Polis memuru Ali Bey'le görüşecektim. Kendisi beni bekliyor."

"Geç o zaman," dedi. "Sağa dön. İkinci oda."

İçerisi kalabalıktı. Polisler, Afrikalı birine kelepçe takmış tartaklayarak götürüyorlardı. Sağa dönüp yavaşça ikinci odanın kapısının önüne geldiğimde durdum. Kapı kapalıydı. Kapıya birkaç kez vurdum. Hafifçe aralandı. Bir polis memuru başını uzatıp bana baktı.

"Evet," dedi sinirli sinirli. "Siz ne istiyorsunuz?"

"Memur Ali Bey'le görüşecektim."

"Benim."

"Merhaba," dedim. "Cemil ben. Cemil Duran..."

"Evet, hatırladım," dedi. "İçeri geçip oturun. Ben de hemen geliyorum."

Memur bey odayı terk edip giderken, ben de odanın kapısından içeri girdim. Girmemle birlikte şoke oldum. "Siz," dedim kekeleyerek. "Sizi burada göreceğimi hiç ummazdım. Benim için sürpriz oldu."

Cevap vermedi. Gözleri buğulandı. O sırada memur bey ve iki polis daha odaya girdi. "Tanışıyor musunuz?" diye sordu alaycı bir ses tonuyla memur bey. Sonra da dönüp beni baştan aşağıya süzdü. "Amca bey," dedi. "Kaç yaşındasınız? Ben sizi daha genç bekliyordum."

"Yetmiş yaşındayım evladım."

Memurun gözleri âdeta yuvalarından fırlayacak gibiydi. "Ne?" dedi şaşkınlıkla. "Yetmiş mi?"

"Evet, yetmiş."

"Maşallah," dedi dudağını büzüp başını sallarken. Sonra da yanındaki arkadaşlarına, "Görüyor musunuz komiserim? Amcanın bu yaşta dalgası çalışıyor," dedi.

Omzundaki apoletinde üç tane yıldız olan amir, memura baktı. "Kim bunlar?" diye sordu.

"Kız fahişe amirim."

"Adam kim?"

"O da müşterisi."

"Olay ne?"

"Beş gün önce kız intihara teşebbüs etmiş. Bu adamın yanında jiletle bileğini kesmiş."

Yaşını başını almış komiser bana dönüp baktı. "Utanmıyor musunuz bu yaşta geneleve gitmeye?" dedi.

Polis amirinin bu konuşması hiç hoşuma gitmemişti. "Pardon," dedim. "Nereye gitmem gerekiyor?"

Adam sinirlenmişti. "Bak, bak," dedi. "Bir de bana cevap veriyor. Nereye mi gitmeniz gerekiyor?"

"Evet," dedim sesimi yumuşatarak.

"Nereye olacak beyefendi. Tabii ki bu yaşta camiye gitmeniz gerekiyor."

"Yaşlanınca inşallah oraya da gideriz," dedim alaycı bir ses tonuyla.

Bu sözüm üzerine diğer polisler kıs kıs gülmeye başladı. Komiser sinirlenmişti. Kendini zar zor tuttuğunu görebiliyordum. "Kızım senin ismin ne?" diye sordu dişlerini gıcırdatarak.

"Kanarya."

O anda komiser, dişlerini öyle bir sıktı ki takma dişleri neredeyse ağzından fırlayacaktı. "Kızım," dedi. "Adamın asabını bozma. Gerçek ismin ne?"

"Yeşim," dedi korkudan titreyerek.

"Senin zavağın nerede?"

"Zavak mı?" dedi şaşkınlıkla.

"Evet. Zavağın nerede?"

"Bilmem," dedi Yeşim. "Benim zavağım sizsiniz komiserim."

Odanın içi bir anda buz kesti. İki memur birbirine bakıp durdu. Komiser, Yeşim'in yanına sokuldu. Yeşim korkudan yarım adım geri attı. O anda bir el havaya kalktı. Elin inmesiyle birlikte Yeşim de arkasında duran duvara çarpıp yere düştü. Komiser başında dikilmiş bağırarak soruyordu: "Ben senin neyinim?"

Yeşim düştüğü yerden ağlayarak cevap verdi: "Zavağımsınız."

Komiser bu sözün üzerine tekrar yerde yatan Yeşim'e bir tekme savurdu. Arkasından da küfretti: "Ulan aşağılık orosspu. Ben senin pezevengin miyim?"

O sırada memurlardan biri öne atıldı. Komiserin belinden tutup geriye doğru çekti. "Boş verin komiserim bu kızı. Kız belli ki bu işlerde yeni. Zavağın pezevenk anlamına geldiğini bilmiyor. Bilse size parasını yiyen pezevenk der mi hiç?"

Komiser, Yeşim'e baktı. "Zavak ne demek?" diye sordu burnundan solurken.

"Bilmiyorum efendim," dedi yerde kıvranırken. "İnanın ki zavağın ne demek olduğunu bilmiyorum. Bu kelimeyi ilk kez sizden duyuyorum."

Komiser sakinleşmişti. Memura dönüp sordu: "Ailesine haber verdiniz mi?"

"Ailesine ulaşamıyoruz efendim. Memleketlerinde deprem olmuş. Oraya gitmişler. Telefon numaralarını bilen bir Allah'ın kulu çıkmadı."

"Yaşı tutuyor mu?"

"Tutuyor komiserim; ama kaçak çalışıyormuş. Yirmi iki yaşına yeni bastığı için vesika çıkarmak istiyor."

Komiser, Yeşim'e baktı. "Bak kızım," dedi. "Daha çok gençsin. Üstelik de çok güzelsin. Hazır yol yakınken bu işleri bırak. Seni bu işlere alet eden o şerefsizi de bırak. Memleketine, ailenin yanına dön. Namusunla yaşa."

"Annem hasta," dedi Yeşim ağlayarak. "Maddi durumumuz çok kötü. Çalışmam gerekiyor. Aileme para göndermem gerekiyor."

Komiser acı acı güldü. Sonra da ekledi: "Böyle konuşmanı o pezevengin mi istedi?"

Yeşim kısa bir süre sustu. "Hayır," dedi hüngür hüngür ağlayarak. "Ben vesika çıkarmak istiyorum."

"Pekâlâ," dedi komiser odayı terk ederken. "Ne halin varsa gör. Benden günah gitti."

O sırada memur, komiserin arkasından seslendi: "Amirim bu adamı ne yapalım?"

Komiser ani bir hareketle kapının önünde durdu. Yeşim'e baktı. "Bu adamdan şikâyetçi misin?" diye sordu.

Komisere şaşkın gözlerle baktım. "Suçum ne ki? Benden neden şikâyetçi olsun?" diye sordum.

"Şikâyetçi değilim," dedi Yeşim. "O bana kötülük etmedi."

Komiser yüzüme bile bakmadan memura seslendi: "Bırakın gitsin. İfadesini almaya gerek yok."

Memur bana baktı. "Gidebilirsiniz beyefendi," dedi. Sonra da Yeşim'e dönüp seslendi: "Sen kal. Seninle henüz işimiz bitmedi. Daha zührevi hastalıkları hastanesine gideceğiz..."

TELEFON

←

Karakoldan çıkınca akşama kadar dolaşıp geç vakit eve geldim. Kendimi yatağa attığımda günün yorgunluğunu ve yıpratıcı üzüntüsünü yaşıyordum. Daha doğrusu, yüreğimi saran kara bulutlarla boğuşuyordum. Bundan sonraki gecelerimin yalnızlığını düşünüp kahroluyordum. Bu hayatta kimseciklerimin olmamasına üzülüyordum. O gece göz kapaklarım daha fazla uykusuzluğa direnemeyip ağır ağır kapanırken, ertesi gün için bir karar aldım. Yarın yataktan kalkar kalkmaz ilk işim eve yardımcı bir kadın bulmak olacaktı.

Uykuya daldığımda yorgunluktan kemiklerimin sızladığını hissettim. Ne kadar vakit geçtiğini bilmiyorum; ama bir süre sonra bir ses duydum. Ses kulağıma şöyle fısıldıyordu: *"Sevgilim, sevgilim... Bu sene de bizi yine ziyarete gelecek misin?"*

O gece uykuya dalarken bir taş gibi ağırlaşan göz kapaklarım, bir kuşun tüyü hafifliğinde açıldı. Komodinin üzerindeki gece lambasını yaktım. Boynumdan sırtıma terin indiğini hissedebiliyordum. Yataktan fırladım. Mutfağa geçtim. Bir bardak suyu kana kana içtim. Duvarda asılı olan Saatli Maarif Takvimi'ne baktım. Takvimin yapraklarını hızlıca çevirmeye başladım. 4 Temmuz gününe geldiğimde durdum. Buğulu gözlerle o tarihe baktım. Hayatımı değiştiren tarihe bir kez daha lanet okudum. Elimde tuttuğum bu tarihin sayfasını, bir imkânım olsaydı şayet kendi ellerimle silip atmak isterdim hayatımdan. O anda beynim bir hesap yapma gereği bile duymadan ta o zamandan bu zamana geçen yılları dudaklarım bir çırpıda kulağıma haykırdı. Hâlbuki o talihsiz kaza daha dün gibi aklımdaydı. Otuz dört yıl bitmiş, otuz beşinci yılına giriyordu. Koskoca otuz beş yıl. Dile kolay. 4 Temmuz 1970 yılından bu zamana kadar geçen koca otuz beş yıl. Karım Eliana'yı ve kızlarım Ayşe ile Zeynep'i kaybedişimin üzerinden koskoca otuz beş yıl geçmek üzereydi. O gece rüyama girip kulağıma fısıldayan da rahmetli karım Eliana'dan başkası değildi. Dünyanın neresinde olursam olayım Eliana her yıl rüyama girip, ölüm yıldönümlerinde onları ziyaret etmem için beni yanlarına çağırıyordu...

***

O anda konuşmama daha fazla devam edemedim. Hüngür hüngür ağlamaya başladım. Adalet Hanım sehpanın üzerinde duran kâğıt mendili uzatırken, "İsterseniz bugünlük burada keselim Cemil Bey," dedi.

"Kusura bakmayın," dedim gözyaşlarımı ellerimle silerken.

"Allah'ın takdiri," dedi Adalet Hanım. "Bunca yıl tuttuğunuz bu kara yas size yetmedi mi?"

Ateist olan Adalet Hanım'a baktım. Sonra da acı acı güldüm. Yüzümdeki ifadeden kırdığı potu anlamıştı. "Aslında Allah demek istememiştim. Kader demek istemiştim," dedi, devirdiği çamı tekrar ayağa kaldırmak istercesine.

"Boş verin," dedim. "Ha Allah, ha kader... Fakat size çok samimi bir şey söyleyebilir miyim?"

"Buyurun."

"Bana göre Allah'ın bu kazayla pek bir ilgisi yoktu."

Adalet Hanım ürkek bir merakla baktı bana. "Öyleyse kiminle ilgisi vardı?"

"Canavar insanoğluyla ilgisi var," dedim. "Ben de yıllarca gemi kaptanlığı yaptım. Biliyorum ki o dümeni ben kontrol ediyordum. Yoksa Allah değil. İşte ben bu kazaya kader diyemem. Allah böyle istedi diyemem. Bu kazaya o anda işini savsaklayan bir kişi neden oldu. O da gemi kaptanından başkası değildi. Kırk iki kişinin ölümüne ne yazık ki o sebebiyet verdi."

"Böyle düşününce yerden göğe kadar haklısınız," dedi Adalet Hanım.

"Haklı mıyım? Tabii ki haklıyım. Üstelik böyle bir kazaya kader demeyecek kadar da kendimi aklıselim bir insan olarak görüyorum. İlginç olan şey ne biliyor musunuz?" dedim.

"Neymiş?" dedi merakla.

"Bugün ayın kaçı?"

Kolundaki saate baktı. Sonra da başını kaldırıp gözlerimin içine baktı. "14 Haziran," dedi.

"14 Haziran ne?"

"14 Haziran 2005."

"Şimdi anladınız mı?"

"Hayır. Hiçbir şey anlamadım," dedi Adalet Hanım şaşkın gözlerle bana bakarken.

"Tam yirmi gün sonra koskoca otuz beş yılı geride bırakacağım. Koskoca otuz beş yıl. Eliana'yı, Ayşe'yi ve Zeynep'i kaybedişimin üzerinden tam otuz beş yıl geçmiş olacak."

Adalet Hanım kolundaki saatin takvimine tekrar baktı. Başını salladı. "Haklısınız," dedi. "Bu yıl ne yapacaksınız? Bu hasta halinizle İtalya'ya gitmeyi düşünmüyorsunuz herhalde?"

"Gideceğim," dedim kararlı bir ses tonuyla. "Her halükarda gideceğim oraya. Bedenim kefene sarılı bile olsa gideceğim. Oraya asla gitmemezlik yapamam. Eliana'ya bu yıl hastayım sana gelmeyeceğim diyemem. Beni kesinlikle affetmez. Böyle bir şey yaparsam bir daha rüyalarıma girmez. Bir kere rüyamda bana şöyle söylemişti: *Beni bir daha rüyanda görmek istiyorsan, her yıl mezarımıza geleceksin...* Beni bunca zaman yaşatan o rüyalarım oldu. Her zaman rüyalarımda onu görüşüm oldu. Onu görmeden yaşayamam. Onu görmediğim gün bu hayattan koptuğum gündür."

"Hayret," dedi Adalet Hanım gözlerinden alev saçarcasına. "Bence rahmetli eşiniz çok şanslı bir kadınmış. Onu hâlâ bu dünyada büyük bir tutkuyla seven bir adam varmış."

"Tutku mu?" dedim boğuk bir sesle.

"Evet."

"Bence onu tutkudan da öte bir aşkla seviyordum. Otuz beş yıldır onu meleğim gibi sevdim."

"Ya Yeşim'i?" diye sordu Adalet Hanım. "Onu nasıl bir aşkla sevdiniz?"

Bir an için sustum. "Anlatacaklarımı dinlemek için daha zamanınız var mı?" diye sordum.

Kolundaki saate baktı. "Biraz daha zamanım var," dedi.

"İyi," dedim. "Öyleyse şimdi bütün sessizliğinizle beni dinlemenizi istiyorum. Sadece susun ve anlatacaklarımı dinleyin."

Adalet Hanım söylediklerimi onaylar şekilde başını sallarken, ben de kaldığım yerden anlatmaya başladım.

***

O gece gördüğüm rüyanın etkisinden sıyrılıp salona geçtim. Her zaman yaptığım şeyi yaptım. Aile fotoğrafımızın olduğu çerçeveyi elime alıp dudağıma götürdüm. Üçünün de fotoğrafını tek tek öptüm. Daha sonra yatak odasına geçtim. Tam yatağa uzanmıştım ki, komodinin üzerindeki paralel telefon birkaç kez çaldı. Şaşkınlıkla telefonun ahizesini kaldırdım. "Alo," dedim kısık bir sesle. Telefon aniden yüzüme kapandı. Herhalde gecenin bu saatinde yanlış bir numara deyip telefonun ahizesini yerine koydum. Birkaç dakika sonra telefon tekrar çaldı. Telefonun ahizesini tekrar kaldırdım. "Alo," dedim bu sefer gür bir sesle.

"Alo," dedi cılız bir ses.

"Evet," dedim. "Kimi aramıştınız?"

"Ben," dedi titrek bir sesle. "Ben kimi aradığımı bilmiyorum."

Bir anda uykum kaçtı. "Ne? Kimi aradığınızı bilmiyor musunuz? Gecenin bu saatinde benimle dalga mı geçiyorsunuz?"

Kadının konuşması boğazındaki yutkunmayla kesildi. Bir müddet sessizlik oldu. Tekrar konuşmaya başladığı zaman bu sefer sesi gür çıktı: "Yalnız mı yaşıyorsunuz?"

"Size ne?" dedim sinirimden gülerken.

"Adresinizi verin. Size gelmek istiyorum."

"Emriniz olur," dedim dalga geçer bir tonda. "Başka bir isteğiniz var mı?"

"Ben Yeşim," dedi. "Beni hatırladınız mı?"

Yeşim ismini duyunca gözlerim pırıl pırıl yanmaya başladı ve dudaklarımı bir titreme sardı. "Size gelmek istiyorum," dedi.

"Ama," dedim heyecandan titreyen dudaklarıma engel olmaya çalışırken. "Telefon numaramı nereden buldunuz?"

"Şimdi boş verin bunu," dedi kısık bir sesle. "Bu gece müsait misiniz?"

Hâlâ şaşkındım. O anda duyduğum sesin onun sesi olduğuna inanmak istemedim. "Gerçekten siz misiniz?" diye sordum. "Telefon numaramı nasıl buldunuz?"

"Karakoldaki polisten aldım," dedi usulca.

"Nasıl alabildiniz?" diye safça bir soru sordum.

"Bir söz karşılığı aldım," dedi. "Şimdi adresinizi verecek misiniz bana?"

Hangi söz diye ağzımı açmış tam soruyordum ki, bir anda sustum. Polis memuruna verdiği sözün ne olduğunu hemen anladım. Bir hayat kadını bir erkeğe neyin sözünü verebilirdi ki? Bunun üzerine ona, "Neden?" diye sordum. "Benim için o adama neden birlikte olma sözü verdiniz?"

Cevap vermedi. Az önce sorduğu soruyu tekrarladı: "Bu gece müsait misiniz? Size gelmek istiyorum."

Telefonda adresi yazdırdım. Saat iki sularında kapının zili çaldı. "Kim o?" diye kısık sesle megafondan seslendim.

"Benim," dedi sakin sakin. "Dış kapıyı açar mısınız?"

"Tamam," dedim heyecanlı bir sesle. Arkasından da ekledim: "Asansörle üçüncü kata çıkın lütfen."

Kapının önünde durmuş büyük bir heyecanla onu bekliyordum. Kalbim göğüs kafesimi yarıp yuvasından fırlayacak gibiydi. Asansörün kapısı açıldığında onu karşımda gördüm. Beni hafifçe kenara itip hızlıca içeri girdi. Ayakkabısını çıkardı. Kapının önünde bir heykel gibi kalakalmıştım. Dönüp bana baktı. "Sabaha kadar kapının önünde mi bekleyeceksiniz?" dedi gözlerinin içi parıldayarak.

"Pardon," dedim şaşkınlıkla. "Sizi bu gece evimde görmeyi beklemiyordum."

"Gördünüz işte. İçeri girin de komşularınızı uyandırmayın isterseniz. Yoksa sabah ilk dedikodular kulağınıza gelmeye başlar."

Hemen kapıyı kapattım. Ayakkabılıktan çıkardığım bir terliği ona uzattım. "Terliğe gerek yok," dedi yanağıma masumene bir öpücük kondururken.

"Salona geçelim isterseniz," dedim nar gibi kızaran yüz ifademle.

"Olur," dedi.

"Bir şey içer misiniz?"

"Rakınız var mı?"

"Var."

"O zaman bir duble rakı istiyorum. Varsa yanında biraz da beyaz peynir getirir misiniz?"

Ben alelacele mutfağa geçerken, o da salona geçti. Birkaç dakika sonra salona geldiğimde balkonda oturmuş sigarasını içiyordu. "Burada mı oturmak istersiniz?" diye sordum.

"Siz sigara içiyor musunuz?" diye sordu.

"Hayır, kullanmıyorum."

"Yanınızda içersem rahatsız olur musunuz?"

"Hayır," dedim bütün nezaketimle.

"İyi," dedi oturduğu yerden kalkarken. "O zaman içeri geçelim. Gecenin bir vakti kimseyi rahatsız etmeyelim."

Bir duble rakısını ve beyaz peynirini önündeki sehpaya koydum. Kendime de bir kadeh kırmızı şarap doldurdum. "Buralı değil misiniz?" diye sordu ansızın.

"Değilim," dedim ona hayran bakışlarımla.

"Belli. Türk erkekleri genelde rakı içer. Sizse şarap içiyorsunuz."

Güldüm. "Siz de tam tersine," dedim. "Benim bildiğim Türk kadınları pek rakı içmez, öyle değil mi?"

"Rakı içmeyen kadına, kadın demem ben."

Sonra da elinde tuttuğu rakı kadehini dudaklarına götürdü. Boğazına dikti. Kocaman bir yudum aldıktan sonra sordu: "Biliyor musunuz?"

"Neyi?"

"Güzel bir kadın rakı gibidir!"

"Öyle mi?" dedim meraklı gözlerle.

"Evet. Güzel bir kadınla rakı arasındaki benzerliğin ne olduğunu biliyor musunuz?"

"Hayır. Ne yazık ki bilmiyorum."

"İkisi de serttir; ama bu sertliğe rağmen ikisinin de kokusu baştan çıkarıcıdır."

"Doğrudur," dedim gözlerimi ondan alamayarak.

Rakısından tekrar koca bir yudum alırken bana baktı. "Size sen mi, yoksa siz mi demeliyim?"

"Siz nasıl hitap etmek istersiniz?" diye sordum ve sonra da vereceği cevabı büyük bir sabırsızlıkla bekledim.

"İkimiz de birbirimize sen diyelim," dedi oturduğu yerden kalkıp yanıma gelirken.

"Olur," dedim. "Benim için bir sakıncası yok."

Yüzü, yüzüme bir karış uzaklıktaydı. Nefesini neredeyse boynumda hissediyordum. Dudaklarını yaklaştırdı dudaklarıma ve yavaşça öptü beni. "Sen ve ben birbirimize benziyoruz," dedi hafifçe uzaklaşırken.

"Benziyor muyuz?"

"Evet. Bu gece seni görünce anladım ki ikimiz de yalnız insanlarız."

"Seni bilmem," dedim. "Ama ben yalnız bir insanım."

"Ben de senin gibi yalnız bir insanım. Üstümde bir sürü erkeğin tepinmek istemesine rağmen yalnızım. Bu yüzden de seninle ilişkimiz diğerlerinden çok farklı olacak. Belki bana inanmayabilirsin ama bunu şimdiden hissedebiliyorum."

Güldüm. Son söylediği şeylerden büyük bir keyif almıştım.

"Banyonu kullanabilir miyim?" dedi.

"Tabii ki," dedim. "Kendi evindeymiş gibi rahat olabilirsin."

O anda acı acı güldü. "Benim kendi evim hiçbir zaman olmadı. Bir insan kendi evinde nasıl rahat eder, o duyguyu hiç tatmadım ben."

Garip olan bir şey vardı. Sanki birbirimizi yıllardır tanıyormuş gibiydik. Sanki bu evin bir parçası gibiydi o. "Havlu ister misin?" diye sordum.

"Evet. Bir duş almak istiyorum," dedi masumca.

O banyoya girerken ben de ona yatak odasındaki gardıroptan bir havlu çıkardım. Banyonun kapısını çaldım. "Havlunu nereye bırakayım?" dedim.

"İçeri gir."

Kapıyı açıp içeri girdiğimde karşımda çırılçıplaktı. Sadece sol bileği sargılıydı. "Tentürdiyodun ve biraz da sargı bezin var mı?" diye sordu çıplaklığından utanmayarak.

Gözlerimi vücudunun dayanılmaz çekiciliğinden zor aldım. "Bir bakayım," dedim. "Büyük ihtimalle ecza dolabında olacak."

Sırtını bana döndü. Sıcak suyu açıp küvetin içine girdi. Banyodan çıkmak üzereydim ki bana seslendi: "Kapıyı kapatır mısın lütfen?" dedi.

Kapıyı kapattım. Ecza dolabını açtığımda tentürdiyot, sargı bezi ve pamuk önümde duruyordu. Boşalan kadehime biraz daha kırmızı şarap doldurdum. Epey bir vakit banyoda kaldı. Sonra banyonun kapısı açılıp dışarı çıktığında üzerine sarılı havluyla yanıma gelip oturdu. Yaralı kolunu bana uzattı. "Tentürdiyodu yaranın üzerine sürüp, sargı beziyle sarar mısın?" dedi.

Tentürdiyodu sol kolunun üzerine sürdüm. Sargı beziyle üzerine kapattım. Rakısından bir yudum aldı.

"Yatak odan neresi? Bana gösterir misin?" diye sordu.

Oturduğum yerden ayağa kalktım. İçimi saran heyecan dalgası âdeta nefes almamı engelliyordu. Beni takip etmeye başladı. Tam salonun kapısından hole adım atmıştım ki, arkamdan salonun ışığını kapattı. İçerisi bir anda zifiri karanlığa döndü. Duvara tutunarak birkaç adım attım. Beynim kısa bir süre sonra karanlığı algılayınca, içeride yanan loş ışığın kısık aydınlığını gördüm. Yatak odasının önüne geldiğimde durdum. Göğüslerini koluma sürterek içeri geçti. Beline sardığı havluyu bir kuşak gibi çözüp yere attı. Usulca yatağa girdi. Onu izlemekten başka bir şey yapmıyordum. Heyecandan kapının önünde âdeta buz kesmiştim. "Ne bekliyorsun?" dedi. "Hadi yatağa gel."

Yatağa geçip uzandığımda elimden tuttu. Vücudumu yan çevirdi. Sırtını getirip göğsüme dayadı. Elimi beline doladı. Bir süre öylece kaldı. Sonra da cılız bir sesle yüzüme bile bakmadan söylendi: "Hadi uyuyalım. Bu gece sakinliğe ihtiyacım var..."

***

"Bugünlük burada keselim mi?" dedi bir ses düşüncelerimi bir bıçak gibi ortadan yararken. Başımı kaldırıp Adalet Hanım'a baktım. "Neden olmasın," dedim. "Hem ben yoruldum, hem de siz. Vakit de neredeyse akşam olmak üzere."

"Yarın tekrar gelmek istiyorum," dedi Adalet Hanım. "Şayet sizin için bir sakıncası yoksa."

"Beklerim," dedim. "Ama sizden bir ricam olacak?"

"Neymiş o ricanız?"

"Öğle sonrası gelir misiniz? Yarın dışarı çıkıp bir uçak bileti alacağım."

"Uçak bileti mi? Nereye gideceksiniz?"

"İtalya'ya. Bugünün 14 Haziran olduğunu söylememiş miydiniz?"

Kolundaki saatin takvimine bir kez daha baktı Adalet Hanım. "Evet. Söylemiştim."

"Her sene olduğu gibi bu yıl da onları ziyarete gideceğim."

"Emin misiniz? Ameliyattan yeni çıktınız. Sizin için endişe duyuyorum. Bari doktorunuza danışsaydınız."

"Doktora danışmak mı? Kesinlikle izin vermeyeceğini siz de, ben de biliyoruz. Olmaz."

"Peki," dedi Adalet Hanım umutsuzca başını sallarken. "Sizin hayatınıza karışamam." Sonra da oturduğu yerden ayağa kalktı. Yanına koyduğu çantasını koluna taktı. Kapıya kadar yürüdü. Ben de ona kapının önüne kadar eşlik ettim. Ayakkabılarını giyip asansörün önüne geldiğinde durdu. Asansörün düğmesine bastı. Asansörü beklerken de dönüp bana seslendi: "Boşuna beklemeyin. Gidip en iyisi biraz dinlenin lütfen. Size bugünlük allahaısmarladık..."

"Yarın saat iki gibi bekliyorum sizi. Şimdilik hoşça kalın," dedim ve ardından da kapıyı yavaşça kapattım.

UÇAK BİLETİ

←

O sabah erkenden telefon çaldı. Nazire yatak odasının dışından bana seslendi: "Cemil Bey, Cemil Bey..."

"Efendim kızım," dedim.

"Telefon size. Acilmiş."

"Bu saatte arayan kim?"

"İsminin Doktor Erhan Çakmak olduğunu söylüyor."

Doktor Erhan ismini duyunca uzandığım yerden âdeta fırladım. "Tamam kızım. Paralel telefondan bakıyorum. Sen telefonu kapat."

Komodinin üzerinde duran telefonun ahizesini kaldırırken ellerimin titrediğini gördüm. Titrek ellerim o anda kalp atışımı tetikledi. Kalbim hızlı hızlı çarpmaya başladı. "Efendim Erhan Bey," dedim heyecanlı bir ses tonuyla.

"Nasılsınız Cemil Bey?"

"Ben iyiyim. Yoksa ona bir şey mi oldu?"

"İşin doğrusu durumu pek iç açı değil."

"Ne demek bu şimdi?" diye sordum dudağım titrerken.

"Geçen gün geldiğinizden biraz daha kötü durumda. Tek bir umudumuz var."

"Neymiş o umut?"

"Yaşının genç olması. Bakalım bu gençliği onun hayata tutunmasına yardımcı olabilecek mi?"

"Bilmem," dedim üzgün bir sesle.

"Ben esas sizi niçin aradım biliyor musunuz?"

"Hayır," dedim meraklı bir şekilde.

"Size sitemimi belirtmek için aradım."

"Ne sitemiymiş?"

"Geçen gün Yeşim'i ziyarete gelirken bana neden yeni by-pass ameliyatı geçirdiğinizi söylemediniz?"

"Kimden öğrendiniz?" diye sordum şaşkınlıkla.

"Önce siz sorduğum soruya cevap veriniz. O gün mesleki hayatımı resmen tehlikeye atmışsınız. Ya o odada bir kalp kriz geçirip öylece yığılıp kalsaydınız?"

"Allah'tan öyle bir şey olmadı," dedim gülerek. "Bu yüzden o güzel canınızı sıkmayın siz. Oysaki o gün bana, onu bir daha göstermekle ömrüme ömür kattınız. Size yine çok çok teşekkür ederim. O gün onu görmem gerekiyordu."

"Neyse," dedi derin bir of çekerken. "Bir gelişme olduğunda sizi tekrar ararım. Buraya kadar gelmenize gerek yok. Sadece sitemimi size iletmek istemiştim."

Telefonu kapatırken tekrar sordum: "By-pass ameliyatı olduğumu kimden öğrendiniz?"

"Yeşim'in adli vakasını soruşturan polis memuru Çetin Bey'den. Dün gece yarısı kendisi buradaydı. Ondan öğrendim."

Erhan Bey'e bir soru daha soracaktım ki, telefonun dııt sesi kulaklarımda yankılandı. Telefonun ahizesi elimde kalmıştı. Ahizeyi yerine koydum. Yatak odasının kapısını açıp mutfağa girdim. Nazire'yi çay demlerken buldum. "Saat kaç Nazire?" diye sordum.

"Saat sekizi on iki geçiyor Cemil Bey."

"Bu saatte ne işin var? Bir saat erken gelmişsin kızım," dedim.

"Bu gece uyku tutmadı. Kocamla biraz tartıştık da."

"Otur," dedim sandalyeyi ona doğru uzatırken. "Neden tartıştınız?"

"Hiç," dedi bir omzunu yukarı kaldırıp silkerek.

"Öyleyse durduk yerde mi tartıştınız?"

"Yok," dedi gözlerinden iki damla yaş süzülürken yanağına. "Beni çok eziyor Cemil Bey. Ailesine karşı beni eziyor. Görüyorsunuz sabahtan akşama kadar ikimiz de yaban ellerde it gibi çalışıyoruz. O kazandığımız parayı ailesine gönderiyor. Onlar da memlekette oturmuş bizim kazancımızı rahat rahat yiyor. Hep bu yüzden tartışıyoruz. Kazandığımız parayı biriktirelim, dedim. Bugün yarın çoluk çocuk olduğunda onların paraya ihtiyacı olacak, dedim. Ayrıca," dedi ve hüngür hüngür ağlamaya başladı.

"Ayrıca ne?" dedim.

"Size utanıyorum söylemeye."

"Kız yoksa..." dedim büyük bir mutlulukla.

"Evet. Hamileyim Cemil Bey. Hem de üç aylık."

"Gözün aydın Nazire," dedim. "Allah anneli babalı büyütsün. Bu akşam eve gittiğinde kocana söyle yarın bana gelsin. Onunla erkek erkeğe konuşalım. Belki büyük sözü dinler."

"Allah sizden razı olsun. O kadınla isminizi duyunca korkarak bu eve gelmiştim. Ama görüyorum ki çok iyi bir insansınız. Başınıza gelen şeylere çok üzülüyorum. Bazen ne yalan söyleyeyim konuştuklarınıza kulak misafiri oluyorum. Eşinizi ve çocuklarınızı erken yaşta kaybetmenize nasıl üzüldüm bir bilseniz."

"Sana bir nasihat vereyim mi güzel kızım?"

Nazire, kıpkırmızı olan gözleriyle bana baktı. "Tabii ki," dedi.

"Bak," dedim buğulu bir sesle. "Henüz çok gençsin. Ama şunu bilmelisin ki, insanlar kendi yaşamlarını bir yere kadar seçebiliyor. Bazen hiç tanımadığın bir el gelip hayatını alt-üst edebiliyor. Tıpkı benim otuz beş yıl önce değişen hayatım gibi. Kimseyi bu yüzden suçlama. Bu hayata biz isteyerek gelmedik. İsteyerek de bu hayatları seçmedik. Bak! Karnında bir çocuk taşıyorsun. Ama onun nasıl bir hayat yaşayacağını henüz bilmiyorsun. Olayların penceresinden dışarı baktığın zaman daha geniş bir gözle bak. At gözlüğü takıp bakma. Herkesin yaptığı o suçlayıcı bakışları karşındaki insanlara gözlerinle yansıtma. Onları daha fazla o bakışlarınla ezme. Zaten bu dünyada bizim gibi ezilen bir sürü insan var."

Nazire sustu. Ağzını bile açamadı. Derin düşüncelere dalıp gitmişti. Söylediğim sözlerin anlamını düşünüyordu. Bir taraftan da elinde tuttuğu bıçakla gayri ihtiyarı olarak oynuyordu. "Tamam mı? Anlaştık mı seninle Nazire?" diye sordum.

"Anlaştık," dedi buğulu gözlerini tekrar ovuştururken.

"Şimdi bana hafif bir kahvaltı hazırla. Sonra da ilaçlarımı getir. Birazdan dışarı çıkacağım."

Kahvaltıyı yaptıktan sonra bir taksiye atlayıp Kadıköy'e indim. Türk Hava Yolları'nın bir acentesine girdim.

"Buyurun," dedi genç ve güler yüzlü bir kızcağız.

"İtalya'ya gidiş-dönüş bileti alacaktım kızım," dedim bütün nezaketimle.

"Buyurun oturun. Bir şey içer misiniz?" diye sordu o da bütün içtenliğinle.

"Bir bardak su alabilirim."

Masasının üstünde duran telefonun ahizesini kaldırdı. "Ben Hale," dedi. "Bir bardak su getirir misiniz?"

Telefonu kapattı. Yüzüne baktım. "Ne güzel bir isminiz varmış. Pek de gençmişsiniz. Allah sizi sevdiğinize bağışlasın," dedim yanağımda gülücükler açarken.

"Sağ olun," dedi. "Uzun zamandır kimseden böyle güzel iltifatlar duymamıştım."

"Size iltifat etmeyen erkek kör olmalı," dedim gülerken. Arkasından da ekledim: "Temmuz ayının ikisi ya da üçüne biletiniz var mı?"

"Bir bakalım," dedi kızcağız önündeki bilgisayar ekranına bakarken. Sonra da sordu: "Ziyarete mi gidiyorsunuz?"

"Evet," dedim içim buruk bir şekilde.

"Kimi ziyaret edeceksiniz?"

Gözlerim buğulandı. "Karımla kızlarımı ziyaret etmeye gidiyorum."

"Orada mı yaşıyorlar?"

"Orada yatıyorlar," dedim.

"Pardon," dedi, gözlerini bilgisayardan ayırıp bakarken bana. "Orada mı yatıyorlar?"

"Evet. Onlar öleli tam otuz beş yıl oluyor."

O anda kızcağız ne diyeceğini şaşırdı. "Çok üzüldüm. Başınız sağ olsun," dedi.

"Sizler sağ olun," dedim içim parçalanarak.

"Suyunuzu buyurun," dedi bir ses. Kafamı sesin geldiği yöne çevirdiğimde bardak neredeyse burnumun ucundaydı. Başımı kaldırıp, "Sağ olun," dedim.

Görevli kız, kafasını bilgisayardan kaldırarak, "Kusura bakmayın," dedi. "Temmuz ayının ikisi ve üçünde ne yazık ki yer yok."

Suyumdan bir yudum aldım. "Nasıl olmaz?" diye sordum. "Mutlaka 4 Temmuz sabahı orada olmam lazım."

Kız tekrar bilgisayar ekranına baktı. "4 Temmuz sabahı mı orada olmanız gerekiyor?"

"Evet."

"Tamam," dedi yüzüne yayılan bir sevinç ifadesiyle. "4 Temmuz sabahı orada olacaksınız."

"Nasıl?" diye sordum büyük bir heyecanla.

"4 Temmuz günü saat sabahın dördünde bir uçağımız var. Günün ilk ışıklarıyla birlikte oraya varmış olursunuz. Bu uçakla uçmak istiyor musunuz?"

"İstiyor muyum?" diye sordum. "Hem de büyük bir şiddetle istiyorum. Hemen biletimi kesin lütfen."

"Dönüşü ne zamana istiyorsunuz?"

"Dönüşü mü?"

"Evet."

"Üç gün sonrası olsun."

"Dönüş biletinizi de 7 Temmuz olarak kesiyorum."

"Kesin."

Kız, bileti kesip bana uzatırken sordu: "Pasaportunuzun ve vizenizin tarihini lütfen kontrol edin."

"Gerek yok," dedim bilet parasını uzatırken. "Ben aynı zamanda İtalyan vatandaşıyım."

Kendimi sokağa attığımda cep telefonum çaldı. "Alo," dedim.

"Bugün nasılsınız?" diye sordu o tanıdık ses.

"Daha iyiyim. Şimdi biletimi aldım. Sizi bekliyorum."

"Bir teklifim var size."

"Neymiş o teklifiniz Adalet Hanım?"

"Bugün hava çok güzel. Diyorum ki acaba Moda İskelesi'nde mi buluşsak? Hem bir şeyler yeriz, hem de sohbetimize kaldığımız yerden devam ederiz."

"Dediğiniz yer buraya yakın mı?" diye sordum.

"Neredesiniz?"

"Şu an Kadıköy meydanındayım."

O anda Adalet Hanım'ın telefonda attığı kahkaha neredeyse kulaklarımı sağır edecekti. "Allah iyiliğinizi versin Cemil Bey. Artık şu İstanbul'u size birilerinin tanıtma vakti geldi de geçiyor. Moda İskelesi burnunuzun dibi sayılır."

Bu sefer de ben bir kahkaha attım. "Gerçekten mi?" diye sordum.

"Evet. Sokakta kime sorsanız nerede olduğunu size gösterir."

"Peki," dedim. "O zaman saat ikiye kadar beklemenize gerek yok. Şayet gelebilirseniz daha erken gelmeye çalışın."

"Bir saat sonra oradayım. Görüşmek üzere," dedi Adalet Hanım ve arkasından telefonu kapattı.

Ağır ağır yürüyerek Moda İskelesi'ne gittim. Denizin kenarında yükselen ahşap bir binaydı. Uzaktan bakınca denizin mavi sularında beyaz gelinlik giymiş bir kız gibi alımlı bir şekilde kendisini gösteriyordu. Tahta iskeleden yürüyerek içine girdim. Bir garson yanıma yaklaştı. "Buyurun," dedi.

"Boş yeriniz var mı?"

"Kaç kişisiniz?"

"İki."

"Dışarıda oturmak ister misiniz?"

"Daha iyi olur," dedim. Sonra da garsonu takip ettim. Deniz kenarının yanında bir masayı gösterdi. "Burası iyi mi sizin için?"

"Daha iyisi olamazdı," dedim çıkarıp bir miktar parayı verirken garsona.

Yıllardır bir alışkanlıktı bende bahşiş. Çoğu insan genelde bahşişi kalkacağı zaman verir; ama ben kendimi bildim bileli garsonlara bahşişi hep peşin verdim. Bu davranışımın nedenini soranlara da, ağzıma pelesenk olmuş şu sözü hep söyledim: Garsonun gönlünü baştan fethetmelisin ki, o da yemeğin sonuna kadar sana gerekli alakadarlığı göstersin...

"Beklerken bir şey içmek ister miydiniz?" diye sordu garson az önce aldığı bahşişin keyfiyle.

"Bir kadeh şarap olabilir," dedim.

"Siz merak etmeyin efendim," dedi garson büyük bir keyifle gülerek. "En iyisinden getireceğimden hiç şüpheniz olmasın."

"Hiç şüphem yok," dedim garsona ve Adalet Hanım'ı beklemeye koyuldum.

Bir süre sonra arkamdan gelen bir ses, "Burasını beğendiniz mi Cemil Bey?" diye sordu.

Başımı geriye doğru çevirdiğimde Adalet Hanım'ı gördüm. "Evet. Hem de çok beğendim."

O da, "Çok sevindim," dedi ve arkasından da ekledi: "Yemeklerini de beğeneceğinizden hiç kuşkunuz olmasın."

İçtiğim şarabı göstererek, "Buranın şarabını gerçekten de çok beğendim," dedim.

"İçki yasak değil mi size?" diye sordu Adalet Hanım şaşkın gözlerle.

"Günde bir kadeh şarap kalbe iyi gelir derler. Hakkım olanı içiyorum."

"Pekâlâ," dedi Adalet Hanım gülerken. "O zaman benim hakkım olan şarabı da garsona söyleyin lütfen."

"Büyük bir zevkle," dedim gülüşüne gülüşümle karşılık verirken. Sonra da elimi havaya kaldırıp, "Bakar mısınız garson bey?" diye seslendim. Garson elimi havada görünce hemen başımıza tünedi. "Buyurun efendim," dedi.

Bahşiş verdiğim garsona göz ettim. "Aynı şaraptan karşımda oturan güzel hanımefendiye de istiyorum," dedim.

"Derhal," dedi garson.

"Bugün sizi neşeli gördüm," dedi Adalet Hanım.

"Neşeli mi?"

"Evet."

"Aslında sabah gözlerimi açar açmaz pek de iyi olmayan bir haber aldım. Yeşim'in yattığı hastanede geçen gün tanıştığım doktor aradı. Durumunun eskiye oranla kötü olduğunu söyledi. Onlar da umudunu kesmiş artık. Yeşim'in gençliğine güvenmekten başka bir beklentileri kalmamış. Sabah sabah bu kötü düşüncelerle evden ayrıldım. Kadıköy'e Türk Hava Yolları'nın bir acentesine uğradım. Oradaki görevli kız ilk başta istediğim günlerde İtalya'ya gidiş bileti olmadığını söyledi bana. Ama daha sonra 4 Temmuz sabahına bir uçuş buldu. Hemen yerimi ayırttım. Biletimi satın aldım. İtalya'ya uçacak olmak bir nebze olsun keyfimi yerine getirdi. Şimdi de sizinle böyle güzel bir mekândayım. Denizin yosun kokusu keyfime keyif kattı. Yıllardır denizde yaşayan biri olarak denizi özlemişim. Bu masmavi rengi özlemişim. Bu yosun kokusunu içime çekmeyi özlemişim. Karaya çıkmak doğrusu bana hiç yaramadı Adalet Hanım. Meğerse ben denizde mutluymuşum. Şimdi İstanbul'a gelip yerleştikten sonra daha iyi anlıyorum ki, bütün acılarımı denizdeki o yosun kokularının arasına gömmüşüm. Ne yazık ki yeni yeni görüyorum bu gerçeği."

"Öyle söylemeyin canım," dedi Adalet Hanım. "Karada da sevilecek şeyler yok değil."

"Haklısınız. Sevdiğim bir kadın var ama o da ölümle pençeleşiyor. Her geçen gün biraz daha umudum kırılıyor. Yaşamayacağına dair bir korku gelip içime çörekleniyor."

"Sözünüzü kesiyorum ama ne yersiniz?"

Daldığım düşünceden çıktım. "Balık," dedim. "Bugün balık yiyeceğim. Kalamar yiyeceğim. Midye tava yiyeceğim. Midye dolma yiyeceğim. Bugün denizden çıkan her şeyi yiyeceğim."

Adalet Hanım güldü. "Sizi de gören bütün yıl aç kalmış sanacak," dedi.

"Bilmiyorum Adalet Hanım. Sanki yakında ölecekmişim gibi bir his var içimde. İnsan yaşlanınca nedense ölümü düşünüyor. Ölümün kendisine yakın olduğunu düşünüyor. Ölümün kıyısında dolaştığını düşünüyor. Ben de bu tür bir düşünce içerisindeyim."

"Bu düşünceleriniz boş bence. By-pass ameliyatı geçiren bütün insanlar aynı şeyi düşünür."

"Hayır. Benim korkum ameliyattan sonra oluşmadı. Yeşim'le tanıştıktan sonra oluştu."

Adalet Hanım yüzüme baktı. "Bugün onu anlatmaya hazır mısınız?"

"Farkında mısınız?" dedim. "Esas hikâyemiz yeni başlıyor. Şu ana kadar ondan doğru dürüst bahsetmedim bile."

"Farkındayım," dedi.

"Pekâlâ," dedim ve dün kaldığım yerden anlatmaya koyuldum.

***

O sabah gözlerimi açtığımda yanımda yoktu Yeşim. Epey erken bir vakitte kalkıp gitmişti. Kokusunu saçının bir teliyle birlikte yastığıma bırakmıştı. Uzun zamandır ilk kez bir kadının sıcaklığıyla birlikte deliksiz bir uyku çekmiştim. O gün hep onu düşündüm. Kimdi o? Bu hayatın nasıl bir kurbanı olmuştu? Genelev tezgâhına nasıl düşmüştü? Bu soruları günlerce kendime sordum. Sorularıma yanıt aramak için geneleve onu görmeye gittim. Bana artık orada çalışmadığını söylediler. Ona ulaşacağım ne bir adres, ne de bir telefon numarası vardı. Umudumu kestiğim bir dönem yine gece yarısı telefonum çaldı. "Alo," dedim.

"Benim," dedi. Bu sefer sesinden tanımıştım onu. Arayan oydu. O anda gözlerimden yanaklarıma bir yaş süzüldü. "Altı aydır neredesin?" diye sitemkâr bir ses tonuyla sordum ona.

"Bu gece müsait misin?" dedi her zamanki gibi cılız çıkan sesiyle.

"Evet," dedim. "Müsaitim."

"Öyleyse sana geliyorum."

"Gel," dedim boğuk çıkan sesimle.

Telefonu kapattı. Gece üç sularında kapı çaldı. Megafona bastım. Aşağıdan onun sesini duydum: "Kapıyı aç."

"Asansörle üçüncü kat," dedim.

"Biliyorum," dedi hafif bir kahkaha atarak.

Altı ay sonra onu kapının önünde görünce heyecanımın yerini kızgınlığımın aldığını hissettim. "Ne o?" dedi. "Beni gördüğüne sevinmedin mi?"

"Nasıl sevineyim? Yarın sabah bu evden habersiz çekip gittiğinde acaba bu sefer kaç ay sonra karşıma çıkacaksın?"

Yanıma geldi. Elimden tuttu. Beni içeri doğru çekti. Arkamızdan kapıyı usulca kapattı. Kollarını boynuma doladı. Dudağıma bir öpücük kondurdu. Sonra da beni kolumdan çektiği gibi yatak odasına doğru sürükledi. Yatağa girdi. Bacaklarını bacaklarımın arasına getirip soktu. "Üşüdüm," dedi.

Ona sarıldım. "Beni özledin mi?" diye sordu vücudu soğuktan zangır zangır titrerken.

"Evet," dedim öksüz bir çocuk gibi tekrar ona sarılırken. Arkasından da ekledim: "Bunca zamandır neredeydin?"

Parmağını getirip dudaklarımın üzerine bastırdı. "Şşşt," dedi. "Bu gece soru sormak yok."

Buz gibi vücudu bir anda içten içe yanmaya başladı. Üzerindeki kışlık kazağını çıkardı. Sonra iki elini sırtına götürüp sutyeninin kopçasını açtı. Memeleri dik ve iriydi. İki elini göğsüne bastırdı. Bir süre göğüslerini okşadı. Kot pantolonunun düğmesini açtı. Fermuarını çekti. Önce sağ bacağını bana doğru uzattı. Pantolonu ucundan çekip çıkardım. Sonra da sol bacağını uzattı. Onu da çekip çıkardım. Kırmızı iç çamaşırla yatağın içinde ayağa kalktı. Sırt üstü uzandığım yerden onu seyrediyordum. Ona karşı olan kızgınlığım gitmiş, yerini tarifsiz bir heyecana bırakmıştı. Bedenim hafiften tir tir titremeye başlamıştı. Göğüslerinin üzerinde tuttuğu ellerini usul usul kaydırıp kalçalarının üzerine koydu. Kalçalarını okşadı. Elinde tuttuğu kırmızı külotunu birkaç kez havada döndürdü. Sonra da yüzüme doğru yukarıdan hafifçe bıraktı. Memeleri bir yay gibi gerilmişti. Dimdik olmuştu. Kalçasını getirip bacaklarımın üstüne koydu. Pijamamı çekip çıkardı. Üzerime uzandı. Ateş gibi bacaklarının sıcaklığını vücudumun her yanında hissettim. Bacaklarını bacaklarıma sürtmeye başladı. Taşı taşa sürtünce kıvılcım çıkar ya. İkimizin bacaklarından da neredeyse aynı kıvılcım çıkıyordu.

Ellerimi getirip onun göğsüne koydum. Sıcak nefesi dudaklarımın üzerinde ve kulaklarımın içinde âdeta dolaşıyordu. Kokusu odaya yayıldı. İniltileri odayı sardı. Sonra da bütün ağırlığıyla üzerime yüklendi. Kokumuz kokumuza, iniltilerimiz iniltilerimize karıştı. Bir süre sonra onu hafiften üzerimden kaldırıp yatağın kenarına doğru çektim. Hâlâ derin derin nefes alıyordu. O anda tatlı bir duygu kaplamıştı her tarafımı. Dudağını getirip yanağıma bir öpücük kondurdu. "Bir sigara yakmak istiyorum," dedi ve yataktan bir tavşan gibi fırladı. Yere attığı çantasından sigara paketini çıkardı. Bir sigara yaktı. Yanı başımda duran gece lambasını yaktım. Ani bir tepkiyle, "Kapat, kapat," dedi. Hemen ışığı kapattım. Sigarasından bir nefes aldı sonra da sırtını bana döndü. "Isıt beni," dedi. Ona sarılırken, "Kimsin sen?" diye sordum.

"Sus," dedi dingin bir sesle. "Yarından itibaren benim kim olduğumu öğreneceksin. Müsadenle şimdi uyumak istiyorum. Sen de gevşemiş bedeninle bu gece rahat rahat uyu. Merak etme. Yarın uyanınca beni yanında bulacaksın."

Sabah uyandığımda yanı başımda çırılçıplak yatıyordu. Banyoya gidip elimi yüzümü yıkadım. Dişlerimi fırçaladım. Pencereden dışarı baktığımda göz gözü görmüyordu. Dışarıda yağan kar tipi yapmıştı. Sokakta bir Allah'ın kulu gözükmüyordu. Tekrar yatağa girdim. O anda yüzünü bana doğru çevirdi. Hâlâ mışıl mışıl uyuyordu. Bir süre onun güzelliğini seyrettim. Kim olabileceği hakkında birtakım tahminlerde bulundum. O sırada zil çaldı. Hemen yataktan fırladım. Kapıyı açtım.

"Ekmek ve gazeteniz Cemil Bey," dedi Ekrem Efendi. "Bugün sakın ola ki dışarıya çıkmayın. Vallahi tükürseniz yere düşmez. Dışarıda buz gibi bir hava var."

"Dediğiniz gibi olsun Ekrem Efendi," dedim gülerken. "Siz asıl yarın kendinizi düşünün. Hava böyle olursa bu haftayı pas geçmiş olacaksınız."

"Yarın ne var ki?" diye sordu dalgın dalgın.

"Yarın günlerden ne?"

"Pazartesi."

"Pazartesileri izin gününüz değil mi?"

"Evet," dedi ve bir anda sustu. Sonra da, "Allah iyiliğinizi versin Cemil Bey. Yarın bir metre kar bile yağsa yine giderim oraya. Benimkisi beni bekler."

"Öyleyse kolay gelsin size."

"Siz gidiyor musunuz o günden sonra?"

"Arada bir gidiyorum," dedim.

"Gidin, gidin. Bu yaşta kadınlarla sevişmek ömrümüzü uzatıyor."

"Haklısın," dedim ve kapıyı kapattım.

Yatak odasına geri döndüğümde uyanmıştı. "Kiminle konuşuyordun," diye sordu mahmur gözlerle.

"Yoksa sesimize mi uyandın?" dedim.

"Hayır," dedi. "Saat kaç?"

Kolumdaki saate baktım. "Saat dokuzu gösteriyor. İşin yoksa biraz daha uyu istersen."

"İşim yok; ama müsadenle bir sigara yakacağım."

"Aç karnına mı?"

"Bu meretin açı, toku mu olur? Canın istedikçe içiyorsun."

"Çay içer misin? Sana bir çay demleyeyim mi?"

"Olur vallahi. Çaydanlığı ocağa bırak, sonra da yanıma gel."

Mutfağa geçtim. Çaydanlığa su koydum. Ocağı ateşledim. Çaydanlığı yanan ocağın üzerine koyduktan sonra onun yanına geri döndüm. "Kimsin sen?" diye sordu bana. "Ailen nerede?"

"Asıl sen kimsin?" diye sordum ona. "Senin gibi genç ve güzel bir kadının bu işi yapması bana tuhaf geldi."

Sigarasından bir nefes aldı. "Uzun hikâye," dedi. "Nereden başlasam anlatmaya bilmem ki."

"Nereden istersen oradan başla," dedim.

"Kolay değil. Her anı bana acı veriyor."

Bir süre dalıp gitti. Ağzını açmadı. Elindeki sigarayı söndürdü. Vücudundaki sarı tüyleri dik dik oldu. "Üşüdüm," dedi.

Onu kollarımın arasına aldım. Çocuk gibiydi. İyice koynuma sokuldu. Bir anda yüzü değişti. "Ta başından başlayım istersen," dedi.

"Sen bilirsin," dedim.

"Biliyor musun?" dedi kollarımın arasından çözülürken.

"Neyi?"

"Kötü bir ailenin kötülüğü gelip evladını bulur."

"Öyle mi?"

"Öyle," dedi. "İnan buna. Yine şu gerçeği biliyor musun?"

"Hangi gerçeği?"

"Kötü bir aşığın kötülüğü gelip bir insanın hayatını mahveder."

"Bunda haklısın," dedim iç çekerken.

"Peki," dedi. "Senin için aşk nedir?"

Ansızın gelen bu soru karşısında şaşırmıştım. Ona baktım, "Özlem," dedim hiç düşünmeden.

"Özlem mi?"

"Evet. Yanlış duymadın. Aşk benim için otuz beş yıllık bir özlem demek."

Başını yastıktan kaldırdı. "Otuz beş yıllık özlem mi?"

"Aşık olduğum kadını ve iki çocuğumu otuz beş yıl önce bir kazada kaybettim. O gün bugündür ölen karıma ve iki çocuğuma büyük bir özlem duyuyorum."

Tekrar bir sigara yaktı. Kederli ortamı dağıtmak istermiş gibi bir tavrı vardı. "Şimdi ben senin neyin olacağım?" dedi yanağımı öperken.

"Otuz beş yıldan sonra gelen aşkımın başlangıcı olacaksın," dedim ve sustum.

O anda daha önce gördüğüm rüyayı hatırladım. O rüyada ona aynen şöyle demiştim: "Senin ismini aşkın başlangıcı koyuyorum..." Şaşkın gözlerle bana baktı. "Az önce ne dedin sen?"

Daha önce gördüğüm rüyadaki o sözü ona tekrarladım: "Senin ismini aşkın başlangıcı koyuyorum."

"Aşkın başlangıcı ha," dedi gülerken. "Daha önce böyle bir sözü hiç duymamıştım. Vesselam ilginç bir adama benziyorsun."

"Pekâlâ," dedim. "Senin için aşk nedir?"

"Sağanak halinde bastıran yağmur," dedi. "Sonrası ince ince çiseleme... Ve bir daha sen olamama..."

"İlginç," dedim dudaklarına bir öpücük kondururken.

"Evet," dedi gülerken. "En az seninki kadar ilginç."

"Ocaktaki su kaynamıştır," dedim yerimden doğrulurken. O anda kolumdan tutup yatağın içine doğru çekti beni. "Bırak kaynasın. Seviş benimle," derken dudağıyla dudağımı ısırıyordu.

***

"Yemeklerinizi servis yapmamı ister misiniz?" dedi garson. O anda gözlerimi Adalet Hanım'ın gözlerinden alırken yüzünün kıpkırmızı olduğunu gördüm. Başımı çevirdiğimde garson elindeki tepsiyle başucumda duruyordu. "Yap oğlum," dedim. "Kusura bakma, iki dost konuşmaya dalmışız."

Garson manalı manalı baktı bana. En son söylediğim seviş benimle sözünü belli ki duymuştu. Yemek servisini yaptı. "Başka bir emriniz var mı?" diye sordu.

Bir miktar parayı daha bahşiş olarak garsonun cebine sıkıştırdım. Sonra da ona göz ettim. "Az önce getirdiğin şarabın aynısından birer kadeh daha istiyoruz."

Adalet Hanım'ın yüzündeki pembelik yavaş yavaş kaybolmaya başlamıştı. "Merakımı bağışlayın," dedi. "Onunla sık sık sevişir miydiniz?"

"Bu soruyu neden soruyorsunuz?" dedim hınzır çocuklar gibi.

"Her neyse," dedi. "Sormuş olduğum bu soruyu boş verin. Yemekler güzele benziyor, öyle değil mi?"

Fazla üstelemedim. "Evet," dedim. "Bakalım tadı nasılmış?"

Midye dolmayı kabuğundan tuttuğum gibi ağzıma attım. "Harika," dedim. "Bu yemekleri kim ısmarlıyor?"

"Aşk olsun size. Bu mekâna sizi ben davet ettim. Tabii ki ben ısmarlıyorum."

"Olmaz," dedim karşı çıkarak. "Siz davet ettiniz ama davet ettiğiniz yer benim semtim çıktı. Yani benim hudutlarımda olduğunuz için yemekleri ben ısmarlıyorum size."

"Olmaz," dedi Adalet Hanım ısrarla.

"Olur, olur," dedim kalamarı mideme indirirken.

"Gerçekten de çok ilginç bir insana benziyorsunuz."

Adalet Hanım'ın hayat derinliği olan gözlerinin içine baktım. "Size bir soru sorabilir miyim?"

"Elbette ki. İstediğiniz soruyu sorabilirsiniz."

"Siz de benim gibi, Yeşim gibi ve bize benzeyen diğer insanlar gibi yalnızsınız, doğru mu?"

"Evet," dedi boynu omzuna düşerken.

"Size bir soru sorabilir miyim?"

"Sorun," dedi bu sefer kısık bir sesle.

"Şimdi merak ettim doğrusu. Sizin için aşk nedir?"

Bu soru karşısında şaşırdı, biraz da bozardı. Sonra da çizgiler düşen yüzüne pembemsi bir renk geldi. Bana baktı. "Çelme," dedi.

O anda balığın kılçığı boğazıma takıldı. Öksürdüm, tıksırdım. Yutkunmaya çalıştım. Bir bardak suyu masadan kaptığım gibi boğazımdan içime doğru akıttım. Gözlerimden âdeta yaşlar boşalıyordu. Bir süre başım aşağıda öylece kalakaldım. Sağ elimle boğazımı ovuşturdum. Tükürüğümü rahat rahat yutmaya başlayınca da derin bir nefes aldım. "Siz iyi misiniz?" dedi Adalet Hanım ayağa kalkmış öylece başımda dikilirken.

Elimle yerine oturmasını işaret ettim. "İyiyim. Boğazıma kılçık kaçtı," dedim boğuk bir sesle.

"Aman dikkat edin."

"Kusura bakmayın. Az önceki lafınızı böldüm."

"Çelme dedim. Benim için aşk çelme demek. Sevdiğin insanın sana çelme takıp düşürmesi demek. Sonra bir başkası için seni terk etmesi demek..."

Şarabımı yudumladım. "Desenize," dedim. "Herkesin aşk tarifi birbirinden oldukça farklı. Aşkın bir tek tanımı yok. Değişken. Tıpkı biz insanlar gibi. Günü gününü, zamanı zamanını tutmuyor. Bana göre aşk özlem demek. Yeşim'e göre yağmur demek. Size göre ise çelme demek. Hepimizin aşktan anladığı oldukça farklı, öyle değil mi? Aşkın hepimizin damağında bıraktığı tat da farklı. Zaten hepimizin âşık olduğu insanlar da birbirlerinden farklı değiller mi?"

Adalet Hanım bu sorularım karşısında derin düşüncelere dalıp gitmişti. Yüz ifadesinden acı çektiği her halinden belliydi. Kim bilir onun da ne dertleri vardır diye düşündüm. Daha sonra da, "İyi misiniz?" diye sordum.

"İyiyim, iyiyim," dedi. "Kusura bakmayın. Bir anda dalıp gittim."

"Sizden bugün bir şey rica edebilir miyim?"

"Tabii ki."

"Bugün geç bir vakte kadar burada oturalım. Size anlatacağım hikâyeyi bir an önce bitirmek istiyorum. İsterseniz yarın yine kaldığımız yerden devam edebiliriz."

"Bir yere mi kaçıyorsunuz? Bu acele de ne böyle?" dedi.

"İtalya'ya gitmeme neredeyse üç hafta var. Gitmeden önce bu hikâyeyi anlatıp bitirmek istiyorum."

"Peki," dedi Adalet Hanım. "O zaman anlatmaya başlayın. Her zamanki gibi sizi can kulağıyla dinliyorum..."

EVLİLİK

←

O sabah ikimiz de yataktan oynaşarak çıktık. Dışarıda gene kar bütün şiddetiyle hüküm sürüyordu. Soğuktan donmak üzere olan bir yaban güvercini gagasını mutfağın camına vurdu. Yeşim güvercini görür görmez elindeki sigarayı mutfak lavabosunun içine attı. Hemen kuşa doğru yöneldi. Pencerenin kanat kolunu çevirdiği gibi açtı. Elini kuşa uzattı. Soğuktan donmak üzere olan kuş son bir gücüyle hafiften kanadını çırptı. Elinde tuttuğu kuşu mutfak masasının üzerine koydu. Kuş, donmuş ayaklarını hissetmediği için masanın üzerinde kaydı. Bir kanadının üzerine düştü. Yeşim bunun üzerine bir çırpıda hole koştu. Portmantoda asılı olan yünden kabanını getirdi. Kabanından kuşa bir yuva yaptı. Kuşu içine koydu. Sonra bana dönüp seslendi: "Çabuk aşkım... Çabuk ol... Bana biraz ekmek kırıntısı getir."

Tezgâhın üzerinde duran ekmeği ona uzattım. Ekmeği kopardı. Minik minik parçalara ayırdı. Kuşun önüne koydu. "Hadi! Bu kırıntıları ye canım," dedi. Kuş gagasının mecalsizliği ile ekmeği yemeye çalıştı. Birkaç kez gagasında tutamayıp önüne düşürdü. Ama daha sonrasında koca bir parçayı tutuğu gibi midesine gönderdi. Çay tabağına biraz ılık su koydum. Tabağı da getirip kuşun önüne koydum. Öylece kuşun başında çömelmiş onu seyrediyordu Yeşim. Bir süre onu izledim. Sonra da elimi götürüp omzuna koydum. "Bütün gün burada oturup kuşu mu izleyeceksin?" diye sordum dalga geçercesine.

"Ah siz erkekler yok musunuz?" dedi. "Sizde merhamet sıfır. Biraz merhametli olsaydınız sizi seven kadınlara kötülük yapmazdınız. Onları kötü yollara itip fahişe olmalarına izin vermezdiniz."

Bir anda donup kaldım. Kendimi az önce pencerenin önünde mecalsiz bir şekilde camı gagalayan o kuşa benzettim. O şaşkınlıkla da sordum: "Ne diyorsun aşkım sen?"

Çömeldiği yerden doğruldu. Kollarını kaldırıp boynuma doladı. Sonra da hıçkıra hıçkıra ağlamaya başladı. "N'oldu?" dedim saçlarını okşayıp onu teselli ederken.

"Ben bir cinayet işledim," dedi.

O anda betim benzim attı. Bir yaprak gibi sararıp soldum. "Ne cinayeti?" dedim korkudan titrerken.

"Evlat katiliyim," dedi ve salona koştu.

Arkasından salona girdiğimde koltuğa uzanmış hüngür hüngür ağlıyordu. Dizlerimi kırıp yanına çömeldim. Sarı saçlarını okşadım. "Az önce kuşa gösterdiğin şefkati gördüm," dedim. "Sen kendi evladının canına kıyacak bir katil olamazsın."

"Oldum," dedi. "Altı ay önce ben de onunla birlikte öldüm."

"Altı ay önce mi?" diye sordum solgun bir halde.

"Hatırlıyor musun?" dedi.

"Neyi?"

"Buraya ilk geldiğim geceyi."

"Evet. Bu gece sakinliğe ihtiyacım var deyip uyumuştun."

"O gece beni evlat katili olmam için zorladı."

"Kim?"

"Tamer."

"Tamer de kim?"

"Kim desem bilmem ki! Sevgilim desem, sevgilim değil. Kocam desem, o şerefsiz kocam olamaz. Belki de o gün bana dayak atan komiserin dediği gibi ona zavağım mı desem bilmem ki?"

"Söylediklerinden hiçbir şey anlamadım," dedim acınacak bir halde.

"Öyleyse bana bir sigara ver," dedi. "Sonra da karşıma otur. Sana her şeyi anlatacağım."

Mutfaktan birer bardak çay ve bir paket sigarayı alıp tekrar salona döndüm. Sigarasını yaktı. "Otur karşıma. Otur anlatayım sana hayat hikâyemi. Bak gör! Ne hayatlar varmış bu dünyada. Genç bir kız nasıl oluyor da kötü yollara düşüp fahişe oluyormuş. Doğru dürüst bir erkekle sevişmesini bile bilmeden, fahişe olmasını nasıl öğreniyormuş."

Sözleri bir kurşun yarası gibi ağırdı. O konuştukça âdeta içim parçalanıyordu. "Konuşmayalım bütün bunları istersen," dedim.

"Karşımda beni anlayacak bir erkek bulmuşken konuşmak istiyorum," dedi kararlı bir ses tonuyla. Sonra da ekledi: "İçimi boşaltmam lazım. Bu saatten sonra erkeklerin benden isteyecekleri şey ortada. Onlar sadece benimle sevişmek isteyecekler. Çünkü bir fahişenin yapması gereken şey belli. Onları boşaltıp rahatlatmak. Bu yüzden seni bulmuşken anlatmak istiyorum. Bu zamana kadar kimselere anlatamadıklarımı seninle paylaşmak istiyorum. Dert ortağım yok. Bu yüzden sana geldim. Seninle sevişmelerimiz benim için önemli değil. Seninle dertleşiyor olmak benim için çok daha önemli olacak. Sen benim dert ortağım olacaksın..."

Eliyle yanağına düşen gözyaşlarını sildi. Sonra da ıslak gözlerle bana baktı. "Benim dert ortağım olur musun? Hediyesi de sevişmek olsun."

"Tabii ki olurum," dedim. "Ama bunun için benimle sevişmene gerek yok. Sevişmesek de seni seve seve dinlerim. Kapım sana her zaman açık. Bunu böyle bilmeni istiyorum."

Oturduğu yerden kalktı. Yanıma geldi. Yanağıma bir öpücük kondurdu. "Seni seviyorum," dedi ürkek ürkek. "Sen benim hem sevgilim, hem de hiçbir zaman sıcaklığını görmediğim babam gibisin."

Bu sözlerden sonra öylece kalakaldım. Parmağını getirip dudağımın üzerine koydu. "Bir şey söyleme," dedi. "Bir şey söylemek zorunda değilsin."

Parmağını dudağımdan çekerken başını bacaklarımın üzerine koydu. Yüzünü pencereye doğru çevirdi. Bir süre dışarıda yağan karı seyretti. "Her şey," dedi. "Yine böyle bir kış mevsiminde başladı." Sonra da hayat hikâyesini anlatmaya koyuldu:

***

"Uzunca yıllar kendi ailemden uzakta İzmir'de babaannemle birlikte yaşadım. Ortaokul üçüncü sınıfa geçtiğim yıl babaannem öldü. Rahmetli, çok iyi bir kadındı. Beni torunu gibi değil âdeta öz kızı gibi severdi. Zengince de bir kadındı. Onunla birlikte yaşadığım dönemde hiçbir zaman maddi sıkıntı çekmedim. Parasızlık nedir hiç bilmedim. Ta ki onun ölümüne kadar. Ailemin yanına, Ankara'ya dönmek zorunda kaldım. Bir kış gecesi ailemin yaşadığı eve geldim. Döndüğüm ilk gece babamın alkolik olduğunu öğrendim. O gece ve onu takip eden her gece eve sarhoş geldi babam. Bir devlet kapısında memurluk yapıyordu. Aileden zengin olduğu için har vurup harman savurmuş yıllarca. Başka bir kadınla ilişkisi varmış. Yıllarca o kadınla düşüp kalkmış. Ailemde herkes bunu biliyormuş. Annem okuma yazma bilmezdi. Henüz on altı yaşındayken babamla evlendirmişler onu. Evliliğinin ilk gecesinde de hamile kalmış. Beni doğurmuş. Ben ailemin ilk çocuğuyum. Benden sonra bir kız, bir de erkek çocuğu dünyaya getirmiş. Onları ilk gördüğümde tuhaftır, onlara karşı hiçbir şey hissetmedim. Sanki onlarla öz kardeş değildik. Onlar da beni görür görmez pek yüz vermediler. Doğrusunu söylemek gerekirse o eve gelmemden biraz da rahatsız olmuşlardı. Yıllarca İzmir'de yaşadıktan sonra Ankara benim için çekilmez bir şehir olacaktı. Ben denizin var olduğu şehir kızıydım. Ben güneşin parıldadığı gün ışığının kızıydım. Ben poyraz esen rüzgârın değil, denizden lodos esen rüzgârın kızıydım. Babaannem ölüp Ankara'ya döndüğüm zaman nereden bilebilirdim ki yazgımın kendi öz ailemin yanında yeniden kötü bir senaryo olarak yazılacağını. Mutsuzdum. Babamın, annemin ve kardeşlerimin yanında içim içimi kemiriyordu. Bir türlü yeni hayatıma ve hayatıma giren aileme alışamamıştım. Dediğim gibi babam her gece eve geç gelirdi. Üstelik de hep sarhoştu. Annem ona kapıyı açardı. O da ilk iş olarak kapıyı niye geç açtın deyip annemi döverdi. Her gece bu sahne aynı şekilde tekrarlanırdı. Annemle hiç konuşmazdım. Kardeşlerim de benimle hiç konuşmazdı. Babam ise bir yabancı gibi görürdü beni. İki ay böyle geçti. Annem her gece yediği dayaktan kurtulmak için geceleri kapıyı bana açtırmaya başladı. Her gece koltuğun üstünde oturmuş babamın eve gelme saatini beklerdim. Çoğu zaman da oturduğum koltukta sızıp kalırdım. Derslerim çok kötüydü. Bir tek kötü olan derslerim değildi. Babam bize harçlık vermediği gibi eve alışveriş parası da bırakmazdı. O sızıp uyuduğu zaman annem yatağından kalkıp babamın cüzdanından para çalardı. O parayla kardeşlerime iyi kötü bir harçlık verirdi. Bana gelince para yok derdi. Git babandan iste derdi. Babam olacak adamdan asla para isteyemedim. Aylarca parasız dolaştım. Annemden nefret ettim. Hem beni kendi evladı gibi sahiplenmiyordu, hem de geceleri babamın önüne dayak yemem için beni yem olarak atıyordu. Bir gece bile sesini çıkarmadı. Yediğim dayağa sessizce razı oluyordu. Her şeyden ve herkesten nefret ediyordum artık. Bir gün bir plan yaptım. Okul çıkışı doğru Ankara valisinin kapısını çaldım. Vali beye gözü yaşlı bir halde durumumu anlattım. O da beni ailemin yanından aldırıp yurda yerleştirdi. Okul masraflarımı da valilik olarak üstleneceklerini söyledi. Babam bir ara yurda gitmeme karşı çıktıysa da, gösterdiği bu tepkinin arkasını getirmedi. Annem ise hiçbir şey söylemedi. Ama iki hafta sonra yurt müdürü kolumdan tuttuğu gibi beni sokağa attı. Ailemin maddi durumu iyi olduğu için yurtta kalamayacağımı söyledi. O gün tekrar ailemin yanına döndüm. Her gece yine dayak yemeye başladım. İntihar etmeyi düşündüğüm bir gün aynada kendi güzelliğimi fark ettim. Neredeyse genç kız olmuştum. Boyum uzamış, göğüslerim bir kadının göğsü gibi irileşmişti. Yaşça benden büyük erkeklerin sokakta yürürken bana neden öyle tuhaf tuhaf baktıklarına ancak o anda anlam verebilmiştim. O yıl zor da olsa ortaokulu bitirip liseye geçmiştim. Ortaokulu bitirdiğim zaman kendi kendime bir karar verdim. Artık okumak değil, bir an önce o evden kurtulmak istiyordum. O yaz karşıma bir adam çıktı. Hoş bir erkekti. Onu görür görmez etkilendim. Ve bir plan yaptım. Ne yapıp edip o adamla evlenecektim. Gerçekten de o yazın ortasında onunla evlendim. Daha doğrusu ona kaçtım. Babam kaçtığım adamdan şikâyetçi olmadı. Yaşım küçük olduğu için aileler arasında dini nikâh yapıldı. O gece hiç tanımadığım bir adamın yatağına karısı olarak girdim. Kocamın adı Harun'du. Otuz üç yaşındaydı. Bir şirkette müdürdü. O ilk gece kocaman yatağın bir ucuna oturmuş zangır zangır titriyordum. Gelip yanıma oturdu. "Neyin var? Neden böyle titriyorsun?" diye sordu usulca.

"Hiç," dedim. "Her şey çok ani gelişti. Daha birbirimizi doğru dürüst tanımıyoruz bile. Korkuyorum."

"Neden korkuyorsun?" dedi alaycı bir ses tonuyla.

Dilim tutulmuştu. "Şeyden," dedim çocuksu bir edayla.

"Neden?" diye sordu ısrarla.

"Şeyinden," dedim. "Ondan çok korkuyorum."

O anda sol elimi sağ eliyle tuttu. Fermuarının üzerine götürüp koydu. "Bundan mı korkuyorsun?" diye sordu edepsizce.

Hemen elimi çektim. Hıçkırarak ağlamaya başladım. Kolumdan tutup ayağa kaldırdı. "Ağlama güzelim," dedi. "Kendini ne zaman hazır hissedersen o zaman yaparız."

Yüreğime sanki su serpilmişti. Daralan nefesim bir anda açıldı. Kolumu getirip onun boynuna doladım. "Gerçekten mi?" dedim.

"Evet," dedi. "Sen ne zaman istersen o zaman yaparız."

O gece birbirimize sarılıp masum çocuklar gibi uyuduk. Ertesi gün Bodrum'a balayına gittik. Bodrum'a gittiğimizde denize ve güneşe ne kadar hasret kaldığımı gördüm. Mayomu giyindiğim gibi kendimi deniz kenarına attım. Mutluydum. Tekrar eskisi gibi mutlu olduğum için Allah'a şükrettim. Yeni yeni tanımaya başladığım Harun da çok iyi bir insana benziyordu. Beni mutlu edecek bir erkek gibi duruyordu. Son derece anlayışlı ve kibardı. Şezlonga yatıp güneşlenirken onun sesini duydum: "Ooooo," dedi. "Küçük hanım güneşleniyor mu?"

"Gel kocacığım," dedim kırk yıllık evli kadınlar gibi. O anda kocacığım sözünün kendi ağzımdan çıktığına şaşırdım. Şaşkınlığımın farkına varmış olacaktı ki bana espirili bir yanıt verdi: "Karıcığım geliyorum yanına," dedi gülerek.

"Dalga geçme benimle lütfen."

"Dalga geçmek mi karıcığım? Ne dalgası?" Sonra da parmağıyla denizi gösterdi. "Bak, bak," dedi. "Dalga denizde olurmuş."

"İğrenç bir espriydi."

"İğrenç mi? Hayır. Sadece klasik bir espriydi."

Uzandığım yerden dönüp ona baktım. Beni eğlendirdiğinin farkına vardım. "Ne var? Ne bakıyorsun öyle bana?" diye sordu.

"Yok bir şey," dedim.

"Güzel," dedi elini bacağımın üstüne koyarken.

O günü tembel ağustos böcekleri gibi yatarak geçirdik. Akşam olduğunda yemeğe indik. Gecenin ilerleyen saatlerini düşündükçe bir korku gelip yüreğime saplandı. Korkumu bastırmak için bir kadeh kırmızı şarap içtim. Yemekten kalktığımızda başım hafiften hafiften dönüyordu. Sahile indik. Bir süre el ele yürüdük. Daha sonra da diskoya gittik. Birlikte çılgınlar gibi dans ettik. Orada Alman bir grupla tanıştık. Onlarla arkadaş olduk. İzmir'de kolejde okuduğum dönemde İngilizceyi iyice sökmüştüm. Harun da hem İngilizce, hem de Almanca biliyordu. Bir ara kolumdaki saati ışığa doğru tuttum. Saate baktım. Saat gecenin iki buçuğunu gösteriyordu. Harun'un yanına sokuldum. "Geç oldu. Ben çok yoruldum. Odamıza gidelim mi?" diye sordum.

Akşamdan beri içtiği alkol yüzünden kendisini kaybetmiş gibiydi. O gürültüde bir şeyler söyledi ama tam olarak duyamadım. "Tamam," dedim. "Ben odamıza gidiyorum. Sen birazdan gelirsin."

Odaya bir başıma döndüğümde sevincimden âdeta uçacak gibiydim. O geceki cinsel korkularımı yarına ertelemiştim. Üstümü başımı çıkardığım gibi kendimi yatağa attım. Gözümü açtığımda sabahtı ve kocaman yatakta yalnızdım. Harun belli ki odamıza hiç uğramamıştı. Giyindim. Aşağı lobiye indim. Meraklı gözlerle onu aradım. Lobide ve kahvaltı salonunda bulamadım. Sahile indim. Boş şezlonglarda onu aradım. Orada da bulamadım. Tekrar lobiye döndüm. Tam umudumu kesmiştim ki onu kahvaltı salonuna doğru giderken gördüm. Peşinden koştum. "Harun, Harun," diye arkasından seslendim.

Durdu. "Ben de seni arıyordum," dedi.

"Sabahtan beri seni arıyorum. Gece odaya da gelmemişsin. Meraktan ölecektim. Neredeydin?"

Kolunu boynuma doladı. "Kusura bakma," dedi. "Senden sonra içkiyi fazla kaçırdık. Hepimiz sahilde sızıp kalmışız."

"Beni bir başıma yalnız bırakmamalıydın," dedim sitemkâr bir tavırla.

"Haklısın. Özür dilerim."

Daha fazla uzatmadım. "Beni bir daha yalnız bırakma. Geceleri yalnız uyumaktan korkarım," dedim gözlerim buğulanırken.

"Söz," dedi. "Bir daha seni yalnız bırakmam."

Kahvaltımızı yaptıktan sonra sahile güneşlenmeye indik. Dikkatimi çekmişti. Geceye dair tek kelime bile etmemişti. Ben de bir şey sormadım. Güneşin ve denizin keyfini çıkardım. Öğlen olduğunda yemeğe gittik. O sabahtan itibaren yüzüne sanki bir mutluluk ifadesi yerleşmişti. İçime bir kurt düştü. Gece guruptaki Alman kadınlardan biriyle yattığını düşündüm. Düşündükçe hiddetlendim. Hiddetlendikçe kendime kızdım. O an karar verdim. O gece onun karısı olacaktım. O gece onunla cinsel ilişkiye girecektim. "Ne düşünüyorsun?" dedi ansızın.

"Hiçbir şey."

"Uzaklara dalıp gittin."

"Sana öyle geliyor," dedim. "Ben buradayım."

"Tamam. Dediğin gibi olsun. Ben biraz uyumaya çıkıyorum. Geceden kalmayım. Sen ne yapacaksın?"

"Güneşlenmek istiyorum," dedim. "Deniz kenarında olurum herhalde."

"Ben odaya gidiyorum."

"Ben de denize gidiyorum."

Masadan kalkıp giderken kara kara düşündüm. Cinsellik hakkında hiçbir şey bilmiyordum. Bir erkekle nasıl sevişileceğini bilmiyordum. Ama bu gece kendimi onun kollarına bırakmaya karar vermiştim. Kadınlığa ilk adımımı bu gece atacaktım. Bu düşünceler içinde sahile indim. Bir süre güneşlendim. Sonra yalnız başıma sıkılınca odaya çıkıp kitabımı almaya karar verdim. Lobiye geçip asansörün önünde durdum. Beklemeye koyuldum. O anda aklıma Harun'un uyuduğu geldi. Asansörün kapısı açıldı. O anda asansöre binip binmemekte tereddüt ettim. Asansörün içindeki adamlardan biri bana seslendi: "Geliyor musunuz küçük hanım?"

"Hayır," dedim. "Siz çıkın lütfen. Odanın anahtarını unuttum."

Asansörün kapısı tekrar kapanırken, resepsiyona doğru yöneldim. Resepsiyon masasının önüne geldiğimde durdum. "Buyurun," dedi resepsiyon görevlisi. "Size nasıl yardımcı olabilir?"

"Üç yüz altı numaralı odada kalıyorum. Kocam şu anda içeride uyuyor. Onu uyandırmak istemiyorum. Bir tane yedek anahtar alabilir miyim?"

"İsminiz ne?"

"Yeşim. Yeşim Erçetin..."

"Bir bakalım," dedi resepsiyon görevlisi.

Birkaç saniye sonra gözlerini bilgisayarın ekranından kaldırıp bana baktı. "Evli olduğunuzdan emin misiniz? Kimlik bilgilerinizde evli olduğunuz yazmıyor."

"Evet. Evliyiz. Kocamın adı da Harun."

"Harun Kızıltoprak."

"Evet."

"Bir saniye," dedi ve çekmeceden çıkardığı kartı bilgisayara okuttu. "Buyurun," dedi. "Oda anahtarınız."

Resepsiyon görevlisine teşekkür ettikten sonra asansöre bindim. Üçüncü katta indim. Üç yüz altı numaralı odanın önüne geldiğimde durdum. Anahtarı yuvasına soktum. Kapının üzerinde yanan kırmızı ışık yeşile döndü. Kapıdan çıııt diye bir ses geldi. Kapıyı açıp içeri girdimde gördüğüm manzara karşısında şoke oldum. Önümde duran sandalyeye diz çöküp hıçkırarak ağlama başladım. Gördüğüm şey bütün çıplaklığıyla ortada öylece duruyordu. Başıma gelen şeyi anlamakta güçlük çekiyordum. "Bak," dedi Harun şortunu alelacele giymeye çalışırken.

O anda acı acı güldüm. "Bakıyorum zaten Allah'ın belası," dedim. "Bu görüntüden sonra neyi, nasıl açıklayacaksın ki?"

"Açıklarım," dedi. "Yeter ki beni bir dinle."

"Beni aldattın," dedim hüngür hüngür ağlarken.

"Seni aldatmadım."

O anda masanın üzerinde duran su bardağını kaptığım gibi duvara fırlattım. Bardak duvara çarpar çapmaz tuzla buz oldu. Alman adam, yarı çıplak bir şekilde kendisini dışarı attı. "Şayet beni aldatmadıysan az önce bu odadan kaçıp giden bu adam kimdi?"

"Onunla dün gece diskoda tanıştım."

"Seni mi şey yaptı?" diye sordum yüzüm kızarırken.

"Evet," dedi cılız bir sesle.

"Sen erkek değil misin?" diye sordum masanın üzerinde duran kül tablasını duvara fırlatırken.

"Biseksüelim," dedi.

"Ne seksüelsin?"

"Biseksüelim."

"İyi de," dedim düşüncelerimin verdiği şaşkınlıkla yine. "Biseksüel de ne demek oluyor?"

"Hem kadınlarla seks yapıyorum, hem de erkeklerle."

Bu söz karşısında dünyam başıma yıkıldı. Kocam denen adam meğerse erkeklerle düşüp kalkıyormuş. Az önce gördüğüm manzara da buydu. Çam yarması bir Alman erkeği kocamı beceriyordu. Tekrar beni bir ağlama krizi tuttu. "Allah belanı versin senin Harun. O zaman benimle neden evlendin?" diye sordum.

Yatağın kenarına geçip soğukkanlılıkla oturdu. Bir sigara yaktı. "Seninle evlendim çünkü..." dedi ve sözünün arkasını getirmedi.

"Çünkü ne?" diye sordum bağırarak.

Sigarasından derin bir nefes aldı. "Nasıl söylesem?" dedi.

"İstediğin gibi söyle."

"Pekâlâ," dedi. "Seninle evlendim çünkü seni cahil bir ailenin kızı olarak görüyordum. Ama sen beni yanılttın. Seninle evlenerek biseksüel olduğumu çevreme karşı saklayacaktım."

"Ya ben? Benden de mi saklayacaktın?"

Sustu. Cevap vermedi. "Söyle bana. Dün gecede mi o adamın yatağındaydın?"

Yine cevap vermedi. Susması beni daha da hiddetlendirmişti. "Hadi konuş," dedim sinirli sinirli. "Dün gece de mi o adamın koynundaydın?"

"Evet," dedi cılız bir sesle. Sonra da hiddetli bir sesle bağırarak cevap verdi: "Evet, evet, evet... O adamın koynundaydım."

Bu sefer de ben susmuştum. Ona cevap veremedim. Tekrar ağlamaya koyuldum. "Ne olacak şimdi?" diye sordum.

"İstersen seninle pazarlık yapabiliriz," dedi kendinden emin bir şekilde.

"Pazarlık mı?"

"Evet."

"Ne pazarlığı?"

"Her türlü pazarlık şartına evet diyorum. Ama senden bir isteğim olacak."

"Neymiş o?"

"Biseksüel olduğumu bir sır gibi saklayacaksın. Hiç kimsenin bundan haberi olmayacak."

Nasıl bir pazarlık yapmam gerektiğine o an karar veremedim. "Senden ne isteyeceğimi bilmiyorum ki," dedim.

"Bir düşün istersen. Hemen söylemek zorunda değilsin."

"Odayı terk et," dedim gözyaşlarımı silerken. "Kendine başka bir oda tut. Artık benimle aynı odada kalamazsın."

"Öyleyse eşyalarımı daha sonra alırım," dedi. "Şayet hemen Ankara'ya dönmek istersen de dönebiliriz."

"Ankara'ya dönmek mi?"

"Evet," dedi.

"Bu halde mi? Hayır."

"Hayır mı?"

"Evet. Ankara'ya dönmek istemiyorum. Biraz burada kalıp düşünmek istiyorum. Ne yapacağıma dair bir karar vermek istiyorum. Sen de benimle birlikte burada ayrı bir odada kalıyorsun."

Odadan çekip giderken ben de banyoya koştum. Banyonun kapısını kapattım. Yere yığıldım. Hüngür hüngür ağlamaya başladım. Birkaç saat sonra ağlamaktan yorgun düşünce, aynada kendime baktım. Tanınmayacak bir haldeydim. Gözlerim şeytan gözü gibi kıpkırmızı olmuştu. Küveti suyla doldurup içine girdim. Küvetten dışarı çıktığımda saat gecenin bir buçuğunu gösteriyordu. Eşyalarımı toparladım. Valize yerleştirdim. Sonra da dâhili telefonla resepsiyonu arayıp odamı değiştirmek istediğimi söyledim. Harun'un eşyalarını da valizine koyup odamı değiştirmeye gelen kat görevlisine verdim...

***

Yeşim başını dizlerimden kaldırdı. Gözlerini gözlerimin içine dikti. Bir süre derin derin baktı. "Anlattıklarımla sıktım mı seni?" diye sordu.

"Sıkmak mı? Senin yanında bir erkeğin sıkılacağını tahmin etmiyorum," dedim gülerek.

Eliyle koluma hafifçe vurdu. "Seni pis yalancı. Bir anda içim ürperdi. Beni kollarının arasına alır mısın?"

Onu kollarımın arasına aldım. Sıkıca sardım. Başını getirip omzuma koydu. Epey bir süre orada tuttu. "Biliyor musun canım?" dedi.

"Neyi?"

"Senin yanında çok huzurluyum. Birkaç gün seninle burada kalabilir miyim?"

"Tabii ki," dedim eline harçlık verilen bir çocuğun sevinciyle. "İstediğin kadar kalabilirsin."

"Şimdi bir bardak çay istiyorum," dedi yanağımı öperek. Yerimden kalktım. O da benimle birlikte kalktı. "Sen otur," dedim. "Ben çayını getiririm."

"Sen çayımı getir. Ben güvercine bakacağım. Umarım yaşar."

İkimiz aynı anda mutfağa girdik. Ben çaydanlığa uzanırken, o da güvercine uzandı. Eline aldı. Bir çığlık attı. "Yaşayacak," diye bağırdı çocuksu bir sevinçle. "Bu kuş yaşayacak. Eskisi gibi hayatına tekrar kaldığı yerden devam edip kanat çırpacak."

Kuşu yerine bıraktıktan sonra tezgâhın üzerinde duran çay bardağını aldı. Salona geçtik. Bir sigara yaktı. Camın önüne gidip durdu. Bir süre dışarıda yağan karı seyretti. Sırtı bana dönüktü. Sigarasından derin bir nefes alırken bana seslendi: "Şimdi hazır mısın beni dinlemeye?"

"Hazırım," dedim kısık bir sesle.

"Öyleyse dinle," dedi. "Kaderimin bana oynadığı oyunu iyi dinle..."

PRANGALAR

←

O gün öğle vakti otelden ayrıldım. Ankara'ya ailemin yanına döndüm. Annem beni bir anda karşısında görünce şaşırmıştı. Boynuna sarılıp hüngür hüngür ağladım. "Ne oldu kızım?" diye sordu. Ona her şeyi tek tek anlattım. "Amanın," dedi. "Başımıza gökten taş yağacak. Bunu babana nasıl söyleyeceğiz?"

"Bilmem," dedim boğuk bir sesle.

Akşam olunca babamı bekledik. Babam yine her zamanki gibi zamanında eve gelmedi. Gecenin bir vakti kapının zili çaldı. Kapıyı açtım. Karşısında beni görünce o da şaşırdı. "Kızım," dedi. "Senin ne işin var burada? Balayında değil miydiniz siz?"

Arkadan annemin sesini duydum: "Hele gel otur bey. Kızın başına kötü bir şey gelmiş."

"Ne kötüsü?" dedi babam.

"Hele gel, hele gel bir soluklan. Sana anlatacaklarım var."

Babam her zamanki gibi ayakta zar zor duruyordu. Anneme sinirlendi. "Ulan Allahsız karı! Anlatmak için oturmamı bekleme. Adamı deli etme. Ne anlatacaksan çabuk anlat."

Annem korkudan oturduğu yerden ayağa kalktı. Bir çırpıda başımdan geçenleri anlattı. Annem bitirince de babam dönüp bana baktı. "Doğru mu kız bunlar?" diye sordu.

Kanepenin kenarına oturmuş ağlıyordum. Başımı evet anlamında salladım. Oturduğu yerden kalktı yanıma geldi. O sırada kalkıp boynuna sarılacaktım ki, karnıma yediğim tekmeyle yere savruldum. Tekme tokat girişti bana. "Sana o ibne adama kim kaç dedi? Nereden buldun o ibneyi?"

Annem ben dayak yerken ağzını ilk kez açtı. "Yeter artık bey. Öldüreceksin kızı," dedi.

Babam annemin saçından tuttuğu gibi gövdesinin etrafında bir-iki kez çevirdi. Sonra da ağzına bir yumruk attı. Annem yere savruldu. "Allah senin gibi adamın belasını versin," dedi. Babam bir tekme daha savurduktan sonra gecenin bir vakti çekip gitti. Anne kız sabaha kadar ağlaştık. O gece, Harun'un bana otelde yaptığı teklifi kabul etmediğim için bin pişman olmuştum. Ama esas azabım meğerse henüz yeni başlıyormuş.

O sene yaz bitip eylül ayı geldiğinde lise ikinci sınıfa geçtim. Artık okumaktan ve üniversiteyi kazanmaktan başka bir şansım yoktu. Ama genç kızlığımda kötü kader bir kez daha kancasını atmıştı bana. Bu sefer de öz amcam başıma musallat olmuştu. Babam her akşam içki, o da her gün esrar içiyordu. İki kardeşin durumu buydu. İkisi de madde bağımlısıydı. Amcam babamdan yaşça küçüktü. Babamın adı Samet, amcamın adı da İsmet'ti. Amcamın bana karşı garip davranışları vardı. Amca yeğen gibi değildik. Bazen beni eliyle taciz ediyordu. Özellikle evlenip ayrıldıktan sonra bu tacizler sıklaşmaya başladı. Bir gün babamı karşıma aldım. "Baba," dedim heyecanlı bir şekilde.

"Efendim," dedi.

Korkudan zangır zangır titriyordum. "Sana nasıl söyleyeceğimi bilemiyorum," dedim.

"Hadi çabuk söyle. Anan gibi beni deli etme," dedi sert bir ses tonuyla.

O anda korkudan bir buz kütlesi gibi çözüldüm. "İsmet Amcam var ya," dedim.

"Eee."

"Bana cinsel tacizde bulunuyor."

Babamın beynine âdeta kan sıçramıştı. Ayağa kalktı. Duyduğu söz karşısında şaşkındı. Şaşırmıştı. "Ne dedin kız sen?" diye kekeledi.

O anda korkudan bir pinpon topu kadar küçüldüm. Az önce söylediğim şeyi tekrar ettim: "İsmet Amcam bana cinsel tacizde bulunuyor."

"Sus kız kaltak," dedi. Sonra da bütün gücüyle üstüme çullandı. Üzerimden kalktığında bir dişim halının üzerinde duruyordu. Kan revan içinde kalmıştım. "Bana inanmıyorsan," dedim hüngür hüngür ağlarken. "İstersen bir gün bizi gizlice seyret. Bana karşı davranışlarının normal olmadığını sen de göreceksin."

"Sus kaltak," dedi bir tekme daha savururken. "Amcan hakkında ileri geri konuşmaya utanmıyor musun sen?"

Çaresizdim. Sustum. O günün akşamı aile eşrafı toplandı. İsmet Amcam yeminler etti. Esrarlı kafasıyla Kuran-ı Kerim'e el bastı. Beni yalancı olmakla suçladı. O akşam hakkımda hüküm verdiler. Beni zorla yere yatırdılar. Bir makas alıp saçımı kestiler. Sonra da bir jiletle kazıdılar. Her tarafım yara bere içinde kalmıştı. Annemle göz göze geldik. Gözünü hemen benden kaçırdı. Kardeşlerim ise olup biteni uzaktan bir yabancı gibi seyrediyorlardı. Onlara bakarken ağladım. Hem de hüngür hüngür ağladım. "Yapmayın," diye bağırdım. "Etmeyin," diye bağırdım. Ama beni dinleyen hiç kimse olmadı. On altı yaşımda başıma bunlar geliyordu. İlk kez Allah'a oracıkta küstüm. Ona sitem ettim. Haykırdım, haykırdım, haykırdım... "Suçum ne?" dedim. "Bu yaştaki bir kızın suçu ne? Günahı ne? Bütün bunlar neden benim başıma geliyor?"

O anda boynuma kalın bir zincir vurulurken sitem ettiğim Allah'tan bir cevap alamadım. Küstüm. Onunla bir daha konuşmamak üzere küstüm. Babam ve amcam boynuma taktıkları zincirin ucundan çekerek beni sürüklediler. Evden dışarı çıkardılar. Müstakil bir ev olduğu için konu komşuya bağıramadım. Beni bu adamların elinden kurtarın diyemedim. Evin karşısındaki müştemilat deposuna sürükleyerek götürdüler. Zincirin bir ucu boynumda kilitliydi, diğer bir ucunu da getirip müştemilattaki demir parçasına kilitlediler. Daha sonra kapıyı üzerime kapadılar. İçerisi zifiri karanlıktı. Sabaha kadar soğuktan alt çenem üst çeneme vurup durdu. İçerisi buz gibiydi. Artık şuurumu iyiden iyiye kaybetmek üzereyken kapı açıldı. Karanlık mekânımı günün ışıkları aydınlattı. Elimle hemen gözlerimi kapattım. Işık yansımasından dolayı gelenin kim olduğunu göremedim. Ama sesinden tanıdım. Gelen annemdi. "Anne," dedim ağlayarak. "Ne olur beni buradan kurtar."

Bir tekme savurdu bana. "Allah senin belanı versin," dedi. "Bu evde senden önce huzurum yoktu. Şimdi ise olmayan huzurum bile kalmadı. Nereden çıkıp geldin sen bu eve?"

"Anne," dedim boynumdaki zinciri elimle tutup ayağa kalkarken. "Ne olur bir şeyler yap. Beni buradan kurtar."

"Yapamam," dedi beni kenara doğru iterken. "Baban beni öldürür."

Annemin bu sözü üzerine ona acıdım. "Anne," dedim sitemkâr bir tavırla. "Sen zaten ölüsün. Ölüler neden korkar?"

Ağlıyordu. "Gidecek bir yerim yok kızım," dedi. "Gidecek bir yerim olsaydı bu adamın kahrını yıllarca çeker miydim hiç?"

"Bencilsin," dedim yere yığılıp ağlarken.

Sustu. Elindeki kahvaltı tepsisini yere bıraktı. Sonra da dışarıya koyduğu yorgan ve yatağı içeri attı. Kapıyı tekrar üzerime kilitledi. İçerisi tekrar bir köstebeğin yuvası gibi olmuştu. Kapkaranlıktı. Önüme konan kahvaltı tepsisini bile göremiyordum. Elimi karanlıkta gezdirerek bulmaya çalıştım.

Günler günleri, aylar ayları kovaladı. Kış iyice soğuk yüzünü göstermeye başlamıştı. Karanlık günlerime bir de soğuk günler eklenmişti. Tam üç ay güneşin doğuşuna ve batışına şahit olamadım. Artık gece ve gündüzün benim için bir önemi yoktu. Aylarca kör karanlıkta çay kaşığıyla kilidi açmayı denedim. Ve bir gün demire bağlı kilidi açtım. Kapının önünde bir ses duydum. "Kim o?" diye seslendim korkudan.

"Sus köpek," dedi kapının arkasındaki ses. Bu sesin kime ait olduğunu hemen tanımıştım. Babamdı. Bir gün önce önüme konan tepsiden çatalı elime aldım. Kapının arkasına saklandım. Kapıyı açıp içeri girer girmez elimde tuttuğum çatalı rastgele saplamaya başladım. Bir anda kanlar içinde kaldı. Oracıkta yere yığıldı. Boynuma takılı olan zinciri elimle tutuğum gibi kendimi açık kapıdan dışarı attım; ama o anda gözüme beyaz bir perde indi. Hiçbir şey görmüyordum. Her şey gözümün önünde bir anda yok olmuştu. Avazım çıktığı kadar bağırdım. Sonra da olduğum yere düşüp bayıldım.

Kendime geldiğimde gözlerim bantlıydı. Nerede olduğuma dair hiçbir fikrim yoktu. Avazım çıktığı kadar bağırmaya ve hıçkırarak ağlamaya başladım. O anda bir el elimi tuttu. "Bağırma kızım," dedi. "Şu anda bir hastanedesin."

"Siz kimsiniz?" dedim hayatımda ilk kez duyduğum sesin sahibi insana.

"Ben doktorunum ve seni iyileştirmeye çalışıyorum."

"İyileştirmek mi? Neyim var benim?"

"Gözlerin," dedi. "Gözlerinde sorun var."

Tekrar hıçkırıklara boğuldum. "Benim gözlerimde hiçbir şey yok," dedim.

"Karanlık," dedi doktor. "Öğrendiğimize göre yaklaşık üç aydır hiç ışık görmemişsin ve sen ışığı algılamada sorun yaşıyorsun. Bir de dayak yemekten beynin hasar görmüş."

"Tekrar görebilecek miyim?" diye sordum doktora ağlarken.

"Nasıl söylesem bilmem ki. Henüz çok gençsin."

"Söyleyin. Doğruyu söyleyin," dedim kendini kaybetmiş bir şekilde.

"Pekâlâ," dedi doktor kararlı bir ses tonuyla. "Kör olma ihtimalin var."

Sustum. Sanki bir anda o küçük müştemilatın karanlığına geri dönmüştüm. Allah'a sitem ettim. Babama kızdım. Kaderime küstüm. O sırada odanın kapısı çaldı. "Girebilir miyim doktor bey?" dedi hiç tanımadığım bir ses.

"Buyurun," dedi doktor. "Size nasıl yardımcı olabilirim?"

"Kızımız nasıl?"

"Şimdi daha iyi. Eminim ki en yakın zamanda kendini toparlayacak."

"Ben polis memuruyum. Adım da Emir Çetinkaya. Kızımızın bir ifadesini alacaktım."

"İfade mi?" dedi doktor şaşkınlıkla. "Ne ifadesi?"

"Babasını yaralamış."

"Babasını mı?"

"Evet. Babası hâlâ yoğun bakımda. Olayın nasıl olduğunu araştırıyoruz."

"Memur beyin söyledikleri doğru mu kızım?" dedi doktor.

Sustum. Cevap vermedim. Polis memuru, "Dua et de baban yaşasın," dedi sert bir ses tonuyla.

"Yaşamasın," dedim titrek bir sesle.

"Yaşamasın mı?"

"Ölsün."

"Ölürse sen de hapse girersin."

"Ben aylardır hapis hayatı yaşıyorum zaten."

"Bırak inadı," dedi polis memuru. "Şu olayı anlat da açıklığa kavuşturalım."

Yeni konuşmasını öğrenen küçük bir çocuk gibi kelimeleri zorluklarla bularak başımdan geçenleri anlatmaya başladım. "Şimdi bana hak veriyor musunuz polis amca?" dedim konuşmamın sonunda. "Ben onu yaralamasaydım, o beni müştemilatta öldürecekti."

"Görüyor musunuz doktor bey?" dedi polis memuru. "Bu dünyada ne şerefsiz babalar, amcalar varmış. Küçük bir kıza etmediklerini bırakmamışlar."

"Bunları öğrenmem iyi oldu," dedi doktor. "Hastanemizin psikoloğundan kızımız için yardım isteyelim."

"Şimdi ne olacak?" dedim korkudan kekeleyerek polis memuruna.

"Bilmem," dedi. "Babanın sağlık durumuna göre savcı karar verecek."

Tam üç ay o hastanede kaldım. Üç ayın sonunda psikoloğun yardımıyla kendimi biraz olsun topparladım. Gözlerim tekrar eskisi gibi sağlığına kavuşmuştu. Bir tek sağlığına kavuşan ben değildim. Babam da sağlığına kavuşmuştu. Birlikte mahkemeye çıktık. Benden şikâyetçi olmadığını söyledi. Yaşım küçük olduğu için savcı tutuksuz yargılanmak üzere serbest bıraktı. O gün mahkemeden eve geldiğimizde babam boynuma sarıldı. "Kızım," dedi hüngür hüngür ağlarken. "Allah'ın huzurunda beni affetmeni istiyorum. Sana büyük bir kötülük yaptım."

Ben de ona sarılıp ağladım. "Keşke bütün bunlar hiç olmasaydı baba," dedim.

Beni kolumdan tutup geriye doğru hafifçe itti. "Bak kızım," dedi. "Şimdi senin ve Allah'ın huzurunda tövbe ediyorum. Bir daha ağzıma içki koymayacağım. Bir daha öteki kadına gitmeyeceğim. Evime ve size bağlı bir baba olacağım."

Çocukken babaannem beni Kuran-ı Kerim öğrenmem için kursa göndermişti. Babam bunu unutmamış olacaktı ki sordu: "Kuran-ı Kerim'i okumasını biliyorsun değil mi?"

"Evet baba," dedim.

"Öyleyse bana Kuran-ı Kerim'i hatmetmesini öğretir misin kızım?"

Gözlerim çakmak taşı gibi çaktı. "Emin misin?" diye sordum.

"Eminim," dedi. "Artık emekliliğimi de istiyorum. Kendimi bu saatten sonra artık dine adıyorum."

Babam gerçekten de dediği gibi yaptı. Çok kısa bir süre içinde emekli oldu. Her gün camiye gitti. Elinden Kuran-ı Kerim'i hiç düşürmedi. Gerçekten de tövbekâr olmuştu. Beni taciz eden amcamla da bir daha görüşmedi. Ama benim kalbim tamir edilemez bir yara almıştı. Testi bir kere çoktan kırılmıştı ve su sızdırıyordu.

Okula gitmediğimden dolayı bütün gün evde canım sıkılıyordu. Mecburen bir karar aldım. Kuaför olacaktım. Bu kararı babama açıkladığımda ilk önce tepki gösterdi. Sonra sessizce kabul etti. Bir kuaför salonunda işe başladım. İş hayatı bana çok iyi gelmişti. Genç yaşımda artık kendi paramı kazanıyordum. Meslekte bir şeyler öğrenince iyice okuldan soğudum ve bir daha okula dönmedim. Bir gün işyerindeyken cep telefonum çaldı. Arayan annemdi. "Efendim anne," dedim.

"Kızım," dedi heyecanlı bir sesle. "Köyden deden geldi. Eve akşam erken gel olur mu?"

"Tamam," dedim. Ama o gün günlerden cumartesi olduğu için yoğun bir müşteri trafiği vardı. Ben yine her zamanki gibi salondan geç çıktım. Yoldan çevirdiğim ilk taksiye atladım. "Dikmen'e sür," dedim taksiciye.

Taksici dönüp bana baktı. "Emriniz olur," dedi hoş bir gülüşle karşılık vererek.

Bir anda kendimi sağanak yağmura yakalanmış şemsiyesiz insanlar gibi hissettim. O akşam onun nereden karşıma çıktığını bilmiyordum; ama bildiğim bir şey vardı ki, ondan çok fazlasıyla etkilenmiştim. O da benden etkilenmiş olacaktı ki, havadan sudan muhabbet açmaya çalıştı. İçimden ona kıs kıs gülüyordum. O da dikiz aynasından sık sık beni kesip duruyordu. "Ne iş yapıyorsunuz?" diye sordu en sonunda.

"Kuaförüm," dedim heyecanlı bir sesle.

"Nerede?"

"Sizi çevirdiğim yerde," dedim.

"Bütün kuaförler sizin gibi güzel mi olur?" dedi başını arkaya doğru çevirip gamzeli gülüşünü ortaya çıkarırken.

"Bu sokak," dedim. "Geldik."

Arabayı sağa çekti. Durdu. Elimi çantama atıp cüzdanımı çıkardım. "Ne kadar borcum?" dedim.

Sağ kolunu getirip koltuğun üzerine attı. "Biz güzel bayanlardan para almayız," dedi.

"Manyak mısın sen? Borcum ne kadar?" dedim sinirli sinirli.

"Değilim," dedi simsiyah gözleriyle bana anlamlı anlamlı bakarken.

"İyi," dedim ve elimde tuttuğum parayı ona doğru attım. Kapıyı açtım. Taksiden inerken de ona seslendim: "Üstü kalsın."

Koşarak oradan uzaklaştım. Sabaha kadar hiç tanımadığım o adamı düşündüm. Neden onu düşündüğümü de düşündüm. İşin aslı ben sevgi arayışı içindeydim. Bu sevgi arayışı da ne yazık ki bana pahalıya mal oldu; ama nereden bilecektim ki onun karşıma çıkan bir şeytan olduğunu...

ADALET HANIM

←

"Ah," dedi Adalet Hanım. "Siz erkekler yok musunuz?"

Bir anda daldığım düşünceden çıktım. "Efendim," dedim Adalet Hanım'a, düşüncelerimi inci tanesi gibi sıraya koymaya çalışırken.

"Siz erkekler yok musunuz, diyordum."

Şarabımdan bir yudum aldım. "Biz erkeklerin nesi varmış?" diye sordum.

"Kadınları boyama kitabı gibi görüyorsunuz."

"Boyama kitabı mı?"

"Evet. Boyama kitabı gibi görüyorsunuz. Onları en sevdiğiniz renklere boyamaya çalışıyorsunuz."

Güldüm. "Bu söylediklerinizin size anlattığım şeyle ne alakası var?" dedim.

"Sizce yok mu?"

"Yok."

"Neyle var peki?"

Sustum. "Neyle mi var?"

"Evet, neyle alakası var?"

"Bilmem," dedim ansızın gelen bu soru karşısında.

"Bakın! Cevap bile veremiyorsunuz bana."

O anda garsonun sesini duydum. "Yemeklerimizi beğendiniz mi?" dedi masadaki boş tabakları toparlarken.

Benim yerime Adalet Hanım cevap verdi: "Güzeldi oğlum. Aşçıya söyle, eline sağlık."

"Söylerim," dedi garson. "Kahve içer misiniz?"

"Yok," dedi Adalet Hanım. "Kahvemizi daha sonra içeceğiz."

"Peki," dedi garson elinde tuttuğu boş tabaklarla mutfağa doğru giderken.

Gözlerimi yumdum. Adalet Hanım'ın az önce söylediklerini düşündüm. Ama arkasından peşi sıra sert bir eleştiri daha aldım. "Üstelik kadınlara karşı gaddarsınız da," dedi.

"Bir kadını sevmenin gaddarlıkla hiçbir ilgisi yok," dedim sesimi biraz yükselterek.

"Ama," dedi Adalet Hanım. "Böyle düşünerek erkeklerin kadınlara karşı bakışını biraz basitleştiriyorsunuz."

"Hiç sanmıyorum."

"Söylediklerim sizi öfkelendirdi mi yoksa?"

Sesimi alçalttım. "Size karşı öfkeli değilim."

"Ama," dedi Adalet Hanım. "Ben, siz erkeklere karşı öfkeliyim. Biz kadınları kötü yola sürükleyen ya da bir başına yalnız bırakan sizlersiniz."

O anda kendi hayatımı düşündüm. Eliana'mı düşündüm. Oysaki genç yaşımda beni bir başına bırakıp giden Eliana'ydı. Ben değildim. "Bu söyledikleriniz benim için geçerli değil," dedim.

"Sizin için olmayabilir; ama söylediklerim birçok erkek için geçerli."

"Olabilir," dedim. Arkasından da ekledim: "Size bir şey sorabilir miyim?"

"Buyurun."

"Neden çocuğunuz olmadı?"

"Olmadı değil, oldu."

"Oldu mu?"

"Oldu; ama büyük bir hata sonucu öldü."

"Nasıl?"

"Kocamın dikkatsizliği sonucu oldu her şey. Bir pazar sabahı bir eliyle ekmek sepetini balkondan aşağıya sarkıtırken, bir eliyle de bir yaşındaki oğlumuzu tutuyordu. Her şey bir anda oldu, bitti. Kaşla göz arasında çocuğum kocamın kollarının arasından kayıp balkondan aşağıya düştü. Oracıkta da öldü. Hastaneye bile yetiştiremedik. O gün onunla ben de öldüm. Sizin yıllar önce kendinize söz verdiniz gibi, ben de o gün kendime şu sözü verdim: Bir daha çocuk sahibi olmayacağım. Olmadım da. Bu yüzden kocamı hiçbir zaman affetmedim."

"Bu sebepten mi sizi başka bir kadın için terk etti?"

"Çelme taktı diyelim," dedi.

Buruk bir tebessüm gelip yüzüme oturdu. "Pardon," dedim. "Çelme taktı."

"Hayır. Hiç zannetmiyorum. Beni sevdiğini söylediği dönemlerde de beni aldatıyordu. Sevdiği kadına çelme takmak onun yapısında vardı."

"Nasıl olur?"

"Olur efendim, hem de bal gibi olur. Erkek milleti değil mi? Hele biraz parası da varsa aldatmayı kendisine verilmiş bir hak olarak görüyor. Bu yüzden de paralı erkeklerden hep nefret etmişimdir."

"Aldattıkları için mi?"

"Paraları onlara bu hakkı tanıdığı için."

"Bu durum komik değil mi?"

"Değil. Çünkü onlar için parası ödenmemiş bir zevk, tatsız tuzsuz bir yemek gibidir."

"Ben sizin bu düşüncelerinize katılmıyorum."

"Nedenmiş o?"

"Çünkü bana göre para insanı bozmaz... İnsanı bozan şeyin sevgisizlik olduğuna inanıyorum."

"Bu konuda haklı olabilirsiniz; ama şu gerçeği de unutmayın ki, sevgiyi yok eden şey paradır. Maddiyatla maneviyatı satın alacağınız fikriyle yaşadığınız için, çevrenizde kırdığınız kalpleri göremezsiniz. Para sadece sevgisiz insanların kendi gönül yaralarını kapattıkları bir sargı bezidir bence."

"Ya aileniz? Aileniz yok mu?"

"Var. Benden küçük bir kız kardeşim var. Onunla da iki-üç senede bir görüşüyoruz."

"Neden sık görüşmüyorsunuz?"

"Amerika'da yaşıyor."

"Ya anne, baba?"

"Öldüler."

"Allah rahmet eylesin."

Adalet Hanım güldü. "Allah rahmet eylesin ama babam da benim gibi ateistti."

Bu sefer de ben güldüm. "Aile geleneği mi bu?"

"Siz inançlı biri misiniz?" diye sordu gözlerimin içine bakarak.

"Bu soruyu bana neden sordunuz?"

"Sadece meraktan sordum."

"E.Ö.S'den sonra inançlı biri olmaya başladım."

"Pardon anlamadım. Bu harfler de neyin nesi?"

"Eliana'nın ölümünden sonra demek istiyorum. Ondan önce inançlı bir insan değildim; ama o kazadan sonra bir şeylere tutunma gereği hissettim ve Allah'a sığındım."

"Eskiden de namaz kılar mıydınız?"

"Hayır. İnanır mısınız eskiden kiliseye gider, mum yakardım. Sonra da Hz. İsa'nın çarmıha gerili heykelinin önünde dua ederdim."

"Ama şimdi namaz kılıyorsunuz."

"Sizce ne fark eder?"

"Doğrusu benim için fark etmiyor."

"Ben de Allah'a inanan biriyim ve benim için de fark etmiyor. Sonuçta Allah'a dua ediyordum. Ha kiliseye gidip mum yakmışım, ha camiye gidip namaz kılmışım. Bunlar bana biraz şekilcilik gibi geliyor."

Adalet Hanım benimle dalga geçer gibi güldü. "Değişik bir Müslümansınız. Hem kilisede mum yakıyorsunuz, hem de camide namaz kılıyorsunuz."

Ben de Adalet Hanım'a bakıp güldüm. "Siz de," dedim. "Çok değişik bir insansınız. Müslüman toprakları üzerinde yaşayan bir ateistsiniz. Ve adım gibi eminim ki hüvviyetinizin din bölümünde de İslam yazıyordur."

Adalet Hanım son söylediğim söz üzerine bir kahkaha patlattı. Kırmızı şarabından bir yudum alırken de söylendi: "Velhasıl ilginç bir adamsınız? Ne yalan söyleyeyim; sizinle ilk tanıştığımızda kitap okumadığınızı söylediğinizde sizi zır cahil bir adam zannetmiştim. Meğerse sizin hakkınızda ne kadar yanılmışım."

"Size kitap okumadığımı söylediğimde aslında Türk yazarların kitaplarını okumadığımı söylemek istemiştim."

"Ben nereden bilebilirdim ki yurtdışında yaşadığınızı."

"Haklısınız. Ama merakımı bağışlayın Adalet Hanım. Size bir soru da ben sorabilir miyim?"

"Soru mu? Tabii ki sorabilirsiniz?"

"Aslında doğrusunu söylemek gerekirse sıradan bir Türk kadını olsaydınız bu soruyu sormazdım size; ama kendisini aşmış bir kadın olduğunuz için soruyorum."

"Hadi sorunuzu sorun. İnsanı merak içinde bırakmayın öyleyse."

"Sizin gibi belli bir yaşa gelmiş bir kadın seks sorununu nasıl aşıyor bu ülkede?"

Adalet Hanım sanki bir külçe altın gibi yığılıp kaldı olduğu yere. Sonra da, "Biliyor musunuz?" diye sordu.

"Efendim," dedim sorduğum soruya bir cevap beklerken.

"Bu şehrin nesini seviyorum?"

"Nesini?"

"Karanlığın içine gizlenmiş halini seviyorum."

"Karanlık halini mi?"

"Evet. Başınızı kaldırıp baksanıza etrafınıza! Bir inci gibi gözlerimizin önünde parıldıyor."

Başımı kaldırıp çevreme bakındım. Denizin üzerine düşen zifiri karanlıktan sonra sahil kenarındaki yaşam alanlarına baktım. Gerçekten de ipe dizilmiş bin inci gibi parıldıyordu."

"İstanbul'u gece yaşamak lazım," dedi Adalet Hanım sanki karanlığı kendisine çekercesine. "Bu şehri gece yaşamak lazım. Akşam olup bu şehrin üzerine karanlık çöktüğünde, şehir nefes alıyor. Gündüzün tozunu toprağını üzerinden atıp soluklanıyor."

"Haklısınız," dedim, az önce sorduğum soruya kendi kendime bir cevap beklerken.

"Biliyor musunuz?" diye sordu tekrardan.

"Neyi?"

"Bu şehrin makyaj malzemesinin karanlık olduğunu."

"Makyaj malzemesi mi?"

"Evet. Bir kadın için ruj neyi ifade ediyorsa, İstanbul için de karanlık aynı şeyi ifade ediyor bence."

"Kadınsı bir yaklaşım. Hiç böyle düşünmemiştim," dedim hafif tebessüm ederken.

"Evet," dedi Adalet Hanım yüzüme anlamlı anlamlı bakarak. "Bu hayatta estetik bizim kaygımız; seks de sizin kaygınız. Biz kadınlar hayata estetik açıdan bakıp kaygı duyarken, siz erkekler de hayata cinselliğin penceresinden bakıp kaygı duyuyorsunuz. Bu yüzden de estetiğe önem veren kadınları sadece birer seks objesi olarak görüyorsunuz. Ve biz kadınları hiç anlamıyorsunuz. Hayatın sadece iki bacak arasında olduğunu sandığınız için de, az önceki soruyu bana soruyorsunuz."

O anda kıpkırmızı kesilmiştim. "Kusura bakmayın," dedim kekeleyerek. "Beni yanlış anladınız."

"Ah erkekler! Siz yok musunuz siz," dedi. "İşinize gelmeyince hep bir yanlış anlama vardır zaten."

"Gerçekten de öyle," dedim boğuk bir sesle.

"Buna rağmen sorunuza cevap vereceğim," dedi gözleri çakmak taşı gibi kızıl alevler saçarken. "Bu ülkede benim yaşımdaki kadınların seks hayatı hemen hemen hiç yoktur. Neden olmadığını da biliyor musunuz?"

"Hayır," dedim cılız bir sesle.

"Çünkü benim yaşıtım olan bekar adamlar ya kendilerine bakacak bir kadının peşinden koşarlar, ya da o yaştan sonra kendileriyle oynaşacak genç bir kadının peşinden giderler. Genç kadının peşinden giderlerken de ne diyorlar biliyor musunuz?"

"Hayır, ne diyorlar?"

"Aşı oluyorlarmış efendim, aşı! Genç kadınlarla yatağa girip gençlik aşısı oluyorlarmış. O kadınlar bu adamların ömrünü uzatıyormuş. Sanki benim gibi yaşını başını almış kadınlar, bu adamların ömrünü kısaltıyor..."

Birden sustu. Şarabından bir yudum aldı. Gözlerini gözlerimden çekti. Başını karanlığa doğru çevirdi. Sanki söyleyemediklerini, karanlığın içine sakladı. Sonra tekrar yüzünü bana çevirdi. "Saat kaç acaba?" diye sordu.

Kolumdaki saate baktım. "On," dedim.

"Güzel bir akşamdı. Daha karşıya geçeceğim. İsterseniz bugünlük burada bitirelim. Hem siz, hem de ben çok yoruldum."

"Evet," dedim. "Bugün çok konuştum. Başınızı ağrıttım."

"Hiç öyle şey olur mu?" dedi. "Esas ben sizin zamanınızı çalıyorum. Üstelik yediğimiz yemeğin parasını da siz ödüyorsunuz."

Güldüm. "Bir başka zaman da siz ödersiniz. Yarın geliyor musunuz bana?"

"Yarın için söz veremeyeceğim. Birtakım işlerim var. Şayet işlerimi erken bitirirsem telefonla arayayım sizi. Müsait olursanız gelirim. Ama şimdiden yarın için bir söz veremiyorum."

"Peki," dedim garsondan hesabı isterken. "Öyleyse yarın telefonlaşırız... "

TABANCA

←

O sabah erkenden kapı zili çaldı. Saat sekiz buçuğu gösteriyordu. Yataktan doğruldum. Kapıyı açtım. Karşımda kapıcı Ekrem Efendi sırıtarak duruyordu. "Hoş geldiniz Ekrem Efendi," dedim.

"Hoş bulduk Cemil Bey."

"Nasıl geçti tatil?"

"Tatilin hiç kötüsü olur mu Cemil Bey? Memlekette yatıp dinlendim. Baba toprağını gezip dolaştım. Rahmetli hanımın mezarını ziyaret ettim."

"Çocuklarla ne yaptınız? Görüştünüz mü?"

Ekrem Efendi'nin neşesi bir anda kaçtı. Sırıtan yüzü kâğıt gibi buruştu. "Boş verin o hayırsız oğlanları Cemil Bey. Onlar bana bir yabancıdan daha yabancılar. O şerefsizler benim oğlum olamaz. Keşke anaları onları doğuracağına taş doğursaydı."

"Öyle söylemeyin Ekrem Efendi. Kötü de olsalar, evlat."

"Evladın kötüsünü ne yapayım Cemil Bey? Onlara yaptığım iyilik fitil fitil burunlarından gelsin. Yemedim yedirdim. İçmedim içirdim. Kendim yıllarca aç kalıp onları tok tuttum. Okuttum. Adam ettim. Adam olduktan sonra da beni beğenmediler. Yaptığım işi hor gördüler. Kapıcı bir babanın oğlu olmaktan utandılar. Sahip çıkmadılar bana. Beni görmezden geldiler. Ama ben yaşadığım sürece onların kapıcı babası olarak kalacağım. Bundan da kendi adıma gurur duyacağım. Keşke iki oğlum olacağına iki kızım olsaydı."

"Hele gel içeri biraz. Soluklan."

Ayakkabısını çıkardı. Elinde tuttuğu ekmek sepetini portmantonun üzerine koydu. "Maşallah," dedi. "Sizi iyi gördüm."

"İyiyim," dedim. "Sağ ol. Ayrıca size teşekkür ederim."

"Nedenmiş o?"

"Neden olacak canım. Nazire'yi en zor günümde bulup gönderdiğin için."

"Lafı mı olur Cemil Bey? Siz isteyin bin tane Nazire bulup getireyim bu eve. Vallahi izne gittiğim günden beri aklım hep sizde kaldı."

"İyiyim, iyiyim. Merak edecek bir şey yok."

"O nasıl?"

"Yeşim mi?"

"Evet."

"Hâlâ yoğun bakımda yatıyor. Doktorlar hiçbir şey yapamıyor."

"Allah'tan umut kesilmez."

"Ben de öyle diyorum ama..."

"Yok, yok. Metanetli olun. Rabbim büyüktür."

"Olmaya çalışıyorum; ama bazen de kendime kızıyorum. Keşke o mahkemede şahitlik yapmasaydım."

"Ne diyorsunuz Cemil Bey? Bu sefer de dört duvar arasında çürüyüp gidecekti. Siz ona kötülük yapmadınız, iyilik yaptınız."

"Genç olmasına üzülüyorum."

"İyi bir kız mıydı bari?"

"İyiden de öte. Bir melekti. Beni en iyi anlayan siz olmalısınız. Çünkü sizin de genelevde çalışan bir kadınla ilişkiniz var. Ona nasıl saygı duyuyorsanız, ben de Yeşim'e hep saygı duydum."

"Hatırlıyor musunuz Cemil Bey?"

"Neyi?"

"Genelevde aynı kadınla yıllarca seviştiğim için beni eleştirmiştiniz. Bakın! Siz de başından beri aynı kadınla ilişki yaşadınız."

"Haklısınız. Bu da benim saçma bir ön yargımmış. Kusura bakmayın."

"Siz nasılsınız? Biraz olsun kendinizi toparlayabildiniz mi?"

"Toparladım, toparladım. Tek düşüncem Yeşim. O da sağlığına kavuşursa hiçbir sorunum kalmayacak."

Ekrem Efendi kolundaki saate baktı. Sonra da başını kaldırıp bana baktı. "4 Temmuz günü yaklaşıyor Cemil Bey. Bu yıl İtalya'ya gidecek misiniz?"

"Gideceğim. Daha bu gece Eliana yine rüyama girdi. Elleri ellerimdeydi. Gözleriyle gözlerimin ta içine bakarak gülümsüyordu. Öyle bir gülümsemeydi ki... Uyandığımda hâlâ etkisi altındaydım."

"Vallahi ilginç adamsınız Cemil Bey. Daha önce hayatımda böyle bir şey ne duymuş, ne de görmüştüm."

Ekrem Efendi oturduğu yerden doğruldu. "Ben kalkayım artık. Apartman sakinleri dört gözle beni bekler. Ekmeği yetiştireyim."

"Tamam," dedim. "Nazire'yi bulup gönderdiğiniz için size tekrar teşekkür ederim."

Ekrem Efendi, koluna ekmek sepetini taktı. "Hadi Cemil Bey. Allahaısmarladık."

"Allahaısmarladık Ekrem Efendi. Kolay gelsin size."

Kapıyı açtım. Tam da Ekrem Efendi'yi yolcu ediyordum ki, karşımda Nazire ile kocasını gördüm. Nazire'nin kocası hemen koşup Ekrem Efendi'nin eline sarıldı. Elinden öptü. "Hoş geldin Ekrem Amca," dedi.

"Hoş bulduk oğlum."

"Babamlar nasıl?"

"Maşallah turp gibiler. Senin buradan gönderdiğin parayı yiyip, bir güzel enine semiriyorlar."

Bu söz üzerine Nazire'nin kocasının yüzü kıpkırmızı kesilirken, Nazire'nin yüzü de bembeyaz kesildi. Kireç gibi olan yüzüyle, yüzüme baktı. "İçeri girin çocuklar," dedim.

Nazire'nin kocası elime sarıldı. Elimi öpmeye çalıştı. Elimi çabucak geriye doğru çektim. "El öpenin çok olsun oğlum," dedim. "Ama ben el öptürmeye alışık bir insan değilim. Hele içeri girin."

Nazire kapıyı kapattı. Kocası holde ayakta durdu. "Nazire kızım," dedim. "Kocanı salona götür otursun. Ben de üstümü değiştirip hemen geliyorum."

"Olur," dedi Nazire. Sonra da kocasının kolundan tutup çekti. Salona girdiğimde Nazire'nin kocası ayağa kalktı. "Otur oğlum," dedim. "İsmin ne senin?"

"Yiğit."

"Maşallah," dedim hafif tebessüm ederken. "Adın gibi yiğit biri misin?"

"Evvelallah," dedi erkeklik gururu okşanırken.

"Gözün aydın Yiğit," dedim. "Yakında baba oluyormuşsun."

"Allah'ın izniyle evet."

"Erkek mi, yoksa kız mı istiyorsun?"

Sustu. Erkek istediği her halinden belliydi. "Hadi söyle," dedim avını köşeye sıkıştırmış bir avcı gibi. "Hayırlısı neyse o olsun," dedi kendi de söylediği söze inanmayarak.

"Sen erkek istiyorsun Yiğit oğlum," dedim. "Erkek istemende utanılacak bir şey yok. Utanma. İnşallah Allah kalbinize göre bir erkek evlat verir size. Bak! Nazire de erkek evlat istiyormuş."

Başını kaldırıp Nazire'ye baktı. O anda Nazire'nin yüzü utancından kıpkırmızı kesilmişti. "Nazire," dedim. "Sen Yiğit'le bizi baş başa bırak. Erkek erkeğe konuşmam gereken şeyler var."

Nazire sessizce odadan çıktı. "Bak Yiğit," dedim. "Ben senin baban yaşındayım. Belki de deden... Sana diyeceğim şudur ki, bir insanın en iyi dostu cebindeki parasıdır. Bu hayatta hesabını, kitabını bilmeyen adam, adam değildir. Ve o hesapsız adam hayatı boyunca sürünmeye mecburdur."

Yiğit, başını eğmiş yere bakıyordu. "Dinliyor musun beni?" diye sordum tıslayarak.

"Evet."

"Az önce Ekrem Efendi'nin dediklerini duydun değil mi?"

"Duydum."

"İyi," dedim. "Anne babanı sakın ola ki dışlama; ama onların seni sömürmesine de izin verme. Para kolay kazanılmıyor. Artık kendi ailen için iyi bir gelecek hazırlamak zorundasın. Bu iyi gelecek de parayla oluyor ancak. Karı-koca çalışıyorsunuz. Paranızı biriktirin. İleride lazım olacak. Belki de uzun bir süre eşin çalışamayacak. Tek bir maaşla geçinmeniz zor olacak. Çocuk demek, masraf kapısı demektir. Para demektir."

"Biliyorum," dedi cılız bir sesle.

"Biliyorsun bilmesine ama uygulaman sıfır Yiğit. Nazire bu yüzden çok üzülüyor. Hamile kadını üzmek günahtır. Onu üzmemeye çalış. Bak! Burada birkaç ay daha çalışacak. Ondan sonra da hep evinde oturup çocuğa bakacak."

"Biliyorum," dedi tekrar cılız bir sesle.

"Şimdi bana söz ver. Kazancının hepsini ailene göndermeyeceğine dair."

"Artık göndermeyeceğim Cemil Bey. Benim gönderdiğim parayla kız kardeşimin evine yeni bir bulaşık makinesi almışlar. Benim evimde bulaşık makinesi yok; eniştenin evine bulaşık makinesi alınıyor. Öz annem babam beni keriz yerine koyuyor. Artık akıllandım."

"İyi," dedim. "Akıllanmana sevindim. Nazire doğum yaptığı zaman bulaşık makinesini doğum hediyesi olarak ben alacağım size."

"Hiç zahmet etmeyin," dedi utana sıkıla.

O sırada evin telefonu çaldı. Yiğit ayağa kalktı. "Benim işim var Cemil Bey. Söyleyecek başka bir şeyiniz yoksa ben gidebilir miyim?"

"Tabii ki gidebilirsin," dedim telefonun ahizesini elime alırken. Daha sonra telefonun tuşuna bastım. "Alo," dedim.

"Cemil Bey'le mi görüşüyorum," dedi tok bir ses.

"Benim," dedim.

"Nasılsınız Cemil Bey?"

"Özür dilerim. Kim olduğunuzu çıkaramadım."

"Çetin," dedi. "Cinayet masasından."

"Buyurun," dedim. "Bir gelişme var mı?"

"Ben de sizi bunun için aramıştım. Bir-iki küçük gelişme var."

"Neymiş o gelişmeler?" dedim umutsuzca.

"Yeşim'in ailesiyle görüştükten sonra kanaat getirdim ki, Yeşim'i vuran kişi ya da kişiler aileden biri değil."

"Kimmiş peki?"

"Ben de bu sorunun cevabını arıyorum."

"Ailesi vurmadıysa kim vurmuş olabilir?"

"Maktulün yakınları da olabilir. Şimdi onları araştıracağım. Ha! Bu arada dün cezaevine gittim. Tamer'i ziyaret ettim. Size gönderdiği mektubu ona gösterdim. O mektubu kendisinin yazmadığını söyledi. Tabii ki ona inanmadım. El yazısından bir örnek aldım. Sonuç ne çıktı biliyor musunuz?"

"Ne çıktı?"

"Gerçekten de mektuptaki el yazısı Tamer'in değil. "

"Ne demek bu?"

"Mektubu Tamer yazmadı demek oluyor."

"Nasıl olur?" dedim. "Mektup cezaevinden postalanmış. Şayet o yazmadıysa kim yazdı o mektubu?"

"Bilmiyorum," dedi cılız bir sesle.

"Cezaevinden başka birine yazdırmış olabilir mi?"

"Olabilir. Ben de bu soruyu kendisine sordum ama onu da kabul etmedi. Hatta bana dedi ki..."

"Ne dedi?"

"Önce pis pis sırıttı. Sonra da isterseniz beni mahkemeye verin dedi. Adam tam pisliğin teki."

Acı acı güldüm. Sonra da ekledim: "Pisliğin teki olmasa cezaevinde ne işi var, söyler misiniz bana?"

"Silah," dedi aniden Çetin Bey.

"Yoksa kullanılan silahı buldunuz mu?"

"Olay yerinde kullanılan silahı henüz bulamadık; ama olay yerinde bulunan mermilerin balistik raporunun sonucunda silahın, emekli bir polis memuruna ait olduğunu tespit ettik."

"Emekli bir polisin beylik tabancası mı kullanılmış?"

"Evet. Bugün o polisle görüşeceğim."

"Nasıl olur?"

"Adam, büyük ihtimalle silahını para karşılığı birine hibe etmiştir. Emekli polisler genelde emekli ikramiyelerine katkı olsun diye ikinci beylik tabancalarını hibe karşılığı başka birilerine satarlar. Parayı alıp ceplerine koyarlar; ama bu satışın adı hibe olur."

"Allah, Allah," dedim. "Bu nasıl iş?"

"Burası Türkiye," dedi. "Her şey kılıfına uygun yürür." Arkasından da ekledi: "Sizde bir gelişme var mı?"

"Ne gibi?"

"Sonradan hatırladığınız bir detay gibi."

"Ha! Ne yazık ki yok," dedim. "Öyle bir şey olursa ilk arayacağım şahıs sizsiniz."

"Peki," dedi. "Şimdi telefonu kapatıyorum. Daha sonra tekrar görüşmek üzere."

"Hoşça kalın," dedim. "Daha sonra tekrar görüşürüz."

Telefonu kapattım. O sırada tekrar telefon çaldı. "Alo," dedim.

"Günaydın," dedi tanıdığım o ses bana.

"Size de günaydın Adalet Hanım," dedim.

"Bugün ne yazık ki size gelemiyorum. Yarın görüşebilir miyiz?"

"Tabii ki," dedim. "Siz işlerinizi yapın. Yarın görüşürüz. Ben de bugün biraz dinlenmiş olurum."

"Tamam," dedi Adalet Hanım telefonu kapatırken. "Yarın görüşmek üzere..."

ÖLÜM

←

En son telefon görüşmemizden üç gün sonra Adalet Hanım'ı karşımda görünce içimi sevinç kapladı. "Allah aşkına üç gündür nerelerdesiniz Adalet Hanım? Bir an beni terk ettiğinizi düşündüm."

"Hiç öyle şey olur mu Cemil Bey? Daha yarım kalmış bir hikâyemiz var. Sizi bu dönemde hiç terk eder miyim?"

"Vallahi ettiniz sandım. Bir şey mi oldu? Telefonlarıma da cevap vermediniz."

"Kusura bakmayın veremedim. Daha doğrusu çok kötü olduğum için gelen telefonların hiçbirine çıkmadım."

"Hayrola! Umarım önemli bir sorununuz yoktur."

"Eski kocam," dedi sesi çatallaşarak.

"Eski kocanız mı? Hasta mı yoksa?"

O anda gözyaşları yanaklarından aşağıya süzüldü. "Öldü," dedi.

"Öldü mü?"

"Öldü ya. Gözyaşı dökmeyeceğim bir insan için şu anda karşınızda ağlıyorum. Aslına bakarsanız üç gündür durmadan ağlıyorum. Kusuruma bakmayın. Ayrıca biliyor musunuz?"

"Neyi?"

"Bana yaptığı onca şeyden sonra onun için ağlayacağımı kırk yıl düşünsem aklıma gelmezdi. Gariptir! Her nedense onun ölümü eski güzel günlerimizi aklıma getirdi. Ne de olsa uzunca bir süre mutlu yaşadık. Beni hep mutsuz etti diyemem."

Sustum. Tek kelime söyleyemedim. Sesim âdeta boğazımda düğümlenmişti. Eliana'mı kaybettiğim günü hatırladım. O duygunun ne olduğunu çok iyi biliyordum. O duyguya hiç yabancı değildim. "Kusura bakmayın," dedi gözyaşlarını parmaklarıyla silerken. "Zaten bir dünya sıkıntınız var. Bir de ben kendi sıkıntımla boğdum sizi."

"Hiç öyle şey olur mu?" dedim kendimi toparlayarak. "Hepimiz sonuçta insanız. Nefes aldığımız müddetçe de sıkıntılarımız hiç bitmeyecek."

"O nasıl?" dedi konuyu değiştirerek.

"Yeşim mi?"

"Evet."

"En son dün görüştüm hastaneyle. Durumu az da olsa iyiye doğru gidiyormuş. Bugünlerde aldığım tek sevindirici haber bu olsa gerek."

"İnşallah yaşar."

"İnşallah," dedim güçlü bir istekle. Sonra da ekledim: "Kaldığım yerden anlatmaya devam edeyim mi?"

"Bu sabah ne yaptığımı biliyor musunuz?" diye sordu ansızın.

"Hayır," dedim şaşkınlıkla.

"Umarım bana kızmazsınız."

"Neden kızacakmışım ki?"

"Kızabilirsiniz."

"Kızmam, kızmam. Ama ne olduğunu bir an önce söyleyin. Yoksa meraktan öleceğim."

"Eğer istemezseniz iptal ettiririm."

"Neyi iptal ettireceksiniz?"

"Aldığım bileti."

"Aldığınız bileti mi?"

"Evet. Sizinle İtalya'ya geliyorum. Hem de aynı uçakla."

Şaşkınlıktan küçük dilimi yutacak gibi oldum. "Neden bunu yaptınız?"

"Gelmemi istemiyorsanız..."

Lafını kestim. Az önce sorduğum soruyu tekrarladım: "Neden bunu yaptınız?"

"Dün gece bir karar aldım."

"Neymiş aldığınız karar?"

"Hikâyeniz," dedi.

"Ne varmış hikâyemde?"

"Romanlaştırmaya karar verdim."

"Nasıl olur?" dedim tıslayarak. "Henüz anlatacaklarımı bitirmedim. Bundan sonra anlatacaklarım ilginizi çekmeyecek belki de."

"Çekecektir," dedi yüzünden aydınlık bir ışık yansırken.

"Nereden biliyorsunuz?"

"Biliyorum. Bir esnaf ticaretten, benim gibi bir yazar da hikâyenin gidişatından anlar."

"Bu yüzden mi benimle İtalya'ya gelmeye karar verdiniz?"

"Evet. Başkahramanımın iç dünyasını orada tahlil etmek istiyorum."

Güldüm. "Ben miyim başkahramanınız?"

"Evet. N'olmuş? Yoksa beğenmediniz mi?"

Adalet Hanım'ın az önce söyledikleri tuhafıma gitmişti. Gençliğimde bana bir kitabın başkahramanı olacağımı söyleselerdi, kahkahalarla gülüp geçerdim.

"Sizinle gelmeme kızdınız mı yoksa?"

"Hayır, kızmadım; ama şaşırmadım desem yalan olur."

"Öyleyse anlaştık. Sizinle geliyorum."

"Olur," dedim. "Benim için hiçbir sakıncası yok. Zaten son zamanlarda bana çok iyi bir arkadaş oldunuz."

"O zaman anlatın," dedi ansızın.

"Neyi?" dedim şaşkınlıkla.

"Hikâyenizin devamını."

"Pekâlâ," dedim ve sonra da anlatmaya koyuldum.

***

O kış günü havanın bozuk gitmesi, Yeşim ile beni eve hapsetmişti. Bir şey dikkatimi çekti. Yeşim'e sordum: "Cep telefonunu neden kapalı tutuyorsun?"

Başını dizlerimin üzerinden kaldırdı. Sol kolunu getirip belime doladı. Göğsümden öptü. "Biliyor musun?" diye sordu acı acı gülerken.

"Hayır. Bilmiyorum," dedim ona sokularak.

"O zaman öğren," dedi. "Fahişeliğin de kriz dönemleri olur. İşte o kriz dönemlerinden birindeyim. Ve hiçbir erkekle yatmak istemiyorum."

O gün fahişeliğin de kriz dönemleri olduğunu ondan öğrenmiştim. Neden krizde olduğunu sormadım. Bir kez daha göğsümden öptü. Elimden tuttu. Başını getirip tekrar dizlerimin üzerine koydu. Gözleri ise hüzünlü bir şekilde dışarıda yağan kara bakıyordu. "Şimdi beni dinlemeye hazır mısın?" diye sordu.

"Evet," dedim.

"Öyleyse dinle. Tencerenin nasıl yuvarlanıp da kendi kapağını bulduğunun hikâyesini dinle benden..."

Sustum. O da susmamı fırsat bilip başladı yavaş yavaş anlatmaya:

***

O gün çalıştığım kuaför salonundan son müşterimi yolcu ettikten sonra çantamı koluma takıp işyerinden dışarıya çıktım. Akşam karanlığı neredeyse çökmüştü. Başımı kaldırıp çevreye bakarken bir anda karşımda onu gördüm. Sırtını taksiye dayamış gülerek bana bakıyordu. Onu fark ettiğimi görünce hemen koşarak yanıma geldi. "İyi akşamlar güzel bayan," dedi o tatlı gülümseyişiyle.

"Ne var?" dedim sert bir ifadeyle.

"Hemen kızmayın," dedi. "Paranızın üstünü getirdim."

Ondan uzaklaşmak için ileriye doğru hızlıca birkaç adım attım. Fakat peşime takıldı. "Bir dakika," dedi.

"Paranın üstü kalsın demiştim size," dedim sinirli sinirli.

"Pardon," dedi.

"Ne var?" dedim sesimi yükselterek.

"Bütün güzel kızlar sizin gibi sinirli mi oluyor böyle?" diye sordu pişkin pişkin.

"Evet. Ne varmış?"

"Bir şey yok. Sadece yakıştığını söylemek istiyorum size," dedi.

O anda kendimi tutamayıp gülmeye başladım. Benim gülmemi görünce o da gülmeye başladı. "Ne var?" dedim. "Benden ne istiyorsunuz?"

"Bilmiyorum," dedi gözlerini gözlerimden kaçırırken. "Sizi dün akşamdan beri aklımdan çıkaramıyorum."

"Eee," dedim içten içe keyif alarak.

"Bu akşam benimle yemeğe çıkar mısınız?"

"Hiç kusura bakmayın çıkamam."

"Nedenmiş?" dedi hayal kırıklığına uğramış bir şekilde.

"Siz beni ne sandınız? Dün karşıma çıkan ve hiç tanımadığım bir erkekle yemeğe çıkacak bir kız mı?"

"Hayır. Beni yanlış anladınız."

"Ama," dedim. "Müşteriniz yoksa beni arabanızla eve kadar bırakabilirsiniz."

Hemen koşarak ön kapıyı açtı. "Öyleyse buyurun," dedi.

"Teşekkür ederim," dedim. Sonra da geçip arka koltuğa oturdum.

Bir süre öylece kalakaldı. Ön kapıyı kapattı. Sonra şoför koltuğuna geçmek için arabanın arkasından dolandı. Kapıyı açıp bindiğinde arkasını dönüp bana baktı. "Hep böyle zor biri misiniz?"

Gülmemek için kendimi zor tuttum. "Siz benim daha zorluğumu görmediniz," dedim.

Kontağı çevirdi. Arabayı çalıştırdı. Dikiz aynasından bana baktı. "Allah inşallah o zor taraflarınızı da görmeyi nasip eder bana," dedi.

"Âmin," dedim içimden. Eve gelene kadar havadan sudan konuştuk. Ertesi gün öğle saati için sözleştik. O gün öğle yemeğinde ilişkimiz başladı. Adı Tamer'di. Dal gibi incecik bir bedeni, esmer teni, gamzeli yanağı ve güzel bakan gözleri vardı. Tamer, benden tam on yaş büyüktü. Ben ise o zamanlar henüz yirmi yaşına yeni basmıştım. İlişkimizin başlamasından altı ay kadar sonra ona ailemi ve başımdan geçen talihsiz evliliği anlattım. Beni öptü, kokladı. "Tasalanma," dedi. "Bundan sonra hayatında ben varım artık."

O bir yıl içinde Tamer'le ilgili bir şey daha dikkatimi çekmişti. Bana hiç elini sürmemişti. Benimle sadece öpüşmekle yetiniyordu. Bu yüzden de ona karşı müthiş bir güven duydum. Ama ilişkimizin birinci yılını kutladığımız gün ona karşı hissettiğim güven kökünden sarsıldı. İlişkimizi kutlamak için beni Atatürk Orman Çiftliği'ne götürdü. İlk önce güzel bir restoranda yemek yedik. Daha sonra ağaçlıkların arasına dalıp yürüyüşe çıktık. Kuytu bir yere geldiğimizde durdu. "Hadi, biraz oturalım," dedi. Oturduk. Kolunu getirip belime doladı. Beni kendisine doğru çekti. Dudaklarını getirip dudaklarımın üzerine koydu. Beni öpmesine her zamanki gibi izin verdim. Bir süre sonra öpüşmekten dudaklarımın uyuştuğunu hissedebiliyordum. Derken elinin tekini getirip göğsümün üzerine koydu. Memeni sıkmaya başladı. "Yapma, dur," dedim. Beni dinlemedi. Ilık nefesini kulağımın içine doğru üflemeye başladı. İçim bir tuhaf olmuştu. Vücudumdaki bütün tüyler titreşmeye başladı. Neredeyse kendimi ona teslim etmek üzereyken elimle mememe bastıran eline vurdum. "Çek elini. Yeter artık," dedim. Bir anda üzerime çullandı. Kendimi sırt üstü yerde buldum. "Ne yapıyorsun? Kendine gel," dedim.

Kızgın bir boğa gibiydi. "Seni istiyorum," dedi.

"Olmaz," dedim ağlayarak. "Beni istiyorsan ailemden iste."

Beni dinlemiyordu. Eliyle pantolonumun düğmesini çözmeye kalktı. O anda yüzüne var gücümle bir tokat attım. Yüzüne attığım tokat kısa bir süre sonra yüzümde patladı. Bana attığı tokadın ardı arkası kesilmiyordu. En son attığı tokatla burnumu kırdı. Gözümden akan yaşlar burnumdan akan kana karıştı. Pantolonumu iyice aşağıya sıyırmıştı. Kendi pantolonunun kemerini çözdü.

Savunmasız bir çocuk gibi altında tepinerek ağlıyordum. "Yapma aşkım. Ne olur? Beni rızam olmadan kirletme," dedim. Sol parmaklarıyla külotumu tutup yana doğru çekti. Sonra da o koca şeyini getirip içime soktu. O anda tek hatırladığım şey gözyaşlarım, burnumdan akan kan ve bacaklarımın arasından bütün vücuduma yayılmaya başlayan acıydı. Canım acayip bir şekilde yanmaya başlamıştı. Birkaç dakika sonra bir hayvan gibi sesler çıkardı. Sonra da yanıma yığılıp kaldı. "Dünya varmış," dedi. Kendime geldiğimde toparlanmaya çalıştım. Gözyaşlarım burnumdan akan kana, burnumdan akan kan da bacak aramdan süzülen kana karışmıştı. Sevdiğim erkeğin tecavüzü sonucu kızlıktan kadınlığa oracıkta adımımı atmıştım. Sırt üstü uzandığı yerden sırıtarak bana baktı. O anda onun yüzüne tükürdüm. "Şimdi ne olacak?" dedim umutsuz gözlerle ona bakarken.

"Merak etme," dedi. "Seni buralardan kaçıracağım."

Hıçkıra hıçkıra ağlıyordum. "Ben seninle kaçmam. Sonra neden kaçacakmışız ki?" diye sordum.

"Kaçalım," dedi uzandığı yerden doğrulurken.

"Hayır," dedim. "Gel beni ailemden iste. Telli duvaklı gelin olarak evden çıkmak istiyorum."

Ayağa kalktı. Yüzüme bir tokat attı. Yüzüme bir balyoz gibi çarpan tokadın etkisiyle savruldum.

Yere yuvarlandım. Bir ayağını getirip başımın üzerine bastırdı. Yüzümün bir parçası toprağa yapışmıştı, bir parçası da ayakkabısının tabanına. "Bak," dedi sinirli sinirli. "Adamın asabını bozma. Ya benimle İstanbul'a kaçarsın, ya da seni buracıkta kadın halinle terk edip giderim."

O halimle gidecek bir yerim yoktu. Çaresizce ve sessizce kaderimi kabullendim. "Pekâlâ," dedim hüngür hüngür ağlayarak. "Bundan sonra kocamsın. Seninle istediğin yere geleceğim."

Elini uzatıp düştüğüm yerden beni kaldırdı. "Sana ne zaman kaçacağımızı haber vereceğim; ama ondan önce elini yüzünü yıkayacağımız bir çeşme bulmalıyız," dedi.

***

Üç ay sonra...

Tamer bir öğle vakti iş yerime geldi. "Bir dakika görüşebilir miyiz?" dedi.

Kuaför salonunun içindeki bütün insanlar bize bakıyordu. Elimdeki işi yarıda bırakıp dışarı çıktım. "İş saati burada ne arıyorsun?" diye sordum.

"Hemen işi bırak," dedi pis pis sırıtırken.

"Ne?"

"Hemen işi bırak. Gidiyoruz."

Ansızın gelen bu teklif karşısında şaşkındım. "Ne diyorsun sen?" dedim sersemlemiş bir halde.

"Adamı deli etme. Duymuyor musun beni? İstanbul'a gidiyoruz dedim."

"Hemen mi?"

"Yok, yarın. Tabii ki hemen gidiyoruz. Git çantanı al. Artık o yerde çalışmıyorsun."

"Ama," dedim. "Müşterim beni bekliyor."

"Hadi, hadi," dedi azarlarken beni. "Seni burada bekliyorum. Beni oraya getirip ortalığı dağıttırma."

Son söylediği sözden korkmuştum. Çaresizce içeri girdim. Kimsenin yüzüne bile bakamadan çantamı alıp hızlı adımlarla oradan çıktım. Dışarı çıktığımda kolumdan tuttuğu gibi peşine takıp sürükledi. "Şimdi sizin eve gidiyoruz," dedi.

"Delirdin mi sen? Bizim eve nasıl gideriz?"

"Eşyalarını toparlayacaksın. Sonra da kaçacaksın."

"Ailem öldürür beni."

"Korkma öldürmezler. Kimse ne yaptığını anlamayacak. Kıyafetlerin olmadan hiçbir yere gidemeyiz."

"Yenisini alırız," dedim gözlerim buğulanırken.

"Olmaz," dedi bileğimi sıkarken. "Yeterince paramız yok. Olan birkaç kuruşu da borç harç buldum."

Ona karşı daha fazla sesimi çıkaramadım. Usulca dediğini yaptım. Evin önüne geldiğimizde durduk. "Elini çabuk tut," dedi. "Otobüsü kaçırmayalım."

Tamer daha sonra yolun karşısına geçip beklemeye koyuldu. O anda bahçeye açılan kapıyı açınca içimde bir fırtına koptu. Hayatımda ilk kez bu evden ayrılmak istemediğimin farkına vardım. Döndüm, Tamer'e doğru baktım. Eliyle bir şeyleri işaret ediyordu bana. Tekrar yüzümü bahçeye doğru çevirdim. Bir anda annemi karşımda gördüm. "Hayrola kızım," dedi. "Bu saatte evde ne işin var?"

"Babam nerede?" dedim ağlayarak.

Elindeki çamaşır sepetini yere attı. "Yoksa," dedi. "Babana bir şey mi oldu?"

"Babam nerede anne?"

"Camiye gitmişti."

"Babama bir şey olduğu yok," dedim ve müştemilatın kapısına doğru yöneldim. Müştemilatın kapısını açtığımda geçirdiğim o kâbus dolu günler gözümün önünde canlandı. Tüylerim diken diken oldu. Kapının hemen yanında duran siyah bavulu aldığım gibi oradan uzaklaştım. Annem arkamdan söylenerek geliyordu. Odama girdim. Bütün eşyalarımı katlamadan bavulun içine attım. Annem toplandığımı görünce ağlayarak sordu: "Nereye gidiyorsun kızım?"

"Gerçekten umurunda mı?" diye bağırarak sordum. Bir taraftan da ağlıyordum. Evi terk ettiğimi çoktan anlamıştı. "Yapma kızım," dedi.

O sırada elime geçen kırmızı gömleğimi bavulun içine savurup attım. "Beni hiç sevdin mi anne?" diye sordum yüzüne kaskatı kesilmiş bir halde bakarken.

"Evlat sevilmez mi kızım?"

"O zaman," dedim var gücümle anneme bağırarak. "Beni aylarca o karanlık ve soğuk müştemilatta yaşamaya neden terk ettin? Bana karşı bütün sevgin bu muydu? Kabul et anne. O iki kardeşimi benden daha çok sevdin. Yanında yetişmediğim için bana sevgini vermedin. Vermediğin gibi de bir tek gün olsun göstermedin. Şimdi bana annelik mi taslıyorsun? Söyle Allah'ın cezası annem, söyle bana. Şimdi bana annelik mi yapıyorsun? Senin gibi anne olmaz olsun."

Kendimde daha fazla güç bulamadım. Yatağın üzerine uzandım. Daha fazla bir şey söyleyemedim. Kelimeler boğazımda âdeta düğümlenmişti. Kendimi biraz olsun toparladığımda bavulun ağzını kapattım. Annem olduğu yere çömelmiş hüngür hüngür ağlıyordu. "Gitme kızım," dedi. "Böyle terk edip gitme bizi."

Yaşlı gözlerle anneme baktım. "Bu evde asla mutlu olmadım. Acıdan başka bir hayat yaşamadım. Bu yüzden seni hiç affetmeyeceğim anne. Beni aylarca o karanlık müştemilata terk edip giden esas sen oldun."

Bacağıma sarıldı. "Affet beni," dedi.

Bacağımı çekip kollarının arasından kurtardım. "Allah seni affetsin," dedim. "Bu saatten sonra seni affetsem ne olur ki..."

Kapıyı yüzüne vurup çıktım. Sokağa çıktığımda Tamer yolun karşı tarafından koşarak bana doğru geldi. Çantamı tuttu. "Hadi şimdi gidelim," dedim hıçkırıklarımın arasından çıkan boğuk sesimle.

***

Başını dizlerimden kaldırdı, bir sigara yaktı Yeşim. Sonra da kaldığı yerden gözleri buğulanmış bir halde anlatmaya devam etti:

ANTALYA

←

"İnsan sevdiğinin nasıl birisi olduğunu ilk başlarda bilmezmiş. Zaten nereden bilebilir ki. Allah'ın cezası adamların nasıl bir şeytan olduğunu nasıl bilebilirsin ki. Ben de bilemedim. Ona kandım. Ona inandım. Ona kocam diye teslim oldum. Meğerse koca diye kime kanmışım. Meğerse koca diye kime kaçmışım. Ağlamaktan kan çanağına dönen gözlerimi açtığımda otobüs farının aydınlattığı tabelayı gördüm. Tabelanın üzerindeki yazı beni şoke etti. Hemen yanımda oturan Tamer'e döndüm. Uyuyordu. Tamer'i kolumla dürttüm. Uyanmadı. Tekrar dürttüm. Yine uyanmadı. Bu sefer kulağına fısıldadım: "Tamer, Tamer..." Uyandı. Eliyle gözlerini ovuşturdu. Pencereden dışarıdaki karanlığa baktı.

"Ne var?" dedi. "Neden uyandırdın beni?"

"Tamer," dedim. "Galiba yanlış otobüse binmişiz."

Eliyle tekrar gözlerini ovuşturdu. Söylediklerimi sanki dinlemiyordu. "Kaç saattir uyuyorum?"

Kolumdaki saate baktım. "Epey bir vakittir uyuyoruz," dedim. Arkasından da ekledim: "Tamer beni duymadın galiba. Sana yanlış otobüse binmişiz dedim. Az önce tabelada Antalya yazısını gördüm."

Gözlerini gözlerimden kaçırdı. "İstanbul'a değil, Antalya'ya gidiyoruz seninle," dedi kısık bir sesle.

"Ne?" dedim fısıldayarak.

"Şimdilik Antalya'ya ablama gidiyoruz. Daha sonra İstanbul'a gideceğiz."

"Neden? Bunu bana otobüse binmeden önce neden söylemedin?"

"Unuttum," dedi boğuk bir sesle. "Unuttum işte. Fazla üsteleme."

"Antalya'da ne yapacağız?"

"Gidince göreceğiz," dedi. "Orada İstanbul'dan gelecek olan bir adamla iş görüşmesi yapacağım."

"Ne işi bu?" dedim meraklı meraklı.

"Bir lokanta devralacağım. Bundan sonraki işimiz lokantacılık olacak."

Eline şekerleme verilen küçük çocuklar gibi sevindim. "Kendi işimiz mi olacak?" dedim elini sıkarken.

"Evet."

"Niye bunu bana baştan söylemedin?"

"Sürpriz yapmak istedim."

"Ablanın haberi var mı geleceğimizden?"

"Bekliyor bizi," dedi camdan karanlığa bakarken.

Başımı koltuğa dayadım. İçimi dolduran sevinci bastırmaya çalıştım. Fakat o anda içime bir kuşku düştü. Başımı Tamer'e çevirdim. Kulağına eğilip, "Tamer," dedim. "Sana bir şey sormak istiyorum?"

"Sor."

"Lokanta açacak parayı nereden buldun?"

"Buldum işte," dedi gözlerini gözlerimden kaçırırken.

"Ne demek bu şimdi?"

"Parayı buldum demek."

"Tamam," dedim. "Ben de bunu soruyorum sana. Parayı nereden buldun?"

Dudağını getirip yanağıma kondurdu. Beni öptü. "Sen merak etme. Buldum dediysem buldum. İstanbul bizi bekliyor artık," dedi.

"Peki," dedim ısrarımdan vazgeçerek. "Daha önce hiç lokantada çalıştın mı? Nasıl işleteceğiz?"

"Garsonluk yaptım," dedi. "Sen her şeyi bana bırak."

"Pekâlâ," dedim. "Senin söylediğin gibi yapacağım. Hayatımı senin ellerine bırakacağım."

"Güzel," dedi pis pis sırıtarak. Ne yalan söyleyeyim o sırıtması pek hoşuma gitmemişti. O anda içime bir korku gelip musallat oldu. "Bütün bu söylediklerine inanayım mı?" dedim.

"Artık başka bir şansın var mı?" diye sordu.

"Yok," dedim çaresizce.

"O zaman bana inan," dedi.

Doğru söylüyordu. Artık ona inanmaktan başka bir şansım kalmamıştı. Otobüs terminalden içeri girdiğinde cep telefonum çaldı. Arayan babamdı. Tamer yüzüme baktı. "Kim arıyor?"

"Babam. Cevap vereyim mi?"

"Sakın açma," dedi telefonu çekip elimden alırken. Telefonun kapağını açıp, bataryasını çıkardı. Telefona takılı olan sim kartı yuvasından söküp attı. Telefonu bana uzattı. "Ne yapıyorsun?" diye sordum şaşkınlıkla.

"Artık bu numaraya ihtiyacın olmayacak. Sana yeni bir numara alırız," dedi.

"Pekâlâ," dedim usulca.

Otobüs perona yanaşınca durdu. Aşağıya indiğimde her tarafım saatlerdir oturmaktan tutulmuştu. Bagajdan valizimizi aldık. "Şimdi nereye?" dedim tekerlekli valizimi çekerken.

"Yeni ve güzel hayatımıza," dedi suratına yerleştirmeye çalıştığı zoraki gülümsemeyle.

"Hayırlı olsun," dedim içim buruk bir şekilde.

"Merak etme," dedi. "Bizim için her şey çok güzel olacak."

Dolmuşa binip bir apartmanın önünde indiğimizde Tamer başını kaldırıp yukarı katlardan birine baktı. "Geldik," dedi.

"Ablan evde mi?"

"Evde," dedi önden yürürken.

Bana daha önce, Antalya'da yaşayan öğretmen bir kız kardeşi olduğundan bahsetmişti. Kapının ziline bastı. Megafondan bir ses duyuldu: "Kim o?"

"Benim abla," dedi gülerek.

"Sen de kimsin?"

"Tamer."

"Tamer mi? Ne işin var burada?"

O an zaman durdu benim için sanki. Yüzüm kireç gibi oldu. Tamer hemen dönüp bana baktı. Tekrar zile bastı. "Aç kapıyı kız," dedi. "Tekrar hastanelik etmeyeyim seni."

Kapı açıldı. Hayal kırıklığından dolayı ağzımı bıçak bile açmadı. Bana yalan söylemişti. Ablasının geleceğimizden haberi yoktu. Merdivenlerle ikinci kata çıktık. Kapı açıldı. Tamer'i karşısında gören ablası memnunsuz bir şekilde sordu: "Ne var? Ne istiyorsun yine? Niye geldin buraya?"

Tamer, ablasını itip içeri girdi. Sonra da bana seslendi: "Gel," dedi. "Sen bunun söylediklerine bakma."

Kadın, başını çevirip bana baktı. "Sen de kimsin?" diye sordu.

Elim ayağıma dolaşmıştı. "Tamer'in karısıyım," dedim kısık bir sesle.

"Karısı mı?"

"Evet."

Kadın bir kahkaha attı. "Ulan Tamer," dedi. "Bu gariban kızı da mı kandırdın yoksa?"

Tamer dışarı çıktı. Kolumdan çekip içeri soktu beni. Kapıyı kapattı. "Abla," dedi. "Senin gibi boş konuşanını bu yaşıma geldim daha görmedim."

"Haklısın," dedi kadın portmantonun üzerinde duran sigara paketini eline alırken. "Ben de senin gibi bir piç kurusunu ne yazık ki kardeşim olarak tanıdım."

Duyduğum sözler karşısında şoktaydım. Kadın sigarasını yaktı. Sonra da geçip salona oturdu. Arada bir bana bakıyordu; ama benimle hiç konuşmuyordu. Sigarasını kül tablasında söndürdüğü zaman ağzını açtı: "Ben yatmaya gidiyorum. Gece işe gideceğim."

"Gece mi?" diye sordum aniden.

Kadın tuhaf tuhaf yüzüme baktı.

"Yani gece de mi ders veriyorsunuz?" diye sordum.

"Ne dersi?"

"Öğrencilere."

"Ne öğrencisi?"

"Okuldaki öğrenciler."

"Ne okulu?"

Bir kez daha şoke olmuştum. Ayağa kalktım. Çılgına dönmüştüm. "Yoksa siz öğretmen değil misiniz?" diye sordum sinirli sinirli.

"Ne öğretmeni?" dedi kadın katıla katıla gülerken. "Ben pavyonda konsomatris olarak çalışıyorum."

Ağlamaya başladım. "Pavyon mu?" diye sordum şaşkınlıkla.

"Evet! Ne sandın? Yoksa sana öğretmen olduğumu mu söyledi?"

"Evet."

"Doğru," dedi. "Ama benim öğrencilerim erkek. Onlara farklı şeyler öğretiyorum."

Tamer hiçbir şey olmamış gibi bizi dinliyordu. "Bu da mı yalanlarından birisiydi?" diye sordum çatallaşmış sesimle.

"Ne var bunda?" dedi ayağa kalkarken.

Bütün gücümü toplayıp bir tokat attım yüzüne. O anda odanın içinde güçlü bir ses yankılandı. Yediğim tokatla birlikte yere yuvarlandım. Düştüğümü gören ablası Tamer'le arama bir duvar ördü. "Yeter," dedi. "Vurma günahsız kızcağıza." Sonra da dönüp elini uzattı bana. "Bu şerefsiz sana tecavüz mü etti?" diye sordu.

Başımı evet anlamında salladım. Sonra da oracıkta düşüp bayıldım.

***

Dört ay boyunca her gün nasıl bir belaya bulaştığımı düşünüp durdum ama işin içinden nasıl çıkacağımı bilemedim. Bir sabah uyurken polisler evi bastı. Evde artık karı-koca hayatı yaşayan Tamer'le ben vardık. Ablası gece gittiği pavyondan hâlâ dönmemişti. Biz orada kaldığımız süre içinde de zaten pek fazla eve gelmedi. Uykulu uykulu polisleri karşımızda görünce şaşırmıştık. Olup bitene bir anlam vermeye çalışırken, Tamer polislere heyecanlı heyecanlı sordu: "Komiserim bir suç mu işledik?"

"Tamer sen misin?" dedi komiser sert sert.

"Evet."

"Bu kız kim?"

Tamer bana baktı. "Kendisi kız arkadaşım olur komiserim," dedi.

Polis güldü. "Karın olmasın?"

"Yok komiserim," dedi. "İsterseniz hüviyetimize bakın. Biz evli değiliz."

Gözlerim fal taşı gibi açıldı. Dikkatlice yüzüne baktım. Tamer olduğu yerden bana göz kırptı. Sustum. Polis memuru Tamer'in yanına iyice sokuldu. "Bak Tamer," dedi. "Bu kıza zorla sahip olduğunu biliyoruz. Ablan bana her şeyi anlattı.

Sizi artık bu evde istemiyor. Kadının evini zorla işgal etmişsiniz. Kadın sizden yana bana dert yandı. Ablanın hatırı var bende. Şimdi evi boşaltıyorsunuz. Eğer bir daha seni bu evin civarında görürsem anandan emdiğin sütü burnundan getiririm. Duydum mu beni?"

Tamer'in yüzü kireç gibi olmuştu. Ruhu bedeninden çekilmiş bir ölü gibiydi. "Yakında gideceğiz komiserim. Gelecek olan bir arkadaşım bir türlü gelemedi. Onu bekliyoruz."

Komiser, arkasında duran polislere baktı. Onlara talimat yağdırdı. Ortalık bir anda savaş alanına döndü. Dört polis memuru Tamer'in üzerine çullandı. Tamer yerde kıvranıp duruyordu. Burnundan oluk oluk kan akmaya başlamıştı. "Tamer," dedi komiser olan polis memuru. "Az önce beni duymadın galiba. Bu evden şimdi gidiyorsunuz."

"Şimdi gidiyoruz," dedi Tamer yattığı yerden doğrulurken.

"Güzel," dedi komiser. "Gördün mü? Seninle ne güzel anlaşıyoruz. Şimdi eşyalarınızı toparlayın. İkiniz de hemen bu evden defolup gidin. Yoksa götürüp ikinizi de içeri tıkarım."

Korkmuştum. Korkudan âdeta yerimde donup kalmıştım. Tamer kolumdan çekti. "Hadi Yeşim," dedi. "Eşyalarımızı toparlıyoruz."

Kaşla göz arasında eşyalarımızı toparladık. Dört polis memuru bize eşlik ederken, komiser olan memur arkamızdan bağırdı:

"Arkadaşları otogara kadar bırakın. Neslihan'ı da bana gönderin. Onunla işimiz var. Sonra da beni buradan alın."

"Orospu," dedi Tamer kısık bir sesle. "Bizi evden kovdurdu."

Arkamızdan gelen polis memurlarından biri Tamer'i dürttü. "Sus lan," dedi. "Komiserim sizi bu şehirde istemiyor. Bir an önce nereye gideceğinize bir karar verseniz iyi olur."

Biz, polis arabasına binerken, bir yandan da ablası Neslihan arabadan iniyordu. Yüzümüze bile bakmadı. Polislerden biri kadına baktı. "Komiserim sizi içeride bekliyor. Acele etmenize gerek yok. İki saate kadar ancak gider geliriz biz," dedi hınzır hınzır gülerken.

"Seni öldüreceğim," dedi Tamer ablası Neslihan'a. "Bana attığın bu kazığın hesabını senden daha sonra soracağım."

Ablası cevap vermedi. Hızlı adımlarla yanımızdan uzaklaştı. O sırada polis memurlarından biri Tamer'in yüzüne elinde tuttuğu copla vurdu. "Sus lan," dedi. "Eceline mi susadın köpek?"

Bizi ite kaka arabanın içine tıktılar. Üzerimize çekip kapıyı kapattılar. Yol aldıktan bir süre sonra polis memurlarından biri sordu: "Nereye gideceğinize karar verdiniz mi?"

Tamer kanayan burnunu kâğıt mendille sildi. "İstanbul'a gideceğiz," dedi.

Paralı gişelerin önüne geldiğimizde polis memuru arabayı durdurdu. Dört polis memuru arabadan indi. "Ne oturuyorsunuz?" dedi Tamer'e bas bas bağırırken.

Tamer şaşkınlıkla polis memuruna baktı. "Otogara gitmiyor muyuz?" diye sordu.

"O kanayan burnunu tekrar kırdırtma bana," dedi iriyarı olan memur. "İstanbul'a giden otobüsler bu gişeden geçiyor. Sizi buradan bindireceğim."

On dakika sonra gerçekten de gişelerin önünde bir otobüs durdu. Apar topar otobüse bindirildik. Otobüs, paralı gişelerden geçip İstanbul'a doğru yol alırken, polis memurlarından biri de elini havaya kaldırmış arkamızdan bize gülerek el sallıyordu...

İSTANBUL

←

"Bu kız salak mı?" diye sordu Adalet Hanım. "Tamer'in beş para etmez olduğunu en sonunda görmüş. Onun peşine düşüp hâlâ İstanbul'a kadar neden gelmiş?"

"İnanır mısınız?" diye sordum Adalet Hanım'a. "Aynı soruyu ben de kendisine sordum."

"Peki, ne cevap verdi size?"

"Yüzüme baktı. O anda acı acı tebessüm etti. 'Sen beni aptal mı sandın? Tamer'den neden şikâyetçi olmadığımın sebeplerini tek tek anlatacağım sana,' dedi. Sonra da başladı anlatmaya."

***

İstanbul'a vardığımızda cep telefonuyla bir-iki yeri aradı Tamer. Sonra da bana, "Hadi gidiyoruz," dedi.

Uzun otobüs yolculuğundan dolayı bitkin bir vaziyetteydim. Ağzımı açacak halim kalmamıştı. "Bu sefer kime gidiyoruz Tamer?" diye sordum güç bela.

"Kalacağımız yere," dedi.

"Kimde kalacağız?"

"Gidince görürsün."

Elimde tuttuğum tekerlekli valizi sürüyerek dolmuşa bindik. Sonra o dolmuştan inip başka bir dolmuşa bindik. Sonrasında bir dolmuşa daha... Yolculuk etmeye sabrım kalmamıştı artık. "Daha gelmedik mi Tamer?" dedim sinirli sinirli.

"Geldik. Adresi arıyorum," dedi bana.

Dolmuştan indiğimiz yerin iki sokak ilerisinde kâğıtta yazılı adresi bulduk. Evin önüne geldiğimizde durduk. "İşte burası," dedi Tamer, kırmızı tuğlalı evi parmağıyla gösterirken.

"Güzel bir eve benziyor," dedim. "Kimin evi?"

"Şimdi boş ver sen kimin evi olduğunu. Hadi bir an önce gidelim," dedi.

Evin önüne geldiğimizde kapının zilini çaldı. Kapıyı genç bir kadın açtı. "Buyurun," dedi. "Ne istemiştiniz?"

Tamer bir adım öne çıktı. "Cemo Hanım'la görüşecektik."

"Siz Tamer Bey misiniz?"

Tamer eliyle gömleğinin yakasını düzeltti. "Evet. Tamer benim," dedi.

"İçeri buyurun o zaman," dedi genç kadın ve kapıyı sonuna kadar açtı.

Eve girdik. Yerde yatan küçük bir köpek bir anda uyanıp üzerimize doğru koşmaya başladı. Tamer'in arkasına girip saklandım. Bir taraftan da avazım çıktığı kadar bağırdım: "Tamer bu köpeği benden uzaklaştır."

"Gel kızım," dedi gür sesiyle bir kadın.

Köpek sahibinin sesini duyar duymaz zıplayarak yanımızdan uzaklaştı. Kadının ayaklarının önüne âdeta bir paspas gibi serilip uzandı. "Hoş geldiniz oğlum," dedi kadın iri cüssesiyle.

Tamer hemen bir kurşun gibi fırladı, kadının eline doğru uzandı. Kendisine uzatılan eli öptü, alnına koydu. "Hoş bulduk abla," dedi.

Kadın gözleriyle beni süzüyordu. Masmavi gözleri vardı. Bakışlarından korktum. Tamer hemen yanıma geldi. Beni kolumdan tutup kadına doğru çekti. "Ablamızın elini öp," dedi.

Kadının elini öptüm. "Maşallah," dedi kadın bana bakarken. "Pek de güzel bir kızmışsın. Bu kadar güzel bir kız olduğunu tahmin etmemiştim doğrusu."

"Sağ olun," dedim.

Kadın daha sonra Tamer'e dönüp manalı manalı baktı. "Bir süre burada kalabilirsiniz," dedi.

Cemo adlı kadının kırmızı tuğlalı evi iki katlıydı. Tamer ile bana üst katta bir oda verdi. O gece sabaha kadar mışıl mışıl uyuduk. Sabah olduğunda Tamer yanımda yoktu. Açlıktan midem kazınıyordu. Üstelik de bulanıyordu. Alt kata indim. Evde çalışan hizmetçi kadını gözlerim aradı. Mutfağa girdiğimde bir sandalyeye oturmuş çay içiyordu. "Evin hanımı yok mu?" diye sordum.

"Tamer Bey'le bir yere kadar gittiler," dedi.

"Nereye gittiklerini biliyor musunuz acaba?"

"Bilmiyorum; ama size kahvaltı hazırlamamı söylediler."

Kurulmuş masaya geçip oturdum. Kadın önüme bir bardak çay koyarken bana dikkatlice baktı. "Sizin aileniz var mı?" diye sordu.

Ağzıma kocaman peynir dilimini attım. Çaydan bir yudum aldım. "Evet. Ailem Ankara'da yaşıyor," dedim.

"Tamer Bey neyiniz olur?"

"Kocam."

"Maşallah," dedi hınzır bir bakış savururken.

"Size bir şey sorabilir miyim?" dedim evin hizmetçisi kadına.

"Tabii ki."

"Cemo Hanım ile Tamer Bey akraba mı?"

Kadın başını salladı. "Hiç sanmıyorum," dedi.

"Nereden tanıştıklarını biliyor musunuz?"

"Bilmem," dedi ve kestirip attı. Sonra da arkasını dönüp içeri geçti. Kahvaltımı bitirdiğimde hâlâ midem bulanıyordu. O sırada kadın içeri girdi. "Banyonuz nerede?" dedim.

Eliyle banyonun yerini gösterdi. Banyonun kapısını açıp içeri girdiğimde midemin bulantısını daha fazla bastıramayıp bütün yediğimi çıkardım. Bir hayvan gibi böğürüyordum. İçeriye çok fazla sesim gitmesin diye de ikide bir sifonu çekip duruyordum. Banyodan dışarı çıktığımda hizmetçi kadın kapıda durmuş bana bakıyordu. "Siz iyi misiniz?" diye sordu.

"Endişe etmeyin," dedim. "Bu ayki regl dönemim gecikti. Galiba hamileyim."

Kadının beti benzi attı. "Hamile misiniz?"

"Kesin bilmiyorum ama olabilirim."

"Tamer Bey hamile olduğunuzu biliyor mu?"

"Hamile olup olmadığımı henüz ben de bilmiyorum. Ama ona bugün söyleyecektim."

"Pardon," dedi kadın ve eline aldığı telefonun ahizesiyle üst kata koştu.

Bir saat sonra kapının zili çaldı. Hizmetçi kadın kapıyı açtı. Tamer koşar adım içeri daldı. "Nerede o?" diye hizmetçi kadına seslendi.

"Mutfakta," dedi kadın kısık bir sesle.

Ayağa kalktım. Tamer'in yüzündeki renk kaybolmuştu. "Hamile misin?" dedi huzursuz bir şekilde.

O anda hizmetçi kadının elinde telefon ahizesiyle yukarı kata doğru neden koştuğunu anladım. Tamer'e yapacağım sürprizi bozduğu için ona içten içe kızdım. "Galiba," dedim sevinçten olduğum yerde zıplarken.

Tamer beni kollarımdan tutup geriye doğru savurdu. Yüzüme bir tokat attı. "Nasıl hamile kalırsın?" diye sordu burnundan bir boğa gibi solurken.

O sırada Cemo Hanım içeri girdi. "Tamer oğlum kendine gel," dedi sinirli sinirli. "Sen bu kadınla sevişirken korunuyor muydun?"

Tamer gözlerini kadının o korkunç gözlerinden kaçırdı. Başını yere doğru eğdi. "Ah salak oğlum," dedi gür sesle kadın Tamer'e. "Kadınla sevişirken korunmazsan tabii ki kadın hamile kalacak. Şimdi bir çuval incirin içine ettin."

"Bakarız çaresine," dedi Tamer. "Sen kendini üzme abla."

"Bu çocuğu doğuracağım," dedim hıçkıra hıçkıra ağlarken.

Kadın yanıma sokuldu. "Ağlama güzel kızım," dedi. "Mademki bu çocuğu doğurmak istiyorsun o zaman doğurursun. Kimse sana doğurma diyemez ki."

"Sağ ol abla," dedim kadına sarılıp hüngür hüngür ağlarken. Kadın da bana bir anne şefkatiyle sarıldı. "Hamile olduğundan emin misin?" diye sordu.

"Değilim," dedim.

"Evin hemen yakınında bir hastane var. Gidip bir kan testi yaptıralım. Hamile olup olmadığından emin olalım."

"Ben götüreyim," dedi Tamer.

Cemo Hanım sert sert Tamer'e baktı. "Hayır," dedi. "Sen ve ben evde oturacağız. Evde çalışan yardımcı kadınla bir koşu gidip gelsinler."

Evin yakınındaki özel bir hastaneye gittik. Bir tüp kan verip tekrar eve geri döndük.

Eve döndüğümüzde kapıyı Cemo Hanım açtı. Yardımcısına baktı. "N'oldu?"

"Sonuç bir saat sonra belli olacak," dedi elinde tuttuğu kartviziti Cemo Hanım'a uzatırken.

Kadın eline tutuşturulan karta baktı. "Bu da ne?"

"Sonucu öğrenmek için tekrar hastaneye gitmemize gerek yok," dedi hizmetçi kadın. "Kartta yazan bu numaraya telefon açıp sonucu öğrenebilirmişiz."

Bir saat sonra Cemo Hanım telefonun ahizesini eline aldı. Kartta yazılı numarayı çevirdi.

Duyduğu haber karşısında yüzü renkten renge girdi. "Teşekkürler," dedi telefonu kapatırken.

"Hamile mi?" dedi Tamer ayağa fırlarken.

Cemo Hanım dudağını dişledi ve imalı imalı, "Gözümüz aydın ne yazık ki hamile," dedi.

Duyduğum haber karşısında sevinçten ağladım. Tamer ise deliye dönmüştü. Koltuğa bir tekme atıp evden çıkıp gitti. "Kaç aylık hamileyim?" diye sordum Cemo Hanım'a.

"Nereden bileyim," dedi kadın keyifsiz bir şekilde.

Yukarı kata çıktım. Bütün gün sevincimden ağladım. O gün Tamer eve gelmedi. Ertesi gün geldiğinde ise yanında bir adam vardı. Adam beni görür görmez baştan aşağıya dikkatlice süzdü. Bakışları hiç hoşuma gitmemişti. İlk önce Cemo Hanım'a baktı, sonra da dönüp Tamer'e. "Bu kadın mı?" diye sordu.

"Evet," dedi Tamer.

Adam bana bakıp pişkin pişkin güldü. Daha sonra da evin hizmetçisi kadına dönüp seslendi: "Hele bana bir keyif kahvesi yap kızım."

Adamın keyiflendiğini gören Cemo Hanım da hizmetçi kadına seslendi: "Bana da yap kızım," dedi.

Ne olduğuna anlam vermeye çalışırken, Tamer kolumdan tutup yukarı kata doğru sürükledi beni.

"Gel," dedi "Seninle çok önemli bir şey konuşacağım."

"Pekâlâ," dedim ve kalbim çarpa çarpa peşinden yukarı kata doğru çıktım.

"Ölümü gör Tamer," dedim. "Adam yoksa doktor mu?"

Şaşırmıştı Tamer. "Ne doktoru?" dedi.

"Yoksa bu adam çocuğumu almak için mi geldi bu eve?"

Gelip belime sarıldı Tamer. Güldü. "Hayır. Çocuğumuza kimse bir şey yapamaz. Ama," dedi.

"Ama ne?"

"Kulağını dört açıp sana söyleyeceklerimi aynen yaparsan çocuğumuzu dünyaya getirmene izin veririm."

"İzin mi?"

"Evet."

Yüzüne tükürdüm. "Seni aşağılık herif. Sen nasıl bir babasın? Bu çocuk senin de çocuğun."

Eliyle yüzündeki tükürüğü sildi. "Dua et," dedi. "Aşağıda adam var. Yoksa ağzını burnunu kırmıştım senin."

"Kır öyleyse," dedim kendimi kaybetmiş bir şekilde.

Sustu. "Bak Yeşim," dedi. "Aşağıdaki adamın kim olduğunu biliyor musun?"

"Hayır."

"Aylardır devralacağımız lokantanın sahibi olan adam bu işte. Şimdi seninle aşağıya ineceğiz. Adama şöyle diyeceksin: Tamer'in size yaptığı iş teklifine ben de evet diyorum. Bu sözü söyle ki bir an önce işimize gücümüze koyulalım."

"Tek bir şartla derim."

"Neymiş o şartın?"

"Bana söz ver. Çocuğuma dokunmayacaksın."

"Söz veriyorum sana."

Tamer'i oracıkta bırakıp merdivenlerden aşağıya doğru koştum. Adam, Cemo Hanım'la koyu bir muhabbete dalmıştı. "Pardon beyefendi," dedim. "Tamer'in size yaptığı iş teklifine ben de evet diyorum," dedim.

Adamın ağzı kulaklarına kadar aralandı. "Ben de sizi görür görmez sizin bana evet diyeceğinizi tahmin etmiştim," dedi. "O zaman şimdilik bana müsaade. Bir-iki güne kadar iş yerinde görüşürüz."

Adam ayağa kalktı. Çantasından kese kâğıdına sarılı bir şey çıkardı. Bu kese kâğıdını getirip sehpanın üzerine koydu. "Benim hakkım nerede?" dedi Cemo Hanım.

Adam güldü. "Senin kadar işinin takipçisi başka bir kadın tanımıyorum," dedi ve sağ elini ceketinin sol iç cebine sokup beyaz bir zarf çıkardı. "Burada işte," dedi.

Cemo Hanım kendisine uzatılan zarfı alıp bir sağ yanağına, bir de sol yanağına sürdü. "Allah bereket versin," dedi.

Tamer sehpanın üzerine konulan sarı kese kâğıdını aldı. İçini açtı. "Paranın hepsi burada mı?" diye sordu.

Adam, Tamer'e baktı. "İstediğin para orada," dedi. Sonra da benim yanıma gelip elimi tutu. Önümde eğildi, elimi usulca öptü. "Birkaç gün içinde sizinle görüşürüz," dedi.

Başımı evet anlamında salladım. "Görüşürüz," dedim.

Adam arkasını dönüp evi terk ederken Tamer gelip belime sarıldı. "Göreceksin," dedi. "Seninle bundan sonra paraya para demeyeceğiz."

***

Bir ay sonra...

Ben, Tamer ve Cemo Hanım akşam yemeği için sofraya oturmuştuk. Mide bulantılarım yavaş yavaş geçmeye başlamıştı. "Tamer," dedim. "Selim Bey'den hâlâ neden bir haber çıkmadı? Birkaç günün üzerinden epey bir zaman geçti."

Tamer çorbasından bir kaşık alırken Cemo Hanım'ın yüzüne baktı. Tekrar çorba kâsesine kaşığını salladı. "Küçük bir sorun çıktı," dedi Cemo Hanım.

"Sorun mu? Yoksa iş iptal mi oldu?"

"Hayır. Belediye görevlileri lokantayı mühürlemiş."

"Mühür mü?"

"Evet."

"Neden mühürlesinler ki?"

"Kaçak eleman çalıştırdıkları için."

"Neden kaçak eleman çalıştırıyorlar ki?"

Cemo Hanım yüzüme baktı. "Merak etme," dedi gevrek gevrek gülerken. "Yarın ilk iş başını yapacaksın."

"Yarın mı?" diye sordum heyecanla. "Öyleyse neden benim haberim yok?"

O sırada Tamer belinden bir tabanca çekip çıkardı. Cemo Hanım'ın önüne koydu. Gülerek, "Nasıl beğendin mi? Beretta marka bir tabanca. Bugün satın aldım," dedi.

Cemo Hanım önüne konan tabancayı eline aldı. Tabancayı avucunun içine koyup tartar gibi yaptı. "Bayağı ağırmış. Bunu nereden buldun Tamer?" diye sordu.

"Bulmadım abla, satın aldım."

"Kimden?"

"Emekli bir polis memurundan. Hem de ruhsatı bile var."

Cemo Hanım güldü. "Devlet senin gibi sabıkalı birine nasıl oluyor da silah ruhsatı veriyor?"

O anda gözlerim fal taşı gibi açıldı. "Kendi üzerime almadım abla," dedi Tamer. "Erkek kardeşimin üzerine aldık."

"Durun bir dakika," dedim şoke olmuş bir vaziyette.

Tamer yüzüme baktı. "Ne var?" dedi.

"Senin sabıkan mı var Tamer?"

Tamer dönüp bu sefer de Cemo Hanım'ın yüzüne baktı. "Ne yaptın abla sen?" diye sordu.

"Senin ne sabıkan var Tamer?" diye sordum tekrar. "Yoksa adam mı öldürdün sen?"

Tamer güldü. "Ben Allah mıyım ki can alayım? Daha önce trafik kazası yaptığım için bu devlet beni sabıkalı listesine almış," dedi.

Cemo Hanım da onun söylediğini başıyla onayladı. "Tamer'e kırk kez söyledim," dedi. "Oğlum içkili araba kullanma. Bir gün kaza yapacaksın. En sonunda da gidip birine sarhoş sarhoş çarpacaksın. Allah'tan arabayla çarptığı genç kadın şanslıymış da ölümden döndü."

"Öyleyse silahı neden aldın?" diye sordum Tamer'e. "Ben silahtan korkarım."

"Bundan sonra lazım olacak."

"Neden olsun ki? Bir lokantacıyla kim neden uğraşsın ki?"

Cemo Hanım güldü. "Kızım," dedi. "Burası İstanbul. Bu şehrin bir sürü iti kopuğu var."

"Pekâlâ," dedim Tamer'e. "Ne halin varsa gör. Ben odama çıkıyorum. Yarın kaçta gideceğiz işe?"

"Öğle üzeri," dedi.

Odama çıktım. Başımı yastığa koydum; ama her nedense içimi bir sıkıntı bastı. Yatakta bir sağa bir sola dönüp durdum saatlerce. Ruhum sanki esir alınmıştı. İçim acı acı yanmaya başlamıştı. Karnımda taşıdığım bebeğime bir şey olacağı hissine kapıldım. Tamer'den o zamana kadar beni doktora götürmesini istememe rağmen bir türlü götürmemişti. Gecenin ilerleyen saatlerinde odanın kapısı açıldı. Tamer içeri girdi. Gelip yanıma uzandı. "Tamer," dedim.

Cevap vermedi bana. Bunun üzerine tekrar, "Tamer," diye seslendim.

Yine cevap vermedi. Gözlerimi tavana asılı lambadan ayırdım. Tamer'in yüzüne baktım. Gözleri âdeta sonsuzda bir boşluğa bakıyor gibiydi. Nefesinin dışında yaşadığına dair tek bir belirti yoktu. O anda ondan korktum. "Tamer," dedim. "Sen iyi misin?"

Güldü. Sarhoş gibiydi; ama nefesinde alkol aldığına dair bir belirti yoktu. Kolumla dürttüm. "Tamer bana bak! Yoksa içtin mi sen?" diye sordum.

Tısladı. Bir cevap vermedi bana. Yataktan doğruldum. Işığı yaktım. Göz bebekleri küçülmüştü.

Üstelik yüzü de bembeyazdı. Bir ölü gibi yatakta yatıyordu. Korkudan hemen Cemo Hanım'ın yatak odasına gittim. Kapıya birkaç kez vurdum. İçeri girdim. Fakat oda boştu. Hemen aşağı kata indim. Salonun ışığı yanıyordu. Cemo Hanım deri koltuğunun üzerinde bir ölü gibi yatıyordu. "Cemo Hanım," dedim heyecanlı bir ses tonuyla.

Cemo Hanım beni duymadı bile. Yanına iyice sokulduğumda onun da yüzü bembeyazdı. Kendinden geçmiş bir haldeydi. Çıkardığı horultu sesi akordu bozuk bir enstrümanın çıkardığı kötü bir ses gibi salona yayılmıştı. O anda gözüm sehpanın üzerinde duran eğri kaşığa takıldı. Eğri kaşığın yanında da kesilmiş bir limon vardı. Kesik limonun yanında da iki tane küçük enjektör. Kendimi çok kötü hissettim. Freni boşalan bir kamyon gibiydim. Gözlerimden boşalan yaşa engel olamadım. Hüngür hüngür ağlamaya başladım. O sehpanın başında durup ne kadar süre ağladığımı bilmiyorum. O gece Tamer'in bir yönünü daha keşfetmiştim. Kocam dediğim adam eroinmandı. "Allah'ım," dedim binlerce kez hıçkırarak. "Ben meğerse kimi sevmişim?" O anda kaçıp gitmek istedim oradan. Uzaklaşmak. Tamer'in bir daha beni bulamayacağı yerlere kaçıp saklanmak istedim; ama yapamadım. Şayet karnımda taşıdığım bebeğim olmasaydı bir dakika bile orada durmazdım. Bu saatten sonra kime ve nereye gidecektim? İkinci kez kocamdan ayrılıp baba evine dönemezdim. Biliyordum; babam asla beni eve almazdı. Artık kaderimin bana oynadığı oyunu ve Tamer'i kabullenmekten başka çarem kalmamıştı. Kendimi iyice köşeye sıkışmış hissediyordum. Yüreğim iyice daralmıştı; ama o gece daralan yüreğim esas vurgunu öğle vakti yedi. O öğle vaktini hayatım boyunca hiç unutamayacağım. Kadınlığımı yitirdiğim o günü asla unutamayacağım...

***

Yeşim başını dizlerimden kaldırdı. Derin bir nefes aldı. Eli sigara paketine uzandı. Ona, "İyi misin?" diye sordum.

Titrek elleriyle sigarasını yaktı. Sigarasından derin bir nefes içine çekti. Dumanı dışarı saldı. "Değilim," dedi.

O an dikkat ettim. Sesi titriyordu. "Yeşim," dedim. "İstersen burada keselim."

Dışarıda tipi ve soğuk boş tabiata âdeta hüküm sürüyordu. "O gün benim için korkunç bir gündü," dedi Yeşim sigara dumanını ciğerlerinden dışarı salarken.

"Anlamadım," dedim gözlerimi dışarıda yağan kardan ayırarak.

"Ne garip," dedi kırık sesiyle. "Kötü anılarım sanki dirildiler ve hepsi birden beynime çullandılar. Şimdi bu gerçeği daha iyi anlıyorum."

"Hangi gerçeği?" diye sordum.

"Bugün hiçbirisinin kaybolup beni terk etmediğini anladım."

"Anlamadım," dedim ağzının içine bakarken.

"Anılarımdan bahsediyorum," dedi. "Hâlâ bugün olmuşçasına tazeler. Ben anılarımı unutmak istiyorum. Anılarım ise kendilerini unutturmamak için benimle devamlı bir savaş halinde. Anılarımla savaşmaktan yoruldum bittim artık."

"Haklısın," dedim kısık bir sesle.

"Evet," dedi masumane bir şekilde. "Ne yazık ki benim de zenginliğim bu."

"Kötü anılar nasıl zenginlik olabilir ki?" diye sordum ona.

"Öyle düşünme," dedi yeni bir sigara yakarken. "Anılar acı zenginliktir insan için. Acıda büyük gerçekler var. Bu büyük gerçekte de ne yazık ki biz varız. Biliyor musun? İnsan acı çektikçe acıya alışıyor."

Sonra oturduğu yerden doğruldu. İki parmağının arasına sıkıştırdığı sigarayı kendisine doğru çevirdi. Yanan sigaranın ucuyla kendisini gösterdi. "Şimdi bak bana," dedi. "Bu genç yaşımda acıların kadını olmama rağmen hâlâ yaşıyorum. Çektiğim acılardan dolayı öldüm mü? Ölmedim; ama ölen bir şey var. O da ruhum... Bu yaşayan bedenim seni yanıltmasın sakın. Çünkü bu beden, artık benim değil. Bir zamanlar temiz olan bu beden çoktan kirlendi. Bu beden toprağa düştüğü gün, ruhum kirli esaret günlerinden kurtulacak. Beni bir başıma özgür bırakacak."

Yeşim'e cevap vermek istedim. Fakat ona söyleyecek hiçbir şey bulamıyordum. Ne söyleyebilirdim ki? Sevdiğim kadına bu acıları, bu talihsizliği yakıştıramıyordum.

"Bu kirli beden bana benliğimi kaybettirdi," dedi Yeşim, gözlerinden bir damla yaş yanağına düşerken.

Parmaklarımla yanağına düşen yaşı sildim. Sigarasından bir nefes daha çekti. "Kim olduğumu artık çok iyi biliyorum," dedi.

"Kimsin?" dedim kül tablasını önüne yaklaştırırken.

"Haram paralı kadınlardan birisiyim. Haram bir hayatın, haram paralı bir kadınıyım ben," dedi hüngür hüngür ağlayarak.

Yeşim'le kader ortaklığımız son söylediği cümledeydi. Ben de Eliana'yı ve iki kızımı o feribot kazasında kaybettikten sonra haram bir hayat yaşamaya başlamıştım. Bomboş bakışlarını gözlerime doğru uzattı. "Şimdi de sen dalıp uzaklara gittin," dedi.

Geçmiş yıllardan kalma anılarımı aradım onun bana bakan gözlerinde; ama kendi acımdan başka bir şey görmedim. Gelip yanıma oturdu. Boş olan kolumla sardım onu. Bir zamanlar Eliana'yı sardığım gibi sıkıca sardım onu. Bir kocanın karısına sarılmasındaki içtenlikle ona sarıldım. Dudaklarını getirip dudaklarıma değdirdi. "Ellerin titriyor," dedim.

"Evet," dedi. "Titriyorlar. Titreyen sadece ellerim değil. Bütün vücudum zangır zangır titremeye başladı."

"Üşüdün mü?" diye sordum.

"Hayır."

"Neden titriyorsun o zaman?"

"Bana öyle içten sarıldın ki. Bu zamana kadar babam da dâhil olmak üzere hiçbir erkek bana böyle sarılmamıştı."

Ona doğru uzanıp dudaklarından öptüm. Geçen bunca zamandan sonra, ilk kez bir kadınla gerçek anlamda yakınlaştığımı hissettim. Bu yakınlaşmaya karşı koymadım. Daha doğrusu koyamadım. Evet. Bir fahişeye âşık oluyordum. İçine düştüğüm durumu ayıplamadım. Ona bağlanmayı kusur olarak görmüyordum. Fahişe olması da onun bir kusuru değildi. Çünkü yaşadığımız dünyada o kadar az namuslu ve dürüst insan var ki. Ve Yeşim dünyadaki o az sayıdaki dürüst ve namuslu insanlardan birisiydi bence. O anda düşündüm. Fahişe olduğu için Yeşim'i suçlayabilir miydim? Onu mu suçlamalıydım yoksa onu bu yola sürükleyen insanları mı? Ya da onu kınayıp ayıplayan bizleri mi? Onu bir fahişe olarak ayıplayanlar sanki ondan daha mı ahlaklılardı? Daha mı şereflilerdi? Daha mı namuslulardı? Sonra namus denen şey neydi? Onu para karşılığı düzmek için geneleve giden erkekler mi namusluydu? Yoksa o erkeklere sahip olan her kadına namuslu diyebilir miyiz? Yeşim gibilerin bu toplumda yaptığı bir suç varsa sonunda cezasını da kendileri çekiyordu. Onların bu hayatta kimselere bir zararı yoktu ki...

***

Konuşmamı birden kestim. Adalet Hanım şaşkın bakışlarla bana bakıyordu. "Sorduğunuz sorular," dedi düşünceli düşünceli. "Ne yazık ki bu dünyanın gerçeği. Hepimiz namus belasının içine düşmüşüz. Birbirimizi namussuz olmakla suçlayıp duruyoruz. Hâlbuki tencerenin dibi de kara, bizim içimiz de kara... İsterseniz bugünlük burada ara verelim. Anlattıklarınızdan hem siz, hem de ben çok yıprandım..."

"Olur," dedim boğuk bir sesle. "Eski kocanızın ölümüne ben de çok üzüldüm. Başınız sağ olsun..."

Adalet Hanım saatlerdir oturduğu yerden ayağa kalktı. Hafifçe geriye doğru gerindi. Kuluncunu kırdı. Bana bakıp, "Dostlar sağ olsun," dedi. "Yarın kaldığımız yerden devam ederiz..."

KARAKÖY

←

O sabah erken bir vakitte telefon numaramı yanlışlıkla arayan adama söylenerek yataktan doğruldum. Salona geçtim. Oradan da balkona çıktım. Balkona adımımı atmamla birlikte bir çift siyah uzun kuyruklu kuş gökyüzüne doğru havalandı. Başımı kaldırıp tavana baktım. Az önce uçan siyah kuşlar topladıkları çer çöple, tavanın köşeli tarafına yuva yapıyorlardı. Yüzümü acı bir tebessüm sardı. "Ey Cemil," dedim kendi kendime. "Yakında dede oluyorsun." O anda ağlamaya başladım. Ölen iki kızımı düşündüm. Şayet yaşasalardı şimdi çoktan dede olmuştum; ama o çocuk bedenleri, kara toprağa vakitsiz düşmüştü. Tıpkı Eliana'm gibi. Tekrar salona geçtim. Koltuğun üzerine yığıldım ve dakikalarca ağladım. Artık göz pınarlarım yaş üretmeyince de banyoya gidip elimi yüzümü yıkadım. Mutfağa geçtim. Çaydanlığa su koydum. Sonra ocağı ateşledim. O sırada kapının önünde bir tıkırtı duydum. Kolumdaki saate baktım. Saat sekiz buçuktu. "Nazire," diye seslendim.

Kapı açıldı. "Benim Cemil Bey."

"Bu sabah yine erken gelmişsin."

"Uyku tutmadı. Ben de kalkıp geldim."

"N'oldu? Yoksa kocanla yine kavga mı ettin?"

"Hayır, kavga etmedim. Allah sizden razı olsun Cemil Bey. O günden sonra akıllanmışa benziyor. Ailesiyle telefonda görüştü. Artık onlara para göndermeyeceğini söyledi."

"Aferin oğlana. Demek akıllandı sonunda."

"Akıllandı, akıllandı. Ailesine resti çektiğine ben bile inanamadım."

"Artık sen de çocuğun üzerine fazla gitme Nazire. Geçmişi onun başına kakma."

"Yok, Cemil Bey. Dün gece kocamla konuştuk. Şayet oğlumuz olursa adını Cemil koyacağız."

Kendimi tutamadım. Gözlerimden yaş, yine bardaktan boşalırcasına akmaya başladı. Nazire hemen yanıma yaklaştı. Kolumdan tuttu. "Kötü bir şey mi söyledim Cemil Bey? Vallahi isterseniz çocuğun adını Cemil koymayız."

Gözyaşlarımı koluma silerken bir elimle de Nazire'nin omzundan tuttum. "Hayır, kızım," dedim titrek sesimle. "Bilakis memnun olurum.

Sen benim ağladığıma bakma. Bugün biraz duygusalım."

Nazire de akan gözyaşlarını silmeye çalıştı. Acı acı güldüm. "Sen niye ağladın kız?" diye sordum.

"Ne bileyim Cemil Bey. Siz ağlayınca ben de ağladım işte."

Nazire'yi kendime doğru çektim. Alnından öptüm. "Çok iyi bir kızsın Nazire. İyi ki de Ekrem Efendi senin gibi birini bulup bana göndermiş."

"Üzülüyorum Cemil Bey."

"Neye?"

"Size."

"Bana niye üzülüyorsun kızım?"

"Ben doğum yapacağım zaman size kim bakacak? Dün gece hep bunu düşündüm. Sizi yalnız bırakmak istemiyorum."

"Sen meraklanma kızım," dedim tok bir sesle. "Elbette bana bakacak birini buluruz."

Nazire mutfakta işlere koyulurken, ben de salona geçtim. Nazire'nin bana sorduğu sorunun cevabını düşündüm. Gerçekten de Nazire gittikten sonra bana kim bakacaktı? Yeni gelecek olan kadın, Nazire gibi birisi çıkacak mıydı? Bir anda bu düşünceleri kafamdan silip atmaya çalıştım; ama yapamadım. Kolumdaki saate baktım. Telefonun ahizesini elime aldım. Gözlüğümü taktım. Kartvizitte yazan numarayı çevirdim. "Alo," dedim.

"Buyurun."

"Çetin Polat'la mı görüşüyorum?"

"Evet, benim."

"Günaydın Çetin Bey. Ben Cemil Duran. Nasılsınız?"

"Ooo," dedi polis memuru Çetin Bey. "Size de günaydın. Asıl siz nasılsınız?"

"Allah'a şükür iyiyim. Sizi bir konuda rahatsız etmiştim."

"Buyurun."

"Öncelikle size şunu sorayım. Olayla ilgili bir gelişme var mı?"

"Silahı satan emekli polisin peşine düştüm. Kendisi İstanbul'dan başka bir şehre taşınmış."

"Ben de sizi bunun için aramıştım."

"Sizi dinliyorum..."

"Yeşim yıllar önce bana hayat hikâyesini anlatırken şöyle demişti: Tamer, Selim denen adamdan aldığı paranın bir kısmıyla, emekli bir polis memurundan silah almış."

Çetin Bey sözümü kesti. "Tamer'in sabıkası olduğu için bu silahı alması imkânsız. Tamer adına kayıtlı böyle bir silah yok."

"Ben de sizi onun için aradım. Tamer o zaman silahı kendi üzerine almamıştı."

"Öyleyse kimin üzerine almış?"

"İstanbul'da yaşayan bir kardeşi varmış. Onun sabıkası olmadığı için onun üzerine almış."

"Tüh," dedi Çetin Bey. "Bunu nasıl tahmin edemedim. Tamer'in nüfus kütüğünden ailesini araştıracağım. Silahı üzerine alan kardeşinin peşine düşeceğim."

"Bir şey daha sorabilir miyim?"

"Buyurun."

"O nasıl?"

"Dün doktoruyla telefonda görüştüm. Durumu kritikmiş. Solunum cihazına bağlamışlar."

Ahize elimden yere düştü. Betim benzim attı. "Olamaz," dedim kendi kendime. Nazire koşarak yanıma geldi. "Bir şey mi oldu Cemil Bey?"

"O," dedim.

"Kim?"

"Yeşim, durumu kritikmiş."

Nazire uzanıp yerden telefonun ahizesini aldı. Kulağına götürdü. Hemen ahizeyi bana uzattı. "Telefondaki adam konuşuyor hâlâ Cemil Bey."

Ahizeyi kulağıma dayadım. "Kusura bakmayın Çetin Bey. Bir an için kendimi kaybettim. Şu anda üzüntüden kahrolmuş bir haldeyim."

"Pekâlâ," dedi Çetin Bey. "Maalesef elden bir şey gelmiyor. Sizi daha sonra ararım. Mümkünse çok fazla üzülmeyin. Sağlığınıza dikkat edin."

Telefonu kapattım. Bir süre evin içinde dolaşıp durdum. Sonra Adalet Hanım'ı telefonla aradım. "Adalet Hanım," dedim.

"Buyurun."

"Sizin için bir sakıncası yoksa geçen gün gittiğimiz Moda İskelesi'ndeki restoranda buluşalım. Kendimi çok kötü hissediyorum. Biraz temiz havaya ihtiyacım var."

"Bir şey mi oldu?" diye sordu Adalet Hanım telefonda.

"Orada konuşuruz olur mu?"

"Peki," dedi. "On iki buçuk gibi orada olacağım."

Öğlen on iki buçuk gibi Adalet Hanım'la sözleştiğimiz yerde buluştuk. Yine her zamanki gibi bakımlı ve güzel görünüyordu. Biraz olsun kafamı dağıtmak istedim. "Her zaman bu kadar bakımlı mısınızdır Adalet Hanım?" diye sordum gülerek.

Adalet Hanım hortlak görmüşçesine dikkatlice baktı bana. "Siz iyi misiniz? Telefonda sesiniz çok kötü geliyordu. Şimdi ise sizi bayağı neşeli gördüm."

"Hele oturun," dedim. "Aslında çok da iyi değilim. Yeşim'i solunum cihazına bağlamışlar. Durumu kritikmiş."

"Üzüldüm," dedi sakince. "Elden bir şeyin gelmemesi çok kötü. Kızcağız günlerdir gözünü açamadı."

"Haklısınız," dedim. "Üstelik bir de o, bu haldeyken İtalya'ya gidiyorum. Ya ben oradayken ona bir şey olursa ne yaparım? Cenazesini kaldıracak hiç kimsesi yok."

"İtalya'ya birlikte gittiğimizi galiba unuttunuz. Ben de sizinle geliyorum, hatırlıyorsunuz değil mi?"

"Biliyorum. Nasıl unuturum. Bugün ayın kaçı?"

"20 Haziran."

"Gitmemize bir şey kalmamış," dedim. "Vakit neredeyse yaklaştı."

"Heyecanlı mısınız?" diye sordu Adalet Hanım.

"Her yıl olduğu gibi."

"Ne yersiniz?" diye sordu garson.

"Metin Bey burada mı?" diye sordum garsona.

Garson ağzını büzerek masamızdan uzaklaştı. Yaklaşık beş dakika sonra garson Metin yanı başımızda belirdi.

"Ooo," dedi. "Sayın ağabeyim gelmiş. Sizi bu masadan başka bir masaya alayım lütfen."

Oturduğumuz masadan kalktık. Başka bir masaya oturduk. Otururken de Metin'in avucuna hemen bahşişini sıkıştırdım. "Ne gereği vardı. Beni utandırıyorsunuz," dedi.

"Olur mu hiç Metinciğim," dedim. "Bize geçen günkü beyaz şarabından birer kadeh getir misin?"

"Emriniz olur Cemil Bey. Hemen getiriyorum."

Adalet Hanım bakıp güldü. "Garsonu iyi bağlamışsınız," dedi.

Bu sözün üzerine ben de güldüm. "Peşin bahşiş garsonu her zaman size bağlar," dedim.

"Bundan sonra bir yere gittiğim zaman garsonlara ben de baştan bahşişi vereceğim."

"Bence iyi edersiniz," dedim Adalet Hanım'a tebessüm ederek. "Dün nerede kalmıştık hatırlıyor musunuz?"

Adalet Hanım çantasından ses kayıt cihazını çıkardı. Küçük aleti getirip kulağına dayadı. Kaseti geriye doğru sardı. Birkaç kez üst üste bu işlemi tekrarladı. Sonra cihazı getirip önüme koydu. "O gece Tamer'in eroinman olduğunu öğrenmişti Yeşim," dedi.

"Evet," dedim. "Şimdi hatırladım hikâyenin neresinde kaldığımızı. Teyp çalışıyor mu?"

"Bir saniye," dedi Adalet Hanım ve ses kayıt cihazının düğmesine bastı.

O sırada garson geldi. "Şarabınız," dedi.

Adalet Hanım teybi önüne çekti. Kapama düğmesine bastı. "Konuşmanızı böldüm," dedi garson. "Kusura bakmayın; ama ne yemek istersiniz?"

"Ağır ağır mezelerden başlayalım," dedim. "Sonra da balık söyleriz."

Garson arkasını dönüp giderken kadehimi havaya kaldırdım. "Şerefe," dedim.

"Şerefe," dedi kadehini kadehime tokuştururken. Şarabımdan büyük bir keyifle bir yudum aldım. Sonra da dün kaldığım yerden anlatmaya devam ettim:

***

O soğuk kış günü, Yeşim iki gün boyunca bende kaldı. Başından geçenleri anlattıkça ağladı, ağladıkça anlattı. Sonradan sağlıklı bir şekilde düşündüğümde şuna karar vermiştim: Yeşim, ağır bir depresyondaydı ve ben, onun o kötü günlerindeki diplomasız psikoloğu olmuştum. Yeşim sigarasını içtikten sonra başını tekrar getirip dizlerimin üzerine yerleştirdi. "Anlatacağım bu bölümü iyi dinle," dedi. "Çektiğim acıların hayatımı nasıl çirkinleştirdiğine şahit ol."

Üzüntünün verdiği bir bitkinlikle ağzımı zar zor açtım. "İstersen anlatma," dedim.

Soluğu sıklaşmıştı. Vücudu gerildi. "Dinle," dedi cılızlaşan sesiyle.

"Neyi dinleyeceğim? Nasıl bir fahişeye dönüştüğünü mü?" diye sordum içim burkularak.

"Çok acı sözler bunlar," dedi bana. "Ne yapmaya çalışıyorsun? Beni kızdırmaya mı?"

"Hayır," dedim cılız bir sesle.

"O zaman beni ağlatmaya çalışıyorsun!"

Sustum. O güzel gözleriyle bana baktı. "N'olur dinle beni," diye mırıldandı. "Dinle. Dinle ki Tanrı'nın adalet terazisinin olmadığını gör."

Sustum tekrar. Sustuğumu görünce de kaldığı yerden anlatmaya başladı:

***

Tamer'in eroinman olduğunu öğrendiğim o gece sabaha kadar uyumadım. Ben nasıl bir uçuruma düşmüştüm. Nasıl bir belaya bulaşmıştım. O geceyle ilgili hatırladığım tek şey gözyaşlarımdı. Sabah olduğunda merdiven basamaklarında bir ayak sesi duydum. Mutfaktan dışarı çıkmadım. "Nerdesin kız?" diye seslendi Tamer.

Ağzımı açıp ona cevap vermedim. Daha sonra mutfağa geldi. "Sana sesleniyorum. Niye cevap vermiyorsun?" dedi sesini yükselterek.

"Allah belanı versin senin," dedim tıslayarak.

"Bu sefer ne yaptım?"

"Daha ne yapacaksın. Bana neden uyuşturucu kullandığını söylemedin?"

Karşıma geçip pis pis sırıttı. "Sen de denemek ister misin?" dedi utanmaz bir tavırla.

"Sen ne biçim bir kocasın anlamadım ki? İnsan karısını uyuşturucuya teşvik eder mi?"

"Bırak gevezeliği," dedi. "Ben buyum kızım. İşine gelirse katlanırsın, gelmezse defolup gidersin."

"Karnımdaki çocukla nereye gidebilirim?" dedim ağlayarak.

"Babanın evine."

"Artık babamın evi yok benim için. Benim hayatımda bir tek sen varsın."

"O zaman bana dırdır etmeyeceksin. Ne söylüyorsam onu yapacaksın."

Başımı yere eğdim. Sessizce kaderime ağladım. "Kes artık ağlamayı," dedi. "Hadi hazırlan gidiyoruz. Valizini alma. Akşama gelip ben toparlarım."

Yukarı kata çıktım ağlayarak. Üzerimi değiştirdim. Çantamı koluma taktım. Aşağıya indim. Cemo Hanım sızdığı yerden kalkmıştı. "Gidiyoruz," dedi Tamer. "Hakkını helal et abla."

"Off, off! Başım çok ağrıyor Tamer," dedi Cemo Hanım.

"Dün gece o kadar almasaydın abla," dedi Tamer gülerek.

Cemo Hanım dönüp bana baktı. "Bu kız yine neden ağlamış?"

"Boş ver," dedi Tamer, kolumdan çekip kapıya doğru sürükledi beni. "Bugün, büyük bir gün bizim için abla."

Cemo Hanım'a hoşça kal bile diyemeden kendimi dış kapının önünde buldum. Tamer yoldan geçen ilk taksiyi çevirdi. Taksiye bindik. Şoför bize baktı. "Nereye gidiyoruz?" diye sordu.

"Karaköy'e sür," dedi Tamer.

"Uzak mı gideceğimiz yer?" diye sordum Tamer'e.

"Yakın," dedi bir sigara yakarken.

Taksici dönüp arkaya baktı. "İstanbul'a yeni mi geldiniz yenge?" dedi.

"Evet."

"Belli oluyor. Kurtuluş ile Karaköy arasında çok mesafe yok. Ama trafik varsa o başka. On beş dakikalık yere bir saatte gideriz."

"Kurtuluş semtini de bilmem ki," dedim.

Tamer sigarasının dumanını camdan dışarı üfledi. "İşine bak kardeşim," dedi sert bir şekilde taksiciye.

Taksici yanında oturan Tamer'e baktı. "Yengeye yanlış bir şey mi dedik ağabey?"

"Hayır," dedi Tamer. "Acelemiz var. Önüne baksan iyi edersin."

"Allah, Allah," diye mırıldandı taksici. Sonra da gaza bastı.

Karaköy'e geldiğimizde bir otoparkın önünde durduk. Taksiden indik. Çevreme bakındım.

Gözlerim bir lokanta arayıp durdu. "Lokanta nerede Tamer?" diye sordum.

Tamer taksicinin parasını ödedi. "Işıklardan karşıya gececeğiz," dedi.

Karşıya geçince dik bir kaldırıma çıktık. Dükkânın birinden içeri girdik. Dükkâncı Tamer'e baktı. "Hoş geldin ağabey, " dedi. "Size hemen yolu göstereyim." Dükkâncı masanın üzerinde duran anahtarı aldı. Dükkânın kapısını arkadan kilitledi. Büyükçe ama içi boş bir dolabı kenara itti. Sonra da Tamer'e bakıp, "Gidelim," dedi.

Şaşkın gözlerle Tamer'e baktım. "Bütün bunlar da ne?" dedim.

Tamer bileğimden tuttu. "Çok fazla soru sorma," dedi. "Beni takip et."

Yaklaşık on metrelik bir tünelden iki büklüm bir halde yürüyerek geçtik. Tünelin bittiği yerden basamakları hızlıca çıktık. Merdiven bittiğinde Tamer önümüzde duran kapının ziline üst üste birkaç kez bastı. Kapı ardına kadar açıldı. Kapıyı açan adam Tamer'e baktı. "Buyur," dedi. İçeri girdik. Oda siyah deri koltuklarla döşenmişti. Tamer'le içeri geçip iki kişilik koltuğa yan yana oturduk. Birkaç dakika sonra kapı açıldı. Selim Bey iki kadınla sarmaş dolaş içeri girdi. Kadınları yolcu ettikten sonra yanımıza geldi. "Hoş geldiniz," dedi.

"Hoş bulduk," dedi Tamer.

Selim Bey daha sonra dönüp bana baktı. "Sen nasılsın bacım?"

"Sağ olun," dedim. "Sizden tam bir aydır haber bekliyoruz."

"Kusura bakmayın. Bir takım aksilikler oldu; ama nasip bugüneymiş. Sen yeni işine hazır mısın?"

Tamer'e baktım. "Hazırız," dedim.

"Güzel," dedi. Sonra da vitrinin kapağını açıp üç tane bardak çıkardı. Boş bardakları sehpanın üzerine koydu. Vitrinde duran viski şişesini aldı. Bardaklara viski doldurdu. Viski şişesinin kapağını kapatıp viskiyi tekrar yerine koydu. Dolu viski kadehlerinden birini eline aldı. Kadehlerden birini de Tamer eline aldı. Bir tanesi sehpanın üzerinde kaldı. O sırada Selim Bey bana baktı. "Siz içmiyor musunuz?" diye sordu gevrek gevrek gülerken.

"Ben ağzıma içki koymam," dedim. "Hele bu haldeyken hiç koymam."

"Ne var ki halinizde?" diye sordu Selim Bey.

"Yakında anne olacağım," dedim. "Üç aylık hamileyim."

O anda Selim Bey öksürdü, tıksırdı. Elindeki viskiyi bir yudumda kafasına dikti. "Ne?" diye sordu şaşırmış bir halde.

Tamer'in yüzüne baktım. Selim Bey'in tepkisine hiçbir anlam verememiştim. Adam sehpanın üzerinde duran diğer viski bardağını aldığı gibi onu da fondip yaptı. "Ne? Hamile misin?" diye sordu gözleri âdeta yuvalarından fırlarcasına.

"Evet! Hamileyim," dedim.

Adam, pis pis Tamer'e baktı. "Bu kız ne diyor Tamer?" diye sordu.

Tamer gözlerini adamdan kaçırdı. "Bir çaresine bakarız ağabey," dedi fısıldayarak.

Tamer'e baktım. "Bana verdiğin sözü sakın unutma," dedim.

"Ne sözü?" dedi Selim Bey.

"Bu işi bir tek şartla kabul etti Selim Bey."

"Neymiş o şart?"

Tamer hemen söze girdi: "Çocuğuna dokunmazsak burada çalışacak ağabey."

"Her gün büyüyen bu karınla nasıl olacak?" dedi Selim Bey sinirli sinirli. "Nasıl olacağını bana açıklar mısın?"

"Sen merak etme ağabey. Bakacağız bir çaresine."

"Ne halin varsa gör; ama en kısa zamanda bu işi hallet. Yoksa ikinizin de canını yakarım."

"Karnımdaki çocuğu aldırmam," dedim ağlarken.

"Tamam," dedi Tamer. "Bakarız bir çaresine."

"Çaresi maresi yok," dedim.

"Yeter artık. Kesin tartışmayı," diye bağırarak bizi azarladı Selim Bey. Sonra da adamlardan birini bağırarak çağırdı. Bir başka odanın kapısı açıldı. Adam, Selim Bey'in karşısında hazır ola geçti. "Buyurun Selim Bey."

"Kadını aşağıya indirin. Üstüne de kıyafet verin."

"Emredersiniz Selim Bey," dedi adam. Sonra da dönüp bana baktı. "Gidelim bacı."

Tamer'e baktım. "Sen gelmiyor musun?" dedim.

Yanıma yanaştı. "Sen git," dedi. "Ben de birazdan geleceğim."

"Pekâlâ," dedim. Adamı takip ettim. Merdivenlerden aşağıya indik. Birkaç adım attık. Sonra açık olan kapıdan içeri girdik. Başımı kaldırıp çevreme baktığımda gözlerime inanamadım. Etrafımda bir sürü çıplak kadın vardı. Kimi merdivenlere oturmuş, kimi de merdivenin basamaklarına sıralanmıştı. Adamın kolundan tuttum. "Bak kardeş," dedim. "Galiba yanlış yere geldik."

Adam dönüp bana baktı. "Sen ne diyorsun bacı? Çalışacağın yer burası."

Betim benzim atmıştı. "Sen ne diyorsun? Burası benim çalışacağım lokanta değil."

"Ne lokantası?" dedi adam. "Sen kafayı mı yedin bacı?"

O anda gözlerim karardı. Evin içi bir anda karanlığa dönüştü. Kahkaha sesleri kulağımda çınlamaya başladı. Bir kadının sesini duydum: "Kızlar duydunuz mu? Bu şırfıntı lokantada çalışmaya gelmiş."

Bu sözün üzerine tekrar bir uğultu koptu. Başka bir kadının sesini daha duydum: "Yakında o da alışır," dedi.

O anda dünyam başıma geçti. Avazım çıktığı kadar bağırdım. Önümde duran sandalyeyi kaptım. Kocaman cama doğru fırlattım. Yere inen camın şangırtısını duyan herkes olduğum yere doğru koşmaya başladı. İçeride bulunan bir-iki adam üzerime doğru atıldı. Biri kolumdan yakaladı. Biri de ayaklarımdan. Beni havaya kaldırdıkları gibi yukarı kata çıkardılar. Oltaya takılan bir balık gibi ellerinin altında zıplayıp durdum. Deli insanlar gibi bas bas bağırıyordum. Beni bir odaya kapattıkları zaman, Tamer koşarak yanımıza geldi. "Tamer," diye bağırdım. "Beni bu adamların elinden kurtar. Beni bu pis yerden kurtar. Ben evime dönmek istiyorum..."

Tamer bana bir tokat salladı. Yere yuvarlandım. Sonra da patlamış bir meşin top gibi büzüldüm. "Beni bu pis yerde zorla tutamazsın," diye ağlayarak bağırdım Tamer'e.

Bu sözlerimle büsbütün deliye dönmüştü. Attığı tekme o anda gelip yerini buldu. Ağzımdan kan atmaya başladı. Ağzımın içi ılık ılıktı. Korkumdan tükürüğümü yuttum. Bir çocuk gibi kendimi savunmasız ve çaresiz hissettim. "Hâlâ beni anlamadın mı?" dedi Tamer, tepeme dikilmiş ve son bir tekmeyi yüzüme doğru sallarken.

Son yediğim tekmeyle nefesim kesildi. Kalbim durdu sanki. Karnımda taşıdığım çocuğa bir şey oldu zannettim. En son kalan gücümü toplayıp Tamer'in ayağına yapıştım. "Ne olur vurma Tamer," dedim. "Çocuğuma bir şey olacak. Ölümü gör vurma. Yeter artık. Yeter, yeter, yeter... Ne olur vurma."

"Ayağa kalk," dedi kolumdan tutup beni sürüklerken.

Ayağa kalktım. "Bana bak," dedi. "Ya şimdi soyunursun, ya da çocuğu düşürene kadar karnına tekme atarım."

"Yapma," dedim. "Bu bizim çocuğumuz."

Bir tokat daha yedim; ama sendeledim. Yıkılmadım. "Sana şimdi soyun dedim orospu."

Artık tepkisizdim. O anda sanki ruhumu kaybetmiştim. Âdeta bir robot gibiydim. Bana söyleneni tek tek yaptım. Birkaç dakika içinde üzerimde sadece sutyenim ve külotum kalmıştı. "Tamam mı?" dedim ağzımdan kan kusarken Tamer'e.

"Onları da çıkar," dedi acımasız bir şekilde.

Usulca sutyenimle külotumu da çıkardım. Bir tokat daha attı yüzüme. "Ne olursun vurma artık," dedim ruhsuz bir şekilde.

"İtiraz yok," dedi bir tokat daha atarken. Sonra da kapının önüne doluşan kadınlara ve adamlara baktı. "Bu orospuya biriniz bir kıyafet getirsin," dedi var gücüyle bağırırken.

Ayakta duracak halim kalmamıştı. Gözlerim artık hiçbir şeyi seçemiyordu. Şuursuzca etrafıma boş gözlerle bakınıp durdum. Bir süre sonra odanın içinde bir ses yankılandı. "Al bacı," dedi. "Bunu giyineceksin."

Bana uzatılan yeşil elbiseyi aldım. Üzerime giydim. Aynada kendimi gördüm. O anda ölümü bütün içtenliğimle arzuladım. "Allah'ım," dedim kendi kendime. "N'olur büyüklüğünü göster. Bana acı. Bu durumdan canımı alarak kurtar beni..."

Suratımın orta yerine bir tokat daha yedim. "Kendi kendine ne konuşuyorsun?" dedi Tamer, beni parçalamaya çalışan aç kurtlar gibi.

"Yalvarırım sana Tamer. Ayaklarının altını öpeyim. N'olur artık vurma bana," dedim hüngür hüngür ağlarken.

"Seninle hesaplaşmamız daha bitmedi orospu," dedi ve bir tokat daha salladı yüzüme. İnancım gibi var olan gücümü de iyiden iyiye kaybetmeye başlamıştım. Karyolanın yanına düştüm. İlginçtir; artık duyduğum acıyı hissetmiyordum. Ağrılar, sızlamalar, dayak ve korku vücudumu ateş yuvası haline getirmişti. Kapının önünde duran herkes çil yavrusu gibi bir anda dağıldı. İçeri Selim Bey girdi. Beni kan revan içinde görünce Tamer'e soran gözlerle baktı.

"Dik başlılığının cezasını çekiyor ağabey," dedi Tamer kızgın bir şekilde.

"Tamam da oğlum. Kızı komaya sokmuşsun. Bu kadar dayak atılır mı?"

Selim Bey yanıma yanaştı. "Bak kızım," dedi. "Kabul etsen de etmesen de bu evde çalışacaksın. Tamer ile Cemo Hanım'a senin için dünya kadar para ödedim."

Selim Bey'in bacaklarına kollarımla sarıldım. "Sizin ananız, bacınız yok mu? Bırakın beni de gideyim. Bu gencecik hayatımla ne olur oynamayın," dedim.

"Eee, yeter artık," dedi Selim Bey ayağını, kollarımın arasından çekip kurtarırken. "Ben gidiyorum. Ne halin varsa gör."

Tamer'e baktım. "Bu temiz beden senin," dedim. "N'olur bu bedeni başkalarının kirletmesine izin verme. Karnımda taşıdığım çocuğun alnına kara leke sürme. Benim gençliğimi ve hayallerimi yıkma."

"Eee," dedi Tamer. "Kes tıraşı. Sonra da kapıyı üzerime çekip çıktı."

Bir saat sonra birkaç adam odaya girdi. Beni alıp arka kapıdan dışarı çıkardılar. Sonra da merdivenlerden çıkarıp bir odanın içine hapsettiler. "Burası da neresi?" diye sordum kan kusarken.

"Bundan sonra burada kalacaksın. Artık burası senin yeni evin," dedi adamlardan birisi. Sonra da kapıyı çekip üzerime kilitledi.

Tam üç hafta o odada kilitli tutuldum. Günde iki kez bir adam yanıma uğruyordu. Bana yemek getiriyordu. Sonra bir gece Tamer odaya geldi. Kafası bir dünyaydı. Belli ki yine eroin almıştı. "Bak," dedi. "Artık yüzündeki morluklar iyileşti. Yarın aşağıya ineceksin ve sesini çıkarmadan çalışacaksın. Yoksa karnındaki bebeğe zarar veririm."

Sustum. Suskunluğum onu rahatsız etmiş olacaktı ki, parmaklarını getirip saçıma doladı. Sonra da beni kendisine doğru çekti. "Beni anladın mı?" dedi.

Korkmuştum. Korkudan başımı salladım. "Vurma," dedim.

Belimden tuttu. Beni kendisine doğru çekti. Nefesini kulaklarımda hissedebiliyordum. "Canım benim," dedi. "O gün ellerim kırılsaydı da keşke sana hiç vurmasaydım."

Korkudan sesimi çıkaramadım. Bir eliyle belimi sıktı, öteki eliyle de kemerini çözdü. Bir süre sonra çıplak vücudu vücuduma değdi. Beni belimden tuttuğu gibi yatağa sırt üstü yatırdı. Külotumu çıkardı. Cinsel organını getirip içime soktu. Üzerimde bir hayvan gibi inliyordu. O anda içimden ağlamak geldi; ama artık akıtacak gözyaşım kalmamıştı. Çektiğim o acıları unutmuş, yarınları düşünüyordum. Tamer o gece benimle olan işini gördükten sonra hiçbir şey söylemeden çekip gitti. Sabah olduğunda gençten bir oğlan odaya girdi. Elinde birkaç tane kıyafet vardı. "Bugün aşağıya iniyorsun. Bu kıyafetlerden hangisini giyinmek istersin?" diye sordu.

Genç oğlanın yanına sokuldum. "Yalvarırım sana," dedim. "Senin de bacın var. Bırak da buradan kaçayım."

O anda kapının önünde üç tane iriyarı adam belirdi. İçlerinden birisi bağırdı: "Hadi be kadın. Bırak oyalanmayı. Yoksa senin buracıkta kemiklerini kırarım."

Korkudan ağzımı bile açamadım. Sustum. Kırmızı bir elbiseyi aldım. Giydim. Aynada kendime baktım. Tam bir orospu gibi olmuştum.

Göğüslerim yarıya kadar dışarıda, bacaklarım ise açıktaydı. Beni kolumdan tuttukları gibi sürükleyerek aşağı kata götürdüler. Aşağı katta duran adam yanıma geldi. "Geç şurada dur," dedi. "Diğer kadınların ne yaptıklarını iyi gözle."

Geçip bir köşede durdum. Dış kapının önünde toplanan erkeklere baktım. Onlardan birkaç tanesi bana dikkatlice bakınca gözlerimi kaçırdım. Yere baktım. Birkaç dakika sonra yanıma hiç tanımadığım bir adam geldi. "Seninle yukarıya çıkalım," dedi.

Kapıda duran adam hemen yanımıza geldi. "Beyefendi," dedi. "Güzel bayan henüz mesleğe yeni başladı. Bu yüzden onunla olan pazarlığı benimle yapacaksınız."

"Kadının fiyatı ne kadar?" diye sordu adam.

"Gördüğünüz gibi kızımız bir içim su. Fiyatı biraz pahalıdır."

"Ne kadar fiyatı?" dedi adam sert bir ses tonuyla.

"Üç yüz milyon lira."

"Tamam," dedi adam. "Parayı yukarıda öderim."

Kapıda duran adam bana baktı. "Hadi, daha ne duruyorsun?" dedi. "On üç numaralı odaya çık."

Ayaklarım titreyerek merdivenlerden yukarı kata çıktım. On üç numaralı kapının önüne geldiğimizde durduk. Ayaklarımdan başlayan titreme vücuduma dalga dalga yayılmaya başladı. Karnımda taşıdığım bebeğimi düşündüm. Kapıyı açtım. İçeride kocaman bir yatak vardı. O sırada yanımıza orada çalışan bir oğlan geldi. "Abla, bir isteğiniz var mı?" diye sordu.

Oğlanın suratına boş boş baktım. "İçeri girelim," dedi arkamda duran adam.

İçeri girdik. Adam geçip yatağın kenarına oturdu. Bense kapının önünde hâlâ ayakta dikilmiş duruyordum. Adam ayağa kalktı. Bana doğru birkaç adım attı. Elini ceketinin cebine götürdü. Cüzdanını çıkardı. Cüzdanından bir miktar para çıkardı. "Alın şu parayı," dedi.

Paraya baktım. "Bu kirli parayı alamam. Sizinle sevişemem," dedim kısık bir sesle.

Bu sözlerim üzerine adam bana baktı. "Seninle sevişmeyeceğim; ama bir çayını içeceğim. Şimdi bize bir bardak çay söyle."

Adamın sözleri beni şoke etti. "O zaman," dedim. "Neden bu parayı bana veriyorsunuz? Bir bardak çay için mi?"

"Çay söyle," dedi gür bir sesle.

Adamın gözlerinin içine baktım. Elimle yanağıma düşen bir damla yaşı sildim. "Kusura bakmayın," dedim. "Çayı nasıl isteyeceğimi bilmiyorum."

Adam bu sözlerim üzerine güldü. "Şimdi kapıyı aç," dedi. "İki bardak çay istiyorum diye seslen."

Adamın söylediği şeyi yaptım. "On üç numaralı odaya iki bardak çay istiyorum," diye bağırdım. Yaklaşık iki dakika sonra kapı çaldı. "Buyurun," dedim.

"Çayınızı getirdim," dedi çaycı oğlan.

"İçeri gir," dedim.

Çaycı oğlan içeri girdi. Çayları bıraktığı gibi odayı hemen terk etti. Yatağın kenarına geçip oturdum. Adam da karşımdaki sandalyede oturuyordu. "Bu iyiliği bana neden yapıyorsunuz?" diye sordum.

"Bu evde ilk gününüz mü?" dedi.

"Evet," dedim elimde tuttuğum çay bardağına bakarken.

"Acıdım size," dedi adam çayını yudumlarken.

"Sağ olun," dedim ağlayarak. "Allah sizden razı olsun. Eğer benimle sevişmek isteseydiniz kendimi öldürürdüm."

Adamın gözleri yuvasından fırlayacak gibi oldu. "Öldürür müydünüz?"

"Evet."

"O zaman neden burada çalışıyorsunuz?"

"Kocam zorla getirdi. Karnımda bir çocuk taşıyorum."

Adam çayından tekrar bir yudum aldı. "Hislerimde yanılmam," dedi adam. "Hamile olduğunu hissettiğim için size o parayı karşılıksız olarak verdim."

Adam gerçekten de bana elini sürmedi. Yaklaşık yarım saat oturdu ve çekip gitti. On üç numaralı kapının önüne çıktığımda karşı odanın içinden bir adamla bir kadın çıktı. Kadın gözlerini dikmiş bana bakıyordu. Adam eğilip kadının yanağından öptü. "Yine görüşeceğiz seninle güzelim," dedi kadına arkasını dönüp giderken.

Kadın hâlâ bana bakıyordu. "Yine beklerim yakışıklım," dedi adama umursamaz bir tavırla. Adamı yolcu ettikten sonra yanıma yaklaştı. Kadının masmavi gözleri vardı. Bir an için o keskin bakışlarından ürktüm. Bir adım geriye doğru attım. "Sen şu yeni gelen kız mısın?" diye sordu.

"Hangi kız?" dedim şaşkınlıkla.

Kollarımdan tuttu. Beni odanın içine doğru çekti. "Şu şapşal olan kız," dedi.

Şaşkınlığım iyice artmıştı. "Şapşal mı?"

"Evet. Adın ne senin?"

"Yeşim. Söyler misin bana?" dedim. "Neden şapşalmışım?"

"Geç karşıma otur," dedi kadın sandalyeyi çekip otururken.

O anda bana söyleneni yaptım. Yatağın kenarına geçip oturdum. Kadın elinde tuttuğu sigara paketinin içinden bir adet sigara çekip çıkardı. Bana uzattı. "Yak," dedi

"Sigara içmem ben," dedim.

Bu sözlerim üzerine kadın sigarayı kendisi yaktı. Derin bir nefesi içine çekti. Sonra da dumanı ciğerlerinden dışarı saldı. "Yakında içersin," dedi.

"İçmem," dedim tok bir sesle. "Tamer yola gelecek. Beni buradan kurtaracak."

Kadın bana baktı. Güldü. "Tamer," dedi. "Senin geçenlerde ağzını burnunu kıran şu herif değil mi?"

Başımı yere doğru eğdim. "Kocam olur kendisi," dedim. "Karnımda onun bebeğini taşıyorum."

"Ah," dedi kadın. "Biz kadınları mahveden şey, şu koca görünümlü adamlar. Onlara güvenirsin, sonra da kendini genelevde orospu olarak bulursun."

Kadının söylediklerini kabul etmek istemedim. "Tamer öyle biri değil," dedim.

Kadın ayağa kalktı. Başıma dikildi. Sonra da sesini yükseltti: "Sus! Seni aptal," dedi. "Hâlâ gerçekleri görmüyor musun? Şu aynada kendine, üzerindeki kıyafete bak. Bakınca ne görüyorsun?"

Başımı utancımdan yere doğru eğdim. "Gözlerini benden kaçırma," dedi hiddetle. "İstersen ben sana karşımda duran kadının kim olduğunu söyleyivereyim. Sen artık bir orospusun! Benim gibisin... Bizim gibisin... Bu evdeki her kadın gibisin... Bu evde kimsenin birbirinden farkı yok."

"Ben orospu değilim," dedim kadına, kendimi yatağa atıp hüngür hüngür ağlarken. "Ben orospu değilim... Ben orospu değilim..."

Kadının bana söylediklerini artık duymuyordum. Tek duyduğum, hıçkırık seslerimdi. Kadın gelip yanıma oturdu. Elini saçlarımın arasında gezdirdi. "Bak güzel kızım," dedi. "Ben de buraya ilk düştüğümde senin gibi bir ay parçasıydım. Güzelliğim dillere destandı. Neredeyse İstanbul'un bütün erkekleri benimle olmak için sıraya girmişlerdi. Bense âşık olduğum adamın bana ettiği kötülüğü çok sonra gördüm. Ona olan aşkımdan gözlerim kör olmuştu. Gözlerim gerçeklere açıldığı zaman ise iş işten çoktan geçmişti. Aklım başıma geldiğinde ben artık bir fahişeydim. Yıllarca bu eve gelen aç köpeklere hizmet ettim. Hâlâ da bu yaşımda hizmet etmeye devam ediyorum. Buradan çekip gidemiyorum. Çünkü gidecek bir yerim yok artık. Burası benim evim olmuş. Tam otuz yıldır buradayım. Deyim yerindeyse üç kuruş paraya yaşamaya çalışıyorum."

"Tamer beni buradan götürecek," dedim hıçkıra hıçkıra ağlayarak. "Çocuğumu doğurup evimin kadını olacağım ben."

"Ah salak kızım," dedi. "Şimdi başını kaldırıp bana bak."

Omzumu hayır anlamında silktim. Omzumdan tuttu. Güçlü kollarıyla beni kendisine çevirdi. "Bana bak," dedi sert bir ses tonuyla.

Yaşlı gözlerimi açtım. Ona baktım. "Bu evdeki adım Alev," dedi. "Senin adın ne?"

"Yeşim," dedim kısık bir sesle.

"Gerçek ismin bu mu?"

"Evet."

"Senin adın bundan sonra kanarya olsun," dedi. "Çünkü bir kanarya kadar güzelsin."

"Bu adı istemem," dedim ağlayarak. "Ben ismimi değiştirmem. Sonra neden ismimi değiştireceğim ki?"

"Bu evde herkesin bir takma ismi vardır."

"Ben bu evde olmayacağım. Kaçıp gideceğim buralardan," dedim.

Kadın kolumu sıktı. "Bak," dedi. "Şimdi söyleyeceklerimi dinlersen iyi edersin. Sen artık buranın malısın. Bu adamların elinden kaçıp kurtulamazsın. Bu adamlar seni yaşatmazlar. Seni ilk önce öldürecek olan kişi de kocam dediğin adamdan başkası değil. Sen artık kocam dediğin adamın sermayesi oldun. Seni satarak para kazanacak. Senin buradan kaçman demek, onun parasız kalması demek. Artık o adama güvenmeyi bir kenara bırak. Bu evde geçerli bir kural varsa, o da şu: Hiç kimseye güvenmeyeceksin. Bundan sonra en büyük dostun paran, en büyük sırdaşın da toprağın olsun! Artık fahişelerin olduğu bir dünyada yaşamaya başlıyorsun. Sakın ola ki buradaki bir fahişeyle sırrını paylaşma. Seni buraya satan adama da kazandığın paranın tümünü yedirme."

Daha sonra kadın yanımdan kalktı. Karyolanın başı ucundaki sandalyeye geçip oturdu. Sigarasını yaktı. "Abla," dedim ağlayarak.

Kadın sigarasının dumanını üfledi. "Efendim," dedim.

"Burada çok kalır mıyım?"

Kadın acı acı güldü. "Sen beni dinlemiyorsun ki," dedi. "Sen artık burasının malısın."

"Böyle bir yere ait olamam ben," dedim boğuk bir sesle.

"Bunu buraya düşmeden önce düşünecektin kızım," dedi kadın.

"Buradan kurtulmamın mutlaka bir yolu olmalı abla?"

Kadın başını salladı. "Yok," dedi. "Sana buradan çıkış yolu yok artık."

"Hayır," dedim. "Bir çıkış yolu olmalı."

Kadın acı acı güldü. "Bak kızım," dedi. "Buradan senin için bir çıkış yolu olduğu zaman, bu sefer de sen çıkamıyorsun buradan."

"Sizi de mi burada zorla tutuyorlar?"

"Hayır," dedi kadın.

"O zaman burada neden çalışıyorsunuz?"

"Neden mi?"

"Evet."

Kadın güçlü bir kahkaha attı. "Şu sözümü unutma," dedi. "Irzına geçilmiş bir bedenin ruhu, sahibini hayata küskün bir insan yapar."

"Küsmek mi?"

"Hayır. Daha doğrusu ölmek. Bizler ruhu ölü olan insanlarız. Sadece nefes alıp veririz. Hayata karşı dik duramayız, devamlı bacağımızı açarız. En acı olan şeyin ne olduğunu biliyor musun?"

"Neymiş abla?"

"Sırtımız hep yer görür. Bu yüzden de bizler güzel bir gün görmeyiz."

"Abla," dedim tekrar.

"Evet."

"Karnımda taşıdığım bebeğime ne olacak? Ona bir şey olursa ölürüm ben."

Kadın ayağa kalktı. Kapının önüne gidip durdu. "Onlar bebeğine hiçbir şey yapmayacaklar; ama sen ona bir şey yapacaksın."

"Onu dünyaya getirmekten başka ne yapabilirim ki?"

"Yakında ne yapacağını göreceksin," dedi kadın ve sonra da arkasını bile bakmadan çekip gitti.

DOĞMAMIŞ BEBEK

←

O karlı kış günü, bir çırpıda her şeyi anlatıp kurtulmak isteyen bir mahkûm gibiydi Yeşim. Kendisini günahkâr ve suçlu hissediyordu. Başını dizlerimden kaldırdı. Göğsüme dayadı. Uzun kirpikleri birbirine yapışıyor, sonra tekrar açılıyor, sonra tekrar birleşiyordu. Uykuya dalacak gibiydi; ama bütün vücudu titriyordu. Titredi, titredi, titredi... Yüzüne baktım. Kireç gibi bembeyaz olmuştu. Bir ölünün yüzünden farksızdı. İnce burun delikleri küçülüp büyüyordu. Yüzünde acı çeken insanların derin çizgileri vardı. Çok geçmeden bir şeyler mırıldandı. Ama bu defa ne söylediğini anlamamıştım. "Bir şey mi söyledin? Seni duymadım," dedim.

Titreyen dudaklarını büzdü. "Allah kahretsin ki o kadın haklı çıktı," dedi titreyen elleriyle sigarasını yakmaya çalışırken. "Doğmamış bebeğim hakkında ne söylediyse hepsi tek tek çıktı. Onu doğurmayı ben istemedim."

"Nasıl olur?" dedim şaşkınlıkla. "Üzerine titrediğin bebeğini nasıl istemezsin?"

"Katilim işte," dedi bir anda hüngür hüngür ağlarken.

"Sen katil değilsin."

"Katilim, katilim, katilim... Bebeğimin katiliyim ben."

"Kendine acımasızlık yapıyorsun."

"Hayır. Ben buyum işte. Ben kendi öz evladının canına kıyan anneyim."

"Daha fazla anlatma," dedim yüreğim burkulmuş bir şekilde.

"Hayır," dedi boğuk bir sesle ve devam etti:

***

O gün o adamdan üç yüz milyon lirayı alıp aşağı kata indim. Parayı kapıda duran adama uzattım. Adam parayı elinin tersiyle itti. "Para sende kalsın," dedi. "Gün içinde kazandığınız paranın hesabını akşam yapıyoruz."

O sırada merdiven başında duran kadınlardan biri laf attı bana: "Aramıza hoş geldin."

Kapıda duran adam güldü. "Bak," dedi. "Bu işe bir kere başladın mı arkası çorap söküğü gibi gelir."

Adamın söylediklerine bir cevap veremedim; ama bir taraftan da, "Oh! Az önce hiç sevişmeden üç yüz milyon aldım. Birkaç gün daha böyle devam edersem buradan kaçmış olurum," diye kendi kendime söylüyordum. O sırada duyduğum ses düşüncelerimi bir bıçak gibi ortadan kesti. "Öyle durma," dedi kapıda duran adam.

Adama baktım. "Nasıl duracağım?" dedim sinirli sinirli.

"Sen henüz yenisin burada. Kapıya çalış."

"Kapı mı?"

"Kapı ya. Kapıdan müşteri çağır."

"Ben çağıramam," dedim. "Nasıl çağrılacağını bilmem ki."

"Ellerini kullan. Onlara gel işareti yap."

Parmağımı hafifçe havaya kaldırdım tedirginlikle. O sırada kapının önünde duran sakallı bir adam beni gördü. Yanıma geldi. "Yukarı çıkalım," dedi.

"Kaç para vereceksin?" dedim.

"Kaç para istiyorsun?"

"Üç yüz milyon lira."

Adam fiyatı duyunca gözleri âdeta yuvasından fırladı. "Ne? Ne? Ne kadar dedin sen?"

"Üç yüz milyon lira."

Adam güldü. "Sen ne yapıyorsun? Ben bu parayla buradaki bütün kadınlarla sevişirim."

Kapıda duran adam yanımıza geldi. "Bak sevgili kardeşim," dedi. "Kızımız genç ve güzel. Ayrıca bugün ilk kez işe başladı. Neredeyse hiç kullanılmamış bir kız. Şu bedenin tazeliğini ve diriliğini görmüyor musun?"

Adam baştan aşağı beni süzdü. "Yüz elli milyon," dedi.

"İki yüz milyon," dedi kapıda duran adam.

Adam tekrar bana baktı. "Peki," dedi. Sonra da adama döndü. "Kaç numaralı oda?"

"On üç numaralı odaya geç. Kızı da hemen gönderiyorum."

Adam merdiven basamaklarını ikişer ikişer atlayarak çıktı. Bense dehşet içindeydim. Az önceki adama hiç benzemiyordu. Çok güçlü ve sert bir yapısı vardı. "Daha ne bekliyorsun burada?" diye sordu kapıda duran adam. "Müşteriyi bekletme. Onlar bizim velinimetimiz."

Ayaklarım geri geri gidiyordu. Adam kolumdan tutup çekiştirdi. "Hadi," dedi. "Çabuk odana çık. Müşteri bekletilmez."

Korka korka odaya çıktım. Odanın kapısını açıp içeri girdiğimde adam soyunmaya başlamıştı. "Ne yapıyorsunuz?" diye sordum korku dolu bakışlarla.

Adam kemerini çözerken bana baktı. "Burada ne yapılıyorsa birazdan onu yapacağım."

Adam son derece kaba birisiydi. Buranın müdavimlerinden olduğu her halinden belliydi. Pantolonunu indirdi. Yanıma geldi. Elini getirip göğüslerime bastırdı. Kendimi geriye doğru ittim. Tekrar üstüme çullandı. Kendimi son bir hamleyle tekrar geriye doğru çektim. Kolumdan tutup çekti. "Gel buraya orospu," dedi.

O sırada kendimi kaybettim. Bütün gücümü toplayıp suratının ortasına bir tokat attım. Adam, şaşkın ördek gibiydi. Bana baktı. "Sen ne yaptığını sanıyorsun orospu," dedi ve suratıma bir yumruk attı.

Avazım çıktığı kadar bağırmaya başladım. Kendimi dışarıya attım. Herkes koşarak yanımıza geldi.

"Ne oldu?" diye sordu aşağıdan koşup gelen adamlardan biri.

Yere yığıldım. Burnumdan akan kanı durdurmaya çalıştım. "Adam beni yumrukladı," dedim hüngür hüngür ağlarken.

Don katına karşımda duran adam çevresindekilere baktı. "Bu orospu yalan söylüyor," dedi.

Adamlardan biri hemen araya girdi. "Ulan yavşak," dedi adama. "Kadın kendi kendini mi dövdü? Burnundan akan kanı görmüyor musun?"

"İlk önce o bana tokat attı," dedi adam.

"S.ktir git," dedi orada çalışan görevli adam. "Kızın parasını ver."

"Sevişmedik," dedi adam.

"Parayı ver. Yoksa kötü olur senin için. Şimdi bize polisi çağırttırtma."

Adam, polisin adını duyunca bir anda değişti. "Peki, peki," dedi. "Parasını vereceğim."

Adam, iki yüz milyonu ödeyip giderken arkasından baktım. "Allah senden razı olsun burnumu kırdığın için," dedim kendi kendime söylenerek. O gün burnum kırıldığı için işe devam edemedim. Hâlâ temiz bir vücuda sahiptim. Beni tekrar yukarı kata çıkardılar. Odanın kapısını üzerime kilitlediler. Dışarıdan bir doktor getirdiler. Kırılan burnumu tedavi ettirdiler. Bir hafta boyunca yemek getiren adamın dışında kimse yanıma uğramadı. Gözlerim hep Tamer'i aradı. Her geçen gün umutlu bekleyişim umutsuzluğa dönüştü. Bir hafta sonra Selim'in adamlarından birkaçı yanıma geldi. "Hadi kalk," dedi içlerinden bir tanesi. "Bir hafta yatmak yeter de artar sana."

Elinde tuttuğu elbiselerden birisini bana doğru fırlattı adam. "Çabuk giy şunu," dedi. Elbiseyi giydim. Aşağı kata indik. Yüzümde hâlâ yer yer morluklar vardı. Kapıda duran adam bana baktı. "Bak kızım," dedi. "Bugün vukuat istemiyorum. Adam gibi çalış, paramızı kazanalım."

Başımı yere doğru eğdim. "Tamer geldi mi?" diye sordum.

"Unut Tamer'i," dedi adam. "Büyük ihtimalle karısının yanına gitmiştir."

Başımı yerden kaldırıp adama dimdik baktım. "Tamer'in karısı benim," dedim. "Siz Tamerleri karıştırdınız herhalde."

Adam pis pis sırıttı. "Tamer'de karı mı yok?" dedi. "Tamer'in bir sürü karısı var kızım. Hatta bir tanesinden de oğlu var."

Duyduğum sözler karşısında dünya âdeta başıma geçti. Kulaklarım duymaz oldu. Gözlerim görmez oldu. "Ne diyorsun sen kardeş?" diye sordum.

"Bırak şimdi ne dediğimi. Kapıya çalışsan iyi olur. Burasının bir işyeri olduğunu unutma sakın. Bak! Haberin olsun. Herkes senden şikâyet etmeye başladı. Patronun kulağına giderse seni öldürür. Etini dilim dilim keser."

O sırada yaşlı bir adam yanıma geldi. "Yukarı kata çıkalım," dedi.

"Bir saniye," dedim yüzüne bile bakmadığım adama. "Tamer evli mi?" diye sordum tekrar.

Kapıda duran adam sert sert baktı bana. "Kes artık," dedi dişlerini gıcırdatarak. "Müşterinin yanında böyle şeyler konuşulmaz. Bir derdin varsa sonra gidip Tamer'e sorarsın."

Kapıda duran adam sonra dönüp müşteriye baktı. "Kusura bakmayın beyefendi," dedi. "Bu kadınları idare etmek çok zor bir iş."

Yaşlı adam güldü. "Önemli değil evladım," dedi. "Ben bu yaşıma geldim evdekini idare etmesini öğrenemedim hâlâ."

Adam yanıma sokuldu. "Hadi çıkalım kızım," dedi.

O sinirle yukarı kata çıktım. Kafam esrar içen keşler gibiydi. Dumanlıydı. Beynimde âdete küçük bir motor dönüyordu. Yaşlı adam sandalyeye geçip oturdu. Adama sert sert baktım. "Sen ne istiyorsun?" diye gürledim.

Adam bana baktı. "Sana çok para veririm," dedi.

"Ne için?"

"Ben gördüğün gibi bu işleri yapamayacak kadar yaşlıyım. Senden başka bir kadınla benim yanımda sevişmeni istiyorum. İstediğin parayı vereceğim sana."

Yaşlı adamın yüzüne baktım. "Şaka mı yapıyorsunuz?" diye sordum.

"Hayır," dedi adam ve cebinden bir tomar para çıkardı. "Burada tam bir milyar lira var. Şimdi diğer kadını bu odaya çağır gelsin."

Beynime kan sıçradı. Tamer'e olan kızgınlığımı adamdan çıkarmaya başladım. "Al şu parayı," dedim adama bağırırken. "Git kendini becer."

Adamın eli ayağı titremeye başladı. Diğer cebinden bir tomar para daha çıkardı. "İki milyar lira," dedi. "Sana başka bir kadınla sevişmen için tam iki milyar lira teklif ediyorum."

O anda kendimi iyice kaybettim. Adamın üstüne doğru atıldım. Adama gelişi güzel vurmaya başladım. O sırada adam zor bela elimden kurtulup bağırarak kendisini dışarı attı. Peşinden koridora fırladım. Adamı koridorda pataklamaya devam ettim.

***

O sırada Yeşim'e baktım ve bir kahkaha attım. Yeşim, başını göğsümden kaldırıp bana baktı. "Neden gülüyorsun?" diye sordu.

"O günü bugün gibi hatırlıyorum," dedim ona.

"Hatırlıyor musun?"

"Evet. O gün oradaydım ben."

"İnanmıyorum sana."

"Seni ilk kez işte o gün gördüm."

"Gerçekten mi?"

"Evet."

"Şaka yapıyorsun."

"Hayır. Hatta o yaşlı adam o gün sana aynen şu sözleri söyledi: Ben gördüğünüz gibi yaşlı bir erkeğim. Bu kadına hiçbir zararım dokunmadı. Sadece ondan başka bir kadınla sevişmesini istedim. Hepsi o kadar. Üstelik parasını da verecektim..."

"Evet, evet. Şimdi hatırladım. Adam böyle bir şeyler söylemişti."

"Hatta," dedim.

"Hatta ne?"

"Orada çalışan kadınlardan biri de adama dönüp şöyle demişti: Demek kuşun ötmüyor ha! Gel, bana gel. Senin için başka bir kadınla doya doya sevişirim ben."

Yeşim bir kahkaha attı. "Doğru," dedi.

"O gece düşlerime girdin işte. Ertesi gün seni görebilmek için tekrar oraya geldim."

"Gerçekten mi?"

"İnan bana. Hatta seni orada beklemek için Ceylan diye bir kadına tam iki yüz milyon lira para verdim."

"İki yüz milyon lira mı?"

"Evet. Üstelik kadınla sevişmedim bile."

"Delisin sen."

"Hayır. Deli değilim ben. Senden etkilenen yaşlı bir bunağım."

"Şimdi beni bu sözlerinle daha çok etkiledin. Bak! İşte senin yanındayım. Yoksa pişman mısın?"

"Değilim; ama tek bir şeyden pişmanım."

"Neymiş o?"

"O gün yaptığım şey çocukçaydı."

Göğsümden başını kaldırıp bana baktı Yeşim. "Ne yaptın ki?"

"O sözü söylememeliydim sana. Hayatına mal olabilirdi."

"Hangi sözü?"

"Hatırlamıyor musun?"

"Hayır."

"Şu sözü: Ben birazdan bu kapıdan çıkıp gittikten sonra ne yapacaksın? Buraya gelen erkekler bir kadınla seks yapmak için geliyor. Bu adamlar oturup senin hikâyeni dinlemek için sana para ödemezler."

"Şimdi hatırladım."

"Sonra da jiletle bileğini kestin. Allah göstermesin ölebilirdin."

"Ölmedim işte; ama ondan sonraki birkaç gün içinde bir nevi öldüm."

"Nasıl?"

"Bir bardak çay istiyorum," dedi uzandığı yerden doğrulurken.

Ben de doğruldum. "Getireyim," dedim.

Mutfağa girdiğimde Yeşim de arkamdan geldi. Boşalan bardaklara çay koydum. Yeşim de güvercine baktı. "Yaşasın," dedi çığlık atarak. "Yaşayacak."

Yüzündeki hüzün bir anda dağılmıştı. Gülmenin bir kadına ne kadar çok yakıştığını ilk kez onda gördüm. "Yaşayacak olmasına sevindim," dedim. Sonra da elimde tuttuğum çayı ona uzattım. "Salona geçelim mi?"

"Biraz mutfakta oturalım," dedi ve sonra da kaldığı yerden anlatmaya devam etti:

***

O yaşlı adamı dövdüğüm gün beni götürüp yine üst kattaki odaya kilitlediler. Yemek getiren adam bile ortalıkta gözükmüyordu. Sabaha kadar ağladım. Babama lanetler okudum. Derin düşüncelere daldım. Sonra da daldığım düşüncelerde şu gerçeği gördüm: Meğerse beni mahveden adam Tamer değil babammış. Şayet babam bana zamanında babalık yapsaydı ne Tamer gibi birine âşık olurdum, ne de şimdi düştüğüm durumda çaresizce debelenip dururdum. Ertesi gün öğle üzeri kapı açıldı. İçeri Selim'in adamları girdi. "Hazırlan aşağı iniyorsun," dedi içlerinden iriyarı olan biri. Üzerimi giyinirken sıska olan adam yanıma yaklaştı. Elini kalçalarıma attı. Kalçamı sıktı. "Bize ne zaman iyilik yapacaksın," dedi pis pis sırıtırken.

Tüylerim diken diken oldu. Döndüm. Suratına bir tokat attım. "Elini çek üzerimden," dedim dişlerimi gıcırdatarak.

Adam hâlâ karşımda durmuş pis pis sırıtıyordu. "Seni yakında adam edeceğiz," dedi. "Bundan en ufak bir kuşkun olmasın."

Daha sonra kolumdan sürüklediklerı gibi aşağı kata indirdiler. Oradan da beni on üç numaralı odaya çıkardılar. Sıska olan adam bana baktı. "Burada kuzu kuzu otur. Yarım saate kalmaz Selim Bey ofisine gelecek. Seninle ofisinde görüşecek."

İçime bir korku düşmüştü. "Hangi konuda görüşecek?" diye sordum.

Adam tekrar pis pis sırıttı. "Bilmem," dedi. "Belki de senin tadına bakmak ister."

Kapıyı üzerime çekip gittiler. Elim ayağım titremeye başladı. Hızlıca düşündüm. Bir çıkış yolu aradım. Tam da o sırada kapı çaldı. Katlarda çalışan çaycı oğlan içeri girdi. "Abla," dedi. "Yaşlı bir bunak seni görmek istiyor."

Hemen bir plan yaptım. "Gelsin," dedim.

Çaycı oğlan odadan çıkıp giderken ben de yanımda getirdiğim jileti hazırladım. Beklemeye koyuldum. Bir süre sonra odanın kapısı açıldı ve içeri sen girdin."

Güldüm. "Meğerse bu planı önceden yapmışsın öyle mi?"

"Evet. Bu yüzden kendini suçlamana gerek yok. Çok zor günler geçiyordum. Artık umudumun tükendiği yerdeydim. O gün odadan çıkıp giderken senin söylemiş olduğun o söz, bana biraz olsun cesaret verdi. Benim için zaman kalmamıştı. Kaçış yolum tıkanmıştı. Üstelik oradan kaçabilseydim kime, nereye gidecektim? Artık belirginleşmeye başlayan karnımla beni kim kabul edecekti evine? Babam mı? Annem mi? Kim? O evde her gün bir adamı döverek daha ne kadar temiz kalabilirdim ki? Tamer'in başka bir kadınla evli olduğunu ve o kadından bir çocuğu olduğunu duyduktan sonra karnımdaki bebeği bile düşünmeden ölmek istedim. Çünkü onun alnına kara bir leke sürmek istemiyordum."

"Peki," dedim Yeşim'e. "N'oldu o günden sonra?"

Çayından bir yudum aldı. "Dinle," dedi.

Sustum. Bana anlatacaklarını beklemeye koyuldum. O da başladı anlatmaya:

***

O gün senin yanında bileğimi kestikten sonra beni apar topar kaldığım odaya çıkardılar. Çevremde bir sağa bir sola koşuşturan insanlar vardı. Her kafadan bir ses çıkıyordu. Odaya Selim girdi. Adamlarına bağırdı. "Hemen doktoru çağırın," dedi. Kısa bir süre sonra doktor geldi. Koluma baktı. "Acilen hastaneye gitmesi gerekiyor," dedi.

Selim'in yüzü asıldı. Doktora baktı. "Ne gerekiyorsa burada yapın," dedi.

"İmkânsız," dedi doktor kanı durdurmak için bileğime parmağıyla bastırırken.

Selim, doktorun omzundan tutup hafifçe salladı. "Burada bir şey yapamaz mıyız?"

Doktor hayır anlamında başını salladı. Selim bunun üzerine yanında duran adamlardan birine bir tekme savurdu. "Allah hepinizin belasını versin salak herifler. Şimdi ne bok yiyeceğiz? Kızın vesikası da yok. Hastaneye gidersek karakolluk olacağız."

Doktor bileğimi kravatıyla sardıktan sonra ayağa kalktı. "Selim Bey," dedi paniklemiş bir halde. "Bir an önce karar verseniz iyi edersiniz. Bileği derinden kesilmiş. Çok kan kaybediyor. Biraz daha beklersek kadıncağız ölecek."

"Pekâlâ," dedi Selim, yanındaki adama bir tekme daha savururken. "Hemen hastaneye kaldırın. Ben de ilçe emniyet müdürünün yanına gidip bu işi tatlıya bağlamaya çalışacağım."

İki gün hastanede yattım. Sonra beni taburcu ettiler. Beni hastaneden Tamer değil Selim gelip çıkardı. Tamer hâlâ ortalıkta gözükmüyordu. Arabayla giderken Selim'e sordum: "Tamer nerede?"

"Bilmem o piçin nerede ve kimlerle olduğunu," dedi. "Parası bitince yakında düşer buralara."

"Şerefsiz," diye söylendim kendi kendime.

Selim elimden tuttu. "Bak Yeşim," dedi. "Bana çok sorun çıkarmaya başladın. Senin için dünyanın parasını Tamer'in avucunun içine saydım. Onunla da yetinmedim. İntihar olayının üstünü örtmek için dünyanın rüşvetini verdim. Bir de en iyi kızlarımı dün gece emniyet müdürünün koynuna girmeleri için gönderdim. Bana her geçen gün borcun artıyor. Yakında seni karakola çağıracaklar. Onlara aynen şöyle diyeceksin: Annem hasta. Maddi durumumuz çok kötü. Bu yüzden de çalışmam gerekiyordu. Kendi isteğimle o eve gittim. Beni almaları için yalvardım. Bunalımda olduğum için de kendimi jiletle kestim. Orada çalışanların hiçbir suçu yok. Sana söylediğim bu sözleri aynen onlara söyleyeceksin. Sonra da vesika çıkarmak için talepte bulunacaksın. Artık kaçak çalışmayacaksın. Vesikalı olacaksın."

Arabanın camından dışarı baktım. "Vesika mı?" diye sordum şaşkınlıkla.

"Evet. Ben emniyette her şeyi ayarladım. Ahlak masasından polis arkadaşlar birkaç kez fuhuştan yakalandığına dair rapor tutacak. Genelevde çalışan her kadının bir vesikası olur. Bu vesikayı da sana il fuhuş komisyonu veriyor. Bu komisyon senin kimlik bilgilerini de gizli tutuyor. Hiç kimse senin vesikalı bir fahişe olduğunu bilmeyecek."

Selim'in yüzüne korkudan bakamıyordum. Dışarıda yağan yağmur camdan aşağıya süzülürken, benim de gözlerimden akan yaşlar kalbimin acı boşluğuna doğru akıyordu. "Vesika istemiyorum," dedim.

"Ne dedin sen?"

"Vesika istemiyorum. Ben vesikalı bir fahişe olmak istemiyorum," dedim hüngür hüngür ağlarken.

Şoför dönüp başını arkaya çevirdi. Arka koltukta yanımda oturan Selim, şoföre baktı. "Önüne bak aptal adam," dedi. Sonra da omzumdan tutup beni salladı. "Bana bak," dedi. "Az önce ne söyledin sen?"

Vücuduma bir titreme indi. Korkudan çenem kilitlendi. Cevap veremedim. Selim saçımdan tutup yüzümü kendisine doğru çevirdi. Bir tokat attı. "Sana bir soru soracağım?" dedi. "Bugüne kadar evde hiçbir müşteriyle birlikte oldun mu?"

Korkudan konuşamıyordum. Başımı hayır anlamında salladım. Elimi karnıma götürüp bastırdım. "Çocuğunu mu doğurmak istiyorsun?" diye sordu Selim sakince.

Çocuk lafını duyunca biraz olsun gücümü toparladım. Korkumu bastırmaya çalıştım. "Evet," dedim.

"Tamam," dedi elimi tutarken. "Çocuğunu doğurabilirsin ama benden günah gitti. Bundan sonra olanlardan sen sorumlu olacaksın." Sonra da şoförüne dönüp seslendi: "Ofise gidiyoruz."

O dik merdivenlerden çıkıp ofise girdiğimizde Selim bütün adamlarını odadan kovdu. Bana baktı. "Geç otur şuraya," dedi sert bir ses tonuyla.

Korkudan bana söyleneni yaptım. Geçip deri koltuklardan birine oturdum. Selim yağmurda ıslanan ceketini çıkardı. Masanın üzerinde duran viski şişesini aldı. Şişeyi başına dikti. Geçip karşıma oturdu. Bana pis pis baktı. Sonra yerinden doğruldu. Odasına girdi. Kapıyı kapattı. Beş dakika sonra odadan dışarı çıktığında içeri iki adamı girdi. Adamlarıyla göz göze geldi. "Kollarından tutun," dedi.

"Ne yapıyorsunuz?" dedim korkudan ağlarken.

İri yarı olan iki adam beni tuttukları gibi deri koltuğun üzerine yatırdı. Selim viski şişesini yine kafasına dikti. Bıyıklarının üzerine düşen viski damlalarını eliyle sildi. Adamların kolları arasında ağa takılan bir balık gibi çırpınmaya başladım. "Yapmayın," dedim hıçkıra hıçkıra ağlayarak.

Boynuna takılı olan kırmızı kravatı çıkardı. Kravatla ağzımı bağladı. Artık sesim de çıkmıyordu. Tek yaptığım şey ağlamak ve çırpınmaktı. Eliyle pantolonumun düğmesini açtı. Pantolonumu yarıya kadar sıyırdı. Külotumu bir köpek gibi parçaladı. Sonra kendi pantolonunu aşağıya indirdi. Bütün gücümle çırpınmama rağmen âdeta bir kaya gibi yerimde duruyordum. İri yarı olan iki adam üzerimde ağırlık yapmış beni hareketsiz bırakmışlardı. Selim üzerime doğru eğilince gözlerinin içine baktım. O sırada yüzüme bir tokat attı. Başım sol tarafa düştü. Başımın sol tarafa düşmesiyle birlikte içimde kocaman bir şey hissettim. Başımı düşen taraftan çevirmedim. Gözyaşlarımın deri koltuğa bir yağmur damlası gibi süzülüşünü izledim. Gözyaşlarım deri koltuğun üzerinde kendisine bir yol bulmuş akarken, artık benim yolumun kapandığını ve karardığını hissettim. O şeyi içimde hissedince boş yere çırpınmalarım son buldu artık. Bir ölü gibi tepkisizdim. O şey içime girip çıkarken, o anda ruhumun an be an içimden çekildiğini hissediyordum. Gözlerimi yumdum. Hayata karşı kulaklarımı kapadım. Öylece oracıkta et yığını halinde yatıyordum. Adamlar tepkisiz kaldığımı görünce üzerimden kalktılar. Selim'den sonra iriyarı olan adamlardan biri bu sefer bacak arama girdi. Bir hayvan gibi üzerimde inleyip bir süre sustuktan sonra, diğer hayvan adam gelip bacak aramda bir kurt gibi ulumaya başladı. Sonra da beni kolumdan tuttukları gibi götürüp her zaman tutulduğum odama kapattılar. Yaşadıklarımı kötü bir rüya gibi görmeye başladım. Karnımda taşıdığım çocuk o anda siyah bir perdenin arkasına kaçıp benden saklanmıştı sanki. Saklanırken de benden bir şey istiyor gibiydi. İçimi kemiren şüphe o andan sonra beni boğmaya başladı. Hiçbir şey düşünemiyordum artık. Düşünmeye bile gücüm kalmamıştı. Sadece bir ara aklıma bundan sonraki günlerde ne yapacağım takıldı. Sonra içimdeki şüphe tekrar filizlendi. Kendimi çamura bulanmış çakıl taşı gibi görmeye başlamıştım. Sonra o düşünceden kurtulup kendimi karanlık bir tünelin içinde tek başıma yürürken buldum. Derken karanlık tünelin ucundan bir kapı açıldı bana. Kapının önünde babam belirdi. Babamı gördüm. Babamı görürken de müştemilatta hapsedildiğim günler gözümün önünde belirdi. Meğerse müştemilatta tutulduğum o günler, içinde bulunduğun bu günlerden daha az acı vermiş bana. O anda her şey bitmişti benim için. Ben artık kırık bir tastan başka bir şey değildim. Hayatın kalın duvarı üzerime yıkılmıştı. Beni ve karnımda taşıdığım çocuğu öldürmüştü. Sabaha kadar gözüme uyku girmedi. Gözlerimi tavandan alamadım. Başımı yere eğip karnımdaki çocuğa bakamadım. Çocuğumun alnıma çaldığım kara lekeyi yüzümde görmesini istemedim. Sabah olup üzerime kilitlenen kapı açıldığında, Selim içeri girdi. "Bugün nasılsın?" diye sordu kısık bir sesle.

Ağladım. Ona bir cevap vermedim. "Dün gece sabaha kadar uyuyamadım," dedi Selim, gözleri buğulanırken. "Dün sana yaptıklarımdan dolayı çok pişmanım. N'olur beni affet."

Gözlerimi tavandan ayırmadım. Gözlerimden süzülen iki damla yaş yanaklarımdan akmaya başladı. "Bana bir doktor bulun," dedim kararlı bir ses tonuyla.

"Doktor mu?" diye sordu şaşkınlıkla.

"Evet," dedim. "Artık karnımda taşıdığım bu çocuğu istemiyorum. Bu çocuğun bugün alınmasını istiyorum."

"İyi düşündün mü? İstersen onu hâlâ doğurabilirsin. Gerekirse benim evimde kalırsın."

"Yalnız sizden bir şey istiyorum," dedim yüzüne bile bakmadan.

"Neymiş o?"

"Çocuğu aldırana kadar beni çalışmaya zorlamayın."

"Söz sana," dedi. "Seni zorla çalıştırmayacağım. Ama bir kez daha sana soruyorum. Karnındaki çocuğu aldırmak istediğinden emin misin?"

"Doktoru bekliyorum," dedim gözlerimi tavandan almayarak.

O gün doktor geldi. Beni muayene etti. "Bu bebek alınma dönemini çoktan geçmiş," dedi. "Ben böyle bir riske giremem. Kadına bir şey olursa mesleki hayatım biter."

Selim bana baktı. "Doktoru duydun. Yapacak bir şey yok."

"Var," dedim kararlı bir ses tonuyla. "Bu iş için kaç para istiyorsunuz doktor bey?"

"Mesele para değil," dedi doktor.

"Bütün mesele para," dedim. "Şimdi söyleyin bana? Bu iş için kaç para istiyorsunuz?"

Doktor, daha önceden tanıştığı Selim'e baktı. "Selim Bey'in hatırı için yapabilirim. Ama size biraz pahalıya mal olur," dedi.

Selim'e baktım. "Ona istediği parayı şimdi ödeyin. Bu evde çalışıp size daha sonra borcumu öderim. Bu çocuk kesinlikle bugün alınacak."

Daha sonra doktorun bana verdiği hapları içtim. Beklemeye koyuldum. Gecenin bir yarısı karnıma bir ağrı saplandı. Bacak aramdan kan akmaya başladı. Banyoya koşana kadar bacak aramdan bir şey kayıp düştü. Yere doğru baktığımda bir erkek çocuğu yerde yatıyordu. O anda düşüp bayıldım. Gözlerimi açtığımda Selim Bey'in evinde yatıyordum. Doktor da başımda bekliyordu. Düşürdüğüm çocuğum gözümün önünden bir an olsun gitmiyordu. Günlerce ağladım, ağladım, ağladım... Kendimden artık nefret ediyordum. İçimdeki bu nefret bir intikam duygusuna dönüştü. O saatten sonra yapmak istediğim tek şey, kendimden intikam almaktı. Bunun için de atmam gereken adımı birkaç gün sonra attım. Beyoğlu'ndaki karakola gittim. Vesika almak için müracaat ettim. Karakoldakiler bana ertesi gün öğle üzeri gelmemi söylediler. Bir gün sonra tekrar karakola geldiğimde seni orada gördüm.

***

O anda sustu Yeşim. Uzandığı yerden doğruldu. Sehpanın üzerinde duran sigara paketini aldı. Bir sigara yaktı. İçine çektiği dumanı havaya doğru üfledi. Daha sonra da, "Sana bir şey sorabilir miyim?" dedi.

"Elbette ki," dedim. "İstediğin soruyu sor."

"O gün seni neden karakola çağırmışlardı?"

"Bilmem," dedim. "Beni telefonla arayıp karakola çağırdıklarında ben de şaşırmıştım. Herhalde onlara kapıda duran bekçi telefonumu verdi. Çünkü o gün ne olur ne olmaz diye ben oradayken telefonumu almıştı bekçi. Peki, ben sana bir şey sorabilir miyim?"

"Sor."

"O vesikayı çıkarmak zorunda mıydın?"

"Bilmem," dedi gözleri buğulanırken.

"Sen de şu gerçeği çok iyi biliyorsun ki bu işten vazgeçebilirdin. Hazır Selim olacak it herif de sana yaptıklarından dolayı pişmanlık duymuşken."

Sustu. Sigarasından derin bir nefes aldı. "Hayır," dedi. "En büyük orospuluğu dört aydır karnımda taşıdığım çocuğuma karşı yaptım. Onu öylece yerde cansız yatıyor görünce, ben, ben olmaktan vazgeçtim artık."

"Şimdi merak ediyorum. Karakolda karşılaştığımız o günün gecesi bana neden geldin? Üstelik beni o zamana kadar hiç tanımıyordun."

"Yalnızlıktan. Sessiz çığlığıma bir fısıltı olmanı istedim. O gece seninle ne hakkında konuştuğumuzu bile hatırlamıyorum. Şimdi dönüp geriye baktığım zaman meğerse çok büyük bir bunalım geçiriyormuşum. Birinin bana sarılmasına ihtiyacım varmış. O gün karakolda seni kendime yakın bulmuştum. O gece ilk kez senin yanında birkaç saat deliksiz uyudum. Sabah erkenden de sessizce kalkıp kaçtım bu evden."

"Sonra ne oldu peki?" diye sordum meraklı bir şekilde. "O günden sonra aylarca neden ortalıkta gözükmedin?"

"Onu da anlatacağım sana," dedi. "Şimdi biraz uyumak istiyorum. Nasıl olsa birkaç gün daha senin misafirin olarak bu evde kalacağım..."

***

"Bu anlattıklarınız çok korkunç şeyler," dedi Adalet Hanım bana. "Evladını kaybetmiş bir anne olarak Yeşim'in yaşadıklarına inanamıyorum."

"Ben de ilk başlarda Yeşim'in bu anlattıklarına inanamamıştım; ama daha durun! Hikâyenin devamı var. Bundan sonra dinleyecekleriniz tüylerinizi diken diken edecek."

"Şimdiden düşünmeye başladım," dedi Adalet Hanım.

"Neyi?"

"Bu hikâyeyi romanlaştırdığım zaman kitabın adını ne koyacağımı. Şimdi siz benim yerime kendinizi zorlayın biraz. Siz olsaydınız bu kitabın adını ne koyardınız?"

Başımı ellerimin arasına aldım. Parmaklarımı alnımda bastırarak gezdirdim. "Herhalde," dedim. "Sizin yerinizde ben olsaydım bu kitabın adını SEVMEK ZORUNDA DEĞİLSİN BENİ koyardım."

"SEVMEK ZORUNDA DEĞİLSİN BENİ mi?"

"Evet."

"İlginç," dedi Adalet Hanım şarabını yudumlarken.

"Peki," dedim Adalet Hanım'a. "Şimdi ben size bir soru sorabilir miyim?"

"Buyurun! Sorun," dedi.

"Bu kitabın sonu nasıl bitecek?"

Adalet Hanım ince olan kaşlarını havaya kaldırdı. Bir gözünü kırptı. "Hıım," diye bir ses çıkardı. Sonra da, "Henüz kitabın sonunu düşünmedim; ama umarım Yeşim de sizin gibi hayata tekrar tutunur da, sizinle Yeşim'i mutlu bir sonla baş göz ederim."

Güldüm. O anda içime bir umut ışığı doğdu. Yeşim'in hastaneden taburcu olduğu gün gözümün önüne bir film karesi gibi gelip oturdu. O keyifle şarabımdan bir yudum aldım. Adalet Hanım'a baktım. "İnşallah her şey bizim için mutlu sonla biter," dedim.

Adalet Hanım elinde tuttuğu şarap kadehini havaya kaldırdı. "Sizin aşkınızın başlangıcı olan Yeşim'in şerefine içelim," dedi.

Bu söz üzerine şarap kadehimi büyük bir keyifle havaya kaldırıp, Adalet Hanım'ın kadehine tokuşturdum. "Yeşim'in şerefine," dedim.

Adalet Hanım kadehini dudaklarına götürürken güldü. Şarabımdan bir yudum aldım. "Adalet Hanım," dedim.

"Efendim."

"Sizinle İtalya'ya gitmemize sayılı günler kaldı."

"Evet," dedi.

"Size anlatacağım hikâyenin geri kalanını izninizle yarın bitirmek istiyorum."

"Bu aceleniz de ne Cemil Bey?" dedi Adalet Hanım.

"Bu iki haftalık süre zarfında artık biraz dinlenmek istiyorum. İşin doğrusu, size anlattığım bu hikâyenin bana bu kadar acı vereceğini tahmin etmemiştim. Biraz yorulduğumu hissediyorum."

"Hay, hay," dedi Adalet Hanım. "Ben de sizi yorduğumun farkındayım. Benim için bir sakıncası yok. Yarın sabah saat on gibi evinize gelirim."

"Tamam," dedim. "Vizenizden ne haber? Umarım İtalyan konsolosluğu bir zorluk çıkartmamıştır size."

"Hayır. Hiçbir sorun olmadı. İtalya başkonsolosu arkadaşım olur. Hatta oraya gitmeme bile gerek kalmadı. Birkaç güne kadar vize damgası pasaportuma vurulmuş olur."

"Güzel," dedim. "Yanınıza bol bol kıyafet almayı unutmayın. Çünkü bu mevsimde havalar bayağı sıcak oluyor."

"Alırım," dedi Adalet Hanım. "Siz beni hiç merak etmeyin."

"Şimdi müsaadenizle hesabı isteyip kalkalım."

"Unutmayın," dedi Adalet Hanım bana bakıp gülerken. "Bugün bendensiniz. Hesabı ben ödüyorum."

"Pekâlâ," dedim gülümseyerek. "Bugün hesaplar sizden..."

ÇARK

←

Ertesi gün saat on gibi Adalet Hanım çıkıp geldi. Nazire, her zamanki gibi kahvesini ve sıcak sütünü getirdi. "Siz gelmeden az önce hastaneyi aradım. Yeşim'in durumu iyiye doğru gidiyormuş," dedim Adalet Hanım'a bir çırpıda.

"Hadi gözümüz aydın," dedi. "Ben size ne demiştim? Çıkmayan candan umut kesilmez."

O sabah keyifliydim. Yeşim'in iyileşip bu eve geleceği günü hayal ettim. "Hazır mıyız?" diye sordu Adalet Hanım.

Adalet Hanım'a baktım. İstemeyerek de olsa başımı salladım. "Anlatmaya başlayayım," dedim.

"Bugün sizi keyifsiz mi görüyorum Cemil Bey?"

"Hayır," dedim yalandan. "Bunu da nereden çıkardınız?"

"Bilmem," dedi. "Bugün sanki anlatmaya pek de istekli değil gibisiniz."

"Yoo," dedim. "Anlatmaya istekliyim de, bundan sonra anlatacaklarım sizi biraz üzecek. Tıpkı Yeşim'i dinlerken benim üzüldüğüm gibi."

"İsterseniz şimdi anlatmayın."

Adalet Hanım'a bakıp derin bir iç çektim. "Bu işten geriye dönüş yok artık benim için. Üstelik başka zamanımız da kalmadı. Hayır. Bugün hikâyenin geri kalan kısmını anlatacağım size. Nerede kalmıştık?"

Adalet Hanım yine o küçük kara teybini çıkardı. Kaseti birkaç kez ileri geri sardı. "Çocuğunu düşürmüştü."

"Ha! Evet," dedim. "Teybiniz açık mı?"

Adalet Hanım teybinin çalışıp çalışmadığını kontrol etti. "Tamam. Şimdi anlatmaya başlayabilirsiniz."

"Pekâlâ," dedim ve başladım bir kez daha anlatmaya:

***

O karlı kış gününün akşamına doğru Yeşim uyandı. Yatak odasından bana seslendi: "Aşkım, aşkım..."

Bense o sırada salonda oturmuş televizyon izliyordum. Televizyonun sesini kıstım. "Efendim," diye seslendim.

"Birazcık yanıma gelir misin?"

Televizyonu kapatıp yatak odasına gittim. "Geldim," dedim

Beni karşısında görünce yüzüne bir mutluluk ifadesi yayıldı. "Şey," dedi. "Senden rica etsem benim için bir şey yapar mısın?"

"Tabii ki."

Yataktan doğruldu. Soyunmaya başladı. "Hadi gel," dedi. "Sırtıma masaj yapmanı istiyorum."

Güldüm ona. "Çok kötü masaj yaparım. Baştan uyarmadın deme."

Yatağın üzerine çıktım. Kalçasını iki bacağımın arasına sıkıştırdım. Bütün ağırlığımı üzerine verdim. "Yavaş ol," dedi gülerek. "Senden masaj yapmanı istedim, belimi kırmanı değil."

"Affedersin," dedim üzerinden kalkarken.

"Hop, hop," dedi. "Mızıkçılık yok. Devam etmeni istiyorum."

Sonra da getirip başını iki kolunun arasına aldı. Parmaklarımı birleştirip kuvvetli bir şekilde bastırdım. Usulca belini sıktım. Hafifçe ağırlığımı vererek üzerine oturdum. "Bak sen," dedi gülerken. "Hani sen masaj yapmasını bilmiyordun?"

"Vallahi bilmiyorum," dedim kürek kemiğine bastırırken.

Yaklaşık beş dakika kadar devam ettim. Sonra sırtüstü yattı ve beni yanına çağırdı. "Çok iyi geldi sevgilim. Eline sağlık. Çok sağ ol."

"Bir şey değil," dedim yatağa uzanırken.

Uzandığı yerden bana gülerek baktı. "Ne gülüyorsun?" diye sordum.

"Hiç," dedi.

"Hadi söyle," dedim.

"Şey," dedi utana sıkıla. "Az önce masaj yaparken beni canın çekti mi?"

"Hayır. Canım seni çekmedi," dedim yalan söyleyerek.

Bir anda o güzel yüzü asıldı. "Pis yalancı," dedi. "Bana yalan söylüyorsun."

"Söylemiyorum," dedim kararlı bir ses tonuyla.

"Şimdi anlarız," dedi uzandığı yerden hafifçe doğrularak. Sonra da bacaklarını getirip bacaklarıma sardı. Eliyle beni okşamaya başladı. "İstersen soyun," dedi şuh bir sesle. Cevap vermedim. Ateş gibi baldırlarının sıcaklığını tenimde hissettim. Onun bana sürtünmesinden zevk almaya başlamıştım. Bir ara kendimi kurtarmaya çalıştım. Ama içime hafif hafif akan sıcaklık bunu yapmama engel oldu. Sıcak nefesi yüzümde, kulaklarımda ve dudaklarımın üzerinde dolaşmaya başladı. Tatlı bir duygu kapladı her tarafımı. Kendimden tam da geçmeye başlamıştım ki, ansızın yatağın içinde havaya doğru sıçradı. Bana gülerek bakıyordu. Attığı kahkahalar soğuk bir hava gibi yüzüme çarptı. Sıcak vücudum bir anda katılaşmaya başladı. "Gördün mü?" dedi. "Sen pis bir yalancısın. Hani beni canın çekmiyordu?"

Durgun ve donuk kaldığımı görünce bir külçe halinde üzerime yığıldı. "Kusura bakma," dedi dudağımdan öperken. "Sen az önceki davranışımı tamamen hak ettin. Seven erkek kadınını arzular. Bu arzuyu da kadınına hissettirir. Bu konuda bir daha bana yalan söyleme olur mu?"

Kendimden utanmıştım. Utancımdan olsa gerek yüzüm alev alev yanıyordu. "Özür dilerim," dedim.

Üzerimden kalktı. "Ben acıktım," dedi. "Ne yiyeceğiz?"

"Yolun hemen karşısında bir kebapçı var. İstersen orada yiyebiliriz."

"Eve sipariş edebiliyor muyuz?"

"Tabii ki edebiliyoruz."

"İyi, söyle de o zaman eve getirsinler."

Bir gölge gibi yataktan süzüldü. "Ben duş yapacağım," dedi. "Bana kuzu şiş söyler misin?"

Yemeğimizi yedik. Ev sahibi durumunda olduğum için sordum: "Türk kahvesi içer misin?"

Yerinden kalktı. Elimi tuttu ve gelip kucağıma oturdu. Alnımdan öptü. "Sen otur," dedi. "Ben sana kahveni yaparım. Nasıl içersin?"

Masanın üzerine dağılan pideyi topladı. Mutfağa geçti. Arkasından ben de mutfağa geçtim. Yerde yatan güvercinin önüne pideyi küçük küçük parçalara ayırarak koydu. "Ye aşkım," dedi. "Yarınlara güçlü ol ki, özgürlüğüne kanat çırpabilesin."

"Kahveyi tek kişilik yapıyorum," dedi. "Ben kahve içmeyeceğim."

"Neden?"

"Rakın var mı?"

"Büfede olacak."

"Ben bir duble rakı içeceğim."

"Kahve içmeyeceğinden emin misin?" diye sordum.

"Bundan sonra hikâyemi dinlemek istiyorsan bana bir duble rakı ver. Bugün çözülmüş yüreğim gibi dilim de çözülsün. Yoksa bir-iki duble içmeden yaşadıklarımı ayık kafayla anlatamam sana."

Ben kahvemi yudumlarken, o da rakısından bir yudum aldı. Bir sigara yaktı. "Çocuğumun canına kıydığın o günden sonra hayatım karardı," dedi düşünceli düşünceli. "O günden sonra gölge bir hayat yaşamaya başladım. Sanki insanlığımı kaybetmiştim."

"Çocuğunu neden doğurmadın?" diye sordum tekrar. "İsteseydin onu doğurabildin."

"Sence onu nasıl doğursaydım? Bana tecavüz ettikleri o an, o çocuk benim için ölmüştü artık."

"Peki, o bebeği doğurmadığın için sonradan hiç pişman oldun mu?"

"Kesinlikle hayır; ama her günüm pişmanlıkla geçiyor. Böyle bir hayatı hak edecek hiçbir şey yapmadım ben. Kötü bir ailenin kurbanı oldum."

"Her gün kendini suçlayarak daha ne kadar yaşayabilirsin?"

Acı acı güldü. "Yaşadığımı kim söyledi ki sana?"

"Bu kadar acımasız olma kendine karşı," dedim.

Akan burnunu çekti. "Hayat bana karşı çok acımasız davrandı. Bu saatten sonra ben kendime acımasız olsam hayatımda ne değişir ki?"

"Böyle düşündüğün için üzülüyorum," dedim.

"Üzülme bana," dedi sigarasından bir nefes alırken. Sonra da hikâyesine kaldığı yerden devam etti:

***

O sabah senin yanından ayrıldıktan sonra tekrar karakola gittim. Senin telefon numaranı veren memur beyi karşımda buldum. "Ooo," dedi. "Sabahların sultanı gelmiş. Gittin mi o yaşlı adama?"

Memurun suratına pis pis baktım. "Öyle bakma güzelim. Kötü bir şey mi söyledim?" dedi pişkin pişkin.

"Vesikamı ne zaman alacağım?" diye sordum.

"Vesikayı biz vermiyoruz. Vesika çıkarmak öyle kolay bir iş değil. Bir sürü prosedürü var. En az üç-beş ay beklemen gerekecek."

Polis memurunun söylediği doğruydu. Bir vesika çıkarmak için tam beş ay beklemem gerekti. İlk önce parmak izimi aldılar. Hırsızlık, adam öldürme ve gasp gibi olaylara karışıp karışmadığımı araştırdılar. Sonra kan testinden uyuşturucu kullanıp kullanmadığıma baktılar. İl sağlık müdürlüğü herhangi bir sağlık sorunum olup olmadığını araştırdı. Özellikle de akciğer filmime baktılar. Bütün bu aşamalardan sonra il fuhuş komisyon heyetinin karşısına çıktım. Komisyon heyetinde emniyet birimlerinden tutun da sağlık bakanlığından bile gelen kişiler vardı. Komisyonun en yaşlı üyesi bana sordu: "İyi düşündün mü kızım? Bu işin bir daha geriye dönüşü yok. Neden o hayatı seçiyorsun?"

O anda ayaklarımın titrediğini hissettim; ama şunu biliyordum ki, o adamların karşısında güçlü durmam gerekiyordu. En ufak bir şeyden şüphelendikleri anda vesikayı kesinlikle vermiyorlardı. Bunu bana o sırada dışarıda bekleyen Selim iti söylemişti. Başımı yerden kaldırdım. Yaşlı olan komisyon üyesinin gözlerinin içine kararlı bir şekilde baktım. "Efendim," dedim. "Benim ışığım artık sönmüş. Ben kendi içini bile aydınlatamayan patlak bir ampul parçasından başka bir şey değilim. Siz bana bu vesikayı verseniz de, vermeseniz de ben bu işi yapacağım. Ha! Şayet bana bu vesikayı verirseniz devlet güvencesinde çalışırım. Sokaktaki sapık insanlarla beni birebir karşı karşıya bırakmamış olursunuz. Size yalvarıyorum. Bana resmi olarak çalışma iznimi verin..."

Komisyondaki herkes bana bakıyordu. Kendimi onların karşısında çırılçıplak hissediyordum. Komisyon üyesi yaşlı adam diğerlerine baktı. Başını salladı. Sonra da dönüp bana baktı. "Pekâlâ kızım," dedi. "Vesikanı vereceğiz ama şunu unutma ki zor bir hayat seni bekliyor."

Sustum. O anda yüreğim sızladı. Sızlamak bir yana âdeta kanadı. Gözyaşlarımı zar zor tutuyordum. Binadan dışarı çıktığımda Selim'in yanında Tamer duruyordu. Selim yanıma yaklaştı. "N'oldu?" diye sordu. "Vesikayı verdiler mi?"

"Evet," dedim hıçkıra hıçkıra ağlayarak. "Vesikayı verdiler."

Tamer yanıma yaklaştı. "Hadi gözümüz aydın," dedi.

Tamer'e baktım. Bütün gücümü toplayıp yüzüne bir tokat attım. Sonra da Selim'in koluna girdim. "Beni buradan götür," dedim.

Selim, Tamer'e baktı. "Hadi Tamer," dedi. "Sen de bizimle geliyorsun."

***

Yeşim'in sözünü kestim. "Pardon," dedim. "Bir şeyi anlamadım."

"Neymiş o?" dedi huzursuz bir şekilde.

"Vesikayı almak için tam beş ay bekledin. Peki, o arada ne yaptın? Çünkü senin peşinden genelevc birçok kez geldim; ama seni orada bulamadım. Bana artık o evde çalışmadığını söylediler."

"Her şeyi anlatacağım sana. Sadece dinle," dedi ve devam etti:

***

Tamer, Selim'den aldığı bütün parayla ortadan kaybolmuştu. O beş ay boyunca genelevde kaçak çalışamadığım için parasız pulsuz kalmıştım. Artık şu gerçeği çok iyi biliyordum ki, ailemin yanına kesinlikle dönemezdim. Bebeğimin canına kıydıktan sonra hayatımı ve kendimi iyice boşlamıştım. Gün be gün kendime karşı olan nefretim bir sel olmuş düşüncelerimde akıyordu. İşte o karanlık ve karmaşık düşüncelerim beni vesika çıkarmaya zorladı. O günlerde nereye baksam, bacağımın arasından kayıp düşen oğlumun yüzünü görüyordum. Bunalımdaydım. Selim olup bitenlerden dolayı kendisini suçlu gördüğü için de bir süre beni kendi evinde sakladı. Kendimi ağır ağır toplamaya başlamıştım.

Bir öğle vakti Selim'in evine ansızın Tamer çıkıp geldi. Bana bir geçmiş olsun bile demedi. Kapıdan içeri girer girmez her zaman yaptığı şeyi yaptı. Yüzüme bir tokat attı. "Seni orospu," dedi. "Selim'in evinde neden kalıyorsun? Şimdi de onun metresi mi oldun?"

Tamer'in bana attığı tokat hiç canımı yakmadı. Elimi belime koydum. "Bana bak! Seni piç kurusu," dedim. "Artık senin için akıtacak tek damla gözyaşım kalmadı. İstersen beni buracıkta öldürebilirsin. Ben zaten yaşayan bir ölüyüm. Sen benimle birlikte çocuğumun katilisin."

Bir tokat daha attı bana. "Unutma ki," dedi. "Sen benim kadınımsın!"

"Hadi oradan sen de," dedim avazım çıktığı kadar bağırarak. "Ben artık herkesin kadınıyım oğlum. Benim böyle olmamı sen istemedin mi? Bir fahişe nasıl olur da tek bir adamın kadını olabilir ki? Selim benimle yattı. Artık onun da kadınıyım. Şunu unutma ki, ikiniz de benim erkeğimsiniz. İkiniz de bana ortaksınız."

Bu sözlerimden sonra Tamer çılgına dönmüştü. Evin içinde bir sağa, bir sola dönüp durdu. Bir sigara yaktı. Sonra birden yanıma sokulup yaktığı sigarayı elimin üzerinde söndürdü. O anda bir çığlık attım. Can havliyle kendimi geriye doğru attım. Bir gün önce evi kolaçan ederken çekmecede gördüğüm tabancayı hatırladım. Hemen çekmecenin olduğu yere koştum. Çekmeceyi çekip tabancayı çıkardım. Tabancanın namlusunu Tamer'e çevirdim. Tamer'in beti benzi attı. Yüzü kireç gibi oldu. "Özür dilerim aşkım," dedi karşımda aciz bir şekilde korkudan titrerken. "Şu tabancayı indir de seninle medeni iki insan gibi konuşalım."

Pis pis sırıttım. "Hadi lan seni it," dedim. "Sen misin medeni insan?"

Sustu. Cevap vermedi. Cevap vermeyişine sinirlenmiştim. "Cevap ver bana piç kurusu," diye var gücümle bağırdım. "Sen misin medeni insan?"

Tuhaf olan şey şu ki, hayatımda hiçbir zaman kendimi o anki kadar iyi hissetmemiştim. Gözüm bir kere kararmıştı. Hiç düşünmeden oracıkta Tamer'i vurabilirdim. O ise karşımda korkudan zangır zangır titriyordu. "Hadi Yeşim," dedi Tamer, bana doğru bir adım atarken. "Şu tabancayı bırak."

Parmağımı tetiğe götürdüm. "Bir adım daha atarsan seni vururum," dedim.

Hemen geriye doğru iki adım zıpladı. "Tamam, tamam," dedi. "Sen ne söylersen onu yapacağım."

"Dur orada. Bana inan ki bir adım daha atarsan seni vururum. Şimdi söyleyeceklerimi bir papağan gibi tekrarlayacaksın. Anlaştık mı?"

"Tamam," dedi korkudan.

Karşımda bir asker gibi dikilmiş hareketsiz bir şekilde duruyordu. Bir an için kendimi onun komutanı gibi hissettim. Artık bana çektirdiği acıların hesabını ondan çıkarabilirdim. "Hadi başlayalım. Söyle. Ben bir puştum!"

Gözlerini hayret dolu bakışlarla hızlıca kırpıp açtı. Dudağını büzdü. Başını hayır manasında sağa sola çevirdi. "Hadi söyle," dedim bir aslan gibi onun üzerine kükreyerek. "Ben bir puştum."

"Ben bir puştum," dedi kısık bir sesle.

"Güzel. Şimdi de şu sözü tekrarla. Ben bir yavşağım."

"Ben bir yavşağım."

"Ben bir orospu çocuğuyum."

"Ben bir orospu çocuğuyum."

"Ben bir evlat katiliyim."

"Ben bir evlat katiliyim."

O anda gözlerimden yaşlar boşaldı. "Bana bakma öyle," dedim titrek sesimle. "Şimdi söylediğimi tekrarla. Ben kendi çocuğumun ölmesine izin verdim."

"Ben kendi çocuğumun ölmesine izin verdim."

"Bu yüzden de..."

"Bu yüzden de..."

"Şimdi ölmeyi hak ediyorum."

Ölmek kelimesini duyunca karşımda ecel terleri dökmeye başladı. "Yalvarırım sana," dedi. "Senin psikolojin bozulmuş. Bırak da gideyim."

"Sus," dedim bağırarak. "Bana neden evli olduğunu daha önce söylemedin?"

"Evli mi?"

"Bana neden bir çocuğun olduğunu daha önce söylemedin?"

"Çocuğum mu?"

"Bütün bu söylediklerim yalan mı? Şimdi bana her şeyi anlatacaksın."

Bir an tereddütte kaldı. Sonra da bana bakıp, "Bütün gerçekleri söylersem gitmeme izin verir misin?"

"Evet," dedim umursamaz bir tavırla.

Başını yere eğdi. "Başka bir kadınla evliyim," dedi ve arkasından da ekledi: "O kadından da bir oğlum var."

"Şimdi karşımdan defol," dedim.

Bana arkasını döndü. Kapıya doğru hızlıca bir-iki adım attı. "Tamer," dedim sakin sakin. "Şimdi dönüp bana bak."

Tekrar yüzünü bana döndü. Bana baktı. "Efendim," dedi süt dökmüş kedi gibi.

Ona, "Bugün sana vereceğim hediyeyi almadan mı gideceksin?" diye sordum.

"Ne hediyesi?" dedi rahatlamış bir şekilde.

"Al hediyeni," dedim ve rastgele ateş etmeye başladım. Tetiğe ilk dokunduğumda tabancanın namlusu havaya kalktı. Sonra namlunun ucu aşağıya düştü. Ateş ettikçe gülmeye başladım. Tabanca dört el patladı. Sonra tetik basmadı. Tabancadan yayılan barut kokusu odanın içine yayılmıştı. Geçip koltuğa oturdum. Tabancayı yanıma koydum. Tamer'e bakıp hâlâ gülüyordum. Bir sigara yaktım. Tamer ise kanlar içinde yerde kıvranıyordu. "Nasılmış Tamer?" dedim. "Bir insanı yaralamak nasıl bir duygu? İşte sen de beni aynen böyle yaraladın. Daha dur sen. Bu ne ki? Beni böyle yaralamadın sen. Bana bunun bin beterini yaptın. Benim yaşadıklarım karşısında bu kurşun yarası ne ki."

Tamer'in inlemeleri bana radyodan müzik dinliyormuşum gibi keyif veriyordu. Bir süre sonra oturduğum yerden kalktım. Telefonla Selim'i aradım. Bir saat geçmemişti ki Selim eve geldi. İlk önce kanlar içinde yerde yatan Tamer'e, sonra da bana baktı. "Ne yaptın sen?" diye sordu sinirli sinirli.

Gülme krizim geçmiş, yerini ağlama krizine bırakmıştı. "Vurdum aşağılık piçi," dedim.

Selim birkaç adamıyla eğilip Tamer'e baktı. "Nereden vuruldun?" dedi.

"Bacağım," dedi Tamer, acılar içinde yerde kıvranırken. "Bacağımdan vurdu orospu beni."

Adamlarına baktı Selim. "Hemen hastaneye kaldırın. Tabancayla oynarken kendi kendini vurdu deyin. Tamam mı Tamer? Polislere sen de öyle söyleyeceksin. Bunun karşılığını daha sonra sana ödeyeceğim."

Tamer evet anlamında başını salladı. Selim'in adamları Tamer'i sırtladıkları gibi evden dışarı çıkarıp hastaneye götürdüler. O gün Selim, polis müdürüne verdiği büyük bir rüşvetle bu olayın üstünü kapattı. Tamer, iki gün hastanede kaldıktan sonra taburcu oldu. Selim, Tamer'i hastane çıkışından sonra evine getirdi. İkimizi de karşısına aldı. "Bakın," dedi. "Bu meseleyi burada kapatıyoruz. Artık ikinizden de bir vukuat istemiyorum. Şimdi barışın."

"Barışmam onunla," dedim.

Selim ayağa kalktı. Sinirlenmişti. "Bak Yeşim," dedi. "Bu olayı kapatmak için o aşağılık müdüre dünyanın parasını ödedim. Beni artık üzmeyin. Yoksa ikinizin de canını yakarım. Kapıda duran itlerimi sizin üzerinize saldığım zaman nefes alamazsınız. Şimdi size barışın diyorsam barışacaksınız. Ayrıca şunu unutma: Bu işi yaptığın sürece sana kol kanat gerecek bir adam lazım. O adam da Tamer'den başkası değil. Genelevde çalışan her kadının mutlaka bir zavağı vardır. O zavak, o kadını diğerlerinden korur ve kollar. Sen de zaman zaman onun avucuna bir şeyler koyarsın. Böylece bu iş olup biter."

O gün oracıkta yalandan da olsa Tamer'le barıştık. Tamer birkaç hafta sonra tamamen iyileşmişti. Bir gece vakti Selim yanında bir adamla eve geldi. Adamı benimle tanıştırdı. "Beyefendi polis müdürü olur," dedi. Adam geçip genişçe olan koltuğa kuruldu. Selim kolumdan tutarak beni mutfağa götürdü. "Bu gece bu adamla birlikte olmanı istiyorum," dedi fısıldayarak.

"Birlikte mi?" dedim şaşkınlıkla.

"Evet."

"Nasıl olur?"

Yüzüme sert sert baktı. "Yine her zamanki gibi başlama," dedi. "Sen artık bu işi yapan bir fahişesin. Çok yakında da evde çalışmaya başlayacaksın. Vesikayı bir an önce almanı bekliyoruz. Şimdi bu adamla yatmayıp da kiminle yatacaksın? Bu adam işlerimi hallediyor. Şimdi ben gidiyorum. Sakın ola ki bu adama karşı hizmette kusur etmeyesin. Yoksa inan ki seni adamlarıma parçalatırım."

Selim ve iki adamı tarafından tecavüze uğradığım o günden sonra ilk kez o gece, eve gelen o emniyet müdürüyle birlikte oldum. Selim ertesi gece başka bir polis müdürüyle daha çıka geldi. O adamla da birlikte oldum. Ertesi sabah Selim, Tamer'i yanına alıp eve geldi. "Aferin kız sana," dedi. "Adamlar senden büyük bir övgüyle bahsettiler bana." Sonra da beni elimden tutup peşinden sürükledi. O sırada Tamer'e dönüp baktı. "Sen bir viski koy kendine. Biz birazdan geliyoruz."

Üç katlı evin çatı katına çıktık. Beni kendi elleriyle usulca soydu ve yer yatağına yatırdı. Benimle dakikalarca sevişti. Nefes nefese kalmıştı. Eliyle alnındaki teri silerken diğer eliyle de belime sarıldı. Bana hayran hayran baktı. Sonra da, "Seninle sevişen adamlar seni o kadar çok övdüler ki, ister istemez canım çekti seni," dedi dudağıma bir öpücük kondururken.

Daha sonra Selim'le birlikte aşağı kata indiğimizde Tamer'in yüzü sapsarıydı. Selim'in benimle sevişmesine bozulmuştu. "Tamer," dedi Selim.

"Efendim Selim Bey," dedi kısık bir sesle.

"Yeşim'i bu sıralar kaçak olarak evde çalıştıramayız. Polisler eve sık sık baskın yapıyor. Adamlara para yedirmekten bıktım usandım artık. Mechuren vesikasını bekleyeceğiz."

"Siz nasıl uygun görürseniz," dedi Tamer.

"İkinizin kalacak yeri var mı?" diye sordu Selim.

"Hayır."

"O zaman şimdilik bir daire kiralayın. Orada birlikte kalırsınız."

"Param yok," dedi Tamer.

"Ben artık sana para veremem," dedi Selim, sert bir ses tonuyla. "Sana vereceğim paranın yüz katını emniyet müdürüne verdim."

Tamer başını eğdi. "O zaman bize izin verin," dedi.

"Ne için izin verecekmişim?"

"Yeşim'i çarka çıkartayım."

"Çarka mı?"

"Evet. Vesika alana kadar çarka çıksın."

Selim bana döndü. "Çarka çıkmak istiyor musun?" diye sordu.

"Çark da ne?" diye sordum.

Selim pis pis güldü. Tamer'e başını çevirdi. "Ulan Tamer," dedi. "Kızı çarka çıkartmak istiyorsun ama kız daha çarkın ne olduğunu bile bilmiyor."

"Ben ona öğretirim," dedi Tamer. "Siz izin veriyor musunuz?"

"İzni verdim gitti," dedi Selim. "Bu arada biraz tecrübe kazanmış olur."

O gün Selim'in evini terk ederken dışarıda Tamer'e sordum: "Çark da neyin nesi?"

"Yakında öğrenirsin," dedi sinirli sinirli.

"Hayır. Şimdi söyle," dedim

"Bırak gevezeliği. Selim'in verdiği şu üç kuruşluk parayla peşinatı ödeyeceğimiz bir ev tutalım. Yoksa gece dışarıda kalacağız."

Tamer ile sokak sokak dolaşıp kiralık bir ev aradık. Sonunda da Kurtuluş semtinde küçük bir daire bulduk. Tamer çıkarıp emlakçıya peşinatı ödedi. Sonra da gidip eskiciden birkaç parça eşya aldık. O gün derme çatma bir şekilde eve yerleştik. Gecenin ilerleyen saatlerinde Tamer kolumdan tutup beni sokağa çıkardı. "Çarka gidiyoruz," dedi. Bir taksiye bindik. Taksi şoförüne, "Topkapı istikametine sür," dedi.

Taksinin içinde birbirimizle hiç konuşmadık. Epey bir süre gittikten sonra Tamer taksi şoförüne baktı. "Arabayı sağa çek," dedi.

Taksi şoförü yanında oturan Tamer'e başını çevirip baktı. "Emin misiniz bey efendi? Bu karanlıkta E-5 karayolunda ne işiniz var?"

Tamer adama sinirlenmişti. "Seni ilgilendirmez kardeşim," dedi. "Arabayı hemen sağa çek."

Taksi şoförü kendisine söyleneni yaptı. Ani bir şekilde frene bastı. O sırada araba acı bir ses çıkararak durdu. Taksiden aşağıya indik. "Çarkın ne olduğunu merak ediyordun," dedi Tamer.

"Evet," dedim karanlıkta Tamer'e bakarken.

"Şimdi ne olduğunu öğreneceksin. Ben seni bu yol kenarında bir başına bırakıyorum. Sen de şimdi buradan gelen geçen arabalara el kaldıracaksın. Onların birçoğu seni görünce zaten duracak. Pencereyi açacaklar. Seni götürelim diyecekler. Sen de o sırada onlarla pazarlık yapacaksın."

"Ne pazarlığı?" diye sordum şaşkın şaşkın.

"Ne pazarlığı olacak," dedi sert sert. "Fuhuş pazarlığı. Onlar seni götüreceği yeri bilir. Sonra da adamların işleri bittiği zaman onlardan seni yine aynı yere bırakmalarını iste. Şayet bırakmak istemezlerse onlardan taksi paranı da iste. Tekrar bu noktaya gel ve yeni bir müşteri bul."

"Çark dediğiniz şey bu muydu?" diye sordum ağlarken.

"Evet," dedi. "Sen ne sandın?"

"Tamer," dedim. "Karanlıktan korkarım ben. Bu işi asla yapamam."

O sırada belindeki tabancayı çıkardı. Tabancanın namlusunu getirip iki kaşımın arasına dayadı. "Yapacaksın," dedi. "Yoksa seni, beni vurduğun gibi vururum."

Olduğum yerde öylece kalakalmıştım. Tabancanın namlusunu bana doğru tutarak yanımdan uzaklaşmaya başladı. Karanlığın içinde bir gölge gibi kaybolurken fısıltısını kulaklarımda duydum: "Sabah olduğunda bir taksiye atlayıp eve gelirsin."

O sırada sarı bir taksi yanımda durdu. "Atla arabaya," dedi taksinin şoförü.

Şaşkınlığımı henüz üzerimden atamamıştım. Taksi şoförü ağzımı açmama fırsat bile vermeden, elinde tutuğu elli milyon lirayı uzattı bana. Arkasından da ekledi: "Az ileride bir yer biliyorum. Ayaküstü yaparız. Sonra da seni yine buraya bırakırım."

Çaresizce taksiye bindim. Adını bile bilmediğim taksi şoförü beni terk edilmiş boş bir fabrika binasının içine soktu. Oracıkta ayaküstü sahip oldu bana. Sonra da getirip beni yine aldığı yere bıraktı. O günden sonra her akşam çarka çıktım. Ta ki vesika aldığım güne kadar. Vesika aldığım gün çarkı bıraktım. Ama şimdi dönüp geriye baktığımda ne kadar da aptal ve tecrübesizmişim. Sabaha kadar hiç tanımadığım adamların arabasına binip onlarla sevişmeye gidiyordum. Sonra da kazandığım paranın hepsini getirip Tamer'in avucunun içine koyuyordum. Ah bu salak kafam. Paranın yarısını kendine saklasan ya. Yok. İnsan enayi olunca aptallığına doymuyor. Üstüne üstlük bir de Tamer'den dayak yiyordum. Bir sabah yine beni ölesiye dövmeye başladı. "Neden dövüyorsun beni?" dedim. "Suçum ne? Kazandığım bütün parayı kuruşu kuruşuna sana getiriyorum."

"Bir gecede bu kadar parayı nasıl kazandın?" diye sordu.

Şaşırmıştım. "Ne dedin sen?"

"O adamlara ne yaptın da bu kadar çok para verdiler sana?"

"Verdiler işte," dedim.

"Özel bir muamele mi yaptın yoksa onlara?" dedi ve beni tekrar dövmeye başladı.

O gün şunu anlamıştım: Tamer tam bir ruh hastasıydı. Hem o adamlarla sevişip para getirmemi istiyordu, hem de deli gibi kıskanıyordu. "Bak Tamer," dedim ağlarken. "Sen beni camiye göndermiyorsun. Fuhuş yapmaya gönderiyorsun. Kendimi satıyorum, adamlar da bana bu parayı veriyor. Bana bir daha el kaldırsan yemin ederim ki seni bu sefer öldürürüm."

Yüzümdeki kararlı ifadeyi görmüştü. "Allah belanı versin," dedi evi terk edip giderken.

O günden sonra bir daha kendime dayak attırmadım. Vesikayı aldıktan sonra da bir daha çarka çıkmadım. Yalan yok! Çark günlerimden sonra genelevde çalışmak bana âdeta cennet gibi gelmişti. Çünkü birkaç kez çark yaparken gasp edilmiştim. Cebimdeki parayı kuruşu kuruşuna adamlara vermiştim. O yetmediği gibi de o adamların tecavüzüne uğramıştım. O tehlikeli günlerden sonra artık genelev günlerim başlamıştı. Vesikayı elime alınca artık tescilli bir fahişe olmuştum. Bir fahişenin yapması gereken şeyi yapmaya koyuldum. Artık bana parasını ödeyen her adamla yatağa giriyordum...

***

Genelevde çalışmaya başladığım gün evdeki diğer kadınlarla tanıştım. Aralarında en genç ve güzel olanlarından birisiydim. O evde çalışan bütün kadınlar bir anda kıskandı beni. Bunu onların bakışlarından ve arkamdan yaptıkları dedikodulardan anlamıştım. Aradan biraz zaman geçti. İlk hafta pek de müşterim yoktu. Çünkü genelevde çalışmanın raconları vardı. Bu raconların en önemlisi de kapının önüne yığılan müşterilerini asla yanındaki diğer bir kadına kaptırmamaktı. Ayrıca her zaman kapıda duran bir adam vardı. Bazen o müşterileri bize doğru yönlendiriyordu. Bazen de müşterileri kendimize çekebilmemiz için birtakım talimatlar yağdırıyordu. İlk günler müşterim fazla olmadığı için yaptığım iş çok zor gelmemişti bana. Fahişelik mesleğinin bana zor gelmemesinin bir sebebi de, öldürdüğüm çocuğumun intikamını başka erkeklerle yatarak kendimden almamdı. Sanki bu beden bana ait değildi. O sıralarda sigaraya ve alkole başladım. İçime gömdüğüm acımı bir nebze olsun alkol dindiriyordu. Beynimi uyuşturuyordu. Beynim uyuştuğu için de hiç tanımadığım erkeklerin altına rahatlıkla yatabiliyordum. Ama daha sonraları müşterilerimin sayısı gün be gün arttıkça, iş saatinde daha fazla alkol alamadığım için esrar içmeye başladım. Yatağımın altında devamlı esrar saklıyordum. O günlerde esrar içmeye başlamamın bir nedeni de, hiç tanımadığım erkeklerin haline artık tahammül edemez oluşumdu. İlk haftalardan sonra şu gerçeği anladım: Hayat kadınlığı gerçekten zor bir işmiş. Çeşit çeşit, biçim biçim insanlarla aynı yatağa giriyorsun. Onlarla o yatakta yatsan olmaz, yatmasan olmaz. Mesela bir işadamı vardı. O gelince bütün kadınlar kaçışırdı. Ortalıkta kimse kalmazdı. Yine bir öğle vakti adam çıkageldi. Onu gören bütün kadınlar çil yavrusu gibi dağıldı. Adam doğal olarak bana kalmıştı. Kapıda çalışan adam bana baktı. Güldü. "Allah yardımcın olsun," dedi. Adam yanıma sokuldu. Cebinden bir tomar para çıkardı. "Al şu parayı," dedi. Elime tutuşturduğu para o kadar çoktu ki, parayı oracıkta tek tek sayamadım. Adamla yukarı kata çıktığımızda diğer kadınlar gülüşerek aşağıya iniyorlardı. İçlerinden bir tanesi yanımdan geçip giderken laf attı: "Bu adamın hayrını gör," dedi. Odaya girdiğimizde adam bir anda soyunmaya başladı. Sonra da yatağın üzerine koyduğu siyah çantasını açtı. İçinden bir şey çıkardı. Bana uzattı. "Al şunu," dedi. Bana uzatılan şeye dikkatlice baktım. Sonra da elime aldığım aletin sağını solunu incelemeye başladım. Dudağımı büzdüm. "Bunu ne yapacağım?" diye sordum.

Adam, çıplak sırtını döndü bana. "Beni kırbaçla," dedi.

O anda vücudumdan ter aktı. Âdeta vücudum yanıyordu. Aynada kendime baktım. Yanakların al al olmuştu. Elimde tuttuğum deri kırbaca baktım. "Ben yapamam," dedim. "Size vuramam."

Adam sinirlenmişti. "Vuracaksın. O kadar para verdim sana."

"Burası genelev," dedim korkmuş bir halde. "Biz sadece para karşılığı erkeklerle seks yapıyoruz. Burada adam dövmüyoruz."

Adam âdeta çıldırmıştı. Bana sert sert baktı. "Sen yenisin galiba burada. Bu evde sizinle seks yapmanın dışında her türlü numara var. Çok geçmez o numaraların ne olduğunu tek tek öğrenirsin. Şimdi senden bir fahişe gibi davranmanı istiyorum. Senden istediğim şeyi yap."

Bu sefer de ben adama sinirlenmiştim. "Pekâlâ," dedim sert bir ses tonuyla. "Kırbaçlanmak mı istiyorsun?"

Adam, çıplak sırtını hemen bana döndü. "Evet. Kırbaçla," dedi.

"Tamam," dedim burnumdan derin nefes alıp verirken. "Sana kırbaçlanmak neymiş şimdi göstereceğim. Al sana!"

Kırbaç adamın sırtında şaklayınca adam bir anda bağırmaya başladı. "Yalvarırım sana sakın durma," dedi. "Devam et, devam et..."

O andan sonra olup bitenleri hatırlamıyorum. Adamı belki beş dakikaya yakın kırbaçladım. Adam yere yığıldı. Sağ elini havaya kaldırdı.

"Tamam. Kes artık," dedi. Elimde tutuğum kırbacı adamın üzerine doğru attım, o sinirle odadan dışarı çıktım. Merdivenlerden aşağı kata indiğimde bütün kadınlar bana bakıp gülüyordu. İçlerinden bir tanesi bana laf attı: "Kız vallahi çetin ceviz çıktın sen. Adamı bir güzel parçaladın. Bu sapık adam bundan sonra devamlı senin müşterin olsun." Diğer bir kadın hemen lafa atıldı: "Kızlar ne dersiniz? Acaba bu da mı sadist ne?"

O anda herkes koro şeklinde bir kahkaha attı. İşte o gün ilk ilginç müşterimle karşılaşmıştım. Günler geçtikçe o sadist adamın bana söyledikleri tek tek çıkmaya başladı. Geneleve erkekler sadece sevişmek için gelmiyordu. Fantezilerini gidermek için gelen erkekler olduğu gibi, dakikalarca uğraşıp orgazm olmaya çalışan erkekler de vardı.

Mesela yine bir gün zengin bir işadamı çıkageldi. Birlikte odaya çıktık. Adam karşımda oturuyordu. "Evet," dedim. "Ne bekliyoruz? Fiyatta anlaşalım, hemen işe başlayalım."

Oturduğu yerden bana baktı. Cebinden bir tomar para çıkardı. "Al şu parayı," dedi. Adam o kadar çok parayı avucuma koyunca o anda anladım ki benden farklı bir isteği olacaktı. Hemen, "Bu kadar paranın karşılığında benden ne istiyorsunuz?" diye sordum.

"Bana bir erkek çağır," dedi.

"Ne?"

"Bana bir erkek çağır. O erkekle birlikte olmak istiyorum. Ben pasif bir adamım."

Adama şaşkın gözlerle baktım. "Bu evde sadece biz kadınlar çalışıyoruz. Size erkek nereden bulayım?"

"Koridorda dolaşan oğlanı çağır," dedi usulca. "O sana nereden erkek bulacağını söyler."

Kapıyı açtım. Tam da o sırada odalara çay getirip götüren oğlanı gördüm. "Bak bir saniye," dedim. "İçeride bir müşterim var. Adam benimle değil de bir erkekle sevişmek istiyor. Burada erkek var mı?" diye sordum.

Çaycı oğlan güldü. "Abla," dedi. "Bu evde her türlü hizmet var. Sen içeride beş dakika adamla bekle. Ben hemen telefon açıp adamı getirtiyorum."

Odanın kapısını kapattım. Elimdeki paraya baktım. Sonra da adama baktım. "Benim param nerede?" diye sordum.

"O para senin," dedi adam. "Ben gelecek olan adama parasını öderim."

"İyi," dedim şaşkınlıkla. "Siz o adamla sevişirken ben burada ne yapacağım?"

Adam güldü. "Benim için hiç fark etmez. İster burada otur bizi izle, ister odadan çek git."

Diğer adam yaklaşık beş dakika sonra içeri girdiğinde, ben odanın kapısını çekip çıktım. Artık patrona çok para kazandırmaya başlamıştım. Selim halinden son derece memnundu. Artık işini bilen, gittikçe bilinçlenen bir fahişe olmaya başlamıştım; ama para konusuna gelince hâlâ saftım. Saf ve aptal bir insan olduğum için de kazancımın tümünü götürüp yine Tamer'in avucuna koyuyordum. Bir ay sonra benim kazancımla Tamer paraya doydu. İlk önce saç modelini, sonra da giyim tarzını değiştirdi. En pahalı takım elbiseleri alıp giyiniyordu artık. Bense fahişelik yaparak sefil bir halde yaşamaya devam ediyordum. Genelevde bir ayı doldurduğumda evin en gözde sermayesi olmuştum. Artık kapı müşterisine değil, telefonla randevu alıp gelen müşterilere çalışmaya başlamıştım. Bu durum Selim'in hoşuna giderken, evdeki kadınların da benimle kıyasıya bir rekabete tutuşmalarına sebep oldu. O sıralar birçok erkekle cinsel ilişkiye girdiğim için hep hastalanıyordum. Sonra bir şey dikkatimi çekti. Benimle aynı işi yapan kadınlar turp gibilerdi. Bir gün Selim'in ofisine çıktım. "Selim," dedim. "Seninle bir şey konuşmak istiyorum."

Selim ofisteki herkesi dışarı kovdu. "Hoş geldin sultanım," dedi. "İstediğin her şeyi benimle konuşabilirsin."

Selim'in âdeta bacasız fabrikası gibiydim. Bu yüzden de bana sık sık bu tür güzel sözler söylerdi. "Viski içer misin?" diye sordu.

"Bir kadeh içerim," dedim.

Güldü. "Bir şişe içsen bile olur güzelim. Sen yeter ki emret."

O anda gözümde Tamer belirdi. Selim ile Tamer ne kadar da birbirlerine benziyorlardı. İkisi de âdeta paraya tapıyordu. Sonra bu evde çalışan herkesi düşündüm. Selim'i, evde çalışan diğer kadınların zavaklarını, evde çalışan kadınları, kapıda çalışan adamları, çay getirip götüren oğlanı, hepsi para için çalışıyordu. Hepsinin ortak bir dini vardı: Para! O anı hiç unutmam. "Selim," dedim. "Sence ben bu evde ne için çalışıyorum?"

Selim viskiyi bardağa doldururken yüzünü çevirip bana baktı. "Nasıl?" diye sordu. "Anlamadım."

"Sence ben bu evde neden çalışıyorum?"

Viski kadehini bana uzattı. "Neden olacak canım," dedi. "Hepimiz bu evde para için çalışıyoruz."

Selim o zamana kadar göremediğim gerçeği bana göstermişti. Duymadığım gerçeği kulağıma fısıldamıştı. Nasıl olduğunu bilmem; ama o gün galiba paraya karşı olan aldırmazlığım bir anda tutkunluğa dönüşmüştü. Gün be gün paraya karşı olan tutkum arttıkça da daha çok kazanmak istedim. Daha çok kazanırken de Tamer'in avucuna az koymaya başladım.

"Şerefe," dedi Selim kadehini havaya kaldırırken.

"Şerefe," dedim.

Selim viskisinden kocaman bir yudum aldı. Sonra da eğilip boynumdan öptü. Tam o sırada Tamer içeri girdi. Selim başını çevirip Tamer'e baktı. Sonra Selim beni tekrar boynumdan öptü. Gözlerimle Tamer'i takip ediyordum. Yüzü bir ölünün yüzünden farksızdı. Mosmor olmuştu.

"Evet," dedi Selim. "Ne istiyorsun Tamer?"

"Iıı," dedi Tamer kekeleyerek.

"Şimdi bizi biraz yalnız bırak ve dışarı çık Tamer," dedi Selim. "Sonra gel. Şu anda sultanımla bir görüşmem var."

Tamer dişlerini gıcırdatarak dışarı çıktı. Selim biraz viski daha koydu boşalan kadehine. "Söyle sultanım," dedi. "Bana neden gelmiştin?"

"Sana söyleyemem. Utanırım," dedim.

"Bana söylemeyip de kime söyleyeceksin?"

"Kadınsı bir durum," dedim utanarak. "Bu evde senin güvendiğin yaşlı kadınlardan birine sormak istiyorum."

"Öyleyse aşağıdaki kadınlardan birine kendin niye sormadın?" dedi. "O zaman bana neden geldin?"

"Beni sevmiyorlar," dedim.

Güldü. "Tabii ki," dedi. "Bu fahişelerin seni dışlamasına bakma. Seni kıskanıyorlar. Unutma ki meyve veren ağaç taşlanır."

Hemen telefona sarıldı. Telefondaki adama talimat verdi. "Bana hemen Alev'i gönderin!"

On dakika sonra Alev Hanım içeri girdi. Kadını görür görmez hemen tanımıştım. O gün bana söylediği şu sözü hatırladım: *Hiç kimseye güvenme! Bundan sonra en büyük dostun paran, en büyük sırdaşın da toprak olsun! Artık fahişelerin olduğu bir dünyada yaşamaya başlıyorsun. Sakın ola ki bir fahişeyle sırrını paylaşma. Seni buraya satan adama da kazancının tümünü yedirme.*

"Seni Alev'le tanıştırayım," dedi Selim.

Ayağa kalktım. Elimi uzattım. "Yeşim yeni kızlarımızdan birisi Alev. Seninle özel olarak görüşmek istiyor."

Alev elimi sıktı. "Onun adı kanarya," dedi.

"Ne?" dedi Selim.

"Onun adı kanarya. Onun adını aylar önce kanarya koymuştum."

"Hıım," dedi. "Demek önceden tanışıyorsunuz."

"Evet."

"İyi. O zaman sizi baş başa bırakayım. Yan taraftaki boş odaya geçin."

Yan taraftaki boş odaya geçtik. Alev yüzüme baktı. "Aramıza hoş geldin," dedi manalı manalı.

Gözlerimi ondan kaçırdım. Önümde duran sandalyenin ayağına baktım.

"Olabildin mi?" diye sordu.

Başımı kaldırıp utangaç bir şekilde ona baktım. "Anlamadım," dedim.

"Evinin kadını olabildin mi?" diye sordu alaycı bir ses tonuyla. "Çocuğunu doğurup evinin kadını olacağını söylemiştin bana aylar önce."

Cevap vermedim. Sustum. "Bebeğin için üzüldüm," dedi.

"Onu istemeyeceğimi nasıl tahmin ettiniz?" diye sordum gözlerinin içine bakarken.

Bir sigara yaktı. Dumanını içine çekti. Gözlerinden iki damla yaş süzüldü avurdu çökmüş yanağına. "Tahmin etmedim," dedi. "Sende benim kaderimi gördüm."

"Kaderiniz mi?"

"Evet."

"Nasıl olur?"

"Selim dediğin adamın babası eskiden ne iş yapardı biliyor musun?"

"Hayır."

"Selim itinin şu anda yaptığı işi o yapıyordu. O ölünce Selim işin başına geçti. Senin anlayacağın Selim'e bu iş babasından miras kaldı."

"Kaderimizle ne alakası var?"

"Yıllar önce senin gibi genç bir kadınken bu eve aşk kurbanı olarak düştüm. Sevdiğim adam beni hamile bırakıp Selim'in babası olan Salih'e sattı."

"Eee," dedim meraklı bir şekilde.

"Salih denen mendebur adam hamile olduğumu öğrenince bana adamlarıyla birlikte tecavüz etti. Tecavüz ettikten sonra da bana dedi ki: *Herhalde alnına sürdüğün bu kara lekeyle karnında taşıdığın o piçi doğurmak istemezsin.* Doğru söylemişti. O çocuğu doğurmayı asla istemedim. Selim iti de babasın oğlu. Sana adamlarıyla birlikte tecavüz edeceğini tahmin etmekte zorlanmadım. Sana tecavüz etti, değil mi?"

Sustum. "Biliyordum," dedi. "Bir insanın babası ne boksa oğlu da aynı soyun bokudur."

"Üzüldüm," dedim.

"Boş ver. Ama şu söyleyeceğimi unutma ki, zaman bu tür acıların asla ilacı olmuyor. Senin de gözlerinin içine baktığımda gözlerindeki o fer sönmüş. Işıltı kaybolmuş."

"Evet," dedim yanağıma iki damla yaş düşerken.

"Benim kaderimin aynısı sana yazılmış. Sana daha önce de söylediğim şu sözü unutma: Bundan sonra en büyük dostun paran, en büyük sırdaşın da toprak olsun!"

"Unutmam," dedim gözyaşlarımı elimle silerken.

"Benimle konuşmak istediğin şey ne?"

"Çok acı çekiyorum abla," dedim.

"Alış," dedi. "Daha çok yürek acısı çekeceksin."

"Yürek acısını ölene kadar çekeceğimi biliyorum. Ama benim kastettiğim acı o değil."

"Neymiş öyleyse?"

"Vajina acısı. Çok erkekle birlikte olduğum için hep hastalanıyorum. Devamlı bir yanma hissi duyuyorum."

Bir sigara daha yakarken güldü. "Neden gülüyorsun?" diye sordum şaşkın şaşkın.

"Hiç," dedi. "Bu evdeki ilk günlerim aklıma geldi. Ben de senin gibi acı çekiyordum."

"Aynı acı mı?"

"Evet."

"Öyleyse diğer kadınlar neden benim gibi acı çekmiyorlar?"

"Onlar bu işin artık tilkisi olmuş kızım."

"Tilkisi mi?"

"Bu işin bir taktiği var."

"Neymiş o taktik?"

"Numara."

"Numara mı?"

"Numara ya. Fahişeliğin de bir sürü numarası var."

"Neymiş?"

"Biz buna parmak numarası diyoruz."

"Parmak numarası mı?"

"Parmak numarası ya! Buraya gelen adamların birçoğu ilk kez bir kadınla birlikte olmaya geliyor. Senin anlayacağın hepsi seks cahili insanlar."

"Eee," dedim.

"Parmağını kullanacaksın."

"Nasıl?"

"Buraya gelen tecrübesiz erkeklerin birçoğu devamlı seks yapmadıkları için erken boşalma sorunu yaşıyor. O tip erkeklere parmak numarası yapıyoruz. Zaten adamların erkeklik organını sıktığın zaman hemencecik orgazm oluyorlar. Sonra da utançlarından kalkıp hemen yanından kaçıyorlar."

"Söylediklerinden hiçbir şey anlamadım."

"Anlatayım," dedi. "Bir erkekle yatağa girdiğin zaman iki parmağını vajina şekline getir. Adamlar o arada senin göğsüne saldırmış oluyorlar. Bir taraftan da erkeklik organlarını senin vajinanla birleştirmeye çalışıyorlar. Ama bu adamların birçoğu tecrübesiz olduğu için vajinanın girişini bulmakta bir hayli zorlanıyorlar. İşte o arada iki parmağını getirip onların erkeklik organını sıkı sıkıya tutuyorsun. Adamlar parmağını vajinan sanıyor. Sonra da birleştiklerini sanıp sevişmeye başlıyorlar. Yaklaşık otuz saniye sonra adamların erkeklik organını hafif hafif sıkmaya başla. Ondan sonra adamlar zaten tuş oluyorlar."

Duyduklarım karşısında şoke olmuştum. "Bu evde çalışan bütün kadınlar söylediğin bu numarayı mı yapıyor?" diye sordum.

Güldü. "Ne sandın sen," dedi. "Ayda kaç erkekle birlikte olduğumuzu tahmin edebiliyor musun? Bu evde çalışan her kadın ayda ortalama bin erkekle birlikte oluyor. Yoksa buna can mı dayanır?"

"Hayır," dedim.

"O zaman bir an önce bu parmak numarasında ustalaşmaya bak," dedi. "Yoksa bir hafta çalışırsın, üç hafta yatakta yatarsın."

O günden sonra gizliden gizliye parmak numarası üzerinde çalıştım. Parmak numarasını öğrendikten sonra da bayağı bir rahat ettim; ama ben bu numarada ustalık kazanırken kadınlığımı da her geçen gün unutmaya başladım. Her gün birçok erkek benimle birlikte oluyordu; ama ben onlarla birlikte olmuyordum. Çok kısa bir zamanda terfi ettim. On üç numaralı odadan ayrılıp, az sayıdaki lüks, numarasız odalardan birinde müşteri kabul etmeye başladım. Bu odalar beş yıldızlı bir otelin kral dairesi gibiydi. Doğal olarak da bu odaların fiyatı diğerlerinden bir hayli pahalıydı.

Artık her önüme gelenle değil, bir avuç seçkin müşteriyle birlikte oluyordum. Bu odaların bir başka özelliği de buraya gelen müşterilere istedikleri fantezilerin sunulmasıydı. O kısa süre içinde şu gerçeği öğrendim ki, geneleve gelen her erkek orada çalışan kadınlarla cinsel ilişkiye girmek için gelmiyormuş. Mesela yine bir müşterim vardı... O adamı hiç unutmam! Karısıyla çok büyük sorunlar yaşıyordu. Karısıyla konuşamadığı için bana gelirdi hep. Benimle oturup dakikalarca sohbet ederdi. Âdeta onun psikoloğu olmuştum. Bana elini dahi sürmeden çekip giderdi.

Mesela yine bir müşterim daha vardı... Benden başka bir kadınla sevişmemi isterdi. Bunun için de çok para verirdi. En büyük fantezisi iki kadının sevişmesini oturup izlemekmiş. Prensip olarak hiçbir zaman bir kadınla sevişmedim; ama bu adama genelevde çalışan diğer kadınları ayarlardım. O evde çalışan her kadın benim gibi prensip sahibi değildi. Para gelsin de nasıl gelirse gelsin mantığını güttükleri için, büyük paralar karşılığı ters ilişkiye bile girenler oluyordu. Bir taraftan çeşit çeşit müşterilerle uğraş verirken, bir taraftan da genelevdeki kadınlarla uğraşıyordum. Daha doğrusu ben onlarla değil, onlar benimle didişiyorlardı. O evde çalışan herkes birbirine karşı riyakârdı. Neredeyse herkes kişiliğini kaybetmişti. Sahte yüzler herkesin maskesi olmuştu. Herkesin tek amacı vardı: Para. Bu haram para için de herkes birbirini satıyordu. O evde her türlü pislik olduğu için sevgi asla barınamazdı. Bu yüzden de kadınlar arasında devamlı para kavgaları olurdu. Böyle bir hayata kısa bir sürede tanık olmak benim psikolojimi iyiden iyiye bozmuştu. Psikolojim bozulunca da esrarı fazla içiyordum. Bu iğrenç hayata ancak böyle katlanabiliyordum...

Böyle bir hayat yaşarken bir gece vakti işten çıkıp eve gittim. Çantamdan anahtarı çıkardım. Kapıyı açacakken, bir anda kapı açıldı. Karşımda gençten bir kadın belirdi. Elimdeki anahtara baktım. Sonra da bir adım geri atıp kapının üstünde yazan numaraya baktım. İşyerinden çıkmadan önce yine esrar çekmiştim. Bu yüzden de kafam biraz hoştu. Kadına baktım. "Pardon," dedim. "Galiba yanlış kata çıktım. Burasını kendi evim sandım."

Tam da arkamı dönmüş gidiyordum ki kadın bana seslendi: "Yeşim Hanım siz misiniz?" dedi.

"Evet," dedim şaşkın şaşkın.

Güldü. "Burası sizin eviniz. İçeri buyurun," dedi.

Gözlerimi kıstım. Kadını baştan aşağı süzdüm. "Sizi tanıyor muyum?" diye sordum.

"Hayır," dedi eliyle elimi tutarken. "Ben Tamer'in karısıyım."

"Karısı mı?"

"Evet."

"Oğlunun annesi olan kadın demek sizsiniz, öyle mi?" diye sordum.

Esmer güzeli olan genç kadının zeytin gibi iri olan gözleri o anda fal taşı gibi açıldı. "Oğlu mu?" diye sordu.

Şaşkınlığımı üzerimden atıp içeri girdim. Kapıyı kapattım. "Tamer nerede?" diye sordum kızgınlıkla.

Kadın bana baktı. "Tamer'in oğlu mu var?"

Çantamı koltuğa fırlattım. Ayakkabılarımı çıkarmadan salona geçip oturdum. Sehpanın üzerinde duran sigara paketini aldım. İçinden bir sigara çekip yaktım. Dumanı içime çektim. Bir süre tuttum. Dumanı dışarı saldım. "Allah aşkına siz kimsiniz?" diye sordum.

"Tamer'in karısıyım."

"Sizin ne işiniz var bu evde? Beni çok mu merak ettiniz?"

"Merak mı?"

"Evet."

"Oğlunuz nerede? Keşke onu da getirseydiniz de ailece bir arada olsaydık."

"Çocuğum henüz karnımda," dedi.

"Öyleyse ikincisine mi hamilesiniz?" diye sordum olup bitenlerden habersiz bir şekilde.

"Hayır. Bu daha birincisi," dedi kadın.

"Birincisi mi?"

"Evet."

İşte o anda sustum. Esrar çekmekten dumanlı olan kafam iyice karışmıştı. "Bir saniye," dedim. "Siz Tamer'in karısısınız, öyle mi?"

"Evet."

"Ve ondan hamilesiniz?"

"Evet."

"Merakımı bağışlayın. Siz Tamer'le ne zamandan beri evlisiniz?"

Kadın oturduğu yerde kem küm etmeye başladı. "Daha resmi olarak karısı değilim; ama önümüzdeki hafta evleneceğiz."

"Dur, dur," dedim. "Tamer'le ne zamandan beri birliktesiniz?"

"Yaklaşık altı ay oldu."

"Altı ay, öyle mi?"

"Altı ay."

Sustum. Duyduğum şeyler ilmiği kaçan bir çorap gibiydi. Konuştukça gerçekler sökülüp duruyordu. Karşımda oturan kadın da benim ona baktığım gibi meraklı gözlerle bana bakıyordu. Kuşkuluydu. Bunu onun bakışlarından okuyabiliyordum ve o kuşkunun ne olduğunu gayet iyi biliyordum. O anda bu kadına karşı içimde kötülükten ziyade acıma duygusu belirdi. Sigaramın izmaritini kül tablasına bastırdım. Bir sigara daha yaktım. Kadına baktım. "Sizce ben Tamer'in nesi oluyorum?" diye sordum.

Kadın, kireç gibi olan yüzünü avucunun içine almıştı. "Söylediğinizi anlamadım," dedi.

"Sizce ben Tamer'in neyi oluyorum? O, benden kim diye bahsetti size?"

"Ha," dedi kadın. "Şimdi anladım. Siz Tamer'in kız kardeşi değil misiniz?"

"Değilim," dedim.

Kızcağız karşımda ağlamaya başladı. Onun duygularını çok iyi anlıyordum. "Ağlama," dedim. "Ağlamak size yardımcı olmaz."

Burnunu çekti. "Öyleyse siz kimsiniz?"

Başımı salladım. "Size ne desem bilmem ki? Tamer nereye gitti?"

"Bilmiyorum. Bir telefon geldi. O da gitmek zorunda kaldı."

"Ne iş yapıyorsunuz?"

"Sekreterim," dedi.

"Tamer'in ne iş yaptığını biliyor musunuz?"

"Evet."

"Ne iş yaptığını söyledi size?"

"Karaköy'de lokanta işletiyormuş."

Acı acı güldüm. "Doğru," dedim. "Birlikte çalışıyoruz. Kendisi benim zavağım olur."

Kadınla daha fazla kedinin fareyle oynamak istediği gibi oynamak istemedim. "Bak kızım," dedim sinirli sinirli. "Tamer ile ilgili gerçekleri duymak istiyor musun?"

"Bir sigara yakabilir miyim?" diye sordu.

O kadına başımdan geçen bütün olayları anlattım. Ben anlattıkça kızcağız ağlıyordu. Duyduğu her söz karşısında hop oturup hop kalkıyor, sinirini bastırmak için de sigara üstüne sigara içiyordu. Anlatacaklarım bittiğinde yerimden kalktım. Gidip ona sarıldım. "Bir an önce bu adamdan kurtul," dedim. "Yoksa seni de benim gibi mahvedecek."

Kızcağız omzuma yaslanmış hüngür hüngür ağlarken kapının zili çaldı. Omzuma düşen başını usulca avucumun içine aldım. Koltuğa dayadım. Yerimden kalktım. Gidip kapıyı açtım. Karşımda Tamer'i gördüm. Hiçbir şey söylemeden salona geri döndüm. Koltuğa oturdum. Arkamdan o da salona girdi. İlk önce hüngür hüngür ağlayan Zeliha'ya, sonra da dönüp bana baktı. "Kıza ne anlattın?" diye sordu bana kızgınlıkla.

Yerimden doğruldum. "Seni piç kurusu," dedim. "Hâlâ adam olmasını öğrenemedin değil mi? İşlediğin bunca günahla bir gün belanı bulacaksın. Ben bu evden çekip gidiyorum. Ne halin varsa gör."

Kolumdan tuttu. "Hiçbir yere gidemezsin," dedi.

"Bırak beni," dedim bağırarak.

Kolumdan tutup tekrar çekiştirdi. Bir tokat attı. "Burada kalıyorsun. Hiçbir yere gidemezsin. İkiniz bu evde birlikte yaşayacaksınız," dedi.

Zeliha yerinden kalktı. "Bırak onu," diye bağırdı Tamer'e.

Tamer, Zeliha'nın kendisine ansızın çıkışmasına şaşırmıştı. "Sen karışma Zeliş," dedi. "Yoksa seni de ayaklarımın altına alırım."

"Pekâlâ," dedi kadın. "Benden günah gitti. İstediğin gibi olsun. Şimdi olacakları sen istedin."

Beş dakika sonra Tamer kanlar içinde yerde yatıyordu. Tamer eve getirdiği genç kadından ölesiye dayak yerken, ben de oturmuş keyiften ve şaşkınlıktan bir sigara yakmış, sigaramı gülerek tüttürüyordum. Tamer âdeta karşısında bir kaplan kesilen Zeliha'ya yalvarıyordu: "Ne olur vurma, yapma..."

On dakika önce karşımda hüngür hüngür ağlayan kız gitmiş, yerine bambaşka biri gelmişti. Çantasını koluna taktı. Bana baktı. "Ben şimdi bu evden çekip gidiyorum," dedi. "Sen de bu evde durmasan iyi edersin."

Ben de hemen çantamı alıp koluma taktım. Yerde kan revan içinde yatan Tamer'e bir tekme attım. Yüzüne tükürdüm. "Tüh sana," dedim. "Bir kadından dayak yiyen erkeğe bundan sonra erkek demem ben. Yazıklar olsun senin gibi erkeğe..."

O sırada Zeliha ayakkabısının ince ve uzun topuğunu getirip, yerde yatan Tamer'in yüzüne bastırdı. "Beni iyi dinle seni piç kurusu," dedi. "Yarın sabah ilk işim bu çocuğu aldırmak olacak. Eğer bir daha karşıma çıkarsan seni dilim dilim keserim. Bunu aklına iyice sok. Sakın ola ki bir daha karşıma çıkma."

Zeliha ile birlikte hemen o evden ayrıldım. Birlikte asansöre bindik. Sinirlerim freni patlayan bir kamyon gibi âdeta boşalmıştı. Katıla katıla gülmeye başladım. "Neden gülüyorsun?" diye sordu.

"Hiç," dedim hâlâ gülerken. "Şeyi merak ediyorum?"

"Neyi?"

"Böyle dövüşmeyi nerede öğrendin?"

Kızın asık suratı biraz olsun yumuşadı. "Kara kuşak sahibiyim. On iki yıldır karate sporuyla uğraşıyorum," dedi.

Asansörden indik. Dışarı çıktığımızda apartmanın kapısının önünde durduk. "Şimdi ne yapacaksın?" diye sordum.

"Yapmam gereken şeyi yapacağım," dedi kararlı bir ses tonuyla. "Yarın ilk işim bu çocuğu aldırmak olacak. Ondan sonra da beni seven anneme dört elle sarılacağım."

"Baban yok mu?" diye sordum anlamsız bir şekilde.

"Ben daha çocukken ölmüş. Beni annem büyüttü."

"Öyleyse dediğini yap. Annene dört elle sarıl."

"Peki, sen ne yapacaksın?" dedi bana.

"Benim yolum belli artık," dedim gözlerim hafiften buğulanırken. "Beni bağrına basacak bir ailem yok. Ama güvendiğim bir kişi var. Sanırım gidip ona sığınacağım..."

Zeliha'yla oracıkta öpüşüp ayrıldık. İkimiz de ayrı yöne giden taksilere bindik. Ben, aylardır aklımdan çıkarmadığım insanın evine, yani bu soğuk kış gecesinde sana geldim...

HEDİYE

←

Saatime baktım. Sabahın dördüydü. İkimizin de uykusu yoktu; ama Yeşim'in yüz ifadesinden yorgun ve bitkin olduğu anlaşılıyordu. Ayağa kalkıp evin içinde turlamaya başladı. Gece, karanlık ve soğuktu. Dışarıda belli belirsiz bir rüzgâr ıslık çalıyordu. Ve o gece anladım ki, yarınlar bizim için dünden çok farklıydı artık. Yeşim evin içinde turlarken bir anda durdu. Koşarcasına yanıma geldi. Kollarını açıp boynuma sarıldı. Yüzünü omzuma koydu usul usul ağlarken. Sarı uzun saçlarını sırtımdan aşağı attı. "Ben buyum işte," dedi hıçkırarak ağlamaya devam ederken. "Ben buyum... Seni bulmuşken yanından ayrılmak istemiyorum."

Ellerimle başını okşadım. "Seninle ayrılmayacağız," dedim çatallaşan sesimle. "Çalıştığın o eve tekrar geri dönmek zorunda değilsin."

Başını omzumdan kaldırdı. Islak gözleriyle bana baktı. "Senin karşında küçük düşmek istemem. Sana asla yük olmam. O eve mecburen tekrar döneceğim."

Dudağımı büzdüm. Mesleği fahişelik olan kadına dikkatlice bir kez daha baktım. Küçük düşmek istememek! Şu sözümü asla unutmayın Adalet Hanım: Bir fahişenin de kendi yargıları ve bu yargılardan oluşan bir onuru var. Yeşim'in söylediği bu sözde yağmur yükünü boşaltmış bulutların aklığı vardı. Ve o anda aklıma kapıcı Ekrem Efendi geldi. Genelevde yıllardır bir kadına neden gittiğini daha iyi anlamıştım. O kadını öz karısı gibi sahiplenmişti. Tıpkı benim Yeşim'i sahiplendiğim gibi...

O karlı gecenin sabahına kadar ikimiz de gözlerimizi kırpmadık. Gecenin karanlık ve soğuk yüzüne günün ilk ışıkları vurduğunda üzerini giyindi Yeşim. Çaresizce ona baktım. Ona haykırıp beni bırakıp gitme demek istiyordum. Ama feri sönmüş gözleriyle bana baktı. "Aşkım," dedi. "Ben gidiyorum artık."

Acıdan gözlerim sızlıyordu. Yüreğim yanıyordu. O anda fark ettim ki, çekip giderken titriyordu sevgilimin elleri. Titrek ellerini getirip ellerime, dudağını da dudağımın üzerine koydu. Beni öptü. "Şunu bilmeni istiyorum," dedi. "Sana hiçbir zaman ihanet etmeyeceğim. Sana bir fahişenin de dürüst ve sıcak bir kalbi olduğunu göstereceğim her zaman. Ancak," dedi. "Senden bir ricam var."

"Ne?" dedim boğuk çıkan sesimle.

"Bir daha çalıştığım eve beni görmeye gelme."

"Neden?" dedim. "Seni tekrar nasıl göreceğim?"

"O onursuz yerde beni başka erkeklerle düşüp kalkarken görmeni kesinlikle istemiyorum. Sen hiç merak etme. Ben sana gelirim..."

"Tamam," dedim içim acıyarak.

O sabah kapıyı çekip giderken arkasından baktım. Ve bana tekrar geleceği günü beklemeye koyuldum. Haftalar sonra yine bir gece vakti çıkageldi. Ayrılık günlerimizin yarattığı özlemden dolayı onu karşımda görünce suratımı ekşittim. Ekşimiş suratıma baktı. "Hayrola," dedi gülerken. "Karadeniz'de gemilerin mi battı? Bu ne surat? Yoksa beni gördüğüne sevinmedin mi?"

Sustum. Bir anda görüşmediğimiz süre boyunca onun başka erkeklerle yatıp kalktığını görür gibi oldum. Âdeta boğulacak gibiydim. Onu gecenin bir vakti karşımda görünce yüreğimde varlığını bilmediğim tuhaf duygular kabardı. Sanki bir fahişeyi sevdiğimi çoktan unutmuştum. Ve o anda çocukça davranıyordum. "Sana söylüyorum," dedi beni öperken. "Beni duymuyor musun? Bu ne surat? Sana karşı bir suç mu işledim?"

"Hayır," dedim. "Bunca haftadır neredesin?"

Gülmeye başladı. "Ooo," dedi. "Demek sevgilim beni özlemiş." Sonra da gelip boynuma sarıldı. Kucağıma oturdu. "Hadi gel," dedi elimden tutup beni yatak odasına doğru sürüklerken. "Hadi gel de sevişelim. Ben de seni çok özledim."

Bu teklifine hayır diyemedim. Haftalardır bunu bekliyordum zaten. Birikmiş ateşli arzularım kısa bir süre sonra onunla sevişirken sönmeye başladı. Başını getirip göğsüme koydu. "Şimdi kendimi affettirdim mi?" diye sordu.

Başını göğsüme koyan kadına gözlerimin ucuyla baktım. Yeşim üzerinde hiçbir hak iddia edemeyeceğim bir eşya gibi geldi bana o anda. Az önce sorduğu sorunun cevabını düşündüm. Ben kim oluyordum da onu affediyordum? Mantıklı olmaya çalıştım. "Kusura bakma," dedim.

"Ne için?" dedi şaşkın şaşkın.

"Az önce sana hesap sormamalıydım."

Elini vücudumda dolaştırdı. Başını göğsümden kaldırdı. Loş ışıkta yemyeşil gözleriyle bana baktı. "İşte buna sevinirim," dedi. "Her gün bir sürü iti kopuğuyla boğuşuyorum zaten. Bu gece sana koşa koşa geldim. Ne olur bari sen bana kapris yapma. Bırak da senin yanında ben biraz kapris yapayım. İnan ki buna çok ihtiyacım var. Yattığım hiçbir erkeğe tahammül edemiyorum artık. Bir tek sana tahammül edebiliyorum. Bu beden herkese ait olabilir; ama bu bedenin içindeki kalp yalnızca senin için atıyor."

O anda içimdeki kasvet kayboldu. Gevşedim. Ne yalan söyleyeyim. Son sözleri hoşuma gitmişti. Galiba insan oluşumuzun aldanışıydı bu. "Görüşmeyeli ne yaptın?" diye sordum konuyu değiştirmek istercesine.

"Gerçekten bilmek istiyor musun?"

"Evet."

"Öyleyse salondan sigaramı getir. Sigaramı içerken anlatayım sana."

"Biz neden salona geçmiyoruz?" dedim. "Sen rakı eşliğinde sigaranı içersin. Ben de bir kadeh şarap içerim."

Yataktan yaramaz çocuklar gibi fırladı. "Oleeey," dedi. Sonra da salona doğru koştu. Peşinden salona girdim. "Soğuktan donmak üzere olan güvercinimi ne yaptın?" diye sordu bir anda.

"Serbest bıraktım. Uçtu gitti," dedim.

Yanıma geldi. Dudağımdan öptü. "Unutma," dedi. "Sevgi, güvene dayanır. Seni her hafta görmesem de her gün aklımdasın."

Bu sözden dolayı utanmıştım. Yanaklarım alev alev yanmaya başladı. "İçkileri getireyim," dedim.

Sigarasını yaktı. "Ev sahibi sensin," dedi.

İçkileri getirdim. Rakısını eline tutuşturdum. "Şerefe," dedim.

"Dur bir dakika," dedi.

"N'oldu?"

"Neye içiyoruz?"

"Hayata içelim."

"Olmaz."

"Neden?"

"Hangi hayata? Beni yatağa çekip altlarına alan erkeklerin olduğu bir hayata mı?"

Baltayı taşa vurmuştum. Hemen lafı çevirdim. "Senin ve benim birlikte olduğumuz anlara içelim," dedim.

Güldü. "Bak! İşte bu olur," dedi. Arkasından da ekledi: "Şerefe!"

"Şerefe," dedim.

Rakısını yudumlarken yüzü aydınlandı. Yanakları pembe bir gül gibi açtı. "Sence," dedi. "Birbirimize benziyor muyuz?"

"Nasıl?" diye sordum şarabımı sehpanın üzerine koyarken.

Kısa bir süre düşündü. "Boş ver," dedi. "Aptalca bir soruydu. Geçen hafta ailemi görmeye gittim Ankara'ya."

"Aileni mi?"

"Tamer'i de yanımda götürdüm."

"Tamer'i mi?"

"Evet. Kocam diye o şerefsizi onlarla tanıştırdım."

"Ailen sizi nasıl karşıladı?"

"Nasıl karşılasınlar. Doğru düzgün suratıma bile bakmadılar. Bir bakıma haklılardı. Biz de bir gece kalıp sonra geri döndük."

"Tamer'le barıştınız mı?"

"Barışmak mı? Kesinlikle hayır. Ama ona ihtiyacım var. Selim haklıydı. Bu âlemde zavaksız olmuyor."

"Diğer kadına ne oldu? Tamer tekrar görmüş mü onu?"

"Yediği onca dayaktan sonra mı?" dedi gülerken.

"Evet."

"Kedi gibi tırsmış. Kızı bir daha hiç aramamış."

"Helal olsun o kıza," dedim. "Tamer gibi adamlara dersini verecek bu tür kadınlara her zaman ihtiyaç var."

Güldü. Sonra da koltuğun üzerine koyduğu çantasına uzandı. Çantayı açtı. İçinden küçük bir kutu çıkardı. Bana uzattı. "Bu ne?" diye sordum.

"Bilmem," dedi dalga geçer gibi. "İstersen bir an önce aç. İçinde ne olduğunu birlikte görelim."

Hediye yapılmış paketi açtım. "İnanmıyorum," dedim. "Buna kaç para verdin?"

Yanıma geldi. Yanağımdan öptü. "Güle güle kullan aşkım," dedi.

"Kaç para verdin bu saate?" diye sordum.

"Seni gidi terbiyesiz," dedi sinirli sinirli. "Alınan hediyenin fiyatı sorulur mu hiç?"

"Özür dilerim," dedim, Rolex marka saati koluma takarken.

"Orijinal saat," dedi Yeşim gülerken. "Sakın sahte olduğunu düşünme."

Saate baktım. "Bu saat kaç bin dolar biliyor musun?" diye sordum.

"Biliyorum," dedi kahkaha atarken. "Saatin parasını ben ödedim."

"Böyle bir hediye almaya ne gerek vardı?"

"İnsan sevdiğine hediye almaz mı?"

Başımı utancımdan eğdim. "Ama ben henüz sana bir hediye almadım," dedim.

"Nasıl alacaksın?" dedi. "Beni kaç kere gördün ki?"

"Utandırdın beni."

"Sana utanman için bu hediyeyi almadım."

"Ama zor para kazanıyorsun."

"Zor ama kolay kazanıyorum."

"Kolay mı?"

"Evet. Bir milletvekilinin aylık kazancını ben üç günde kazanıyorum."

"Gerçekten mi?"

"İnan bana."

"Günde kaç saat çalışıyorsunuz ki?"

"Ortalama on iki saat..."

"Bir şeyi daha merak ediyorum Yeşim," dedim.

"Neyi?"

"Günde ortalama kaç erkekle birlikte oluyorsunuz?"

"Ben çok fazla müşteriyle birlikte olmuyorum. Benim müşterilerim genelde özel insanlar. Onlar çok para verdiği için de kapı kızı değilim."

"Peki, kapı kızları genelde kaç müşteriyle birlikte oluyor?"

"Günde ortalama otuz," dedi.

"Ne?" dedim şaşkınlıktan âdeta küçük dilimi yutarken. "Her gün otuz erkekle mi birlikte oluyorlar?"

"Evet," dedi sakin sakin. "Bayram günlerinde bu sayı biraz daha da artabiliyor."

"Sana inanmıyorum," dedim.

"Merak etme," dedi. "Ben de ilk başlarda inanmamıştım."

"Nasıl olur?"

"Parmak numarası," dedi gülerken.

Dudağımı dişledim. "Unutmuştum," dedim. "Doğru ya! Parmak numarası."

Kısa bir süre gülüştük. Sonra birden, "O adamlarla birlikte olurken o anda ne düşünüyorsunuz?" diye sordum.

"Hangi anda?" dedi Yeşim.

"Hiç tanımadığınız erkeklerle seks yaptığınız anda."

Rakısından bir yudum aldı. "Hiçbir şey," dedi.

Şaşırmıştım. "Gerçekten mi?"

"İnan bana. Tek düşündüğümüz şey o adamın bizimle olan işini bir an önce bitirip paramızı ödemesi. Ben o anda o adamın parasını düşünüyorum."

"Duygusuzsunuz öyle mi?"

Sigarasını yaktı. Dumanı içine çekti. Sonra da sigaranın dumanını ciğerlerinden dışarı salarken bana baktı. "Şimdi ben sana soruyorum," dedi. "Parayla yapılan sekste duygu olur mu?"

"Olmaz," dedim kısık bir sesle.

"Peki öyleyse," dedi. "Sana bir şey söyleyeceğim. Bir tek seninle sevişirken orgazm oluyorum."

"Gerçekten mi?" dedim büyük bir sevinçle.

"Evet. Sen olmasan kadınlığımı unutacağım."

Keyfim yerine gelmişti. Hatta gururlanmıştım. "Yalan söylemiyorsun değil mi?" diye sordum emin olmak için.

"Sevdiğim erkeğe asla yalan söylemem. Bu soruyu bir daha sormamış ol," dedi sert sert.

"Özür dilerim," dedim. "Kötü niyetle sormadım."

"Başka erkekler için bir fahişe olabilirim; ama senin fahişen değilim ben. Seni seven bir kadınım. Senin kılına bir zarar gelmesini istemem."

"Bir soru daha sorabilir miyim?"

"Tabii ki sor. Merak ettiğin her şeyi sor. Benim dünyamla ilgili aklında en ufak bir kırıntı kalmasın."

"Bizim kapıcı Ekrem Efendi söylemişti bana. Genelevde fahişelik yapan kadınlar genelde kader kurbanlarıymış öyle mi?"

Güldü. "Böyle düşünen insanların tanıdıkları mı çalışıyor genelevde?" diye sordu.

O anda Ekrem Efendi'nin genelev müdavimlerinden birisi olduğunu itiraf edemedim Yeşim'e. "Bilmem," dedim. "Bu toplumda size karşı böyle yaygın bir inanış yok mu sence?"

"Ben artık inançsız bir insanım," dedi sigarasının dumanını içine çekerken. "Saçma sapan şeylere inanmıyorum artık. Kader denen şey mutlu bir aileden geçiyor. Evimde mutlu bir insan olsaydım asla bu yola düşmezdim. Bence bizler için kader sözünü kullanmak, öz evlatlarına karşı ayıplı olan anne ve babaların biraz üzerini örtmeye benziyor. O tip anne ve babalar da bize karşı işledikleri suçu gayet iyi bildikleri için, kötü yola düşen kızlarını evlatlıktan reddederek kendi günahlarından kurtulmaya çalışıyorlar; ama nafile. Peki, genelevde bu işi kendi rızasıyla yapan kadınların olduğunu biliyor musun sen?"

"Hayır, bilmiyorum."

"Evet. Aramızda başka meslek guruplarından olanlar bile var."

"Nasıl olur?"

"İnanmazsın ama oluyor işte. Bu kadınlar lüks düşkünü kadınlar. Paraya tapıyorlar. En kolay ve en çok para kazanmanın yolu da fahişelikten geçtiği için bedenlerini bizim gibi satıyorlar."

"Hayret," dedim şarabımdan bir yudum alırken.

"Hayret etme," dedi Yeşim bana, içtiği sigarasının dumanını dışarı salarken. "Bu dünyada hayrete yer yok. Her şey muazzam bir planın parçası gibi tıkır tıkır işliyor."

"Evdeki kadınlar arasında fark var mı?"

"Ne gibi?"

"Ne bileyim; kadınlar arasında sınıf farkı yok mu?"

"Sınıf farkı yok. Hepimiz fahişeyiz; ama yaş farkı var."

"Nasıl?" diye sordum.

"Şöyle... O evde çalışan kadınlar yaşlarına göre dört gruba ayrılıyor. Birinci gruptakiler yirmi üç ila yirmi yedi yaş arasındalar. İkinci gruptakiler yirmi yedi ila otuz beş yaş arasındalar. Üçüncü gruptakiler otuz beş ila kırk yaş arasındalar. Ve dördüncü yaş grubunda yer alanlar ise kırk ve üzeri yaş aralığındalar. Bu yaşlar arasında da müthiş bir müşteri rekabeti var. Mesela o gün bir kadın diğerinden daha fazla iş yapmışsa, o kadının evde havasından geçilmez. Önüne gelen herkese posta koyar. Patron onun önünde diz çöker. Diğer kadınlar da o gün kıskançlığından çatlar," dedi gülerek.

"Sizin için çok müşteri her şey öyle mi?"

"Evet. Çünkü çok müşteri patron için para demek. Şayet benim gibi hatırı sayılır sayıda müşteriye sahipsen, patrona bile eyvallah etmiyorsun. Unutma! Bu âlemin tek bir raconu var."

"Neymiş o racon?"

"Müşteriye karşı delikanlı kız ayaklarına asla yatmayacaksın. Müşteriyi oradan memnun göndereceksin."

"Peki, patron sizin hakkınızda ne düşünüyor?"

"O ne düşünsün. Kasasına koyacağı paraya bakıyor. Canı çektiği zaman da bizimle birlikte oluyor."

"Bu mesleğin sonu ne?"

"Sonu yok. Yaşlanınca açlıktan sürünerek ölüyorsun."

"Neden? Az önce çok para kazandığını sen söylemedin mi?"

"Para kazanıyorsun da kazandığın paranın bereketi yok. Hani bir atasözü vardır: Haydan gelen huya gider. Bizim kazancımız da işte öyle. Fahişenin parasının bereketi olmaz. Bir ev alırsam ne mutlu bana."

"Merakımı bağışla; ama bir soru daha sorabilir miyim?"

"Sor," dedi sigarasının izmaritini kül tablasında söndürürken.

"Erkeklerden nefret mi ediyorsun?"

"Bu dünyada bir tek sana yalan söylemem. Sen hariç bütün erkeklerden nefret ediyorum."

"Anlamıyorum; neden beni diğer erkeklerden ayrı tutuyorsun?"

Kısa bir süre düşündü. "Buz var mı?" diye sordu.

"Var," dedim ve mutfağa gittim. Buzluktan buz kabını çıkardım. Bir bardağın içine birkaç tane buz atıp sonra da salona geri döndüm. "Al," dedim.

"Mersi," dedi. Sonra da bana baktı. "Az önceki sorun," dedi. "Unutmadan cevabını vereyim. Bir tek senin yanında kendimi fahişe gibi hissetmiyorum."

"Anlamıyorum," dedim meraklı gözlerle ona bakarken. "Neden ben?"

"Sığındığım sakin bir liman gibisin sen. Senin yanında kadınlığımı hissediyorum. Çünkü beni, benim seni sevdiğim gibi seviyorsun. Sen bensin. Ben de sen oldum."

Konuşmasına daha fazla devam edemedi. Kesti. Tavana baktı. Düşündüğü bir şey olmalıydı.

Ne düşündüğünü konuşunca anladım. "Senden bir ricam olabilir mi?" diye sordu.

"Tabii ki," dedim.

"Artık sana olan sevgimi sorgulamanı istemiyorum. Sana güven vermiyorsam beni yanında istememe hakkına sahipsin. Söz sana! Eğer benden isteğin bu olursa seni bir daha görmem. Rahatsız etmem."

O anda elim ayağıma dolaştı. "Ne diyorsun sen?" dedim. "Seni her zaman yanımda görmek istiyorum ben."

"Ne kadar istiyorsun?"

İki kolumu omuzlarımın hizasına getirdim. "Seni dünyalar kadar çok istiyorum," dedim.

"Bir gerçeği daha duymak ister misin?" diye sordu.

Keyfim yerine gelmişti. "Söyle," dedim büyük bir mutlulukla.

"Biliyor musun? Sende yalnızlık korkumu gideriyorum. Bu hayattaki yalnızlığımın reçetesisin sen."

"Reçete mi?"

"Reçete ya," dedi. Sonra da gelip yanıma oturdu. Bana sarıldı. "Aramızdaki yaş farkı benim için asla önemli değil. Ben senin genç kalbini seviyorum. Seni sevmekle bir parça da olsa yaşama gücümü tekrar buluyorum."

Sustum. Cevap vermedim. "Bana bak," dedi.

Başımı kaldırıp ona baktım. "Hayat yeterince sahte," dedi. "Sana aşk oyunu oynamıyorum ve asla da oynamayacağım. Gece başımı yastığa yalnız koyduğum zaman tutunacak bir dalımın olmadığını düşünüyorum. Ama aklıma sen gelince duruyorum. Çünkü sen benim bu hayatta tutunacak tek dalım oldun. O dalı ne ben budamak isterim, ne de senin o dalı kesmeni. Senin yanındayken özel kadının olmak istiyorum. N'olur? Bu gece daha fazla soru sorma. Şimdi beni yatak odasına götür. Artık koynunda deliksiz bir uyku çekmek istiyorum..."

KÖTÜ HABER

←

Adalet Hanım şaşkın gözlerle bana baktı. "Ne korkunç hayatlar," dedi. "Ben bu kadarını tahmin etmemiştim doğrusu."

"Maalesef böyle," dedim. "Korkunçtan da öte bir trajedi."

"Merakımı bağışlayın. Sonra ne oldu peki?"

Kısa bir süre düşündüm. Sonra da kaldığım yerden başladım anlatmaya:

***

Yağmurlu bir geceydi. Yağmur âdeta sicim gibi yağıyordu. Camın önünde durmuş, yağmuru seyrediyordum. O anda kapı zili çaldı. Saate baktım. Saat on biri gösteriyordu. Kapıya yöneldim. Megafonun düğmesine bastım. "Kim o?" dedim.

"Benim," dedi. "Kapıyı aç."

Tanıdığım o sese kapıyı açtım. Gecenin bir yarısı çıkıp gelen yine her zamanki gibi Yeşim'di. Kapının önünde onu beklemeye koyuldum. Asansörden dışarı çıktığında yağmurda ıslanan saçlarını kulaklarının arkasına attı. "Aman Allah'ım," dedim. "Yüzüne ne olmuş senin böyle?"

Sinirden burnundan soluyor gibiydi. "Bu gece üstüme gelme," dedi. Sonra da yanımdan bir kuğu gibi süzülüp hızlıca yatak odasına geçti. Arkasından onu takip ettim. Çırılçıplak soyundu. Elinde tuttuğu ıslak giysilerini bana uzattı. "Bunları asar mısın? Ben banyoya girip bir duş alacağım," dedi.

Şaşkın gözlerle ona baktım. "Senin yüzün neden mosmor?" diye sordum.

Yatak odasındaki aynada kendisine baktı. "Çok mu kötü görünüyorum?" dedi sinirli bir sesle.

"Evet," dedim. "Bunu sana kim yaptı?"

"Önce banyoya girmeliyim. Birazdan anlatırım sana. Bana bir duble rakı hazırlar mısın?" dedi soyunup banyoya doğru giderken.

"Bana bak," dedim sinirli sinirli. "Bunu sana kim yaptı?"

Odadan çıkıp giderken arkasını dönüp bana baktı. "Tamer," dedi.

"Tamer mi?" diye sordum.

"Evet. N'oldu?" dedi. "Rakıma bol buz istiyorum."

O anda konuştuğumu duymuyor gibiydi. "Rakının yanında bir bardak da buzlu su istiyorum," dedi.

Çaresizce onun ağzına baktım. "Bunu sana neden yaptı?" diye tekrar sordum.

"Şimdi yıkanmak için banyoya giriyorum," dedi.

"Bana cevap vermeyecek misin?" diye sordum umutsuz bir şekilde.

Cevap vermedi. Arkasını döndü. Banyonun yolunu tuttu. Banyodan çıktığında salonda oturmuş onu bekliyordum. Yüzüm asıktı. Çantasından sigara paketini çıkardı. Bir sigara yaktı. Rakısından bir yudum aldı. "Rakı için teşekkür ederim," dedi.

Bu sefer de ben susmuştum. Ona bir cevap vermedim. Başak sarısı ıslak saçlarını moraran sağ gözünün üzerine saldı. Sonra da başını kaldırıp bana baktı. "Kendime bir kadeh şarap koyacağım," dedim ve oturduğum yerden ok gibi fırladım.

"Yanıma gel," dedi.

Onu dinlemedim. İçki büfesine doğru yöneldim. "Hey koca oğlan! Sana söylüyorum," dedi. "Beni duymadın mı? Hemen yanıma gel. Zaten sinirlerim tepemde. Bu gece içim içimi yiyor."

Kendime bir kadeh şarap doldurdum. Sonra da yanına gidip oturdum. "Siz erkekleri anlamıyorum," dedi.

"Nedenmiş o?"

"Önüme gelen her erkekle para karşılığı yatağa giren bir fahişeyim ben. Şimdi sana soruyorum: Beni fahişe olmaya zorlayan bir erkek beni neden diğerlerinden kıskanır? Sence de bu işte bir gariplik yok mu?" diye sordu ağlarken.

"Var," dedim. Hemen arkasından da ekledim: "Ama kıskançlığın tarifi zordur."

Yağmur damlaları sanki o gece kara boşluğun içine düşüyordu. Yeşim bir ara sözü yağmurla birleştirdi ve dedi ki: "Dışarıda bardaktan boşalırcasına coşkulu bir şekilde yağmur yağıyor. Coşkulu... Ve bu yağmur benim hayatım gibi... Benim hayatım da bu yağmur gibi... Ahmakça bir hayat..."

"Ahmakça mı?" dedim ruhsuz bir ifadeyle.

"He," dedi. "Ahmakça ya! Yağmurun toprakla oynaması gibi Tamer de benimle oynayıp duruyor. Tamer aç. Tıpkı yağmura hasret kuru toprak gibi. Beni hâlâ kadını gibi görüyor. Beni Selim'den kıskanıyor. Selim'in beni koynuna alıp okşamasını bir türlü hazmedemiyor."

Yeşim'in söylediği son söz kara bulutlar gibi gelip yüreğime çöreklendi. Ne tuhaftır ki ben de Yeşim'i bütün erkeklerden kıskanıyordum. Hemen konuyu değiştirmek istedim. "Bu gece bana gelirken neden bu kadar çok ıslandın?" diye sordum.

Rakısından bir yudum aldı. "Yağmurda yürümesini severim," dedi.

Sigarasının dumanını ciğerlerinden dışarı üfledi. "Şunu bilmeni isterim ki," dedi buğulu bir sesle. "Vücuduma yağmur damlaları değince sanki günahlarımdan arınıyorum, âdeta temizlendiğimi hissediyorum."

Ona baktım. Başımı onu anladığımı belli edercesine salladım. "Sana bir soru sormak istiyorum," dedi.

Kadehimi dudaklarıma götürdüm. Gözlerimle Yeşim'i süzdüm. Bana baktı. "İnsan karşılıksız sevebilir mi?" diye sordu.

O anda ona gülümsedim. "Sen beni seviyorsun ya," dedim.

"Senle benim aramızdaki sevgiden bahsetmiyorum. Benim sormak istediğim soru aslında şu: Sevdiği kadına kötülük yapmış biri nasıl olur da senden onu karşılıksız sevmeni bekler?"

Bu sefer de ben gülümsedim. "Aptal mı o insan?" diye sordum.

"Aptal işte," dedi. "Tamer'in beni Selim'den kıskanması aptallık."

"Tamer, Selim'in nesini kıskanıyormuş ki?" diye sordum.

"Bilmem," dedi ve sonra da başından geçen olayı anlatmaya başladı:

***

Dün gece Tamer, adına işyeri dediğimiz o eve uğradı. Ben de son müşterimle yatağa girmiş, sonra da üzerimi giyinmek için yukarı kata çıkmıştım. O sırada odanın kapısı açıldı. Tamer içeri girdi. "Hayrola Tamer," dedim. "Bu saatte geldiğine göre kesin paran bitmiştir."

Sustu. Bir sigara yaktı. Sonra da bana baktı. "Oğlum ölüyor," dedi ağlayarak. "Şu anda yoğun bakımda yatıyor."

Sutyenimi taktım. Pantolonumu giyindim. O anda ona cevap vermedim. "Oğlumun neden hastanede yattığını sormayacak mısın?" diye sordu bana.

"Geçmiş olsun," dedim umursamaz bir tavırla. "Üzüldüm."

Bana ters ters baktı. "Oğluma karşı ilgi alakan bu kadar mı?"

Başımı kaldırıp yüzüne baktım. "Senin oğlunu ben doğurmadım ki! Bu soruyu, onu kim doğurmuşsa git ona sor. O oğlanın anası ben değilim. Benim senden olan oğlum öldü."

"Adamı dinden imandan çıkarma," dedi sinirli sinirli. "Oğlumu senin doğurmadığını biliyorum. Şimdi bana kemiklerini kırdırma."

"Hadi oradan sen de," dedim alaycı bir ses tonuyla.

"Bana bak," dedi. "Senin dilin uzamış."

"Evet! Dilim uzamış. N'olacak?" dedim.

Tamer o anda üzerime doğru yürürken odanın kapısı aniden açıldı. Selim içeri girdi. Tamer olduğu yerde âdeta çivi gibi çakılı kaldı. Selim, Tamer'i karşısında görünce şaşırmıştı. "Hayrola. Bu saatte ne işin var burada?" diye sordu.

"Ne işi olacak?" dedim. "Zavağımın parası bitmiş. Bu gece patronunu söğüşlemeye gelmiş."

Tamer'in yüzü kızardı. Başını yere doğru eğdi. Dişlerini gıcırdattı. O sırada Selim yanıma geldi. Eğilip boynumdan öptü. "Hazır mısın sultanım?" diye sordu.

Tamer'i kıl etmek için Selim itini öptüm. "Hazırım hayatım," dedim. "İstediğin zaman çıkabiliriz."

"Hadi öyleyse çıkalım," dedi.

"Bir saniye," dedim ve çantamın ağzını açtım. Bir miktar parayı çıkarıp Tamer'in önüne fırlattım. "Al şu parayı," dedim. Sonra da Selim'in koluna sarılıp odadan dışarı çıktım. O anda Tamer'in yüzünü görmeliydin. Yüzü morgda yatan bir ölünün bedeni gibi mosmordu. Tamer, Selim'in bana karşı olan ilgisinden son derece rahatsızdı. Hatta bir gece vakti beni taksiyle eve bırakırken sormuştu: "Selim Bey'le aranda özel bir ilişki mi var?"

O anda Tamer'i işkillendirmek için sorduğu soruya cevap vermemiştim. Sorduğu soruya cevap vermediğimi görünce de parmaklarıyla bileğimin üstüne bastırdı. Sonra da eğilip kulağıma şu sözü fısıldadı: "Ona âşık olursan ikinizi de öldürürüm."

Sustum. Ona yine cevap vermedim. Her neyse... Bu öğle vakti Selim'in evindeyken telefonum çaldı. Arayan Tamer'di. "Neredesin?" diye sordu.

Gözlerimi zar zor açtım. Yatakta bir sağa bir sola dönüp gerindim. "Sana ne?" dedim. "Nerdeysem oradayım. Seni ne ilgilendirir."

"O köpeğin evinde misin hâlâ?"

"Evet. N'olmuş?"

"Bekle," dedi. "Şimdi oraya geliyorum."

Telefon çat diye yüzüme kapandı. Dııt sesi kulaklarımda yankılandı. Selim erkenden çıkmıştı. Evde bir tek hizmetçi kadın vardı. Hemen yataktan doğruldum. Çabucak üzerimi giyindim. Çantamı koluma taktım. Ayakkabılarımı ayağıma geçirdim. Evin kapısını açtığımda bir de ne göreyim? Tamer tam karşımda duruyor. "Demek kaçıyorsun ha," dedi ve kolumdan tuttuğu gibi beni tekrar eve sürükledi. Belinden tabancasını çıkardı. "O Selim olacak ırz düşmanı nerede?" diye sordu.

Hizmetçi koşarak odadan içeri girdi. "Aman Allah'ım," diye çığlığı bastı. Tamer elinde tuttuğu silahın namlusunu kadına çevirdi. "Bağırma lan," dedi. "Geç şu kanepeye otur."

Hizmetçi kadın korkudan kendisine söyleneni yaptı. Geçip kanepenin bir köşesine oturdu. Tamer daha sonra dönüp bana baktı. Silahın kabzasıyla yüzüme vurdu. "Söyle orospu," dedi. "O adamda ne buluyorsun?"

Elimi getirip tabancanın kabzasının değdiği yere koydum. Yüzüm sızım sızım sızlıyordu. "Ne yaptın sen?" dedim.

"Sus. Sana sorduğum soruya cevap ver. O it herifte ne buluyorsun?"

Cevap vermedim. Tabancanın kabzası bir kez daha havaya kalktı ve gözümün üzerine indi. O anda gözlerim karardı. Yere düştüm. Yere düşer düşmez karnıma bir tekme attı. Tekmenin arkasından da, "Seni o adama yar etmeyeceğim orospu karı. Bunu en yakın zamanda göreceksin," dedi.

Hıçkıra hıçkıra ağlıyordum. Çantamı aldı. Cüzdanımın içini boşalttı. Sonra bir tekme daha savurdu ve evden çekip gitti. Kendime geldiğimde hizmetçi kadın telefonda Selim'e bir şeyler anlatıyordu. Telefonu kapattıktan sonra yanıma geldi. "Siz iyi misiniz?" diye sordu.

"Bana bir taksi çağırın lütfen," dedim.

"Bu halde nereye gideceksiniz?"

"Evime gitmek istiyorum."

"Selim Bey hiçbir yere gitmesin. Birazdan geliyorum, dedi."

"Bana bir taksi çağırın lütfen. Kendimi çok kötü hissediyorum."

Hizmetçi kadını zor da olsa ikna ettim. Bana bir taksi çağırdı. Taksiye atladığım gibi eve geldim. Cep telefonumu kapattım. Saatlerce hüngür hüngür ağladım. Sonra da ağladığım yerde içtiğim içkinin etkisiyle olsa gerek sızıp kaldım. Kendime geldiğimde çoktan karanlık çökmüştü. O sırada sen aklıma geldin. Ve bir taksiye atladığım gibi sana geldim bu gece. İzleniyor olabilirim diye de eve yakın bir yerde taksiden inip yürüdüm.

"İyi yaptın," dedim.

"Bilmem," dedi. "İyi mi yaptım yoksa kötü mü? Ama içimden bir ses bu geceyi seninle birlikte bu evde geçirmemi söyledi."

Güldüm. "İçindeki sesi her zaman dinlemelisin," dedim.

"Her zaman değil. Bazen içindeki ses de şaşabiliyor."

Kısa bir süre düşündüm. "Haklısın," dedim. "Ama içindeki ses en azından bu gece seni yanıltmadı."

"Evet," dedi ve sonra da aniden sustu.

"Neden sustun?"

"Hiç."
"Hadi söyle. Neden sustun?"
"Bazen düşünmüyor değilim."
"Neyi?"
"Kötü anlarımda bu eve gelerek seni kullanıyor muyum?"
"Bu ne biçim bir söz?"
"Bilmem. Gelirken bunu düşündüm. Biliyorsun değil mi? Seni asla kullanmam. En azından bilinçli bir şekilde."
"Beni kullanmıyorsun. Bir daha sakın bu düşüncelere kapılma."
"Kapılma diyorsun ama kapılıyorum. Çünkü bu dünyada bir tek seni seviyorum. Tamer, Selim'i kıskanacağına esas seni kıskanmalı."
Güldüm. "Bu eve her zaman gelebilirsin. Bu eve gelmek için kendini frenlemeye kalkma. Bunun için de bana söz ver."
"Söz mü?"
"Evet. Söz vermeni istiyorum."
"Ne için söz verecekmişim sana? Yalnızlık zamanlarımda evine gelip senin başını ağrıtmak için mi?"
Duyduğum bu söz karşısında yüzüm asıldı. "Böyle düşünmene üzüldüm. Şimdi ben senin yalnızlık zamanlarının erkeği mi oluyorum?" dedim.
Hemen gelip boynuma sarıldı. "Hayır, sevgilim," dedi. "Ben seni kırmak istemiyorum.

Seni kullanmak istemiyorum. Bazen seni de kendi dertlerimle boğduğum için kendimi suçlu hissediyorum. Sana kötülük yaptığımı düşünüyorum."

"Bırak onu ben düşüneyim," dedim.

Sustu. Cevap vermedi. Sonra da usulca yerinden doğruldu. Elimden tuttu. Beni yatak odasına götürdü.

***

O gecenin ertesi sabahı Yeşim erkenden uyandı. "Hayrola," dedim. "Uyku tutmadı mı?"

"İşe gitmem gerekiyor."

"Bu suratla mı?"

"Dünden beri hiç kimse nerede olduğumu bilmiyor. Selim kudurmuştur şimdi."

"Kudursun o pezevenk," dedim sinirli sinirli.

Güldü. "Yoksa," dedi. "Sen de mi onu kıskanıyorsun?"

"Nesini kıskanacağım o pezevengin?" dedim.

Gelip belime sarıldı. Yanağıma bir öpücük kondurdu. "İyi ki hayatımda varsın," dedi. "Seni gerçekten çok seviyorum. Bunu asla unutma. Şimdi bana müsaade."

"Müsaade senin," dedim.

O sabah yine her zaman olduğu gibi erkenden çekip gitti Yeşim. İlginçtir, o sabah ilk kez balkona çıkıp arkasından baktım. Ve yine ne ilginçtir ki o da başını kaldırıp yukarı doğru baktı. Beni görünce gülümsedi. Parmaklarını dudaklarına götürdü. Parmaklarını öptü. Sonra da öptüğü parmakları bana doğru uzattı. Ben de ona aynı hareketle karşılık verdim.

Ertesi gün sabahın erken vaktinde kapı zili acı acı çaldı. Söylene söylene yataktan doğruldum. Kapıyı açtım. Karşımda kapıcı Ekrem Efendi duruyordu. "Hayrola Ekrem Efendi. Bu erken gelişlerinizden korkuyorum sizin," dedim. "Yine bir şey mi oldu?"

Bu sözlerim karşısında Ekrem Efendi başını yere doğru eğdi. "Beni utandırdınız Cemil Bey," dedi. "Şimdi bu sözlerinizin üzerine ne diyebilirim ki?"

"Şaka yapıyorum Ekrem Efendi. Siz de hemen çocuk gibi alınmayın. Ne diyecekseniz hemen deyiverin."

"O kadın," dedi elindeki gazeteyi bana uzatırken.

"O kadın da kim?"

"Buraya gelen kadından bahsediyorum."

"Yeşim'den mi?"

"Evet."

O anda kötü bir şey olduğunu sezdim. Yüreğim de bunu sezmiş olacaktı ki küt küt atmaya başladı. "N'olmuş Yeşim'e?" diye sordum bedenim zangır zangır titrerken.

Ekrem Efendi bana dikkatlice baktı. "Gerçekten haberiniz yok mu? Akşam haberlerini izlemediniz mi?"

Yüreğim boğazımda atıyordu sanki. Sesimi sertleştirdim. "İzlemedim Ekrem Efendi. Ne olduğunu çabucak söyleyecek misiniz bana?"

"Ekmek dağıtmam gerekiyor Cemil Bey," dedi alıngan bir ses tonuyla. "Siz en iyisi gazeteyi okuyun."

Gazetenin sayfalarını hızla çevirmeye başladım. Elim tir tir titriyordu. "Söylediğin haber nerede Ekrem Efendi?" diye sordum. "Bulamıyorum."

Ekrem Efendi merdivenleri çıkmak üzereyken dönüp bana baktı. "Üçüncü sayfaya bakın Cemil Bey," dedi.

Kapıyı kapattım. Hemen gazetenin üçüncü sayfasını açtım. Sayfayı açmamla âdeta küçük dilimi yutacak gibi oldum. Gözlerim buğulandı. "Olamaz. Hayır, hayır... Bu asla olamaz," diye ağlayarak kendi kendime söylendim. Bir çırpıda okuduğum haberi tekrar yeniden okudum. Bir kez daha... Bir kez daha... Gazeteye basılan fotoğrafa baktım. Tamer'i ilk kez gördüm. Selim'in vesikalık bir fotoğrafı da haberde kullanılmıştı. Üçüncü sayfaya manşet olan haberin başlığı şöyleydi: Ünlü genelev patronu Selim Bozkır dün gece hunharca öldürüldü! Olayla ilgili biri kadın, beş kişi tutuklandı. Sanıkların adları şöyle: Yeşim Erçetin, Tamer Bakır... Olayla ilgili araştırma çok yönlü sürerken, cinayetin gasp sonucu işlendiği ilk ifadelerde tespit edildi...

O anda olduğum yere yığılıp kaldım. Elim ayağım âdeta buz kesmişti. Yeşim'in dün gece söylediklerini tek tek düşündüm. Tamer'in şu sözü beynimin içinde yankılandı: *Seni o adama yar etmeyeceğim. Bunu en yakın zamanda göreceksin...*

Tamer, gerçekten de dediğini yapmıştı. Selim'i öldürmüştü; ama anlamadığım şey şuydu: Yeşim'in o fotoğraf karesinin içinde ne işi vardı? Bu gerçeği de ne yazık ki tam bir ay sonra öğrendim...

***

"O bir aylık süre içinde hiç görüşme fırsatınız olmadı mı?" diye sordu Adalet Hanım.

"Olmadı."

"Neden onu cezaevinde görmeye gitmediniz?"

"Gittim. Hem de iki kez gittim; ama beni onunla görüştürmediler."

"Kim görüştürmedi?"

"Cezaevi görevlileri."

"Neden?"

"Bir neden belirtmediler."

"Sonra ne oldu?"

"Yaklaşık bir ay sonra bir mektup aldım."

"Yeşim'den mi?"

"Yeşim'in avukatından."

"Avukatı mı?"

"Evet. Kendisini savunmak için tuttuğu avukattan."

"Peki, ne yazıyordu o mektupta?"

"Bir saniye," dedim ve oturduğum yerden kalktım. Çekmeceyi açtım. Çekmeceden mektubu çıkardım. Yerime geçip oturdum. "Biliyor musunuz? Bu mektup Yeşim'in bana yazdığı ilk ve son mektuptur. Mektubu size okumamı ister misiniz?"

"Sizin için sakıncası yoksa lütfen okuyun," dedi Adalet Hanım.

Yakın gözlüğümü taktım. Sonra da Yeşim'in cezaevinden bana yazdığı mektubu okumaya başladım:

Sevgili Cemil,

Hatırlar mısın? Bir konuşmamızda sana şöyle seslenmiştim: Kötü arkadaşın kötülüğü gelip bulaşır insana... Ne yazık ki Tamer'in kötülüğü de gelip bana bulaştı. Âdeta bir gölge gibi beni arkamdan takip etti. Tamer beni genelevden sonra şimdi de cezaevine soktu. Kendi cezaevine girerken beni de yanında götürdü. Meğerse ne kadar tehlikeli bir adammış. Şimdi açık açık kabul ediyorum. Son zamanlarda onu hafife almıştım; ama yanılmışım. Selim'i kendi gibi birkaç sefil arkadaşıyla plan yaparak öldürmüş. Adama sabaha kadar işkence yapmışlar. Defalarca tecavüz etmişler. Tamer ona tecavüz ederken de şunu söylemiş: Sen benim kadınıma bu evde tecavüz ettin. Bu gece ben de sana tecavüz ederek seninle hesaplaşacağım... Selim; yapmayın, etmeyin, yalvarırım, size istediğiniz kadar para veririm demesine rağmen ne yazık ki o gece tecavüzden, işkenceden ve öldürülmekten kurtulamamış. Tamer, Selim'i evdeki çamaşır ipiyle boğarak öldürmüş. Selim'i öldürdükten sonra da evdeki bir miktar parayı, cep telefonlarını ve biraz da ziynet eşyasını alarak evden kaçmışlar. Selim'in cesedini sabah erkenden eve gelen hizmetçi kadın bulmuş. Hemen polise haber vermiş. Sonra da Tamer'in bir gün önce Selim hakkında söylediklerini polise aktarmış. Polisler de cep telefonunun sinyalini izleyerek Tamer'i kıskıvrak yakalamışlar. Tamer olaya karışan diğer arkadaşlarının adını polislere öttüğü gibi, benim adımı da vermiş. Senden ayrıldığım gün öğle vakti polisler eve baskın yaptı. Beni de gözaltına aldılar. Karakolda dayak zoruyla ifademi aldılar. Benim bir suçum yok desem de, beni yine de dövdüler. Onları suçsuz olduğuma inandıramadım. Çünkü bir fahişenin sözüne inanmak istemediler. Kendi bildikleri gibi yazdıkları tutanağı önüme koydular. İmzala dediler. Tutanağı zorla imzaladım. Bir ara karakolda Tamer ve hiç tanımadığım o sefil adamlarla bir odanın içinde baş başa kaldım. Tamer'in yüzüne kan tükürdüm. Bunu bana neden yaptığını sorduğumda, verdiği cevap beni kendisinden daha da tiksindirdi.

"Senin için adam öldürdüm. Seni dışarıda bir başına bırakamazdım. Ben nereye gidiyorsam, sen de arkamdan oraya geleceksin..." Bu sözleri üzerine hıçkıra hıçkıra ağlamaya başladım; ama iş işten geçmişti. Polis, birkaç gün bizi karakolda tuttuktan sonra adliyeye sevk etti. Mahkemedeki savcı da tutuklanıp hapse atılmamıza karar verdi.

Sevgilim, sana bu mektubu beni savunması için tuttuğum avukatımla birlikte gönderiyorum. Şunu bilmeni isterim ki, şayet bana yardım etmezsen buradan ölüm çıkacak. Avukatımla görüştüm. Mahkemenin hakkımızda vereceği cezayı öğrendim. Ağırlaştırılmış ömür boyu hapis... Yani senin anlayacağın aşkım, başım büyük bir belada. Ve senin tanıklığına ihtiyacım var. Hatırlar mısın? Sana en son geldiğim gece şunu söylemiştim: İyi mi yaptım yoksa kötü mü? Ama içimden bir ses bu geceyi seninle birlikte geçirmemi söyledi. Hiç unutmam. Sen de bana aynen şöyle demiştin: İçindeki ses en azından bu gece seni yanıltmadı. Şimdi düşünüyorum da canım aşkım sen haklıymışsın...

İçimdeki o ses şimdi benim kurtuluş ışığım oldu. O gece iyi ki sana gelmişim. Şimdi sana gözü yaşlı bir şekilde sesleniyorum. Mahkemede, olayın olduğu gece yanında olduğuma dair tanıklık yapar mısın? Benim umut ışığım olur musun? Yalvarırım sana. Beni buradan kurtaracak biri varsa, o da sensin. Beni buradan kurtar. Kurtar ki tekrar koynuna girebileyim. Yalnızlık zamanlarımın evinin kapısını tekrar açabileyim... Seni seviyorum koca adam. Seni seviyorum... N'olur beni buradan kurtar...

Mektubu katlayıp sehpanın üzerine koyarken hüngür hüngür ağlıyordum. Elimin tersiyle gözyaşlarımı sildim. Adalet Hanım'a yaşlı gözlerimle baktım. O da benim gibi ağlıyordu. "Görüyor musunuz Adalet Hanım?" dedim. "Kaderinin böyle olacağını bilebilseydim ona hiç yardım eder miydim? Onu, o mahpus damlarında çürümeye bırakırdım. En azından bilirdim ki dört duvarın arasında da olsa, o orada yaşıyor. Şimdi yaşayıp yaşamayacağından bile emin değilim..."

"Kendinizi suçlamayın," dedi Adalet Hanım. "Siz doğru olanı yaptınız."

Acı acı güldüm. "Öyle mi?" dedim. Sonra da elimin tersiyle son kalan gözyaşlarımı sildim. Nazire'ye seslendim: "Nazire kızım! Bizim kahvelerimizi tazele." Adalet Hanım'a dönüp baktım. "Evet," dedim. "Anlatacağım hikâye bugün burada bitti. Bundan sonrası artık sizin kaleminize kalmış..."

Adalet Hanım gözlerini gözlerime dikti. Yüzünde âdeta bir çocuğun saflığı vardı. "İnşallah Cemil Bey," dedi. "Yazacağım kitabı şu oturduğunuz kanepede Yeşim'le birlikte okursunuz."

O anda içime bir hüzün çöktü. "İnşallah," dedim düşünceli düşünceli ve arkasından da son kez Adalet Hanım'a sordum: "Uzun yıllar sonra bir kadına neden âşık olduğumu biliyor musunuz?"

"Siz söyleyin," dedi Adalet Hanım, gözlerini kısıp bana meraklı meraklı bakarken

"Bütünüyle sevilen insan âşık olunandır," dedim. "Ben ve Yeşim bütün olmuştuk. Âdeta iç içe geçmiştik. Almadan birbirimize verdik. İkimiz de çıkarlara dayanan duygulardan yoksun kaldık. Yoksun kalınca da birbirimize âşık olduk. O, bende kendisini; ben de yıllar sonra tekrar onda Eliana'mı buldum; ama kör talihe bakın ki Eliana'm gibi onu da genç yaşta kaybetmek üzereyim. Bu da benim makûs talihim, kör yazgım olsa gerek..."

KATİL

7 Temmuz akşamı...

Uçağın tekerlekleri Atatürk Havalimanı'nın pistine değdiği anda hüngür hüngür ağlamaya başladım. Birkaç gündür ağlamaktan yüzüm gözüm şişmiş, davul gibi gerilmişti. Yanımda oturan bir kadın yolcu bana baktı. "Siz iyi misiniz hanımefendi?" diye sordu.

"Değilim," dedim çatallaşan sesimle. "Değilim hanımefendi, değilim..."

Kadın şaşırmıştı. "Öyleyse neden ağlıyorsunuz?"

"Hiç," dedim. "Hayatın hiçliğine ağlıyorum."

"Pardon," dedi kadın. "Anlamadım sizi."

Siyah camlı gözlüklerimin arkasından kadına baktım. "Boş verin siz," dedim. "Ben de olup bitenleri anlayamadım zaten. Her şey o kadar hızlı gelişti ki."

O sırada uçağın motorları durdu. Bütün yolcular aynı anda oturdukları koltuklardan kalktı. Başuçlarında duran dolapların kapağını açıp, küçük el çantalarını aldılar. Uçağın kapısı açılır açılmaz da herkes tek sıra halinde uçaktan inmeye başladı. Çıkış kapısına doğru ilerledim. Kapıda duran iki hostes bana bakıp gülümsedi. İçlerinden biri, "Umarız seyahatiniz iyi geçmiştir Adalet Hanım," dedi.

Hosteslere baktım. Hepsinin ayrı ayrı kendilerine göre ve kendileri tarafından yazılmış öyküleri olmalıydı... Tıpkı Yeşim gibi... Tıpkı... Tekrar hüngür hüngür ağlamaya başladım. Hosteslerden biri elini getirip omzuma koydu. "Siz iyi misiniz Adalet Hanım?" dedi.

Elimde tuttuğum mendille yanağıma düşen gözyaşlarımı sildim. Dudağımı hafifçe oynattım. "Ne desem bilmem ki," dedim. "Yaşamın çirkinlikleri karşısında iyi olabilmek zordur."

Bu sözlerim üzerine iki hostes şaşkın bir yüz ifadesiyle birbirlerine baktı. "İyi günler," dedim hostes kızlara ve uçağın merdivenlerinden aşağıya doğru inmeye başladım. Havaalanından çıkıp taksiyle eve doğru yola koyulurken, kapalı olan cep telefonumu açtım. Cep telefonumun rehberinde kayıtlı olan ve olmayan birçok numaradan cevapsız aranmıştım. Sonra telefonun mesaj kısmına girdim. Gelen mesajlara baktım. Okuduğun ilk mesaj şöyleydi: *Katili yakaladık... Cinayet masasından Çetin Polat... Beni bu numaradan arayın lütfen...*

O anda heyecandan ne yapacağımı bilemedim. Vücudum soğukta üşüyen bir kuşun kanadı gibi tir tir titredi. Sonra hemen telefona sarıldım. Çetin Bey'i aradım. Telefon uzun uzun çaldı; ama cevap veren olmadı. Sabırsızlıktan içim içimi bir kurt gibi kemiriyordu. Âdeta taksinin içinde kıvranıp duruyordum. O mesajdan sonra düşüncelerim allak bullak olmuştu. Beynimin içinde "Acaba ne olmuştu? Bunu ona kim yapmıştı?" gibi sorular sorup duruyordum; ama lanet herif telefonuma cevap vermiyordu. Ve taksinin şoförü havalimanı kavşağından sahil güzergâhına girdiği sırada telefonum çaldı. Hemen telefonun ekranına baktım. Arayan Çetin Bey'di. Titrek parmağımla telefonun tuşuna bastım. "Evet, Çetin Bey," dedim heyecanlı bir ses tonuyla. "Az önce mesajınızı okudum. Hangi alçak yapmış bunu?" diye sordum.

"Neredesiniz Adalet Hanım?" diye sordu sakin bir ses tonuyla.

"Yoldayım," dedim yüreğim heyecandan boğazımda atarken. "Taksideyim. Eve geliyorum. Allah aşkına söyleyin. O cani kimmiş?"

"Sizin evde buluşalım mı?" diye sordu.

"Evde mi?"

"Evet. Telefonda size bilgi veremem. Ama isterseniz evde bütün detayları anlatabilirim. Şu anda ben Beyoğlu'ndayım. Siz de yanlış hatırlamıyorsam Cihangir'de oturuyordunuz değil mi?"

"Tamam," dedim. "Bir saat sonra benim evde buluşalım. Size açık adresimi vereyim..."

Eve geldim. Salona geçip oturdum. Az sonra aşağıdan kapının zili çaldı. "Kim o?" diye seslendim megafondan.

"Ben Çetin Polat."

"Asansör yok. En üst kata çıkın lütfen," dedim. Artık neler olup bittiğini öğrenebilecektim. Kapıyı açıp bekledim. Yukarı kata çıktığında nefes nefese kalmıştı. "Kusura bakmayın," dedim. "Asansörümüz yok."

"Olsun," dedi. "Ziyanı yok."

"İçeri girin lütfen," dedim ve arkasından da hemen sordum: "Bunu yapan o alçak kimmiş?"

"Bir bardak su alabilir miyim?" dedi Çetin Bey, az önce sorduğum soruya duymamışçasına.

"Tabii ki," dedim. "Dolapta soğuk soda olacak. İster misiniz?"

"Olur," dedi. "Size zahmet olmazsa alabilirim."

Hızlı adımlarla mutfağa geçtim. Kendime de bir kadeh viski koyduktan sonra tekrar terasa çıktım. "Buyurun Çetin Bey," dedim. "N'olur? Beni daha fazla merakta bırakmayın. Şimdi bana her şeyi en başından anlatır mısınız?"

"Olanlara inanamadım," dedi Çetin Bey. "Memurluk hayatım boyunca ilk kez böyle bir olayla karşılaştım."

Dudağımı büzdüm. "Yoksa Cemil Bey'i öldüren cani, sabıkalı hırsızlardan birisi değil miymiş?"

"Hayır."

"Kimmiş öyleyse? Allah aşkına hemen söyleyiniz!"

"Katili siz de tanıyorsunuz," dedi bir çırpıda.

Şaşırmıştım. "Nasıl?" diye sordum. "Ben onun kim olduğunu biliyor muyum?"

"Evet."

"Kim?"

"Tamer."

"Ne? Tamer mi?"

"Evet. Cemil Bey'in katili ne yazık ki Tamer çıktı."

"Nasıl olur?" dedim şaşkınlıkla. "Bu adam cezaevinden kuş olup dışarıya uçmadı ya?"

Çetin Bey içeceğinden bir yudum aldı. "Ne yazık ki kuş olup uçmuş puşt herif," dedi. "Hem de hepimizi fena halde yanıltarak."

Boş gözlerle Çetin Bey'e baktım. Dilim damağım âdeta kurumuştu. "Nasıl? Nasıl olur?" dedim kendi kendime söylenirken.

"Peki," dedi Çetin Bey. "Siz Yeşim'i vuran kişinin kim olduğunu biliyor musunuz?"

"Kimmiş?" diye sordum. Hemen sonra da, "Durun bir dakika. Durun, durun... Yoksa..."

"Evet. Ne yazık ki Yeşim'i vuran da Tamer'miş."

Viskimden kocaman bir yudum aldım. İnce, uzun mentollü sigaramı yaktım. "Nasıl olur?" diye kendi kendime mırıldandım. "Bütün bunlar nasıl olur? Bana söyler misiniz? Adam cezaevinden hangi arada çıkıp da bu cinayetleri işledi?"

Çetin Bey yüzüme baktı. "Mahkemenin Yeşim'i serbest bıraktığı gün," dedi.

"Ne?"

"Yeşim'in serbest kaldığı gün Tamer de firar etmiş."

"Durun bir dakika," dedim ağlamaklı sesimle. "Söylediklerinizden hiçbir şey anlamadım. O gün Tamer firar ettiyse, şu anda cezaevinde tutuklu olan insan kim?"

"Sefer," dedi.

"Sefer mi?"

"Evet."

"O da kim?"

"İkiz kardeşi."

"Ne? İkiz kardeşi mi?"

"İkiz kardeşi ya! Tamer ile Sefer tek yumurta ikizleri."

O anda dünya âdeta başıma yıkıldı. Şaşkınlıktan oturduğum sandalyeye yığılıp kaldım. Parmaklarımı saçlarımın arasında dolaştırdım. "Emin misiniz Çetin Bey?" diye sordum. "Bu anlattığınız şeyler filmlerde olur."

"Biliyorum," dedi sodasından bir yudum daha alırken. "Biz de polis arkadaşlarla aynı sizin düşündüğünüz gibi düşündük. Film gibi... Ama unutmayın ki filmler de insanoğlunun hayatlarından alınmadır."

"Tamer şimdi nerede?"

"Olması gereken yerde. İkiziyle birlikte cezaevinde."

"Kusura bakmayın Çetin Bey," dedim yorgun ve bitkin bir halde. "Hâlâ bazı şeyleri anlayabilmiş değilim. Tamer nasıl firar etmiş?"

Çetin Bey çantasından bir paket sigara çıkardı. Bir sigara yaktı. Sigaranın dumanını karanlık gökyüzüne doğru üfledikten sonra başını çevirip bana baktı. "Anlatayım," dedi. "İkiz kardeşi Sefer daha önce hırsızlıktan ve adam yaralamaktan birkaç kez içeri girip çıkmış. Tamer'in Selim'i öldürdüğü hafta da cezaevinden henüz dışarı yeni çıkmış."

"Kaç kardeşlermiş bunlar?"

"On üç."

"On üç mü?"

"Sekiz erkek, beş de kız kardeşlermiş. Tamer'in babası tam üç kez evlenmiş."

"Bu bilgileri ne zaman öğrendiniz?"

"Cemil Bey'in öldürüldüğü gecenin sabahı öğrendim. Daha önce bağlı olduğu nüfus idaresinden kütüğünü istemiştim. İkiz kardeşi olduğunu da ilk kez o kütükte gördüm."

"Peki, bu adam o zaman tabancayı kimin üzerine almıştı?"

"Sabıkası olmayan başka bir kardeşinin üzerine almış."

Viskimden kocaman bir yudum aldım. "Pekâlâ," dedim. "Bu adam cezaevinden nasıl kaçmış?"

"Tamer ikiz kardeşi Sefer'le yer değiştirmiş. Duruşmadan beş gün önce Sefer, Tamer'i ziyarete cezaevine gidiyor. Tamer kafasında kurduğu planı ikizi Sefer'e anlatıyor."

"Plan neymiş?"

"Yeşim'in tuttuğu avukat ne yazık ki büyük bir hata yapıyor. Cemil Bey'den aldığı yazıyla Tamer'e gidiyor. Suçu üstlenmesini, yoksa Cemil Bey'in Yeşim lehine şahitlik yapacağını söylüyor. Ve Tamer ilk kez orada Cemil Bey'in varlığını öğreniyor."

"Sonra ne oluyor?"

"Tamer sinirden küplere biniyor. Avukata tehditler savuruyor. Sonra da oturup kardeşiyle bu planı yapıyor."

"İyi de mahkeme günü nasıl firar etmiş?"

"Mahkeme gününden tam bir gün önce Sefer tekrar cezaevine Tamer'i görmeye gidiyor. Tamer'i görmeye giderken de yanında kıyafetler götürüyor."

"Ne kıyafeti?"

"Pardon," dedi Çetin Bey. "Varsa bir tane daha soğuk sodanızdan alabilir miyim? Doğrusu, bu sıcak havada çok iyi geldi."

İçimden söylenerek yerimden kalktım. Mutfağa gittim. Dolabı açıp bir tane soda çıkardım. Tekrar terasa döndüm. "Eee," dedim. "Sonra..."

"Teşekkür ederim," dedi Çetin Bey.

"Afiyet olsun," dedim sabırsız bir şekilde.

"Sonrası şu: Tamer'in mahkeme günü giyeceği kıyafetin aynısından kendisine de almış Sefer. Tamer bir ara kendisini cezaevinden mahkemeye getiren jandarmalara tuvalet ihtiyacı olduğunu söylemiş. Jandarma erlerinden biri de Tamer'i adliyenin tuvaletine götürmüş. Bileğine takılı olan kelepçeyi çıkarmış. Tamer tuvalet kabinine girmiş. Tahmin edin kabinde kim varmış?"

"İkizi Sefer!"

"Aynen tahmin ettiğiniz gibi."

"Tamer o kadar tuvalet kabinin içinden Sefer'in o kabinde olduğunu nasıl tahmin etmiş?"

"Güzel bir soru; ama Tamer bunu tahmin etmemiş. Sefer, Tamer'in doğru kabini bulması için önceden anlaştıkları şekilde kabinin üzerine bir işaret koymuş. Tamer birkaç dakika Sefer'le aynı kabinde kalmış. Bir süre sonra kabinin kapısı açılmış Tamer'in yerine Sefer dışarı çıkmış."

"Asker hiç şüphelenmemiş mi peki?"

"Ne yazık ki hayır. Hatırlar mısınız?"

"Neyi?"

"Cemil Bey'e gelen o tehdit mektubunu."

"Evet."

"O zaman Tamer'le görüşmek için cezaevine gitmiştim. Meğerse o mektubu da Tamer kardeşi Sefer'e yazdırmış. Bu yüzden cezaevinden gönderilen mektuptaki el yazısı Tamer'inkiyle uyuşmadı. Tamer'i tutukladığım zaman şu gerçeği gördüm ki, o askerin o anda böyle bir olaydan şüphelenmesi imkânsızmış. Tamer ile Sefer birbirinin âdeta kopyası gibiler. Ben bunu kendi gözlerimle gördüm. Aynı kıyafeti giydikleri için de asker hiç şüphelenmemiş. Sefer, Tamer'in yerine tuvaletten çıkınca da jandarma eri kelepçeyi koluna vurduğu gibi tekrar diğer mahkûmların arasına götürüp koymuş."

"O sırada da Tamer oradan kaçmış, öyle mi?"

"Evet. Firar eder etmez de ilk iş olarak Yeşim'i vurmuş. Sonra da bir dahaki duruşma tarihini beklemeye koyulmuş."

"Neden?"

"Bir dahaki duruşmada yine aynı numarayla Sefer'le yer değiştirip tekrar cezaevine girecekmiş. Fakat o arada birkaç kez de Yeşim'in şu anda yoğun bakımda tutulduğu hastaneye gitmiş. Durumu hakkında hemşirelerden bilgi almış."

"Gerçekten mi?"

"Evet. Yeşim'in hâlâ yaşıyor olmasına sinirlenmiş, o sinirle de oturup tekrar bir plan yapmış."

"Cemil Bey'i öldürme planı, doğru mu?"

"Ne yazık ki doğru. Ama son planında yakayı ele verdi."

Gözlerim buğulandı. Bir sigara yaktım. "Artık neye yarar ki bu?" diye sordum Çetin Bey'e. "Son planında yakayı ele verse de planını başarıyla gerçekleştirdi, öyle değil mi? O gece Cemil Bey'i hunharca öldürdü."

"Maalesef haklısınız," dedi Çetin Bey sodasını içerken.

"Cemil Bey'i nasıl öldürdüğünü anlattı mı peki?"

"Tatbikat yaptırdık. Sonra da apartmanın kapıcısıyla yüzleştirdik."

"Ekrem Efendi'yle mi?"

"Kendisini tanıyor musunuz?"

"Tanırım."

"Tamer'i apartmandan kaçarken görmüş."

"O sırada o ne yapıyormuş?"

"Kim?"

"Cemil Bey. Tamer'i tabancayla karşısında görünce ne yapmış?"

"Tamer, Cemil Bey'in şaşırmasına bile fırsat vermeden kapıyı açar açmaz öldürmüş."

Acı sözlerdi bunlar. Ama gerçekti. O anda bütün insanlardan tiksindim. "Olacak iş mi bu Çetin Bey?" diye sordum.

"Maalesef oluyor," dedi Çetin Bey. Arkasından da ekledi: "Cemil Bey'in İtalyan vatandaşı olduğunu bilmiyordum."

Acı acı güldüm. İçimden Tamer'e lanetler okudum. Sonra da, "Cemil Bey hakkında sizin bilmediğiniz o kadar çok şey var ki," dedim Çetin Bey'e.

"Bundan hiç şüphem yok," dedi.

Yüzüne baktım. "Bunlardan bir tanesini söyleyeyim mi size?"

Çetin Bey meraklı bir şekilde gözlerimin içine baktı. "Lütfen!"

"Biliyor musunuz? Cemil Bey'i karısının ve ikiz çocuklarının yanına defnettiğimiz gün onların otuz beşinci ölüm yıldönümüydü..."

O anda sesim çatallaştı. Daha fazla konuşmama devam edemedim. Sustum. Hıçkıra hıçkıra ağlamaya başladım. "Lanet olsun bu memlekete," dedim. "Lanet olsun, lanet olsun... İtalya'da kaldığım üç gün boyunca onların mezarına gidip her gün ağladım. Cemil Bey'e ağladım. Kadere bakın ki rahmetli Cemil Bey, ailesini bu yıl bedeniyle değil ruhuyla ziyaret etti..."

"Lütfen ağlamayın," dedi Çetin Bey.

"Olayın o kadar çok içindeydim ki Çetin Bey," dedim. "Şimdi bana söyler misiniz? Ağlamamak elde mi? Hayatım boyunca böyle kötü bir olaya hiç tanıklık etmemiştim. Neden adalet böylesi mikrop insanların üstesinden zamanında gelemiyor? Neden? Size soruyorum Çetin Bey. Neden?"

Çetin Bey şaşkın gözlerle bana baktı. Sonra da oturduğu yerden doğruldu. "Şimdi siz yol yorgunusunuz," dedi. "Ben artık müsaadenizi isteyeyim. Telefonum var sizde. Bir şey olursa beni her zaman arayabilirsiniz..."

SON ZİYARET

←

Ertesi gün...

Kapıdan içeri girdiğimde sanki bir şey dinlerken uyuyakalmışçasına sessizdi ev. Tek bir çıtırtı dahi duyulmuyordu. Evin tamamını kaplayan bu sükunet içinde duvar saatinin çıkardığı tik tak sesleri dahi zayıflıyor gibiydi. Eşyalar âdeta ölüm uykusuna yatmıştı. Arka odadan acı acı yükselen miyavlama sesi, bu ölüm sessizliğini bozdu. Kedi sıçrayarak yanıma geldi. Kuyruğunu bacağıma doladı. "Tekir birkaç gündür hiçbir şey yemedi Adalet Hanım," dedi Nazire.

Kuyruğunu bacağıma dolayan Tekir'e baktım. Sonra da onu kucağıma alıp göğsüme bastırdım. O sırada Nazire bana baktı. Gözleri çoktan buğulanmıştı. "Ağlama kızım," dedim. "Şimdi beni de ağlatacaksın."

Kendimi daha fazla tutamadım. O anda olduğum yere yığılıp kaldım. Hüngür hüngür ağlıyordum. Kendimi toparlayıp ayağa kalktığımda, Nazire elinin tersiyle gözyaşlarını siliyordu. Nazire'ye baktım. "Şimdi sen ne yapacaksın?" dedim.

"Bilmem," dedi başını öne eğerek. "Bu saatten sonra artık çalışmayacağım Adalet Hanım. Karnımda taşıdığım çocuğumu doğuracağım."

"Sen bilirsin," dedim Nazire'ye. "Belki de senin için en hayırlısı çocuğunu sağ salim dünyaya getirmek olacak."

"Bir dakika," dedi Nazire. Sonra da koşar adım arka odaya gitti. Yanıma tekrar geri döndüğünde elinde büyükçe bir sarı zarf tutuyordu. "Bu sizin için," dedi.

Ağzı bantlı zarfa baktım. "Bu zarf da neyin nesi?" diye sordum.

Sesi buğulandı. Gözleri doldu. "Rahmetli Cemil Bey'den," dedi. "Sanki öleceğini biliyordu. Sizinle en son görüşmesinden sonra notere gitti. Galiba o zarfın içinde vasiyetnamesi var."

O anda zarfı açmak istemedim. Çantama koydum. "Pekâlâ," dedim. "Kendine iyi bak, Nazire kızım. Senin iyi bir anne olacağından hiç şüphem yok."

Nazire kollarını açtı. Boynuma doladı. "Biliyor musunuz?" dedi ağlayarak. "Her gün Allah'a oğlum olması için dua ediyorum."

"Neden?" dedim ağlayarak.

Can çekişen bir kuş gibi titredi. "Çünkü," dedi. "Ona Cemil Bey'in adını vereceğim. Onda Cemil Bey'i yaşatacağım..."

O dakikadan sonra ikimiz de sustuk. Masanın üzerinde duran çantamı aldım. Koluma taktım. Tam da salonunun kapısını kapatıp son kez o evden çıkıp gidiyordum ki, telefon acı acı çaldı. Durdum. Nazire sessizce bana baktı. Bir an için telefona bakıp bakmamakta tereddüt ettim. Sonra da ahizeyi yuvasından kaldırıp, "Alo," dedim.

"Cemil Bey'le görüşebilir miyim?" dedi telefondaki ses.

Bu sözler üzerine tüylerim diken diken oldu. "Cemil Bey şu anda evde yok. Kim arıyor?" dedim.

"Ben Doktor Erhan Çakmak," dedi.

"Erhan Bey mi?" dedim şaşkınlıkla.

"Evet," dedi. "Sizden bir ricam olabilir mi?"

"Buyurun."

"Cemil Bey'e söyler misiniz? Yeşim Hanım bu sabah yoğun bakımdan çıktı. Cemil Bey'e bir an önce bu sevinçli haberi verirseniz sevinirim."

O anda dudaklarımı büzdüm. Omuzlarım dalında sallanan bir yaprak gibi âdeta titremeye başladı. Telefonun ahizesi titreyen ellerimden kayıp yere düştü. "Allah kahretsin," dedim hıçkıra hıçkıra ağlarken. "Böyle kader mi olur?" Sonra da yanıma gelip bacaklarıma kuyruğunu dolayan Tekir'e baktım. "Hadi oğlum," dedim. "Artık bu evden bir an önce gidelim seninle..."